KB062035

다시, 새로운 시작을 위하여

다시, 새로운 시작을 위하여

1판 1쇄 발행 1993. 12. 15.
1판 70쇄 발행 1994. 4. 25.
개정판 1쇄 발행 1998. 5. 15.
개정판 23쇄 발행 2018. 1. 23.
개정신판 1쇄 인쇄 2023. 12. 22.
개정신판 1쇄 발행 2024. 1. 2.

지은이 김대중

발행인 박강휘 고세규
편집 김태권 | 디자인 이경희 | 마케팅 정희윤 | 홍보 강원모

발행처 김영사
등록 1979년 5월 17일(제406-2003-036호)
주소 경기도 파주시 문발로 197(문발동) 우편번호 413-120
전화 마케팅부 031)955-3100, 편집부 031)955-3200 | 팩스 031)955-3111

값은 뒤표지에 있습니다.
ISBN 978-89-349-4136-1 03810

홈페이지 www.gimmyoung.com   블로그 blog.naver.com/gybook
인스타그램 instagram.com/gimmyoung   이메일 bestbook@gimmyoung.com

좋은 독자가 좋은 책을 만듭니다.
김영사는 독자 여러분의 의견에 항상 귀 기울이고 있습니다.

다시, 새로운 시작을 위하여

사랑하는 젊은이와 존경하는 국민들에게 바치는 이야기

김대중 지음

김영사

일러두기

• 이 책에 수록된 도판은 김대중평화센터에서 제공받았습니다.

다시, 새로운 시작을 위하여

내가 이 책을 처음 쓴 것은 지금부터 5년 전, 대통령 선거에서 패배한 뒤입니다. 그리고 5년 뒤, 나는 다시 개정판 서문을 쓰고 있습니다. 그사이 많은 것이 달라졌습니다. 정계를 은퇴했던 나는 지금은 대통령입니다.

달라진 것은 저뿐만이 아닙니다. 가장 유력한 예비 선진국으로 꼽히던 한국은 IMF 구제금융 시대를 맞았고, 우리 국민들은 하루 아침에 모두 빚꾸러기가 되어 있습니다. 정부도 기업도, 근로자, 주부, 학생도 모두 새로운 위기와 시련 앞에 서 있습니다. 1992년 나의 정계 은퇴는 국민의 선택에 대한 승복이었습니다. 그러나 나의 정계 복귀 또한 시대와 국민의 부름에 대한 응답이었습니다. 지금와서 다시 보니, 그 부름은 곧 하늘의 부름이었다는 걸 더욱 확신하게 됩니다. 제게 있어 개인의 말보다 더 중요한 것은 국민의 뜻이었으며, 제 선택에 대한 당장의 평가는 국민 여러분의 투표결과로 받았습니다. 이제 앞으로 역사가 저를 심판할 것이며, 저는 몸과 마음을 다해 제게 주어진 이 새로운 길을 걸어갈 것입니다.

나는 정치에 발을 들여놓은 40년 동안 다섯 번의 죽을 고비를 넘기고, 네 번의 도전 끝에 대통령이 되었습니다. 하지만 개인적인 성취는 중요하지 않습니다. 나는 이것이 어느 누구든 좌절하지 않고 끝까지 최선을 다하면 좋은 열매를 맺을 수 있다는 사실을 깨우치는 계기가 되기를 바랍니다. 그리고 이것은 끝이 아니라 새로운 시작일 뿐입니다. 제 앞에는 또 다른 위기와 도전이 놓여 있으며, 그것은 저와 국민 여러분이 함께 넘어야 할 산입니다.

지금은 우리 모두 새로운 시작을 해야 할 때입니다. 함께 걸어야 할 그 여정에 힘을 기원하기 위해, 서로의 용기를 북돋우기 위해 나의 부끄러운 이야기를 독자 여러분께 다시 바칩니다.

1998년 4월 6일

김대중

이 책이 나온 사연

이 책이 나오게 된 데에는 사연이 있습니다.

나는 지난 1992년 대통령 선거에서 패배한 후 정계를 은퇴하고 1993년 1월부터 영국의 케임브리지 대학에서 6개월간 연구활동을 했습니다. 그때 국내에서 김영사가 나에 관한 책을 내고 싶다는 뜻을 전해왔습니다. 유권자를 의식하지 않는 자연인으로서 진솔하게 지난날의 체험을 정리해보면 어떻겠느냐는 제의였습니다.

처음엔 망설임이 없지 않았지만, 유권자의 표를 의식하지 않을 때 뭐가 달라질지 나 스스로가 매우 흥미롭다는 생각이 들었고, 또 어쩌면 그것이 나를 지지해주고, 나를 위해 염려해준 국민들에게 조그만 보답이 되지 않을까 하는 기대도 생겨서 출판사의 제안에 응하기로 했습니다.

책을 읽고 연구를 하는 틈틈이 이 글들을 썼습니다. 영국에 머물면서도, 한국에 귀국해서도 늘 이 책을 생각했습니다. 써놓고 보니 내 저서로는 처음으로 부드러운 책이 되었습니다.

내가 쓴 글들을 다시금 찬찬히 읽어보자니, 독일 황제가 생각납니다.

독일 황제 빌헬름 2세가 제1차 세계대전에서 패한 뒤 망명지에서《손자병법》을 읽고, 만일 이 책을 미리 읽었다면 전쟁에 지지 않았을 것이라며 탄식했다고 합니다.

나도 진작 이런 책을 냈으면 더 많은 사람들에게 나의 참모습을 있는 그대로 보여줄 수 있었을 텐데 하는 후회스러운 생각이 듭니다.

한 가지 밝힐 것이 있습니다. 이 책을 쓰다 보니 과거에 논문이나 연설집, 시사평론을 쓸 때와는 전혀 다른 방향으로 쓰지 않으면 안 되었습니다. 그것이 편집자의 요구였고, 또 이미 정치를 떠난 나로서도 그런 요구가 전혀 부담스럽지 않았습니다. 나는 과거에는 내놓고 말하기를 주저했던 것이나, 혹은 감추었던 사실들도 솔직하게 털어놓았습니다. 내 마음의 갈등이나 분노, 희열까지도 숨기지 않으려 했습니다.

사실 나는 꿈이 많은 사람입니다. 우리나라를 정의로운 사회로 만들어 고통받고 있는 사람에게도 나라의 혜택이 고루 미치도록 하고 싶었고, 통일을 이루어 7천만 민족이 아시아 태평양 시대의 주역으로 함께 등장하도록 하고 싶었으며, 한국이 세계의 당당한 선진국이 되어 5천 년 역사의 결실을 이루도록 하고 싶었습니다.

또한 세계 곳곳의 고통받는 사람들도 자유와 정의가 있는 세상에서 살기를 바랐고, 우리 지구상의 형제인 날짐승·들짐승, 식물들과, 물·공기·흙·바위까지도 정당한 생존권과 건강한 생활을 유지할 수 있는 '지구적 민주주의'를 실현하고 싶었습니다. 이런 꿈을 위해 40년 동안 한눈팔지 않고 노력했지만 크게 이룬 것도 없고 꿈을 실현할 수 있는 자리도 끝내 얻지 못한 채 정치를 떠나게 된 것입니다.

내가 이 책을 쓴 데는 세 가지 목적이 있습니다.

하나는 나의 새로운 출발을 위한 마침표로서 이제까지의 삶을 정리해보려는 것이고, 둘째는 사랑하는 우리 국민과 특히 미래의 주역인 우리 젊은이에게 내가 살아오면서 배우고 터득해온 것을 들려줌으로써, 그들이 발전하고 진보하는 데 조금이라도 도움이 되었으면 하는 충정에서입니다. 마지막으로 우리 국민과 젊은이들이 인류 최대의 격변기를 지혜롭게 대처함으로써 나 대신 나의 꿈을 실현시켜줄 것을 당부하기 위해서입니다.

내가 비록 정치는 떠났지만, 모든 것을 포기한 것은 아닙니다. 인생이라는 것은 죽는 순간까지 도전과 응전의 숙명을 벗어날 수가 없습니다. 이 도전에 끝까지 응전해나가는 사람은 성공적으로 산 사람이라고 생각합니다. 나는 앞으로 이 책을 읽는 독자들과 경쟁하는 심정으로 조국의 통일, 아시아의 민주화, 세계 평화 문제의 연구에 몰두할 작정입니다. 그것이 내가 스스로 선택한 나의 마지막 사명입니다. 나를 고생시켰지만, 그 덕택으로 이런 책을 낼 수 있도록 도와준 박은주 사장과 김영사 여러분에게 진심으로 감사드리는 바입니다.

1993년 12월 3일
김대중

새로운 출발에 부쳐

내가 처음 김대중 대통령을 알게 된 것은 10여 년 전이다. 그 무렵 선생은 오랜 자택연금의 상태에서 풀려나 모처럼 바깥나들이를 시작하고 있었고, 모 일간지에 그동안 선생이 어떻게 지내셨는지를 취재한 탐방기사가 실렸다. 선생은 주로 독서를 하고 지냈으며, 특히 내가 쓴 일본인과 한국인에 관한 책을 인상깊게 읽었다고 하였다. 그 보잘것없는 책이 선생의 눈에 띄었다는 것이 무척 기뻤다.

그 일이 있은 지 얼마 후 나는 선생과 점심을 함께할 기회를 얻었다. 그때의 화제는 주로 책에 관한 것들이었다. 선생은 내 책의 애매한 표현에 대해 날카로운 질문을 던지며 솔직한 평도 덧붙였다. 나는 그때 많은 것을 배웠으며, 선생의 식견에 새삼 놀랐다. 그 인연의 탓인지 나는 지금도 대통령보다는 '선생님'이라고 하는 것이 자연스럽게 느껴진다.

그 이후 정치생활에 바쁜 그와 직접 만날 기회가 없었기에 단지 마음속으로만 건투를 빌고 있었을 뿐, 현실적으로는 아무런 도움을 줄 수 없는 것이 언제나 안타까웠다. 1992년 대선 직후 '한번 만나고 싶다'는 전갈로 다시 한번 기탄없이 이야기를 나눌 수 있는 기회를 가졌다. 나는 대인물이 깊은 좌절 속에서 새로운 꿈을 설계하는 자리를 목격하는 행운을 얻은 것이다.

"앞으로 저에게 어떤 길이 남아 있습니까?"

선생의 겸허한 물음으로 이야기가 시작되었다. 정치생활을 청산하고 그 후의 인생을 보람있게 지내기 위해 혼신의 힘을 다하는 모습이 역력했다.

1991년 호킹 박사가 한국을 방문했을 때의 일이 생각났다. 영국 대사관에서 호킹 박사를 중심으로 한국의 대표적 정치가인 김대중, 김영삼, 박준규 세 사람과 나를 포함한 두 명의 과학자, 미국대사 등이 자리를 함께했다. 불편한 몸을 아랑곳하지 않는 호킹 박사의 유머는 그 자리를 밝게 해주었다.

그러나 우리 질문에 대해 기계를 조작해서 나오는 그의 짧은 대답은 천근의 무게를 느끼게도 했다. 한마디도 소홀히 할 수 없는 분위기였다. 선생은 꼼짝도 못하고 휠체어에 매여 있기에 오히려 시간과 우주의 기점까지도 날아갈 수 있는 호킹 박사의 지적 용기에 큰 감동을 받은 모양이었다. 선생은 '불편하신 몸인데도 우주의 끝까지 파고드는 당신의 지적 욕구에 감동했다'라고 말하였다. 나는 그 순간 마치 서커스나 보는 듯 속얕은 질문을 던지는 사람과는 대조적인 그의 진지한 태도에 감명을 받았고, 큰 스승이 될 사람이라는 생각을 했다.

나는 선생께 큰 스승의 길을 말씀드렸다.

"비록 낙선하셨지만 아직도 선생님의 지혜는 국민들에게 큰 힘이 될 것입니다. 특히 그동안 행동하고 실천하신 일들은 청소년들에게 좋은 가르침이 될 것입니다. 선생님께서는 여러 번 죽을 고비를 넘겼습니다. 구사일생도 아닌 만사일생으로 살아남으신 것은 기적 중의 기적이며, 하늘이 선생님을 중요한 시점에 쓰시려고 생각하고 계신 것입니다."

내가 이런 말을 하는 동안 그는 한마디도 하지 않고 일일이 수첩에 메모를 했다. 극도로 말을 아끼며 나의 말을 듣던 선생의 태도에서 무서운 힘이 느껴졌다. '沈默如電(벼락과도 같은 힘을 지닌 침묵)'이라는 〈유마경〉의 한 글귀가 생각났다. 압도당할 것만 같은 침묵이었다. 일생을 걸고 해온 정치생활을 정리하는 마당이었다. 업은 아이에게 길을 묻는 심정이었을 테지만, 나는 그의 모습에서 좌절의 밑바닥에서 인생의 전환을 꾀하는 큰 사람의 고뇌와 용기를 엿보았다. 그 시간은 내 인생에 있어서도 가장 진지하고 긴장된 순간이었다.

선생은 '이 나라 청소년에게 큰 스승'이 될 수 있다는 것에 관심을 보였다. 나는 책을 쓸 것을 권해드렸다. 그것이 청소년에게 가장 진솔하게 다가갈 수 있는 방법이라고 생각했다. 그리고 정치생활을 청산한 입장에서 출판사는 대중에게 가장 편안하게 접근할 수 있는 곳이어야 했다. 나는 김영사를 추천했다. 나는 김영사에서 몇 권의 책을 내며 박은주 사장과 여러 차례 일을 해왔기에, 박 사장의 섬세한 감각과 평형을 잃지 않는 양식, 그리고 김대중 선생의 강한 의지가 결합한다면 반드시 좋은 책이 나올 것이라 굳게 믿었다.

그 후 선생은 바로 영국 케임브리지로 떠났다. 그가 영국에 갈 이유는 많았다. 신변의 정리, 새로운 방향의 모색, 연구생활. 그중에는 우리 청소년에게 큰 스승이 될 길을 생각하는 것도 중요한 항목이었을 것이다.

수주일 후 나는 박은주 사장과 함께 케임브리지로 가서 그곳에 머물면서 선생과 가까이 생활했다. 선생이 기거한 아파트가 호킹 박사 집의 바로 옆이라는 것도 우연은 아닌 듯싶었다. 케임브리지의 봄은 아름다웠고, 그와의 저녁 산책은 더없이 즐거웠다. 처음엔 선생이 구술하는 것을 테이프에 녹음해서 원고를 다듬어나갔다. 그러나 결국 그 자신이 전부 다시 썼다. 글 한 줄 한 줄이 마음에서 우러나왔다. 나는 그 모습을 지켜보면서 정치가가 아닌 인간 김대중의 모습을 새삼 다시 보았다. 한 인간이 스스로를 깎고 다듬어 자신의 생애와 그 생애를 통해 얻게 된 생각들을 정성스레 기록하는 모습이 어찌 감동스럽지 않겠는가.

한마디로 그는 매우 강한 지적 호기심을 지녔으며, 스스로에게는 매우 엄격했다. 때로는 보이스카우트의 모범생처럼 자신을 규제한다. 텔레비전 프로그램 중에서 가장 좋아하는 것은 〈동물의 왕국〉이다. 한편으로는 현인의 노래 〈신라의 달밤〉이 어찌나 좋았던지 친구와 함께 하루종일 부르기도 하고, 스스로를 겁이 많다고 하며 그것을 극복하기 위해 오히려 적극적으로 무서운 대상에 도전한다. 아무리 익숙한 일이라도 몇 번씩이고 연습을 되풀이하며, 간단한 일도 면밀하게 계획을 세운다. 실패했을 때는 성공했을 때보다도 여러 각도에서 그 이유를 검토한다. 위대한 평범이라고나 할까? 누구나 그처럼 생활한다면 성공 못할 사람은 없을 것이다.

나는 그동안 살아오면서 많은 지식인, 학자, 사상가, 철학자들을 만날 기회를 가졌지만 그처럼 지적 정직성Intellectual Honesty을 지닌 사람은 보지 못했다. 모르는 것과 아는 것이 분명하고, 모르는 것을 모른다고 하는 데 주저하지 않으며, 모르는 것은 납득이 갈 때까지 철저히 규명한다. 그렇기에 그의 지식은 결코 토막지식이 아니다. 나는 진정한 지성, 현인의 전형을 보았다.

1992년 낙선 후 선생은 김영삼 전 대통령의 당선을 축하했고 그의 성공을 빌었으며, 정치가가 아닌 평범한 시민으로서 이 책도 썼다. 하지만 그의 바람은 이루어지지 않았다. 민주주의는 계속 뿌리내리지 못하고 야당은 야당의 할 일을 제대로 할 수 없었다. 이 땅의 국민이라면 누구나 있는 힘을 다해 그것을 막아야 했다. 선생도 국민의 한 사람으로서 책임을 다해야 했으며 그러기 위해서 정계복귀를 단행했다. 그리고 국민의 슬기는 그를 대통령에 당선시켰다.

그는 준비된 지도자다. 그에게는 대통령이 되기 위해 40년 동안 갈고 닦은 지혜와 경륜이 있다. 그리고 그것은 바로 오늘날과 같은 중요한 시점에 나라와 국민을 위기에서 구하는 데 반드시 필요한 지도자의 덕목이다. 이는 결정적인 때에 쓸모있게 쓰시려고 하늘이 그를 버리지 않았던 것임을 실감케 하는 일이다. 예로부터 위대한 사람들은 고향에서는 인정을 받지 못했다. 나는 그가 세계에서는 20세기에 남을 위인으로 인정받고 있는데, 정작 한국에서는 그렇지 못한 것이 늘 안타까웠다. 이제 한국에서도 그의 진면목을 이해하게 되었으니 얼마나 다행한 일인가.

이제 밝은 하늘 아래 누구나 편견 없이 이 책을 읽을 수 있게 되었다. 청소년, 젊은이부터 주부, 직장인, 성인 모두에게 감동과 지혜와 용기를 주는 뛰어난 명저다. 독자 여러분들은 이 책을 읽고 나면 이제껏 잘 알려지지 않았던 그의 소박함과 진솔함에 반하게 될 것이다. 곧바로 대통령 할아버지, 아저씨, 혹은 대통령 형님이라 부르고 싶어질 것이다.

그와 우리 모두의 새로운 시작이 빛나는 여정으로 이어지기를 기원한다. 그리고 시작과 같이 마지막에도 온 국민의 박수 속에서 대통령 자리를 물러나게 되기를 바란다. 그 뒤에 나는 그와 다시 한번 편하게 막걸리 잔을 나누면서 이번에는 '후광 형님'이라 부르고 싶다.

1998년 4월

김용운(전 한양대 명예교수)

차례 ———

정계 복귀에서 대통령 당선까지

1995년 7월, 나는 정계복귀를 했습니다. 다시는 정치를 하지 않고 조용한 시민으로 살아가겠다고 나 자신에게 다짐하고 국민들에게 한 선언을 스스로 깨뜨리고, 다시 돌아온 것입니다.

그때 사방에서 이런저런 소리를 많이 들었습니다. 특히 여당 쪽에서의 비난이 만만치 않았습니다. 국민과의 약속을 어찌 하루아침에 뒤집고 거짓말을 할 수 있느냐는 것이었습니다. 사실 나도 내 다짐을 지키고 싶었습니다.

1992년 선거에서 김영삼 씨가 대통령이 되었을 때 나는 진심으로 그의 당선을 축하했고, 나의 패배를 받아들였으며, 앞으로 이 나라에 민주주의가 성공적으로 뿌리내리기를 기원했습니다. 그가 내 몫까지 민주화를 해주기를 원했습니다. 그러나 원하는 대로 되지는 않았습니다. 정부 여당은 여당대로 실정을 거듭하여 나라가 어지러웠고, 또한 야당은 비판과 견제라는 본연의 역할을 다하지 못하고 있었습니다. 정치인이 아닌 국민의 한 사람으로서라도 이런 현실을 외면할 수는 없었습니다. 이대로 가다가는 한국이 영영 망해버릴지도 모른다는 생각이 들었습니다. 나와의 다짐을 지키지 못하더라도 내 한 몸 던져 조그만 보탬이라도 되어야 한다고 생각했습니다. 그리고 내 판단에 대한 심판은 역사와 국민 앞에 맡기고 싶었습니다. 결국 나는 정치를 떠난 지 2년 7개월 만에, 다시는 돌아오지 않겠다던 곳으로 돌아온 것입니다.

영국 케임브리지에서의 연구생활을 끝내고 고국으로 돌아올 때 내 가슴속에는 새로운 일에 대한 계획이 가득 들어 있었습니다. 그것은 바로 통일에 관한 것이었습니다. 앞으로 남은 나의 삶을 통일이라는 민족적 과제를 위해 다 바치기로 결심한 것입니다. 귀국 직후 나는 통일문제 연구를 위한 '아시아·태평양 평화재단'을 만들었습니다. 일부에서는 아·태평화재단 운영에 대해 정치활동이 아니냐고 말하는 사람도 있었으나, 그런 식으로 이야기한다면 경제, 사회, 문화 어느 분야가 정치와 연관되지 않은 게 있겠습니까. 집도 동교동에서 일산으로 옮겼습니다. 통일의 비전을 갖고 다가오는 통일 시대를 맞이하기 위해서였습니다. 이로써 정치인 김대중의 영욕과 파란만장을 담아내며 한국 정치의 메카로 상징되던 '동교동'의 시대도 막을 내렸습니다.

정치를 하던 시절 못지않게 바쁜 날들을 보냈습니다. 북한의 핵 문제가 전 세계의 관심을 끌던 무렵, 미국의 카터 전 대통령이 북한을 방문했습니다. 국내 정가에는 '김대중이가 카터를 북한에 보냈다'는 소문이 났습니다. 내가 보낸 것은 아니었지만, 전혀 관련이 없는 것은 아니었습니다. 내가 미국 워싱턴의 내셔널 프레스 클럽에 초청되어 강연을 하게 되었을 때 북한 핵 문제를 논의할 미국의 협상대표로 카터 씨가 좋겠다는 얘기를 했고, 클린턴 대통령은 이를 참조했던 것입니다. 카터 씨의 방문으로 북한 핵문제는 해결의 실마리를 보게 되었습니다.

당시 나라 안에는 개혁과 사정의 회오리가 한차례 휩쓸고 지나갔습니다. 하지만 무서운 칼바람만 지나갔을 뿐, 정작 달라진 것은 아무것도 없었습니다. 과거 5·6공과 차이가 없는 억압정치를 하고 있었고, 대기업 중심의 경제정책으로 수많은 중소기업들이 쓰러져 갔으며, 소외받는 사회계층은 계속 외면당하고 있었습니다. 국민들은 점차 정부와 여당에 실망을 했습니다.

이런 일이 일어나지 않기를 얼마나 바랐는지 모릅니다. 좋아진 세상에서 나 역시 한 시민으로 내가 새롭게 찾아낸 일에 마음껏 몰두할 수 있기를 얼마나 염원했는지 모릅니다. 두 번 다시 내가 정치 생각을 하지 않아도 되는 세상이 오기를.

나는 정치생활을 하는 동안 6년을 감옥에 갇혀 보냈고, 10년이 넘는 세월을 망명과 연금 생활로 보냈습니다. 그 모든 것이 민주를 위해 싸워온 과정이었습니다. 민주주의란 우는 아이가 젖을 먹듯이 악쓰고 떼써서 찾는 권리입니다. 그런데 내가 한 말 때문에 가만히 있는다는 것은 집이 타들어가고 있는데도 불구경을 하는 것과 마찬가지입니다. 모든 비난을 감수하고라도 나서야 했습니다.

6·27 지방선거를 앞두고 나는 민주당 지원연설을 했습니다. 역사의 법정에서 하늘은 아무도 특별히 사랑하지 않습니다. 민심을 얻는 자가 승자고, 민심을 잃는 자는 패자입니다. 지방선거 결과는

우리 측의 압승이었습니다.

내가 대통령 후보로 출마하자 여당에서는 낡은 정치 청산을 주장했습니다. 나는 지난 50년간 여당은 여당만 하고 야당은 야당만 한 것이 낡은 정치구도라며, 여야의 정권교체야말로 낡은 정치를 청산하는 것이라 응대했습니다. 한 정권이 50년 동안 집권하는 것은 민주주의가 아닙니다. 결국 독재와 타성에 젖게 됩니다. 한 방향으로만 정책이 만들어지고 부패가 쌓이며 매너리즘에 빠지게 됩니다. 우리의 현실이 그 사실을 증명했습니다.

나의 건강에 문제가 있다는 악성루머가 나돌았습니다. 선거 때마다 그러했듯 어김없이 북풍도 불었습니다. 〈워싱턴포스트〉지에서는 "김대중이 당선된다면 그것은 기적에 가깝다"라고 썼습니다. 하지만 나는 최선을 다했습니다. 그 길밖에 없었습니다.

이번 선거의 최대 유세장은 텔레비전 토론이었습니다. 그것은 나에게 다행한 일이었습니다. 있는 대로, 생긴 대로 보여줄 수 있는 기회였기 때문입니다. 사실 그동안 나는 대중과의 직접적인 대면을 거의 차단당해왔습니다. 잘못된 보도와 조작에 의해 많은 사람들이 나를 딱딱한 사람으로만 알고 있었습니다. 80년 신군부 세력으로부터 '협력하지 않으면 죽는다'라는 협박을 받고도 굴하지 않을 만큼 강한 면모가 있는 반면, 인간적으로는 집 마당의 꽃과 새와 어울려 놀기를 좋아하고 손자 손녀들과 아이스크림을 나누어 먹으며, 매일매일 신선한 공기를 마실 수 있는 것을 다행으로 여기고 마이클 잭슨과 만나는 것을 기뻐하는 부드러운 보통 남자인데 말입니다.

선거가 막판으로 치닫던 1997년 11월, IMF 사태가 터졌습니다. 이 땅의 거의 모든 국민들을 휘청이게 한, 위기의 사건이었습니다. 텔레비전 토론에서 나는 이렇게 호소했습니다.

"불행히도 저는 대통령에 세 번이나 도전했지만 실패했습니다. 국민들이 저를 이때에 쓰시려고 뽑아주시지 않은 것 같습니다. 저는 위기의 강을 건너는 다리가 되겠습니다. 모든 분이 제 등을 타고 위기의 강을 건넙시다. 저는 이번이 네 번째인데 다음에는 더 이상 기회가 없습니다. 저에게 꼭 한번 기회를 주십시오."

운명의 시간은 째깍째깍 다가왔습니다.

1997년 12월 17일. 그날 나는 아침부터 서울 시내 12곳을 유세했습니다. 마지막 유세 장소는 명동 입구였습니다. 그곳에 도착했을 때는 이미 해가 기울어 있었습니다. 거리는 청중들로 가득 차 있었습니다. 내 생애의 마지막 유세를 보러 나온 사람들이었습니다. 50여 대의 카메라가 부챗살 모양으로 나를 둘러싼 채 일제히 셔터를 누르고 있었습니다.

"아유, 사진기자 아저씨들 안 보여요, 좀 비켜요."

한 아주머니가 소리치는 소리가 들렸습니다. 오십 대 아저씨가 응수했습니다.

"저 사람들이 사진 찍어야 대중 씨 선전이 되죠, 소리만 그냥 들어요."

그러자 여기저기서 "맞소" 소리가 터져 나왔습니다. 그 인심이 무척이나 고마웠습니다. 나는 최후의 연설을 했습니다.

"조그만 섬 하의도에서 태어나 서울에 올라와 이만하면 출세했습니다. 그러나 40여 년간 갈고 닦으며 준비해온 것들을 국가와 민족을 위해 꼭 한번 써보고 싶습니다. 저는 감옥에서도 미국에 망명 중일 때도 대통령이 될 준비를 했습니다. 전 세계에서 대통령이 될 준비를 저만큼 많이 한 사람도 아마 없을 것입니다. 저에게 꼭 한 번 기회를 주십시오. 잘할 수 있습니다."

유세를 마치고 연단을 내려오자 사람들은 환호하면서 손을 잡으러 몰려들었습니다. 사회자인 김민석 의원의 호소가 명동 거리를 울렸습니다.

"내일 이 나라의 정권이 교체됩니다. 김대중 대통령이 탄생합니다. 고난의 시대가 끝나고 희망의 시대가 시작됩니다."

사람들이 손에 들고 있던 풍선이 하나둘 하늘로 올라갔습니다. 명동의 가로수들은 가지마다 불꽃을 피우고 있었습니다. 저는 그렇게 생애의 마지막 유세를 마치고 거리를 빠져나왔습니다. 이제 남은 것은 하늘의 뜻이었습니다.

'김대중 대통령 당선'

'고난의 세월 40년… 마침내 꽃핀 인동초'

선거 다음 날 새벽, 나의 당선 소식을 알리는 신문을 들고 한 아저씨가 일산 집으로 찾아왔습니다.

"선생님 댁이 어딘지 114에 물으니까 전화번호부에 없다고 합니다. 그래서 무작정 찾아왔습니다. 김대중 대통령, 제가 이 한마디 하려고 얼마나 기다렸는지 아십니까."

그분의 목은 이미 쉬어 있었습니다. 집 앞에는 그분 외에도 나를 지지한 많은 분들이 몰려들었습니다. 레미콘 차를 몰고 온 노동자도 있었습니다. 야간 공사 중에 당선 소식을 듣고 그대로 몰고 왔다는 것이었습니다. 그날 아침, 나는 국민 여러분들에게 당선인사를 했습니다.

'존경하고 사랑하는 국민 여러분, 대단히 감사합니다.'

그렇습니다. 꼭 5년 만에 저는 다시 국민 여러분의 심판을 통해 이 자리로 돌아왔습니다. 인동초를 꽃피워준 것은 바로 국민 여러분입니다.

그러나 이것은 끝이 아닙니다. 이제 새로운 시작일 뿐입니다. 그 결과는 다시 5년 뒤, 나의 퇴임일에 판가름납니다. 그날의 승리가 국가와 국민 여러분의 승리가 되도록 힘껏 일하겠습니다.

세상을 사는 지혜

1

나는 겁이 많은 사람

내가 존경하는 한 대학 교수가 있습니다. 그는 민주화 투쟁을 하다가 나와 같이 두 번이나 감옥살이를 했고, 근 십 년 동안 대학의 교단에서 쫓겨나 있기도 했습니다. 그분이 책을 냈는데 그 제목이 《겁 많은 자의 용기》였습니다. 참 멋있는 제목이라고 생각했습니다. 그래서 용기에 대해 한번 말해보고자 합니다.

나는 참 겁이 많은 사람이었습니다. 어렸을 때부터 그랬습니다. 내가 자란 고향은 전남 신안군 하의면 후광리라는 섬마을로, 지금도 육지에서 배로 2시간이나 걸리는 곳입니다. 거기에서는 화장실을 측간이라고 불렀는데, 본가에서 꽤 떨어진 귀퉁이 쪽에 지어져 있었습니다. 그런데 나는 밤에 나타난다는 도깨비가 무서워서, 날이 어두워지면 화장실을 혼자 가지 못하고 항상 어머니나 누나의 도움을 받아야 했습니다. 누나는 그런 나에게 꿀밤을 먹이며 "사내자식이!" 하고 나무랐습니다. 식구들 가운데 아무도 함께 동행해주지 않을 때는 별수 없이 밤새도록 아픈 배를 움켜쥐고 끙끙거리기도 했습니다.

개가 무서워서 개를 키우는 집에는 심부름도 가지 못했던 기억도 있습니다. 청년이 된 후에도 높은 사람 집을 찾아갔을 때, 문고리를 쥐면 가슴이 떨리고 얼굴이 화끈화끈했습니다. 그런가 하면 개구쟁이 시절에도 친구들과 싸움 한번 제대로 해보질 못했습니다. 마음이 여리고 겁이 많아서 남을 때리지 못했습니다. 물론 남에게 맞는 것은 더 무서웠습니다. 이제껏 살아오는 동안 다른 사람을 때려본 기억도 전혀 없습니다.

목포 상업학교 시절에 꼭 한번 남을 때릴 뻔한 적이 있었습니다. 반장인 나에게 시비를 걸어온 일본인 학생이 느닷없이 내 얼굴을 주먹으로 치는 것이었습니다. 당시 상황으로 그는 주먹질할 이유가 없었습니다. 내가 일방적으로 억울하게 당하고 있다는 사실을 학우들은 다 알고 있었습니다.

그러자 조선인 학우들은 빙 둘러서서 나를 응원했습니다. 그러나 그 학생의 멱살을 잡고 바닥에 넘어뜨리기까지 했지만, 차마 주먹질은 하지 못했습니다. 본말이 그러한데도 나는 일본인 상급생들한테 사상이 나쁘다고 실컷 두들겨 맞았습니다.

목포 상업학교를 다닐 때 있었던 일로 잊히지 않는 일이 또 하나 있습니다. 일제 말기였던 당시에 우리 학생들은 여름방학이 되면 근로 봉사라는 걸 하면서 학교에서 합숙을 했습니다. 그런데 그 합숙 기간 중에 담력을 키운다는 목적으로 실시하는 특별한 행사가 하나 있었습니다. 바로 시담회試膽會라는 것이었습니다.

선생님들은 자고 있는 몇몇 학생들을 깨워 한밤에 학교에서 2,

3킬로미터 떨어진 공동묘지까지 다녀오게 했는데, 우리들은 출발할 때 받은 리본을 지정한 장소에 달아놓고 와야 했습니다. 공동묘지는 별의별 무서운 소문이 다 나돌고 있는 곳이었습니다. 나뿐만 아니라 누구든 이 일에 걸려드는 것을 무서워했습니다. 아예 발걸음을 떼어놓질 못하고 새파랗게 질려 도망가버리는 친구들도 있었습니다. 나는 그 무서운 일에 걸려들지 않기를 간절하게 빌고 또 빌었습니다.

그러나 그런 바람은 헛된 것이었습니다. 어느 날 밤에 드디어 나에게 차례가 왔습니다. 밤이 되어 조마조마하는 마음으로 눈을 붙이고 있는데, 선생님이 옆으로 와서 내 이름을 불렀습니다.

"김대중, 김대중, 일어나라, 네 차례야."

가슴이 철렁 내려앉는 것 같았습니다. 할 수만 있다면, 그대로 못들은 척 계속 눈을 감고 다음 날 아침까지 버티고 싶었습니다. 그러나 그것이 가능하지 않다는 것은 나 자신이 너무나 잘 알고 있었습니다.

나는 일어나야 했고, 선생님으로부터 리본을 받아 들고 출발해야 했습니다. 다리가 후들거리고 가슴이 콩콩 뛰었습니다. 공동묘지에 가까워지자 여기저기서 도깨비 울음소리 같은 우웅거림이 기분 나쁘게 들려왔습니다. 풀섶 사이로 푸석푸석 웬 발걸음 소리도 들려왔습니다. 이제 가슴이 천둥처럼 쿵쿵 울렸습니다.

손에서 식은땀이 배어났습니다. 금방이라도 그 자리에 주저앉아버리고 싶은 심정이었습니다. 친구들로부터 들은 도깨비나 귀신 이야기가 자꾸만 생각났습니다. 하얀 소복을 입은 여자가 머리를 산발한 채, 눈에서 벌건 피를 흘리며 긴 손톱을 세워 달려드는 환상이 자꾸 떠올랐습니다. 그것들이 금방이라도 툭 튀어나와 뒷덜미를 움켜잡을 것만 같았습니다. 도망쳐버리고 싶었습니다.

나는 눈을 꼭 감고 정신 없이 앞으로만 내달렸습니다. 황망 중에도 어쨌든 걸음은 묘지 쪽으로 향했고, 묘지로 다가갈수록 도깨비 울음 같은 기분 나쁜 소리가 더욱 커지면서 뒤를 따라왔습니다.

그런 어느 순간이었습니다. 어디서인지 갑자기 내 앞으로 돌멩이가 하나 날아왔습니다. 나는 너무 무서운 나머지 그 자리에서 걸음을 멈추었습니다. 두 발이 땅바닥에 붙어 떨어지지 않는 듯했습니다. 그렇다고 그 자리에 그대로 주저앉는다는 것도 두렵기는 마찬가지인 노릇이었습니다. 내가 서 있는 곳은 이미 공동묘지 한복판이었던 것입니다.

순간 땅에 떨어진 돌멩이들을 집어 들고 도깨비 소리가 나는 쪽을 향해 정신 없이 던졌습니다. 그러고는 나도 모르게 '이 자식', '이 자식!' 하고 악을 쓰며 마구 돌멩이를 던지면서 달려갔습니다. 그때는 그야말로 정신이 나간 상태였고, 내가 무슨 일을 하는지도 몰랐습니다.

그때 도깨비 울음소리가 나던 묘지 뒤에서 다급한 목소리가 들려왔습니다.

"김대중, 김대중! 나다, 나야."

묘지 뒤에서 손을 내저으며 황급히 나타난 것은 도깨비가 아니라 선생님이었습니다.

무서웠지만 앞으로 달려갔던 나, 이것이 후일 나의 원형이 아니었나 생각되어 자주 되새겨보곤 합니다.

사실 예닐곱 번씩이나 감옥에 드나들고 죽을 고비를 여러 번 넘겼다는 것 때문에 사람들은 나에게 무척 용감하다고 말합니다. 그러나 진실을 말하면 나는 어릴 때나 지금이나 퍽 겁이 많습니다. 그만하면 이력이 날 만도 하건만, 감옥에 들어가야 할 때마다 두렵고 마음이 조입니다.

내가 긴 세월 동안 소신을 굽히지 않았던 것은 본래 겁이 없고 용감한 사람이어서가 아닙니다. 겁이 없고 두려움을 잘 타지 않는 사람이라고 해서 다 민주화 투쟁을 하는 것은 아니지 않습니까? 그런 걸로 따지자면 나는 가장 자질이 모자라는 사람일 겁니다.

이유는 다른 데 있습니다. 나는 두렵고 겁이 나더라도 할 일은 해야 한다고 생각하는 사람일 뿐입니다. 그런 신념이 용기 아닌 용기를 주었습니다. 그 믿음이 나의 타고난 소심함과 겁을 극복하게 해주었던 것입니다.

바로 이러한 점들이 사람과 동물의 차이점입니다. 사람은 주어진 조건 이상의 것을 할 수도 있고 그 이하의 것을 할 수도 있습니다. 동물이나 자연계는 모두 인과因果의 법칙과 조건반사의 원리에 따라 움직입니다. 원인이 있으면 결과가 있습니다. 똑같은 원인은 똑같은 결과를 가져오고 똑같은 자극은 똑같은 반응을 가져옵니다. 예컨대 동물은 배가 고프면 먹습니다. 발정기가 되면 교미를 해서 새끼를 낳습니다. 무서우면 도망을 갑니다.

그러나 사람은 그렇지 않습니다. 사람은 배가 고파도 자기 의지에 따라 단식을 할 수 있습니다. 성욕이 일어나도 자제할 수 있습니다. 보다 고상한 정신의 가치를 추구하기 위해 독신을 고수하는 종교인도 있습니다. 같은 맥락으로, 무섭고 떨려도 죽음을 향해 돌진할 수 있는 것이 사람입니다. 그것이 사람이 동물과 다른 점입니다. 그것은 인간이 자유롭게 결단하고 선택할 수 있는 자유의지를 가졌기 때문입니다.

술을 끊고 담배를 끊는 일에도 상당한 용기가 필요하다는 사실은 경험해보지 않은 사람은 잘 알지 못할 것입니다. 내 경우도 술은 처음부터 좋아하지 않아서 문제가 없었지만, 담배를 끊는 일은 대단한 결단과 의지가 필요했습니다.

나는 젊었을 때부터 담배를 무척 즐겼습니다. 하루에 세 갑 정도를 피웠고, 나중에는 파이프로 줄담배를 피워댔습니다. 그 때문에 내 방은 담배 냄새가 진하게 배어 사람들이 들어오기 싫어할 정도가 되었습니다. 그때만 해도 담배를 피우지 말아야겠다는 생각을 해본 적이 없었기 때문에 담배를 끊을 가능성은 전혀 없었습니다.

다만 빈번히 출입하고 있었던 감옥에서만은 타의에 의해서 끊을 수밖에 없었습니다. 1980년 5·17 쿠데타로 감옥에 잡혀 들어가 있을 때도 자연히 담배를 끊게 되었습니다. 아시는 분은 알겠지만, 수감자 중에 많은 사람들이 담배를 피우려고 온갖 수단을 다 씁니다. 그래서 감옥 안의 담배는 15~20만 원에 거래되곤 했습니다.

그런데 나는 감옥 속에서는 일절 담배를 피우지 않았습니다. 일종의 고집과 같은 것이었습니다. 마음 놓고 피우지 못할 담배는 피우고 싶지 않다는 생각이었던 것입니다. 하지만 금연이 내 의지와는 상관없는 것이었기 때문에, 감옥에서 나와 미국으로 강제출국을 당하면서 다시 담배를 입에 물게 된 것은 당연한 일이었습니다.

미국에 가서 변화된 흡연 문화를 접했습니다. 망명하고 있던 때와는 사정이 아주 달랐습니다. 미국 사람들은 흡연에 대해 굉장한 거부감을 표시했습니다. 담배의 해독에 대한 캠페인이 대대적으로 펼쳐지고 있었고, 그 영향인지 담배를 피우는 사람의 수가 현저하게 줄었다고 했습니다. 여기저기 금연 구역을 만들어놓고 담배 피우는 사람의 출입을 금지하기까지 했습니다. 마치 담배 피우는 사람은 야만인이라도 된다는 식이었습니다.

나는, 이렇게 야만인 취급을 받아가며 굳이 담배를 피워야 하는가를 자문해보았습니다. 결국은 이렇게 마음놓고 피우지도 못할 담배라면 아예 끊어버리는 편이 낫지 않겠는가라고 결심하기에 이르렀습니다. 감옥에 있을 때의 고집이 되살아난 것입니다.

결심한 바를 실천하기 위해서는 나 자신에게 철저해야 한다고 생각했습니다. 그래서 파이프와 쌈지를 다른 사람에게 주어버렸습니다. 만나는 사람이 묻지 않아도 스스로 담배를 끊었다고 미리 말을 꺼내서 스스로를 구속시켰습니다.

그러나 쉽지 않았습니다. 누군가 담배 피우는 모습을 볼 때는 말할 것도 없고, 담배를 연상시키는 물건이나 장면만 보아도 흡연 욕구가 살아나서 참기 힘들었습니다. 더구나 글을 쓸 때 도무지 마음이 정돈되지 않아 몇 글자도 쓰지 못할 정도였습니다. 담배를 끊은 후, 금단 현상 때문에 거의 6개월이 넘도록 글을 전혀 쓰지 못했다는 한 문인의 이야기가 남의 말 같지 않았습니다.

내 주변에 있는 사람들은, 골초가 담배 없이 지낸다는 것이 어디

가능하겠느냐고 놀리고, 또 일찍이 담배를 끊겠다고 결심한 사람은 많이 있었지만 한 사람도 성공하지 못했다면서 나의 결심을 마구 뒤흔들어놓았습니다. 그러한 유혹을 이겨내기도 참으로 힘들었습니다. 그러나 나는 결국, 담배를 끊는 데 성공했습니다.

지금은 전혀 담배를 피우지 않을 뿐 아니라 담배를 피우고 싶은 생각도 나지 않습니다. 그 정도가 아니라 담배를 피우는 사람이 옆에 오면 싫을 정도가 되어버렸습니다. 역겨운 담배 냄새가 코를 찔러 견딜 수가 없습니다. 그럴 때면 수십 년 동안 담배 냄새를 참고 견뎌준 아내의 고통이 얼마나 컸을까 하는 생각이 들어 미안한 마음이 간절해집니다.

사람들은 그토록 골초였던 내가 담배를 끊은 것을 보고 독종이라고 합니다. 의지가 대단하다고 합니다. 그러나 그들은 내가 담배를 끊느라 얼마나 고생하고 괴로워했는지는 생각하지 않습니다. 나는 끊어야겠다고 마음먹고 결단했습니다. 여간 힘들지 않았지만 스스로 그렇게 하겠다고 마음먹은 일이었기 때문에 그 결정을 지키려고 노력했습니다. 나는 자신에게 실망하고 싶지 않았습니다. 그것은 내가 자유로운 의지를 가진 인간이라는 증거이기도 합니다.

이제 담배를 끊은 지 15년이 되었습니다. 금연에 완전히 성공한 것입니다. 담배를 끊은 용기는 뻔히 감옥에 갈 줄 알면서 '나 잡아가시오' 하는 식으로 긴급조치를 위반하며 박정희 씨에게 저항했던 용기에 결코 못지않은 것이라 생각합니다.

웰링턴 장군에 대한 이야기가 있습니다. 전쟁터에서 그는 매우 중요한 전령을 보낼 일이 있었습니다. 그 일은 죽음을 각오해야 할 정도로 매우 위험한 임무이기도 했습니다. 이 임무를 수행하기 위해 한 사병이 선발되었습니다.

그 사병은 장군으로부터 명령을 받으면서도 시종 부들부들 떨고 있었습니다. 그러면서도 거역하지는 않았습니다. 주위의 참모들은 저런 겁쟁이에게 이런 중차대한 임무를 맡기는 것이 현명하지 않다고 생각했습니다. 사병이 떠나고 나서 참모들은 웰링턴 장군에게 자신들의 우려를 전했습니다.

"그런 소리 하지 마라. 무서운 것을 무섭지 않다고 하는 것이 용기가 아니다. 무서워도 해야 할 일을 반드시 하겠다고 나서는 것이 진짜 용기이다. 내가 보건대 저 사병이야말로 용기 있는 사람이다. 두고 보아라. 저 친구는 반드시 주어진 임무를 완수하고 돌아올 것이다."

결과는 웰링턴 장군의 말대로였습니다.

나는 웰링턴 장군의 이 말을 좋아합니다. 우리는 아무리 강해도 약합니다. 두렵다고, 겁이 난다고 주저앉아만 있으면 아무것도 변화시킬 수 없습니다. 두렵지 않기 때문에 나서는 것이 아닙니다. 두렵지만, 나서야 하기 때문에 나서는 것입니다. 그것이 참된 용기입니다. 그럴 때 우리는 아무리 약해도 강합니다.

내가 기록될 역사의 페이지

1989년 12월이라고 기억합니다.

나는 노태우 대통령과 양당 영수회담을 가졌습니다. 회담이 끝날 무렵 노 대통령은 느닷없이 "김 총재도 이제 고생을 그만 해야 하지 않겠습니까?"라고 엉뚱한 말을 하기 시작했습니다. 무슨 말을 하려고 그러나, 가만히 다음 말을 기다렸습니다.

"우리 힘을 합해 당을 같이 합시다."

그때 노태우 대통령은 나에게 합당을 제의했던 것입니다. 그러면서 합당을 할 경우 돌아올 여러 가지 이익에 대해 이것저것 설명했습니다.

나는 조금도 망설이지 않고 이렇게 말했습니다.

"그것은 안 됩니다. 나는 국민에게 야당을 하겠다고 선거에 나서서 당선된 사람입니다. 우리 당 65명의 의원이 모두 그러합니다. 그런데 어떻게 국민의 동의도 없이 내 마음대로 여당에 들어갈 수 있겠습니까?

나한테 합당을 제의하지 말고, 민주주의만 철저히 하십시오. 그러면 나는 국민 앞에서 떳떳이 당신을 지지하겠소. 이것이 당신을 위하고 나를 위하는 길이며, 무엇보다 국민을 존중하고 두려워하는 길입니다."

그러자 노태우 대통령은 더 이상 말을 하지 못하고 입을 다물어버렸습니다. 나는 계속해서 말했습니다.

"여당은 여당의 할 일이 있고 야당은 또 야당으로서 해야 할 일이 따로 있습니다. 서로 맡은 일에 충실해야 국정이 제대로 돌아갑니다. 지금 신문보도를 보면 노 대통령이 다른 야당과도 통합운동을 한다고 하는데, 이것은 국민의 뜻을 어기는 일입니다. 우리 민주주의를 크게 후퇴시키는 길이고 정치 윤리를 망치는 일입니다. 절대로 하지 마십시오."

이렇게 간절히 만류하고 청와대를 나왔지만, 그때 나의 심정은 한없이 삭막하기 그지 없었습니다. 그 일이 있고 얼마 지나지 않은 다음 해 1월 22일에 3당 합당이 발표되었습니다.

삶의 방식에는 두 가지 길이 있다고 생각합니다. 하나는 '무엇이 되느냐'에 의미를 두는 것이고, 다른 하나는 '어떻게 사느냐'를 중시하는 것입니다. 어떤 사람은 '무엇'이 되기 위해서 '어떻게'를 무시합니다. 이 사람들은 '무엇'이 되기만 하면 '어떻게'는 아무래도 상관없다고 생각합니다.

그리고 '무엇'이 되기만 하면 '어떻게'는 얼마든지 정당화될 수 있다는 생각이 우리 사회에 너무나 넓게 퍼져 있는 것 같습니다.

그런가 하면 무엇이 되는가보다 어떻게 살 것인가에 목표를 두는 사람도 있습니다. 이 사람들은 '무엇'이 되느냐에도 관심이 있지만, 그것은 '어떻게' 사느냐를 통해서 이루어질 때만 가치가 있다고 생각합니다. 수단 방법 가리지 않고 목표를 달성하는 것에 삶의 의미가 있는 것이 아니라 수단 방법 가리며 사는 바로 그 삶의 과정에 의미가 있다는 것입니다. 그렇게 살면서 목표를 달성하면 좋고 설사 목표를 이루지 못해도 그 인생은 값진 것이라고 믿습니다.

에리히 프롬은 '소유냐 존재냐'라고 물었습니다. 이 세상에는 무엇을 가지려 하는 사람, 무엇인가를 소유함으로써 인생의 가치를 찾으려 하는 소유 양식의 사람과 나눠주고 희생하고 공유하려는 존재 양식의 사람이 있다는 것입니다.

에리히 프롬의 결론은 일목요연합니다. 중요한 것은 소유하는 것이 아니고 존재하는 것입니다. 나의 인생관 또한 그처럼 분명합니다. 인생에 있어 중요한 것은 '되는' 것이 아니라 '사는' 것이고, '무엇'이 아니라 '어떻게'라는 것입니다.

이 두 개의 상반된 가치관을 대변하는 인물로 내가 알고 있는 대표적인 사람은 이완용과 안중근입니다. 이완용은 대한제국의 총리대신이 되고 합방 후에는 일본의 귀족까지 되어 적어도 현실 속에서는 온갖 부귀영화를 다 누리고 장수까지 했습니다. 그는 적어도 무엇이 되는 데는 아무 부족 없이 성공한 사람입니다.

그 시대적 조건에서 그처럼 출세하기는 쉽지 않았을 것입니다. 어떻게 살았는가를 묻지 않는다면 이완용이야말로 가장 성공한 사람이고 가장 행복한 사람이고 자손들에게는 가장 자랑스러운 조상일 것입니다.

안중근 의사는 어떠했습니까? 그는 총리대신은커녕 시골 면장도 되지 못했습니다. 이완용처럼 오래 살지도 못했습니다. 젊은 나이에 형장의 이슬로 사라져가야 했습니다. 무엇이 되는 것이 중요하다고 생각하는 사람들에게, 안중근 의사의 삶은 아무것도 말해주지 않습니다.

어떻게 살았는가를 묻지 않는다면 안중근 의사야말로 어리석고 비참한 실패자일 것입니다. 그러나 현실은 정반대입니다. 안중근 의사는 우리 민족의 영웅이요, 영원히 사는 인생의 대성공자입니다. 이완용은 '무엇'이 되기 위해 '어떻게' 사느냐를 무시했고, 안중근 의사는 '어떻게' 사느냐를 위해서 '무엇'이 되는 것을 포기했습니다.

누가 성공한 인생을 살았는지는 오늘의 역사가 증명합니다. 이완용은 매국노가 되고 영원한 역적이 되었습니다. 그가 나라를 팔아먹을 때 이 땅에 태어나지도 않았던 그의 후손들조차 조국을 등지고 도망가도록 했습니다.

안중근 의사는 당시에는 아무 힘 없이 이 세상을 떠나야 했지만 그 이름의 힘은 역사를 빛나게 하고 있습니다. 그래서 그의 후손들은 물론 안씨 성을 가진 사람들까지 안중근 의사와 같은 성임을 자랑하고 있습니다. 이완용은 출세했지만 실패한 삶을 살았고, 안중근 의사는 아무것도 되지 못했지만 성공한 인생을 살았습니다. 다시 말하건대 무엇이 되느냐보다 어떻게 사느냐가 중요합니다.

정도의 차이는 있지만, 우리들 앞에는 대개 이 두 개의 길이 놓여 있습니다. 선택은 우리의 몫입니다. 우리는 둘 가운데 어느 하나를 택하게 되고, 그것이 결국 그 사람의 인생을 결정하는 수가 많습니다. 에리히 프롬 식으로 말하면 '소유냐 존재냐'이고, 내 식으로 말하면, '무엇이냐, 어떻게냐'입니다.

늘 완전할 수는 없었지만 '무엇이 되느냐'보다 '어떻게 사느냐'를 일생의 원칙으로 삼아 그렇게 살려고 노력해왔습니다. 나는 국회의원도 여러 번 되었고, 몇 번씩이나 대통령에도 도전했습니다. 그러나 최대의 관심이 국회의원이나 대통령이 '되는' 데 있었던 것은 아닙니다.

다만 어떤 경우에도 올바르고 의미있게 '사는' 것을 맨 앞에 내세우고 살려고 애썼습니다. 그 때문에 이승만 정권 이래 40년 동안 독재 정권에 맞서 한치의 망설임이나 굽힘 없이 소신을 지키며 싸울 수 있었습니다. 때로는 박해를 받기도 하고 더러는 유혹을 받기도 했습니다. 일생에 걸쳐 다섯 번이나 죽을 고비를 넘겼고, 6년을 감옥에 갇혀 보냈으며, 10년 세월을 망명과 연금 생활로 보냈습니다.

80년 신군부 세력으로부터 "우리에게 협력하면 대통령되는 것만 빼고 무엇이든 다 들어주겠다"라는 유혹을 받았습니다. 그런가 하면 "우리에게 협력하지 않으면 반드시 죽여버리겠다. 재판 같은 것은 요식 행위에 불과하다"라는 죽음의 위협도 받았습니다.

어떤 이는 전두환 군부의 사형 선고를 "살려줄 게 뻔한데 실제로 그렇게까지 위협했겠느냐?"고 말할지 모르나, 그것은 사실을 모르고 하는 말입니다. 1982년에 미국으로 강제출국 당해 갔을 때 글라이스틴 당시 주한 미대사를 만나고 다시 한번 그때의 위협의 진실을 알게 되었습니다.

당시 군부에서 나를 죽이려고 하자 카터 행정부는 온갖 압력을 넣어 이를 제지했다고 합니다. 그러다 선거에서 카터가 낙선하고 레이건이 당선되자 '한국 군부의 커널클래스들'은 손뼉을 치며 "이제 김대중이를 죽여도 된다"라고 환호성을 질렀다고 합니다.

이에 놀란 대사는 워싱턴으로 달려가서 레이건 당선자에게 상황을 전하며 도움을 청했고, 카터도 정권을 인계하면서 내 문제를 주요 인계 사항으로 레이건에게 당부했다고 합니다. 레이건 취임 후 미국은 나를 살려주는 대가로 전두환을 국빈 자격으로 초대한다는 조건을 달았다고 당시 국무장관이었던 머스키가 말해주었습니다.

카터를 만났더니 "당신이 이렇게 살아있다니 꿈만 같군요" 하며 몹시 반기며, 자신도 마지막에는 거의 절망하여 나의 구명운동을 포기할 뻔했다고 했습니다. 그 후 10년 만에 다시 애틀랜타에 가서 카터를 만났는데, 다시 나의 구명운동 과정을 상세히, 그 아슬아슬한 경위를 이야기해주었습니다. 그리고 이 사실을 그의 회고록에 기록했다고 말했습니다.

그와 같은 극한 상황에서 마음이 흔들리지 않았다고 하면 그건 거짓말일 것입니다. 정말 살고 싶은 마음이 간절했습니다. '저들에게 협력하지 않고 끝까지 저항하면 나를 죽일 것이 뻔한데, 그렇게 죽으면 나의 이 갈등과 고통은 누가 알아주겠으며, 그런 나의 삶과 죽음은 무슨 소용이 있는가. 그런 무참한 죽음을 당할 필요가 있는가…' 하는 내면의 갈등과 싸워야 했습니다.

한번은 어린 자식이 "왜 아버지만 이토록 어렵게 사십니까?" 하고 울먹인 적도 있습니다. 그럴 때면 착잡한 심정을 느끼지 않을 수 없었습니다.

그러나 그때마다 내 속에서 무엇인가가 고개를 절레절레 흔들며 나를 정신차리게 했습니다. 가끔 혼자서 거울에 비친 내 모습을 바라봅니다. 그 속에는 지금까지 살아온 세월이 압축되어 보입니다. 여러 가지 고비마다 중요한 선택을 해야 했습니다. 그 선택의 기로에서 방향을 지시해준 것은 '무엇이 되느냐가 아니라 어떻게 사느냐가 중요하다'는 나의 확고하고 선명한 인생관이었습니다. 나에게는 무엇보다도 '행동하는 양심'으로 사는 것이 중요했습니다. 그러나 그것을 행동으로 옮길 때만 '어떻게'라는 참된 삶을 살 수 있습니다.

이러한 인생관은 하느님과 역사에 대한 나의 신앙에서 연유합니다. 우리의 양심에 와 계시는 하느님은 양심을 버리고 수단, 방법을 가리지 않으면서 무엇이 되고자 하는 사람에게 결코 마음의 평화와 인생의 보람이라는 진정한 행복을 주지 않습니다.

국민과 사회를 버리고 자기의 탐욕에만 몰두한 인간은 그 당대에 무엇이 되는 데에는 성공했다 하더라도 역사의 법정에서는 반드시 준엄한 심판을 받게 됩니다. 그것이 역사의 정의입니다. 아니, 역사의 심판까지 기다릴 것이 없습니다. 당장 양심으로부터 심판을 받아 마음의 평화를 얻을 수 없고 가족과 친지로부터 저버림을 당하게 됩니다.

이승만 치하에서 네 번이나 국회의원 선거에 실패했지만, 한 번도 대의를 저버린 적이 없습니다. 1963년 정치가 재개되면서 공화당이 그들과 같이 당을 하면 정치 제한을 풀어주고, 그렇지 않으면 앞으로 8년간 정치생활을 못하게 하겠다고 협박했을 때도 타협을 거부했습니다.

박정희 씨가 1972년 유신을 선포했을 때도 마침 일본에 있던 나는 주저없이 망명을 각오하고 반유신 투쟁을 벌였습니다. 그러다 1973년에 납치, 살해될 뻔도 했습니다. 1979년에는 재야 지도자들과 함께 구국선언을 발표했다가 감옥살이를 했지만 법정에서도 끝까지 투쟁을 했습니다.

1980년 소위 김대중 내란 음모사건으로 사형언도를 받고, 앞서 말한 위협과 유혹을 동시에 받았지만 모두 거부했습니다. 3당 합당 때도 마찬가지였습니다. 이렇듯 역대 정권으로부터 위협과 유혹 등을 받았지만 한번도 귀기울여본 적이 없습니다. 그러나 그로 인해 나와 내 가족은 물론 동지들이 겪은 고통은 이루 말할 수 없습니다.

80년 김대중 내란 음모사건 때 아내와 며느리들은 1년간 연금을 당했습니다. 막내 동생과 홍일, 홍업 두 아들은 모진 고문을 당하고 징역살이를 했습니다. 특히 큰 아들 홍일이는 그때 당한 고문으로 허리를 다쳐 아직도 고통을 호소합니다. 아버지 때문에 죄 없는 자식까지 병신이 된 모습을 보는 나의 마음은 어떠했겠습니까?

막내아들은 경찰의 동행 감시 속에 고등학교를 다녔습니다. 한참 감수성이 예민하던 시기에 자신은 물론 집안까지 쑥대밭이 된 가운데에서도 고려대학교에 당당히 입학했습니다. 감옥에 있던 나는 눈물이 나도록 막내에게 감사했습니다.

주변의 수많은 동지들도 마찬가지였습니다. '김대중이는 빨갱이다', '폭동 음모를 꾸몄다'라고 자백하라고 물고문, 전기고문 등 온갖 고문이란 고문은 다 받았습니다. 그러나 나와 우리 동지들은 모두 이 시련을 이겨냈습니다. '야당을 해도 좋다. 그러나 동교동만은 안 된다'라고 해도 고문을 받고 나면 자기 집보다도 동교동을 먼저 찾던 동지들.

그것은 나와 가족 그리고 동지들이, 인생은 어떻게 사느냐가 무엇이 되느냐보다 중요하다는 것을 알고 있기 때문입니다.

92년 대통령 선거 때 이야기를 하나 하겠습니다. 한참 선거 운동이 열기를 더해가는 어느 날 비서들이 어떤 여자분을 소개했습니다. 그분은 발음 교정을 전문으로 하는 분이라고 했습니다. 나의 말에 전라도 식의 억양이 있어서 듣기에 거북해 하는 사람도 있는 것 같다며, 참모들은 그 여자분에게 발음 교정을 받으라고 했습니다.

그리고 그 여자분이 하는 말에 일리도 있었습니다. 어떤 발음을 할 때는 길게 하고, 어떤 발음은 짧게 끊어서 하라는 등 그분의 주문대로 해보니 조금 효과가 있는 듯도 싶었습니다.

그러나 이튿날 그 여자분을 오지 못하게 했습니다. 호의는 고마웠지만, 고향의 발음을 부끄럽게 생각하고 고치려 하는 자신을 견딜 수가 없었습니다. 왜 경상도 사람은 떳떳하게 사투리까지 쓰는데 전라도 사람인 나는 억양까지 감추어야 하는가.

그렇다면 나 자신부터 지역 차별주의에 무릎을 꿇는 게 아닌가.

대통령이 못 되는 한이 있어도 그런 비굴한 태도를 취해서는 안 된다고 생각했습니다. 내 마음속에는 경상도니 전라도니 경기도니 하는 구분이 없지 않은가. 다만 전라도 출신의 한국인으로서 떳떳이 살아야 한다고 다시 한번 다짐했습니다.

또 한번은, 타 후보측 선거원들이 교묘하게 용공조작을 진행하고 있을 때, 우리 참모들이 역공세를 취하자고 제안해왔습니다. 상대측 후보와 관련된 자료들을 펼쳐 보이며, '저들도 저렇게 나오는데 우리도 당하지만 말고 이걸로 대응하자'라고 요구했습니다.

그때 나는 분명하고 단호하게 그래선 안 된다고 했습니다. 저들이 저렇게 나왔으니까 우리도 똑같이 사술을 쓰자는 것은 똑같이 악을 행하자는 것과 다름없다고 생각했습니다. 대통령으로 당선되어야 하지만, 악에 악으로 대처하면서까지 당선될 생각은 없었습니다.

그렇게 말할 수 있었던 것은 대통령에 당선되고 싶은 마음이 없어서가 아니었습니다. 나는 대통령이 되고자 최선을 다했습니다. 그렇지 않다면 무엇 때문에 대통령 선거에 출마하여 그 힘든 강행군을 벌였겠습니까? 그러나 나의 최선은 정도正道에서의 최선이었습니다. 대통령이 되지 못하더라도 지켜야 할 것은 지켜야 하고, 가지 않을 길은 가지 않아야 한다는 것이었습니다.

지금도 잊히지 않는 일이 있습니다. 내가 젊었을 때인 1960년대 당시 무교동 뒷골목에는 맥줏집이 많았습니다. 그 골목에 있는 어느 집에서 친구들과 어울려 맥주를 마시고 있었는데, 한 종업원이 다가와 내 귀에 대고, 나를 잘 안다고 말하는 것이었습니다.

그 여자에게, 당신이 나를 어떻게 아느냐고 물었습니다. 그 아가씨의 대답이 곧장 이어졌습니다.

"우리 아버지도 의원님과 같이 야당을 해요. 아버지가 의원님 말씀을 많이 하셔서 진작부터 알고 있었어요."

그 아가씨의 아버지가 정치를 한다고 하니, 그것도 같은 야당을 한다고 하니, 반가운 생각이 들었습니다. 그래서 아버지가 누구인지를 물었습니다. 그 종업원의 아버지는 마산에서 지구당 간부를 하는 사람이라고 하는데, 이름도 잘 들어보지 못한 사람이었습니다.

그 종업원이 자기가 어떻게 그곳에서 일하게 되었는가를 이야기해주는데, 그 이야기의 대강은 이러했습니다. '아버지가 야당을 하기 때문에 아무것도 되는 것이 없어서 집안이 어렵다. 동생들 교육조차 시킬 수가 없을 정도이다. 그래서 동생들의 학비를 벌기 위해서 일을 하고 있다.' 뭐 그런 내용이었습니다. 물론 아가씨는 결혼 적령기도 넘긴 것 같았습니다.

그래서 나는, "당신을 이렇게 고생시키는 아버지에 대해 어떻게 생각하느냐? 원망은 없느냐?" 하고 물었습니다. 이 질문에 그녀는 깜짝 놀라는 표정을 지었습니다.

"저는 아버지를 존경해요. 한번도 원망을 해본 적이 없어요. 왜냐하면 아버지는 바르게 살고 계시잖아요. 올바른 세상을 만들기 위해 자신과 자신의 가족을 희생하면서 살아가시거든요. 이런 고생 정도는 이겨내야죠. 저는 그럴 수 있어요."

그때 그 종업원의 말은 나에게 깊은 인상을 심어주었습니다. 어떤 위대한 사람의 설교보다도 더 큰 감명을 주었습니다. 그리고 삶의 진정한 성공이 무엇인가에 대해 다시 한번 생각해볼 수 있는 기회를 주었습니다.

사람들은 누구나 성공하려고 합니다. 성공하지 않겠다든지 그런 것에는 관심도 없다는 사람은 한 명도 없을 것입니다. 사람은 성공하기 위해서 산다는 말도 틀리지 않을 것입니다. 모두들 어쨌든 성공해야 한다고 난리들입니다. 그러면서도 무엇이 성공인지에 대해서는 별로 관심이 없는 것 같습니다.

사람마다 자기 인생에 대해 가지고 있는 꿈이 다르고 목표가 다릅니다. 그렇기 때문에 성공에 대해 가지고 있는 견해들도 다릅니다. 어떤 사람은 부자가 되는 것을 성공이라고 생각하고, 어떤 사람은 유명해지는 것을 성공이라고 여깁니다. 성공한다는 것은 무엇을 가리키는 말입니까?

부자가 되거나 유명해진 사람을 성공했다고 말한다면, 그것은 우리가 무언가 '이룬' 것, 곧 성취의 결과물을 가지고 성공 여부를 판단한다는 뜻으로 해석할 수 있을 것입니다. 그리고 실제로 우리들은 흔히 보편적인 의미에서 성공이라는 단어를 이런 뜻으로 사용합니다.

그러나 결론을 먼저 말하면, 그것은 나의 성공관과는 전혀 다릅니다. 나는 무언가 이뤄낸 것의 부피와 무게로 성공을 재는 일에 찬성하지 않습니다. 나는 바르게 사는 것이 곧 성공하는 삶이라고 생각합니다. 다시 말해 바르게 사는 것이 성공하는 길이라는 것이 아니라 바르게 사는 것 자체가 바로 성공이라는 겁니다.

따라서 그 결과로 무엇을 얻었는가, 무엇을 이루었는가는 문제가 되지 않습니다. 이겼을 수도 있고, 졌을 수도 있습니다. 부자가 되었을 수도 있고, 가난뱅이가 되었을 수도 있습니다. 졌기 때문에 무조건 성공하지 않았다고 말할 수 없는 것과 똑같은 이유로 무조건 이겼다는 사실이 성공의 조건이 되지도 않습니다.

그렇다고 졌다거나 이루지 못한 사람의 편을 일방적으로 들자는 것이 아닙니다. 단지 결과물들이 그 사람의 성공 유무를 가늠하는 기준일 수 없다는 것이 내가 말하려고 하는 참뜻입니다.

내가 1983년 하버드 대학에서 연구 생활을 하고 있을 때의 일입니다. 그때, 일 년에 한 번씩 있다는 대학 총장의 직접 강연을 들을 기회가 있었습니다. 대통령 만나기보다 더 보기 어렵다는 하버드 대 총장의 직접 강연은 화제가 되는 사건이었고, 수강자에게는 영예로운 일이었습니다. 강의실은 초만원이었습니다.

총장의 강의가 끝나고 질문 시간이 되었습니다. 나는 다음과 같은 질문을 했습니다. "우리나라는 귀하도 아시다시피 군사 독재가 지배하고 있다. 그에 시달리는 국민들은 끊임없이 비판하고 항거하는데, 미국의 하버드 대학이나 예일 대학 등 초일류 대학을 나온 엘리트들은, 귀국하면 독재자의 편에 서서 독재와 폭력을 합리화하는 그럴듯한 이론을 만들며, 국민을 우민화하고, 정의롭지 못한 지혜를 빌려준다. 이것은 미국 민주주의의 산실이라 불리는 하버드 대학으로서는 불명예스러운 일이 아닐 수 없다. 총장은 왜 이러한 일이 일어난다고 생각하는가? 개개인의 인간성 문제로만 돌릴 수 있는 것인가? 미안하지만 하버드 대학의 교육에 문제가 있는 것은 아닌가?"

다소 가혹한 질문을 한 것 같은 느낌도 없지 않지만, 미국에서는 질문을 할 때 가차 없이 하는 것이 관례였습니다. 총장은 답변했습니다.

"그것은 배운 사람에게 문제가 있는 것도 아니고, 미국의 교육에 문제가 있는 것도 아니다. 그것은 어디까지나 인간성의 문제다. 인간은 권력 앞에 약하고 유혹 앞에 약하다. 이것이 독재에 협력하게 되는 근본 원인이라 생각한다."

총장의 답변에 만족할 수는 없었지만, 당시 상황으로는 더 이상 질문하기가 곤란했습니다. 그래서 강의가 끝나고 나서 총장에게 장문의 편지를 보냈습니다.

"아무리 생각해도 당신의 말에 납득이 가질 않는다. 만일 인간의 본질에 약점이 있다면, 우리나라에서는 어째서 많은 학생들과 근로자들이 독재와 싸우면서 감옥 가는 것마저 불사하는가? 인간의 속성에 약점이 있다면 어떻게 이런 일이 있을 수 있는가? 이것은 교육에 관련된 문제라 생각한다. 당신과 만나 좀 더 깊이 있게 논의하고 싶다."

얼마 지나지 않아, 그에게서 함께 얘기를 나누고 싶다는 답신이 왔습니다. 그 후로도 그는 나에게 특별한 관심을 갖고 많은 협력을 아끼지 않았습니다. 특히 1985년 귀국 시에는 나의 안전을 염려하여 〈뉴욕타임스〉지에 글까지 써주는 친절을 베풀기도 했습니다.

지금 같은 고학력 위주 사회에서 하버드 대학을 졸업한 사람이라면 적어도 '무엇이'라는 관점에서는 성공을 했다고 말할 수도 있습니다. 그러나 나의 성공 기준에 비추어 볼 때, 하버드 아니라 그보다 더한 대학을 나온 초일류 엘리트라 하더라도 불의에 협력한 다면 그의 인생은 성공한 것일 수 없습니다.

그러면 무엇이 기준인가. 사람마다 다 똑같을 수 없겠지만, 나의 기준은 행동하는 양심을 가지고 정도를 가는가, 가지 않는가입니다. 정도를 가는 사람은 져도 이긴 사람이고, 이룬 것이 없어도 이미 성공한 삶을 산 사람입니다. 그러나 정도를 가지 않은 사람은 이기고도 실패한 사람이고, 이루고도 성공한 삶을 살지 못한 사람입니다. 그런 의미에서 앞서 말한 종업원의 아버지는 그가 뛰어든 정치에서 어떤 성과를 이루었건 이루지 못했건 상관없이 성공한 것입니다.

나는 사술에 대해 생리적으로 거부감을 품고 있는 사람입니다. 큰 목적을 가진 사람일수록 정정당당해야 합니다. 멀리 내다보아야 하고, 눈앞의 이익에 연연해서도 안 됩니다. 그래서는 졸장부 신세를 면하기가 어렵습니다.

비록 인생의 사업에는 목적을 달성하지 못하더라도, 인생의 삶에는 충실해야 합니다.

내가 기록되고 싶은 역사의 페이지는 이 세상에서 무엇을 얼마만큼 이룬 사람의 페이지가 아닌, 인생을 어떻게 올바르게 살려고 노력했느냐 하는 사람의 페이지입니다.

6년간의 대학생활

처음 지구상에 인류가 출현했을 때 인간은 네 발로 기어다녔습니다. 달리기는 조그마한 다람쥐보다 못했고, 나무 타기는 원숭이보다 못했습니다. 매나 독수리처럼 날아다니지도 못했으며 그들처럼 밝은 눈을 갖고 있지도 못했습니다. 귀는 토끼를 따라가지 못했고, 개처럼 냄새를 잘 맡지도 못했습니다. 맹수들과 싸워 이길 힘도 사나운 발톱도 날카로운 이빨도 없었습니다. 추위로부터 자신을 보호할 두터운 털가죽도 없었습니다.

결국 멸종할 수밖에 없는 종이었습니다. 그러나 인간은 다른 동물처럼 이빨이 있고, 발톱이 있고, 날개가 있었다면 결코 하지 않았을 시도를 하기 시작했습니다. 즉 죽느냐 사느냐의 기로에서 인간은 뒤쪽 두 발로만 서고 앞발은 손으로 사용하겠다는 결단을 내리게 된 것입니다. 직립을 결단한 인간은 거칠 것 없는 승리의 전진을 시작했습니다.

장대를 이용하여 높은 나무에 매달린 열매를 땄고, 돌도끼와 창을 만들어 짐승이나 물고기를 잡았습니다. 추우면 동물의 가죽을 벗겨 옷을 만들어 입었고, 움막을 지어 가족을 맹수의 습격으로부터 보호했습니다.

열매, 고기, 생선, 풀 등 닥치는 대로 먹어치움으로써 다른 동물들과 달리 어떠한 환경에서도 살아남을 수 있는 전천후의 식생활을 개발했습니다. 그러다가 드디어 불을 발견하게 되었는데, 불은 문명을 향한 인류의 가장 위대한 발걸음이었습니다.

인간에게 주어진 절망적인 역경이 도리어 인간을 승리자로 만든 것입니다. 만일 인간이 처음부터 순조로운 환경에 있었다면 오늘날과 같은 놀라운 진화와 정신적 물질적으로 찬란한 발전을 이룩할 수 없었을 겁니다.

살다 보면 역경도 만나고 순경도 만나는 게 인생입니다. 늘 고난만 있는 것도 아니고 늘 순조롭기만 한 것도 아닙니다. 역경이라도 잘 대처하면 득이 되고, 순경이라도 잘못 사용하면 독이 됩니다. 일반적으로 볼 때는 아무리 힘들고 감당하기 벅찬 삶이라 하더라도 극복하지 못할 역경은 없는 법입니다.

나는 이 사실을 증명할 만한 가장 대표적인 인물과 한 지붕 밑에서 약 반년 동안 산 적이 있습니다. 스티븐 호킹 박사가 바로 그분입니다. 호킹 박사만큼 신체적으로 어려운 여건에 처해 있는 사람도 흔치 않을 것입니다.

젊었을 때 몰아닥친 근육위축 증세가 그의 눈과 귀와 두뇌를 제외하고는 모두 불구로 만들어버렸습니다. 입은 마비된 채 간신히 밥을 흘려 넣는 것이 고작이었으며, 손가락도 겨우 컴퓨터를 조작해서 입력된 음성장치를 통해 몇 마디씩 말을 할 뿐이었습니다. 그의 불행은 육체적인 것만이 아닙니다. 아내는 두 자식과 남편을 남겨둔 채 이혼하고 나가버렸습니다. 아내가 그에게 준 고통은 아주 컸다고 합니다.

그런데도 그는 부단한 노력으로 경이로운 학문 세계를 구축해 뉴턴과 아인슈타인에 버금가는 과학자가 되었습니다. 그러나 더욱 경이로운 것은 학문적 업적이 아니라, 바로 삶에 대한 그의 태도입니다.

내가 영국을 떠날 때 가장 아쉬워했던 사람도 호킹 박사였습니다. 그도 나를 상당히 좋아했습니다. 거기에는 이유가 있습니다. 1991년 호킹 박사가 한국을 방문한 일이 있습니다. 그때 몇몇 분들과 함께 영국 대사관에서 그와 담화를 나누고 식사를 한 적이 있습니다.

많은 사람들이 호킹 박사에게 호기심을 가지고 질문들을 했는데, 그의 학문에 대해서는 별로 관심을 표명하지 않았습니다. 그런데 나는 우주의 생성과 미래, 인류와의 관계에 대해 질문을 했습니다. 그러한 나의 질문에 강한 인상을 받은 것 같습니다.

그 후 우리는 영국에서 이웃으로 다시 만났습니다. 그는 금방 나를 알아보았으며, 대사관에서 나눈 대화도 기억하고 있었습니다. 우리는 두세 차례 서로의 집을 오가며 대화의 자리를 가졌습니다. 하루는 시간이 길어져서 그에게 불편을 줄 것 같아 먼저 자리를 뜨려 하자 오히려 나를 붙드는 것이었습니다.

그리고는 어디서 들었는지, 한국의 통일과 북한의 핵 문제에 대해 질문도 하고 자신의 의견을 내놓기도 했습니다. 심지어 나의 장래 문제에 대해서도 깊은 관심을 가지고 질문을 해왔습니다. 참으로 그의 박식과 인격에 고개가 절로 숙여졌습니다. 그는 정상인이 하는 일을 다 하고, 그러고도 더 하려 하는 사람입니다. 역경이 오히려 그의 삶을 더욱 역동적으로 만든 것입니다.

아무튼 그에 대한 나의 인상은 지독하리만큼 지적 호기심이 강한 분으로 얼굴에는 항상 인생에서 가장 행복한 사람만이 지을 수 있는 미소와 기쁨이 넘치는 그런 분이라는 것이었습니다. 호킹 박사야말로 인간이 얼마만큼 역경을 극복할 수 있으며, 그러한 과정에서도 얼마만큼 행복해질 수 있는지를 보여주는 표본이라 할 수 있습니다.

나 역시 호킹 박사만큼은 안 되겠지만, 일생을 통해 수없이 많은 역경과 싸워왔다고 생각합니다. 그 하나가 옥중생활이라 생각합니다. 원치 않은 생활이었지만, 6년 정도 감옥에 갇혀 있는 동안 참으로 많은 지식을 섭취하고 진리를 깨달을 수 있는 기회를 가졌습니다.

나는 감옥에 가기 전에는 철학에 대해 별로 알지 못했습니다. 그러나 감옥에 있으면서 수많은 철학서적을 읽고, 사색하고, 또 읽게 되었습니다. 플라톤, 아우구스티누스, 칸트, 니체, 야스퍼스, 사르트르, 키르케고르, 러셀 등을 읽어서 그 분야에 다소나마 눈을 뜨게 되었습니다.

여러 가지 신학 책을 읽으면서 신의 존재, 이 세상이 부조리한 이유, 내세의 구원 등에 대해 나름대로 해답을 얻게 된 것도 감옥에서였습니다. 또 거기서 정독하게 된 토인비의 《역사의 연구》는 인생을 살아가는 데 가장 기본이 되는 방향타를 제시해주었습니다. 석학들의 명저들을 읽으면서 몇 번이고 "여기에 안 들어왔던들 이런 진리를 깨닫지 못하고 죽을 뻔했구나" 하면서 무릎을 치며 감옥에 온 것을 감사했습니다.

그리고 바깥에서 접하지 못했던 세계 문학의 고전을 탐독할 수도 있었습니다. 나는 특히 푸시킨, 레르몬토프, 도스토옙스키, 톨스토이, 투르게네프 등 러시아 문학과 헤밍웨이의 소설에 큰 영향을 받았습니다. 헤밍웨이의 《노인과 바다》를 읽으며 느꼈던 감동은 지금도 생생하게 살아 있습니다.

노인이 사투를 다해 잡은 거대한 고기를 배 옆에 달고 귀향하는데, 상어 떼가 몰려와 뜯어먹기 시작합니다. 노인은 노를 들어 상어 떼와 싸우지만 어쩔 수 없습니다. 항구로 돌아왔을 때, 그 큰 고기는 앙상한 뼈만 남아 있습니다. 그 뼈를 생각하며 인간 승리의 참 의미를 실감했습니다. 무엇을 얻는 것이 중요한 것이 아니라, 어떻게 싸우는가가 더 중요하다는 것을.

그리고 공자, 맹자 등 동양의 고전과 우리나라의 실학사상도 감옥에서 비로소 그 맛과 깊이를 느낄 수 있었습니다. 나의 영어 실력이 지금 정도 된 것도 순전히 감옥을 갔다 온 덕택입니다. 사실 오늘의 김대중의 지적, 인격적 성숙에는 그 상당 부분이 감옥 생활에서 만들어진 것입니다. 그곳이야말로 나의 대학이었습니다.

출옥 후에도 일이 바빠 책을 볼 시간이 없을 때는 정말이지 다시 감옥에 들어가고 싶다는 충동이 일기도 했습니다. 감옥에 다시 가고 싶다니, 누구도 잘 믿기지 않겠지만, 그곳에서 체험한 보석같이 찬란한 인생의 진리를 생각하면 감옥 가는 것 정도의 역경은 얼마든지 감당할 수 있다고 느끼게 된 것입니다. 아마 경험하지 않고는 이 말을 믿기가 어려울 것입니다.

영국에 머무는 동안 체코를 방문한 적이 있는데, 체코 언론들은 하벨 체코 대통령, 구소련의 사하로프, 폴란드의 바웬사, 그리고 중국의 방여지와 더불어 나를 세계 5대 인권 지도자로 소개했습니다. 러시아에 갔을 때는 러시아의 언론들이 구소련의 사하로프, 인도의 간디에 버금가는 인권 지도자라고 써주기도 했습니다. 간디와 비교하다니 물론 터무니없는 과장이지만 적어도 나를 우리나라 민주주의와 인권 투쟁의 대표적인 인물로 세계인들이 평가해준 것은 사실입니다.

케임브리지 대학에서는 6개월간 머물며 연구 활동을 하는 동안 시종 나를 귀빈으로 대접했고, 그곳을 떠날 무렵에는 내가 있었던 클레어 홀 칼리지에서 교수회의의 평생회원으로 선출해주었습니다. 그리고 내가 묵었던 아파트 단지 이름을 파인 허스트Pine Hurst Lodge에서 'Kim's Lodge'(김씨의 집)로 바꾸었습니다.

케임브리지대의 부총장은 "옥스포드에서는 클린턴이 공부했고 우리 대학에는 김대중이 왔다"라며 환영의 말을 해주었습니다. 이 모든 영광은 내가 역경에 굴하지 않고 모든 시련에 최선을 다해 응전한 대가라고 생각합니다.

나는 주역에 대해 왈가왈부할 만큼 잘 알지는 못합니다. 다만 만물은 음과 양으로 이루어져 있는데 음이 있고 양이 따로 있는 것이 아니라 음 속에 양이 있고 양 속에 음이 있으며 그것이 음양설의 핵심이라고 알고 있습니다.

즉 흑 속에 백이 있고, 백 속에 흑이 있는 것이지 흑백 양단은 있을 수 없다는 것입니다. 완전한 흑이나 절대적인 백을 고집하는 사람은 인생을 모르는 사람이라고 생각됩니다.

우리의 인생을 가만히 살펴보면, 주역의 가르침에 공감할 수 있습니다. 도저히 헤쳐나갈 수 없어 보이는 역경도, 지나고 나면 그렇게 힘든 것만은 아니었다는 것을 알게 됩니다. 그리고 대응 여하에 따라서는 오히려 그것이 큰 이득을 가져오는 경우도 많습니다.

그런가 하면 커다란 행운이 굴러 들어온 것으로 알고 기뻐했던 일이 오히려 불행의 씨를 잉태하는 경우도 없지 않습니다. 대응을 잘못해 복이 화근으로 변할 수도 있다는 말입니다. 우리말에 하늘이 무너져도 솟아날 구멍은 있다는 속담이 있습니다. 우리 조상들의 지혜입니다. 또한 동양에서는 '전화위복'이라는 말이 있습니다. 결국 우리의 대응 여하에 따라 행과 불행이 결정된다는 뜻입니다.

인생의 위대한 성공들이 순경의 시절보다 역경의 시절에 더 많이 쏟아져나와 그 사람을 역사에 길이 남을 인물로 만드는 경우를 우리는 흔히 봅니다. 베토벤, 헬렌 켈러, 사마천, 그리고 조선조 말엽의 정다산 등이 그런 사람들입니다. 우리 민족의 전 역사를 통해 정다산만큼 위대한 학문적 업적을 남긴 이도 흔치 않습니다.

나는 다산이 그렇게 훌륭한 업적을 이뤄낼 수 있었던 원인을 그가 겪은 수많은 역경에서 찾습니다. 다산 정약용은 전남 강진에서 18년 동안 유배 생활을 하면서 수백 권에 달하는 주옥 같은 글을 남길 수 있었습니다. 불후의 명저인 《목민심서》와 《경세유표》 등이 바로 유배지에서 나온 대표적인 저작물입니다.

인간만사 새옹지마라고 했습니다. 행운은 언제나 아름다운 모습으로 미소를 지으며 우리에게 찾아오는 것이 아닙니다. 때로는 험한 모습을 띠면서 으르렁거리며 오기도 합니다. 내게는 많은 경우가 그러했습니다. 오늘의 내가 있는 것은 그러한 시련의 역경에 최선의 대응을 하려고 애쓴 결과라고 생각합니다.

우리의 삶으로 찾아오는 순경과 역경을 마음대로 선택하여 살수는 없습니다. 우리가 할 수 있는 것은 다만 어떠한 경우에도 슬기롭게 대처하여 역경을 순경으로 만들거나 그 피해를 최소화하는 겁니다. 또 순경을 잘 활용하여 성공의 길로 나아가며 좋은 환경의 유혹에 끌려 자기 자신이 타락하지 않도록 주의하는 겁니다. 우리가 할 수 있는 자세는 항상 이러한 마음의 자세와 최선의 준비를 갖추고 기다리는 것뿐입니다.

나무도 보고 숲도 보고

지금 생각해도 아찔한 일이 있습니다. 소위 서울의 봄이라고 불리는 1980년 5월의 일입니다. 5월 17일이 되기까지 전국은 대학생들의 시위로 들끓었습니다. 마침내 5월 13일에는 거리로 뛰쳐나온 10만의 대학생들이 서울역 앞에 모여 구호를 외치며 전두환, 신현확 퇴진과 계엄령의 해제를 요구하고 있었습니다.

그들의 주장이 당연하다고 생각하면서도 그 시위에 대해서는 크게 걱정이 되었습니다. 그것은 거리의 투쟁이 국민에게 어떤 모습으로 비칠지, 그리고 군사 쿠데타를 획책하려는 자들에게 어떤 구실을 제공하지는 않을지 두려웠던 것입니다.

그래서 나는 국민들의 여론을 수렴하기 위해 비서들을 거리로 내보냈습니다. 택시 기사들과 거리에서 만난 사람들을 통해 수집한 국민들의 의견은 나의 우려가 맞다는 것을 증명했습니다. 국민들은 학생들의 조급한 태도에 강한 비판과 우려를 표시했습니다.

신군부 사람들이 일을 저지를 명분을 준다는 것이었습니다. 조금만 참고 기다려서 국회에서 계엄령을 해제하도록 하는 것이 슬기로운 방법이라는 것이었습니다. 나도 물론 같은 생각이었습니다.

그런데 5월 14일 재야 지도자 몇 명이 나를 찾아왔습니다. 그들은 몹시 흥분해 있었습니다. 전날의 집회에 고무되어 금방이라도 세상이 뒤집혀질 것 같은 환상을 갖고 있었습니다. 이 흥분한 재야 인사들은 내 앞에 한 장의 문서를 내놓았습니다. 그들이 얼마나 상황을 자의적으로 해석하고 있는지가 그 문서 속에 그대로 반영되어 있었습니다.

"모든 군인들은 무기를 놓고 병영을 나와라. 모든 노동자들은 해머를 놓고 공장을 떠나라. 모든 상인들은 문을 닫고 철시하라. 모든 국민들은 가슴에 검은 리본을 달고 장충단 공원으로 모여라."

이런 내용이었습니다. 나는 어처구니가 없었습니다. 나는 그들을 쳐다보며 "그만 살고 싶소?" 하고 물었습니다. 그 순간 그들은 기름을 들고 불속으로 뛰어들면서도 그 위험성을 미처 감지하지 못하는 사람들 같았습니다. 그들에게 그 사실을 환기시켰습니다.

군대를 향해 무기를 놓고 나오라는 건 휴전선을 북쪽에게 넘겨주라는 것으로 신군부 세력이 자의로 해석할 수 있는 절호의 구실을 주는 것이고, 바로 터무니없는 행동을 유발시킬 수 있는 동인을 제공하는 일입니다. 더욱이 즉결 처분도 가능합니다. 한마디로 말도 안 되는 무모한 주장이었습니다. 그리고 어떠한 경우에도 안보를 위태롭게 해서 북한에게 오판의 기회를 주어서는 안 되며, 경제적, 사회적 안정을 파괴하는 것은 더더욱 안 된다고 주장했습니다. 그러한 태도만이 국민의 지지 속에 민주화를 성취해낼 수 있는 길이라고 역설했습니다.

더욱이 모든 언론이 검열의 대상이 되고 있는 계엄하에서는 그런 성명을 발표한다고 해도 한 줄도 보도되지 않을 것이 뻔한데, 처참한 희생만 자초하는 어리석은 짓일 뿐이었습니다. 그들의 요구를 단호히 거부하고 오로지 '계엄 해제'와 '전두환, 신현확 퇴진'만을 요구해야 하며, 그래야만 국민 일반의 정서와 일치한다고 설득했습니다.

그러나 그들은 막무가내였습니다. 이미 학생들이 문건을 다 만들어놓고 기다리고 있다는 것이었습니다. 나는 그들에게 '우리가 학생들을 지도해야지 학생들을 따라가서야 되겠느냐'고 화를 냈습니다.

그러자 그들은 윤보선 전 대통령의 서명을 가리키면서 다시 재촉했습니다. 나는 그분은 이제 노인이고 전직 대통령이기 때문에 크게 문제 삼을 수가 없지만, 우리는 반드시 희생당한다고 딱 부러지게 거절했습니다.

결국 그들이 써온 문구를 지우고 '계엄령 해제와 전두환, 신현확 퇴진'만을 주장하라고 고쳐주었습니다.

그때 그렇게 하지 않았다면 나와 그 재야인사들 중 몇 명은 지금 이 세상에 없을 것입니다. 그로부터 나흘 후인 17일 신군부는 내란음모죄를 조작하여 우리를 무더기로 체포하고 사형을 선고했습니다.

그렇게 재야인사들의 성명서 초안을 거부했기에 망정이지 서명이라도 하여 발표되었더라면 얼마나 좋은 구실을 제공했겠습니까? 실제로 중앙정보부에 끌려가 취조받을 때 한 수사관이 이렇게 말했습니다.

"만일 김 선생이 그 성명서 초안을 파기하지 않았던들 김 선생은 지금 이 세상 사람이 아닐 것입니다."

나는 40년간 정치를 해오면서 누구보다도 크게 보고 대국적으로 판단하려고 하면서도 또 누구보다 세밀하게 상황을 판단하려고 했습니다. 그런 세심함은 어쩌면 독재 정권이 길러준 것인지도 모르겠습니다. 매순간마다 그들의 공작과 음해에 신경을 날카롭게 하고 대처해야 했으니 말입니다.

역사의 큰 흐름을 읽으며 민주화의 승리를 확신하되, 그 과정의 곳곳에 매복된 난관과 음모에 주의깊게 대처해야 합니다. 말하자면 숲도 보고 나무도 봐야 합니다. 동양 사람은 숲만 보고 나무를 소홀히 하는 경향이 있고, 서양 사람은 나무만 보고 숲을 소홀히 하는 경향이 있습니다. 어느 쪽도 바람직하지 않습니다.

동양 사회에서는 사회나 나라를 위해 큰일을 하는 사람이 사소한 것, 이를테면 가족이라든지 일상사에 대해 신경을 쓰는 것을 소인배들이 하는 일로 생각합니다. 그런 사소한 일에 시시콜콜 관심을 기울이다 보면 큰일을 하는 데 방해가 된다는 논리를 전개합니다. 정치나 사업을 하는 사람들 가운데 이런 식의 '큰일주의자'들이 많은 것도 사실입니다.

그래서 그런지 몰라도 내가 길을 걸으며 주변에 핀 꽃 한 송이나 거리의 간판에 대해서 관심을 표시하면, 많은 이들이 좀 뜻밖이라는 반응을 보입니다. 큰 것에만 관심 있는 줄 알았더니 그렇게 작은 것에도 관심이 있구나 하는 표정들입니다.

나라 일을 걱정하는 김대중과 길가의 이름 모를 꽃에 대해 꼬치 꼬치 따져 묻는 김대중 중에서 어떤 것이 진짜 당신의 모습이냐고 묻는 사람이 더러 있습니다. 그때마다 나는 둘 다라고 대답합니다. 나는 큰 사람이 되려고 노력했습니다. 사사로운 이익을 탐하는 졸 장부는 되지 않겠다고 다짐해왔습니다.

그러나 동시에 나는 작은 일을 깊이 살피고 실수가 없도록 하려 고 애써왔습니다. 길거리의 꽃을 보고 지구의 운명과 환경을 생각 했으며, 거리의 간판을 보고 우리 경제의 흐름과 사회문화의 변화 상을 살폈습니다.

숲도 보고 나무도 보되, 숲과 나무를 따로따로만 보는 것이 아니 라 밀접한 상호연관 속에서 통합해서 보는 변증법적 사고를 갖추 려고 노력했습니다. 나는 그래야만 사물을 올바르게 판단할 수 있 으며, 성공률을 높이고 실패를 줄일 수 있다는 사실을 경험을 통해 알았습니다.

내가 1971년 대통령 선거 당시 "이번에 정권 교체를 하지 못하 면 총통제가 온다"라고 했는데, 1973년에 유신이 왔습니다. 또 당 시 선거에서 3단계 통일 방안을 제시했는데, 오늘에 이르러 우리 통일 방안의 공통분모가 되었습니다. 1985년 미국 망명에서 귀국 하였을 때 많은 사람들이 대통령 직선제에서 물러나 앉았지만 혼 자서 밀어붙여 6·29까지 이끌어냈습니다. 최근에도 핵문제의 해 결방안으로 일괄타결 방식을 제안했는데, 지금 협상의 방향은 그 렇게 잡혀가고 있습니다.

삶의 자세에 있어서도 대소, 완급, 경중 등을 균형있게 판단하는 자세가 필요합니다. 이것이 인생의 성공의 길입니다. 독서를 할 때도 마찬가지입니다. 정독을 하되, 자기 나름의 판단을 하는 사색이 꼭 필요합니다. 그럴 때만이 선인들의 생각을 더 넓고 깊게 수용할 수 있습니다.

또 독창적이고 창조적인 사람이 되기 위해서는 먼저 모든 일에 흥미를 가져야 합니다. 그것이 시작입니다. 흥미가 한 분야로 집중되면 그것을 관심이라고 합니다. 관심을 체계화시킨 것이 연구입니다. 인류의 진보에 기여한 위대한 사상과 업적도 실은 이처럼 흥미를 갖는 아주 단순한 일에서부터 시작됩니다.

뉴턴이 떨어지는 사과를 보고, 왜 떨어지는지에 대해 흥미와 관심을 갖고서 체계적으로 연구한 결과, 만유인력을 발견하게 된 것은 너무나 유명한 이야기입니다. 작은 것 하나라도 세심하게 관찰하고 이를 큰 일과 연계시켜서 종합 판단하고 연구하는 사람, 바로 그러한 사람됨이 필요합니다.

내가 옥중에서 쓴 편지들을 읽어보면 알 수 있겠지만, 나는 나의 가족을 매우 사랑하고 나름대로 좋은 가정을 만들려고 노력한 사람입니다. 일을 핑계 삼아 가정을 소홀히 하는 사람이 있다면 그는 큰 잘못을 저지르는 것입니다.

가정이 화목하고 단합해야 큰일을 할 수 있는 힘이 나옵니다. 큰일과 가정은 서로 상치된 것이 아니라 서로 돕고 의지하는 유기적인 일체의 관계인 것입니다. 그러나 불행하게도 나는 타의에 의해 오랫동안 좋은 가장 노릇을 하지 못했습니다. 오히려 가족들로 하여금 큰 고생을 하게 했습니다. 그 길고 힘든 세월을 나를 믿고 나보다 더 잘 견뎌준 나의 아내와 자식들이 정말이지 얼마나 고마운지 모르겠습니다.

오랜 세월 가족과 함께 생활하지 못했기 때문에 나는 되도록이면 가족들과 시간을 많이 보내려고 합니다. 일요일에는 무슨 일이 있어도 세 아들 내외와 7명의 손자 손녀들을 불러 식사도 함께하며 즐거운 시간을 보냅니다.

이때만큼 내게 행복한 시간은 없습니다. 7명의 손자 손녀들을 바라보고 있노라면 나의 입은 절로 벌어져 다물 줄 모릅니다. 그런데 그 7명 하나하나가 조금의 차이도 없이 다 사랑스럽고 예뻐만 보입니다. 아무리 자기 핏줄이지만 이건 좀 의아하다고 느낄 때가 종종 있습니다.

나는 그런 때면 가족들에게 말합니다.

"우리 가족은 얼마나 행복한가. 우리는 서로를 아끼고 사랑한다. 모두가 건강하고 한 사람도 잘못되어가는 사람이 없다. 아들과 며느리는 모두 효자 효부이고, 손자 손녀들은 할아버지 할머니를 다시 없이 사랑한다. 이 이상의 행복이 어디 있겠는가? 우리는 지금 행복을 느껴야 한다. 사람들은 행복할 때는 행복을 느끼지 못하다가 지나고 나서야 그때가 행복했는데 하고 아쉬워한다. 우리는 그런 우를 범해서는 안 된다. 행복한 바로 그 순간에 행복을 느끼자."

작은 가정의 행복이 모여서 큰 사회적 행복을 만듭니다. 이 둘은 결코 뗄 수 없는 하나입니다.

5년 전 영국에 머물던 6개월 동안 나는 영국, 독일, 포르투갈, 프랑스, 벨기에, 네덜란드, 오스트리아, 체코, 루마니아 등을 여행했습니다. 가는 곳마다 크게는 그 나라의 형편을 살피고 작게는 그 나라의 생활과 사회상들을 살폈습니다.

특히 독일은 아주 여러 번 방문했습니다. 통일된 독일을 주의 깊게 둘러보면서 한 가지 사실을 발견했습니다. 동독인들이 과거 통일 전과 비교해서 분명히 생활이 나아졌건만 별로 행복해하지 않는다는 사실이었습니다.

그것은 공산세계의 타율적 무사안일주의에 익숙해 있던 그들이 이제 모든 것을 스스로 책임져야 한다는 사실을 행복한 자유 조건이라고 느끼기보다는 오히려 부담스러워한다는 데 원인이 있었습니다.

그들에게는 지금 무한한 기회와 함께 자유가 주어졌고, 그 자유는 책임을 동반하고 있습니다. 그런데 그들은 그러한 책임을 감당하기 싫어하는 것입니다. 그들이 그렇게도 서독 사회로 흡수되기를 갈망했으면서도 민주사회의 보물인 자유와 기회 속에서 행복을 크게 느끼지 못하는 것이었습니다.

이러한 사실을 발견한 것도 눈에 보이는 것 하나하나를 꼬치꼬치 캐물으며 나를 안내한 대사관 사람들을 꽤나 괴롭힌 결과였습니다. 그러나 그 덕택으로 나는 그들 나라를 알게 되고 우리나라의 통일과 발전에 기여할 수 있는 많은 지식을 얻을 수 있었습니다.

숲을 보기 위해 나무를 따졌고, 나무를 보는 가운데 숲을 알려고 했습니다. 되풀이 말하지만, 큰 문제뿐만 아니라 주변의 일상적이고 사소한 문제에 대해서도 치밀하게 고려하지 않았다면, 오늘의 나는 존재하지 않았을 것입니다. 이 말은 그냥 비유로 하는 말이 아닙니다.

내가 대범하기만 하고 세심하게 주의를 기울일 줄 몰랐다면 나는 그 혹독하고 교활한 군사정권의 공작정치 앞에서 이미 쓰러지고 말았으며, 벌써 이 세상 사람이 아닐 것입니다. 나의 인생에는 수없이 많은 덫이 놓여 있었습니다. 세심한 관찰력과 치밀한 주의력이 내 앞의 덫을 피해 가게 했습니다. 그리고 나에게 닥친 큰일을 차질없이 치러낼 수 있었습니다.

한 가지 예를 더 들어보겠습니다. 내가 망명해서 해외에서 활동할 때의 일입니다. 해외에서 지내다 보면 이상하게 민족적 감정이 고양되어 자연스럽게 통일지상주의에 빠지곤 합니다. 그러나 어떤 식으로든 통일을 이루면 된다는 극단적인 통일론자들의 주장이나, 해외 동포들이 남북을 중재하면서 통일을 추진하고자 하는 그럴듯한 주장 앞에 나는 결코 동의해본 적이 없습니다.

일관된 나의 주장은 선민주 후통일이었고, 대한민국 절대 지지였으며, 공산당과의 분명한 한계를 설정하는 것이었습니다. 망명정부의 주장이 나올 때마다 "대한민국이 엄연히 존재하는데 무슨 망명정부냐"라고 준엄하게 꾸짖고 그 자리에서 그 말을 철회시켰습니다. 그리고 우리가 반대하는 것은 대한민국이 아니라 유신과 군사독재라는 것을 분명히 했습니다.

그러하였기에 고국에 돌아와서도 군사정권에 의해 조작된 트집은 잡혔을망정 증거에 입각한 추궁을 받아본 일이 없습니다. 그들이 조사하면 조사할수록 내가 결코 낭만적인 감상에 빠져서 대한

민국을 해롭게 하지 않았다는 사실이 명백해졌습니다.

나는 그간 세계 각국의 지도자들을 만났을 때 반독재뿐만 아니라 공산주의 반대의 입장과 대한민국 지지의 입장을 일관되게 강조했습니다.

큰일을 생각하면서도 사소한 표현 하나하나에 신중에 신중을 거듭하는 세심함. 이러한 태도가 큰길을 가는 사람의 올바른 자세입니다.

링컨에게서 배운 것

나와 정치 여정을 함께하며 오랫동안 동고동락해온 사람이 몇 년 전 전두환 씨와 사돈을 맺었습니다. 전두환 씨의 동서 아들이 그의 사위가 된다는 것이었습니다.

그는 80년의 봄을 짓밟고 일어선 5·17 쿠데타 때, 나와 함께 끌려가 모진 고문을 당했던 사람입니다. 당시 어떤 식으로든 나와 연관되어 있던 수많은 사람들이 억울한 누명을 쓰고 갖은 박해와 고초를 겪었는데, 나의 비서였던 그도 그런 사람들 가운데 한 사람이었던 것입니다. 알다시피 전두환 씨는 우리들을 이유 없이 잡아 가두고, 고문하고, 사형 선고를 내리고 징역을 살게 한 장본인입니다.

그런데 참으로 세상 일은 알 수가 없습니다. 바로 그러한 전두환 씨와 그가 사돈이 되다니. 나중에 들은 바에 의하면, 그의 딸과 신랑이 된 젊은이는 미국 유학 중 만나 서로 사귀어왔다고 합니다. 처음에는 양가의 배경에 대해 모르고 교제를 시작했다가 서로의 사랑을 확인한 후에야 알게 되었던 것 같습니다.

그의 딸은 당연히 깊은 고민에 빠지지 않을 수 없었을 것입니다. 20년 동안 민주화 투쟁을 하며 살아오는 동안, 군사독재 정권에 의해 고문받고 옥살이해온 아버지의 고통을 누구보다도 잘 알고 있었기 때문입니다. 그러나 그녀에게는 사랑만큼 소중한 진실도 달리 없었을 것입니다. 그래서 혼자서 오랫동안 고민을 한 끝에 부모에게 그가 사귀고 있는 남자에 대해 이야기를 하고 결혼하겠다는 의사를 밝혔다고 합니다.

그 이야기를 들은 그는 적잖은 충격을 받았고, 딸애가 야속하기까지 했다고 합니다. 그 많고 많은 젊은이들 가운데 하필이면 그 집안의 아들인가…. 그런 생각을 했을 겁니다. 갑자기 십수 년 전의 악몽같았던 일들이 떠올라 심기도 불편했다고 합니다. 그래서 그는 반대를 했습니다. 그러나 그는 얼마 있지 않아 마음을 바꾸었습니다.

그가 생각을 바꾼 데는 두 가지 요인이 작용을 했습니다. 그 하나는 부모들의 그늘진 감정이 자식들의 진실한 사랑을 가로막는 방해물 노릇을 해서는 안 된다는 생각입니다. 서로 사랑하고 좋아하는 젊은 남녀가 부모들의 해묵은 원한과 편견에 의해 사랑을 이루지 못하고 헤어져야 한다면 그것은 또 얼마나 큰 한이 되겠습니까. 부모로서 그것은 도리가 아니라는 생각을 했던 모양입니다. 한국판 '로미오와 줄리엣'의 비극이 있어서는 안 된다고 생각했던 모양입니다.

그의 마음을 돌리게 한 또 하나의 요인은, 그의 표현에 의하면, '젊었을 때부터 줄기차게 들어온' 나의 용서와 화해의 철학이었다고 합니다. 그는 30~40년 동안 나와 동고동락하면서 아주 가까이에서 평소에 내가 늘 원수를 용서하라고, 죄는 미워해도 죄인은 미워하지 말라고 하는 말을 자주 들어왔던 것입니다.

그리고 내가 말만이 아니라 실제로 행동한 것을 누구보다 가까이에서 지켜보아왔던 터였습니다. 73년 나를 납치·살인하려 했던 범인들을 모두 용서했고, 박정희 씨, 전두환 씨도 용서한 것을 알고 있었습니다. 용서만 한 것이 아니라 분노한 국민들이 전두환 씨의 체포를 주장할 때 수만 명의 군중 앞에서 이를 반대했습니다.

전두환 씨가 백담사에서 내려오지 못하고 있을 때, 노 대통령에게 전두환 씨의 서울 귀환과 연희동 집으로의 귀가를 한마디로 승낙해주었습니다. 그 문제로 고민하던 노 대통령이 "김대중 총재가 나의 은인이다"라고까지 말한 경위도 그는 알고 있었던 것입니다.

자신이 오랫동안 보아온 나의 그런 철학과 교훈을 스스로 실천해볼 기회가 온 것이라고 마음먹기에 이르렀습니다. 그런 결심을 하고 딸의 결혼을 허락하고 난 후 일생 동안 느껴보지 못한 기쁨을 맛보았다고 그는 말했습니다. 나 역시 그가 주저하면서 나에게 딸의 혼사문제를 꺼냈을 때, 일언지하에 찬성하고 강력히 권하기도 했습니다.

나는 그의 그러한 결단에 말할 수 없는 자부심을 느꼈습니다. 내가 일생 동안 정치를 해오면서 일관되게 주장해온 용서와 화해의 철학이 동지요 측근이었던 그의 삶에 영향을 미쳤다는 고백을 듣고 그가 맛본 기쁨 이상의 기쁨을 누렸습니다. 그 젊은 친구들의 결혼을 축하해주지 않을 이유가 나에게는 없었습니다.

사실 나는 성격적으로, 누구를 오래 미워하지 못합니다. 그러나 은혜는 결코 잊지 않습니다. 내가 너무도 슬프고 한 많은 경험을 했기 때문에 내 옷소매에 눈물이 떨어질 때 내 손목을 잡아주던 사람의 은혜를 절대로 잊지 못합니다.

나는 참 눈물이 많은 사람입니다. 혼자 조용히 앉아 내가 은혜 입은 것을 생각하고 있노라면 나도 모르게 눈시울이 뜨거워집니다. 그리고 그가 개인이든 단체든 국내든 국외든 기회가 있으면 꼭 은혜를 갚아야겠다고 다짐합니다. 그리고 가능한 한 실천해왔습니다.

그런데 나에게 가해진 남의 박해는 원한으로 오래 품지를 못합니다. 이것은 결코 나를 미화하기 위해서 하는 말이 아닙니다. 나 같이 오랜 세월 고통과 박해에 시달려본 사람이라면 나의 심정을 이해할 수 있을 겁니다.

물론 나도 사람이기 때문에 나를 박해하고 죽이려 한 사람들에 대한 미움의 감정이 아주 없었던 것은 아닙니다. 다만 그런 미움의 감정을 오래 담아두질 못한다는 겁니다. 그것은 제 성격 탓이기도 하지만, 사실은 의도적인 노력이기도 합니다.

1992년 박정희 씨의 무덤을 찾아갔을 때, 나는 미루어둔 숙제를 푼 것 같은 홀가분함을 느꼈습니다. 나를 가두고 사형선고를 한 80년대의 신군부 세력들에 대해서도 진상을 밝힐 것과 회개할 것을 촉구할 뿐, 그 밖의 어떤 보복도 요구하지 않았습니다. 그것은 나의 성격만이 아니라 본질적으로 나의 정치철학이 용서와 화해의 원칙에 서 있기 때문입니다. '나쁜 정치'는 용서할 수 없으나, 그

'나쁜 정치'를 한 사람은 용서할 수 있다는 것이 나의 생각입니다.

　용서만이 참된 승리를 얻는 길입니다. 우리 속담에 때린 놈은 발 뻗고 자지 못해도, 맞은 사람은 발 뻗고 잘 수 있다는 말이 있습니다. 그러나 나는 그 속담을 약간 고치고자 합니다. 맞았더라도 분에 넘쳐 보복할 마음을 품고 있는 사람은 마음의 평화를 얻을 수 없습니다. 맞고서도 때린 자를 용서한 자만이 편히 잠을 이룰 수가 있는 것입니다.

　영국은 1649년 청교도 혁명 때 국왕 찰스 1세를 처형했습니다. 그 같은 정적政敵에 대한 극한적 처벌과 보복은 극심한 혼란과 내분을 초래했습니다. 그 결과 크롬웰이라는 더욱 지독한 독재자의 지배를 받아야 했습니다.

　이 경험을 값진 교훈으로 삼은 영국 국민들은 그 후 1688년의 명예혁명 때는 찰스 1세의 왕권지상주의를 그대로 답습한 그의 둘째 아들 제임스 2세를 축출할 때, 그가 프랑스로 도망갈 수 있는 길을 열어주었습니다. 우스운 이야기지만, 그런 내막을 몰랐던 한 어부가 제임스 2세를 발견하고 포상을 기대하여 고발했다가 야단 맞은 일도 있었다고 합니다.

　제임스 2세는 프랑스에 머물며 망명정부를 세우고 그의 아들, 그의 손자에 이르기까지 무려 3대에 걸쳐 왕권을 수복하겠다며 영국 정부를 괴롭혔습니다. 영국 정부는 그러한 사태를 예상했지만, 정치 보복을 함으로써 입게 될 정치 사회적 후유증에 비하면 오히려 그편이 낫다는 판단을 내렸던 것입니다.

영국이 관용과 질서 속에서 의회 정치의 꽃을 피우며 순탄한 발전을 해오고 있는 것은 그 밑바탕에 바로 이와 같은 용서와 화해의 정신이 흐르고 있기 때문이라고 생각합니다.

이것은 루이 16세와 그의 왕비의 국외 탈출을 막고 처형한 프랑스나 니콜라이 2세 일가를 모조리 처형한 러시아의 혁명과 비교해 보면 영국의 위대한 결단에 새삼 경의를 표하지 않을 수 없습니다. 영국은 이러한 관용의 축복을 300년간 누림으로써 세계에서 가장 민주적이고 평화적이며 번영한 나라를 유지해왔습니다.

나는 이 용서와 화해의 교훈을 링컨에게서 얻었습니다. 그는 용서할 수 없는 것을 용서한 사람입니다. 남북 전쟁이 끝났을 때, 미국인들의 마음은 남북을 가릴 것 없이 증오와 울분으로 가득 찼습니다. 전쟁에서 패한 남부 사람들은 여전히 복수에 불타 있었고, 북부 사람들도 남부 사람들을 징벌해야 한다며 증오와 분노의 마음을 거두지 않았습니다.

링컨은 자기가 속한 북부 공화당의 주장에 대해서까지 반대하면서 남부 사람들을 용서해야 한다고 역설했습니다. 그의 생각은, 노예 제도를 폐지했으면 됐지, 사람을 처벌할 필요는 없다는 것이었습니다. 링컨은 유명한 말을 남겼습니다.

"누구에게도 악의를 품지 않고 모든 사람에게 자비를 베푼다(Malice toward none, Charity for all)···."

링컨의 이러한 태도는 그가 속한 당과 북부인들로부터 맹렬한 규탄을 받았습니다. 당시의 신문은 링컨을 가리켜 '거짓말쟁이', '위선자', '사기꾼', '살인자보다 조금 나은 자' 등으로 매도했습니다. 그러나 링컨의 신념은 흔들리지 않았습니다. 그가 거기서 흔들리면 수년간에 걸친 전쟁은 그 의미가 없어진다고 생각했을 것입니다.

남부 사람들을 보복하면 남북은 영원히 갈라져서 별개의 국가가 되고 말 것이라는 것을 그는 예상했습니다. 그런 결과를 예측하면서 모른 척할 수가 없었습니다. 무엇보다도 그의 정신은 보복을 용서하지 않는다는 것이었습니다.

링컨은 용서의 정신을 실현하기 위해 목숨까지 바쳤습니다. 그는 그것이 목숨만큼 지켜야 할 소중한 가치라는 사실을 잘 알고 있었습니다. 그의 용서는 분단의 위기를 넘기고 오늘과 같은 위대한 미국을 건설할 수 있게 한 큰 원동력이 되었습니다.

링컨이 미국의 민주·공화 양당과 온 국민이 모두 존경하는 정치인으로 손꼽히게 된 것도 노예해방만이 아니라 오히려 그의 용서의 정신 때문입니다. 그는 용서의 정치로 승리한 가장 훌륭한 모범입니다.

사람이 자기에게 처참한 피해와 쓰라린 배신을 안겨준 그런 잘못을 저지른 사람을 용서한다는 것은 결코 쉬운 일이 아닙니다. 그러나 더 어려운 것은 나의 지지자들과 동지들로부터 극도의 오해를 받아가면서 적을 용서한다는 것입니다. 링컨 같은 위대한 사람도 자기 뜻을 몰라주고 욕하며 저주하는 사람들 때문에 마음이 편안할 수 없었던 모양입니다.

그래서 하루는 멀리 살고 있는 친구에게 급전을 보냈습니다. "급히 상의할 일이 있으니 워싱턴으로 오라"라고 말입니다. 무슨 일인가 하고 달려온 친구에게 링컨은 다짜고짜 우리는 남부인들을 용서해야 한다. 그렇지 않으면 남북이 영원히 갈라서고 만다. 그런데 나의 뜻을 몰라주고 욕을 해대니 마음이 아프다 등등 혼자서 실컷 이야기를 늘어놓으며 답답한 마음을 풀었습니다. 그러고는 "됐네. 고마워. 자네에게 할 이야기가 바로 이것이었네" 하며 친구를 돌려보냈습니다. 상의가 아니라 자신의 변명을 들어줄 친구가 필요해서 그를 불렀던 것입니다.

남을 용서하는 데 있어서 우리가 첫째로 알아야 할 것이 하나 있습니다. 그것은 자신이 용서받아야 할 대상이라는 사실입니다. 이것은 누구도 부인할 수 없는 사실입니다. 우리는 자기 마음속으로 하루에도 몇 번이고 남에 대한 증오와 사악한 마음, 남의 불행을 바라는 심정 등을 품습니다. 또 때로는 남이 모르는 가운데 나쁜 짓도 합니다.

공산치하에서 감옥살이와 온갖 고문을 당하면서도 탁월한 용기와 신념으로 하느님을 증거한 루마니아의 목사님은 이렇게 말한 적이 있습니다.

"만일 내가 일생 동안 품고 살아온 사악한 마음의 비밀, 남에게 발견되지 않은 갖가지의 잘못한 행동들이 그대로 영화의 스크린에 드러난다면 나의 아내조차 나와 같이 살지 않으려고 할 것이다."

그러므로 용서는 그 어떤 자선이나 권리가 아니고 의무입니다. 용서는 이미 영국의 예에서 본 바와 같이, 사회적으로도 꼭 필요한 성공의 조건입니다. 그러나 용서는 사람을 용서하는 것이지 그 죄악과 나쁜 제도를 용서하는 것은 아닙니다.

우리의 인간 이해는 성서에 그 기초를 두어야 합니다. 성서는 본질적으로 따져 죄인 아닌 인간은 없다고 선언합니다. 남의 죄에 대해 분노하고 정죄하기 위해서는 자기가 그럴 만한 자격이 있어야 합니다. 여기서 남의 죄를 정죄할 자격이란 죄가 없는 상태를 말합니다. 그러나 인간에게는 그것이 불가능합니다.

그래서 예수님은 군중들이 간음하다 잡혀온 한 여자를 돌로 쳐서 죽이려고 할 때, "너희들 가운데 죄 없는 사람이 있으면 이 여자에게 돌을 던지라"라고 했던 것입니다. 다른 사람의 죄를 용서하지 않기 위해서는 죄가 없어야 했습니다. 그러나 죄 없는 자가 아무도 없었기 때문에 사람들은 들었던 돌을 놓고 물러갔습니다.

'하늘 아래 의인義人은 없다.'

이것이 기독교의 선언입니다. 왜냐하면 하느님은 사람의 마음속을 보시는 분이기 때문입니다. 하느님은 겉모양이나 행동이 아니라 마음을 중요하게 보십니다. 인간의 법은 구체적인 행동으로 저지른 범죄에 대해서만 죄라고 말합니다. 마음속에서 살인을 열 번 모의하고 생각 속에서 백번이 넘게 범죄를 꿈꾸어도 행동으로 나타나지 않으면 그 사람은 사람의 법으로는 죄인이 아닙니다.

그러나 하느님의 입장은 그렇지 않습니다. 하느님 편에서 보면 행동으로 했건 안 했건 마음속으로 한 것은 모두 죄입니다. 왜냐하면 그분은 마음을 보시는 분이기 때문입니다.

따라서 하느님이 보는 의인은 자신이 죄인임을 알고 고백하며 용서를 구하는 사람입니다. 역설이지만 죄인이라고 말하는 사람이 의인입니다. 우리가 의인이 되는 길은 그 길밖에 없습니다.

카인은 자기 동생을 죽였습니다. 하느님은 그를 질책하고 멀리 떠나도록 명령했습니다. 그는 자기가 여기를 떠나면 사람들이 쳐 죽일 것이라고 말하며, 살려달라고 하느님께 매달렸습니다. 그러자 하느님이 그에게 표적을 주어 다른 사람들의 공격으로부터 보호해주었습니다.

야곱은 팥죽 한 그릇으로 형의 장자권을 뺏고 어머니와 짜고 눈먼 아버지를 속여 아버지의 축복까지 도둑질한 사람입니다. 그런 그가 형의 추적을 피해 도망치다가 야뽁강변에서 하느님을 만났습니다. 야곱은 밤새도록 하느님과 씨름하며 사생결단으로 매달려 하느님의 용서와 축복을 받아냈습니다.

다윗은 음욕에 눈이 어두워 자기 부하인 우리야의 아내를 범해서 임신을 시켰습니다. 거기서 멈추지 않고 그 사실을 감추기 위해 우리야를 최전선에 내보내 전쟁터에서 죽게 했습니다. 하지만 예언자 나단이 다윗에게 와서 그 사실을 공박하자, 다윗은 베옷을 찢고 머리에 재를 뿌리며 눈물을 흘리면서 하느님께 자기 죄를 회개했습니다. 그러자 하느님은 그를 용서했을 뿐만 아니라 그 여인과의 사이에서 태어난 솔로몬을 역사상 가장 큰 영화를 누리는 위대한 왕으로 만들어주었습니다.

성서의 사상은 사람은 누구나 죄인이라는 선언 위에 서 있습니다. 누구나 죄인이기 때문에 누구도 의인이 될 수 없다는 것입니다. 따라서 죄인인 인간이 구원받을 수 있는 길은 자신이 죄인임을 고백하고 하느님의 용서를 비는 것뿐입니다. 그리고 성서는 용서를 구한 사람은 누구나 차별 없이 구원받을 수 있다고 적고 있습니다. 모든 이에게 구원의 대문이 활짝 열려 있는 것입니다. 기독교를 믿건 안 믿건 그것은 문제가 안 됩니다. 누구든지 자기 양심에서 진심으로 감사하고, 새로운 출발을 맹세하면 그 사람은 용서받게 됩니다.

그래서 예수님은 우리에게 '우리가 죄지은 자를 용서하듯이 우리의 죄를 용서하소서'라고 기도하도록 가르치신 것입니다.

이런 점에 빗대어 니체는 얼마간 경멸투로 기독교를 '약자의 종교'라고 했습니다. 영웅숭배와 초인숭배에 젖어서 일반 민중과 여자를 무자비하게 짓밟아도 좋다는 그의 터무니없는 철학에서 볼 때는 그런 억지도 나올 수 있었을 겁니다. 그러나 그가 숭배했던 나폴레옹과 그의 사상을 이어받았다는 히틀러의 최후는 어떠했습니까.

그리고 기독교를 지배자의 착취 앞에서 민중의 저항력을 약화시키는 아편이라던 공산주의도 패망했습니다. 오직 하느님 앞에 죄를 자복하고 원수를 용서하고 이웃을 위해 봉사하는 정신적 초인만이 역사를 통해 영원한 승자로서 존재하고 있습니다.

그런데 정말로 용서해서는 안 된다고 생각되는 사람도 있을 것입니다. 실제로 흉악한 범죄를 저지른 사람에게 사형이 집행됩니다. 도조 히데키 같은 전쟁 범죄자에게는 교수형이 처해집니다. 하느님의 입장에서 보면 인간에게 그럴 권리는 없습니다. 그러나 사람들은 현실사회의 질서를 지키고, 무고한 사람들의 희생을 막기 위해서 불가피한 조치로 이러한 일을 집행합니다.

하느님의 법률과 사람의 법률 사이의 갈등이 여기서 나타납니다. 이것은 우리에게 던져진 커다란 숙제입니다. 그러나 여기서 분명한 것은 어떠한 경우에도 나는 의롭다, 나에겐 죄가 없다는 태도로 증오와 심판자의 교만 속에 남을 처단해서는 안 된다는 것입니다.

나는 원칙적으로 사형 폐지론자입니다. 사람이 사람의 목숨을 빼앗을 권리가 없다고 생각합니다. 아무리 극악한 범죄를 저지른 사람도 다시없이 선한 사람으로 개과천선하는 경우를 많이 보아왔습니다. 그러기에 무한한 가능성을 가진 인간의 목숨을 함부로 빼앗아서는 안 된다고 생각합니다. 더욱이 한 인간의 목숨을 빼앗는다고 그 범죄가 없어지는 것도 아닙니다. 오히려 가장 가혹한 독재 체제하에서 가장 흉악한 범죄가 더 많이 발생하고 있는 게 현실입니다. 사형제도는 정말 우리가 깊이 검토해야 할 중요한 과제라고 생각합니다.

다시 말하지만 용서하는 것은 인간의 권리가 아니라 의무입니다. 그러므로 용서가 큰 미덕이기보다는 용서하지 않는 것이 큰 잘못입니다. 사실 용서할 수 있는 사람을 용서하는 것은 진정한 용서가 아닙니다. 용서할 수 없는 것을 용서하는 것이 참용서요, 인간 승리의 극치입니다. 용서하는 삶, 그 삶은 바로 용서받는 삶이요, 마음의 평화를 누리는 삶입니다.

알고 보면 부드러운 남자

2

감옥에서 얻은 네 가지 즐거움

1980년 5월부터 1982년 12월까지, 나는 중앙정보부, 육군 교도소 그리고 청주 교도소에서 수감생활을 했습니다. 죄명은 광주폭동선 동, 반국가단체의 수괴로서 처음에는 사형, 그다음에는 무기, 또 그후에는 20년으로 감형되었다가 형집행정지로 나왔습니다.

나의 감옥생활은 특별히 가혹했습니다. 청주에서의 나의 감방은 세 칸이었는데, 나는 한가운데 칸에 수용되었고, 한쪽 옆 칸에는 나를 지키기 위해 배정된 간수들이 머물렀고, 반대편 옆 칸에는 목욕할 때 사용하는 작은 양동이만 놓아두었기 때문에, 다른 죄수들의 방과 완전히 차단되어 있었습니다. 복도도 콘크리트 벽으로 막아버렸고, 감방 둘레에는 새로운 벽돌 담장을 쌓았습니다.

나에게 배치된 간수들은 모두 다섯 명이었는데, 항상 두 명씩 조를 짜서 교대로 내 감방을 감시했습니다. 보통은 열 개의 감방으로 구성된 각 동마다 간수가 한 명씩만 배정되어 있었습니다. 한 감방에는 각기 10명 정도의 죄수들이 수용되게 마련입니다. 따라서 간수와 죄수의 비율이 대개 1 대 100인데, 내 경우에는 2 대 1의 비율이었습니다. 그러므로 누구도 나와 접촉할 수가 없었고, 어떠한 정보도 새어들어 올 수가 없었습니다.

내 감방 앞쪽에는 두꺼운 문이 있었고 뒤쪽에는 조그마한 창문이 하나 달려 있었습니다. 나는 이 창문을 통하여 하늘을 볼 수 있었습니다. 말하자면 그 작은 창문이 외부와 나를 연결해주는 유일한 통로였던 셈입니다.

그러나 창문 위에는 또 굵은 철망이 씌워져 있어서 내가 좋아하는 하늘이나 달의 모습을 시원스럽게 바라볼 수는 없었습니다. 한눈에 달을 바라보지 못하는 대신, 나는 철망의 수많은 구멍을 통하여 수많은 달을 보았습니다. 그래서 나는 한꺼번에 여러 개의 달을 가진 부자라고 스스로를 자위하곤 했습니다.

나는 1971년에 박 정권이 저지른 위장 교통사고로 인하여 입은 부상 때문에 마루에 앉지를 못했으므로 그들은 조잡한 의자와 책상을 짜서 주었습니다. 식사는 이루 말할 수 없이 형편없었습니다. 모두 짜거나 매운 음식뿐이었고 상한 음식이 나올 때도 많았습니다. 아무리 배가 고픈 사람이라도 그런 음식은 먹지 않을 것입니다. 음식이 너무나 형편없어서 제대로 식사를 하지 못하기도 했습니다.

나는 배고픔을 채우기 위해 과자를 사 먹었습니다. 단것을 너무 많이 먹은 결과, 체중이 불어났습니다. 내가 석방되었을 때 아내가 나를 보고는 "이렇게 뚱뚱해졌으니 당신이 고생했다는 걸 누가 믿겠어요?"라고 말했던 기억이 납니다.

감방에는 난방 장치가 없었기 때문에 죄수들은 길고 추운 겨울을 습기 찬 마룻바닥 위에서 보내야 했습니다. 관절염에 걸려 있는 나의 건강 상태를 고려하여 교도소 측은 작은 전기 난로를 하나 넣어주는 것을 승낙하였는데, 그 난로로는 한겨울의 혹한을 녹이기에는 역부족이어서 감방 안의 물이 이따금 얼어붙곤 했습니다.

사람은 적응을 잘하는 동물입니다. 어떤 악조건이라도 되풀이되면 거기 적응하려고 애쓰게 되고, 시간이 흐르면 결국 대처하는 길을 터득하게 됩니다. 그것은 생존의 본능과 지혜와 같은 것입니다. 처음엔 세상과 격리된 채 갇혀 지내야 한다는 사실을 용납하기가 쉽지 않았습니다. 내가 아무것도 잘못한 것이 없었기 때문에 감정적으로 도무지 수용이 되지 않았습니다.

억울한 자의 고난에 대한 나의 사색이 신학과 역사를 읽게 했으며, 점차 마음의 안정과 평화를 찾기 시작했습니다. 나중에는 변화 없는 매일매일의 감옥 속에서 즐거움까지 느끼기 시작했습니다. 어제가 오늘 같고, 오늘이 내일 같은 감옥에서 무슨 즐거움이냐고 물을 사람들을 위해 나는 감옥에서 얻은 몇 가지 즐거움에 대해 말하려고 합니다.

나의 경우, 감옥 안에서 네 가지 즐거움을 맛보았습니다. 그 첫째이자 가장 큰 것이 독서의 즐거움이었습니다. 과거 1977년의 진주교도소 생활 때도 그랬지만 1981년 청주 교도소에서의 2년간의 생활은 그야말로 독서의 생활이라 해도 과언이 아니었습니다. 철학, 신학, 정치, 경제, 역사, 문학 등 다방면의 책을 동서양의 두 분야에 걸쳐서 읽었습니다. 나는 러셀의 《서양철학사》, 토인비의 《역사의 연구》, 플라톤의 《국가론》, 아우구스티누스의 《신국론》, 테야르 드 샤르댕 신부의 저서들, 라인홀드 니버와 하비 콕스의 신학서적들과 그리스 이래의 문학 서적들을 탐독하고 많은 영향을 받았습니다. 문학 서적 중에서는 특히 러시아 문학에서 얻은 감명이 컸습니다. 《논어》《맹자》《사기》 등 동양 고전과 원효와 율곡에 대한 저서, 그리고 조선 말기의 실학관계 서적에서 많은 것을 배웠던 것입니다. 진주와 청주에서의 4년여의 감옥생활은 나에게는 다시없는 교육의 과정이었습니다. 그리고 정신적 충만과 향상의 기쁨을 얻는 지적 행복의 나날이었습니다.

두 번째의 즐거움은 가족과의 면회였습니다. 가족의 면회는 매달에 한 번씩, 그것도 한 번에 10분간으로 제한되어 있었습니다. 그것은 법으로 허용된 시간보다 20분이나 짧은 것이었습니다. 당국과 수없이 말다툼을 벌인 끝에 면회는 매달 두 번씩, 한 번에 20분간으로 연장되었습니다.

나는 가족들이 나를 만나러 오는 날을 얼마나 기다렸는지 모릅니다. 면회를 끝내고 돌아오는 길목에서부터 나는 다음 면회 날짜가 언제인지를 손꼽아보았습니다. 그리고 앞으로 며칠 남았는가를 하루에도 수십 번씩 계산하곤 했습니다.

그러나 말이 면회지 면회실 가운데에 두꺼운 유리가 가로막혀 있어서, 2년 동안 가족들의 얼굴을 한번도 똑똑히 볼 수가 없었습니다. 대화의 내용이 녹음되고 기록된 것은 두말할 필요도 없습니다. 그러나 이런 면회라고도 할 수 없는 면회지만, 그래도 가족을 만난다는 것은 다시없는 즐거움이었습니다. 육친에 대한 그리움,

사랑 그리고 정신적 교감, 사람으로서 가장 소중한 이러한 정신적 교감을 감옥이라는 극도로 제한된 조건에서 경험하였기에 더욱 절실했던 것입니다.

세 번째 즐거움은 편지를 받는 것이었습니다. 편지는 내 아내와 아들과 형제들이 보낸 것만 전달되었습니다. 아내는 2년 동안 하루도 빠짐없이 나에게 편지를 썼습니다. 나중에 헤아려본 바에 의하면 아내의 편지는 모두 합쳐 640통이었고, 아들들은 총 200통의 편지를 보내왔습니다. 그런데 감방에는 편지를 보관해두는 것이 허용되어 있지 않았습니다. 편지를 읽거나 편지 속에 같이 보내온 가족들의 사진을 본 뒤에는 교도소 당국이 그것을 도로 빼앗아 갔습니다.

나는 한 달에 봉함엽서 한 장밖에는 편지를 쓸 수가 없었습니다. 그런 제약은 아무런 법적 근거도 없는 횡포에 지나지 않았습니다. 나는 편지지를 더 달라고 몇 번이고 요청했지만, 아무 소용이 없었습니다. 하는 수 없이 나는 내 글씨를 축소하는 기술을 습득하기 시작했습니다. 일본의 언론은 내 글씨가 쌀알의 절반만 하다고 묘사했습니다. 그것은 결코 과장이 아닙니다. 나는 봉함엽서 한 장에 무려 1만 4천 자를 채워 넣었기 때문입니다. 그러니까 보통의 원고지 한 칸의 공간에 22자를 새겨 넣은 셈이었으니, 그것은 이미 확대경 없이는 판독할 수 없는 '깨알'이나 다름없었습니다. 그래서 편지 한 통을 쓰려면 이틀에 걸쳐 12~13시간이 걸리곤 했습니다.

1981년 1월 6일, 내 생일에 아들들이 찾아와서, 우리나라의 전통대로 바닥에 무릎을 꿇고 절을 했습니다. 물론 유리창 건너에서였습니다. 나는 가슴속으로 뜨거운 슬픔과 감동이 차올라왔습니다. 그 느낌을 짤막한 단시로 적어 다음 번 편지에 보내려 했지만, 그 편지는 언제나처럼 검열을 거쳐야 했고, 검열관은 시를 삭제하라고 요구했습니다. 나는 그 검열관이 어째서 그런 지시를 했는지 그 이유를 압니다. 그것은 군사정권이 그 시가 국민들에게 어떤 심정적 반응을 일으킬 것을 두려워했기 때문이었습니다. 그 시는 이런 것이었습니다.

면회실 마루 위에 세 자식이 큰절하며
새해와 생일 하례 보는 이 애끊는다
아내여 서러워 마라 이 자식들이 있잖소

가족이 보고 싶다 벗들이 보고 싶다
강산도 보고 싶고 겨레도 보고 싶다
그렇다 종소리 퍼지는 날 얼싸안고 보리라

감옥이 나에게 준 마지막 즐거움은 화단을 돌보는 일이었습니다. 매일 점심이 끝나면 한 시간 정도 운동 시간이 주어졌는데, 그 시간에 나는 꽃을 가꾸었습니다. 내가 담당하는 화단은 폭이 약 2미터, 길이가 30미터 정도로 상당히 큰 면적이었습니다. 그곳에는 페추니아와 아지리아, 민들레, 데이지, 사루비아, 펑가로자 등 많은 꽃이 있었고, 가을이 되면 코스모스와 국화가 자리를 차지했습니다. 나는 특히 아지리아와 코스모스를 좋아했습니다.

나는 정성을 다하여 물을 주고 가지를 치고 잡초를 뽑아주었습니다. 사랑을 다하여 가꾸면 그만큼씩 자라주고 화려한 모습을 보여주는 꽃들의 정직함이 마음에 들었습니다. 식물의 세계에는 배신이라는 것이 없습니다. 나는 어린 왕자가 자기 별에서 장미꽃에 물을 뿌려주는 장면을 몇 번이고 그려보았습니다. 그가 어째서 꽃에 물을 주는 일을 그렇게 중요하게 언급하고 있는지 알 것 같았습니다.

나는 어린 왕자가 그런 것처럼 꽃들에게 말을 걸기도 했습니다. 감옥에 있는 동안 나의 대화 상대자가 되어준 것은 꽃들밖에 없었습니다. 한번은 어떤 꽃이 잘 자라지 않고 말썽을 부린 적이 있었습니다. 나는 그 꽃에게 나지막하게 말했습니다.

"난 너한테 실망했어. 나는 너를 정성껏 돌보아주었는데, 너는 내 정성에 보답하지 않았어. 이유가 뭐야? 너는 아직도 나의 정성이 부족하다고 생각하니? 하지만 나는 최선을 다하고 있는걸."

그 후 그 꽃은 조금씩 나아지기 시작했습니다.

가지를 쳐줄 때면 나는 나의 꽃들에게 미안하다는 말을 하곤 했습니다.

"걱정하지 마. 이건 너희들 꽃 전부를 위하는 일이야. 아름답게 잘 자라기 위해서는 이 정도 아픔은 견뎌내야 한단다."

처음에는 내가 화단에서 꽃을 돌보는 동안 옆에 서서 구경만 하던 교도관들도 차츰 꽃밭에 물 주는 일을 거들기 시작했습니다. 아무리 무더운 여름날에도 나는 땀에 흠뻑 젖은 채 화단에서 일을 했습니다. 꽃들을 돌보면서 나는 모든 슬픔과 걱정을 떨쳐버릴 수 있었습니다. 그것은 나에게 희열이었고 낭만이었습니다.

나의 정성은 보답을 받았습니다. 내 화단의 꽃들은 다른 화단의 꽃들보다 늦가을에 적어도 한 달은 더 오래 견뎌주었습니다. 꽃들의 정직함을 확인하는 즐거움이 만만치 않았습니다. 자식과 꽃은 가꿀수록 아름다워진다는 말이 결코 틀린 것이 아님을 깨달을 수 있었습니다.

그때 친해진 후 나는 좀처럼 꽃들과의 교제를 끊지 못하고 있습니다. 우리 집 마당에는 수십 가지의 꽃들이 봄 여름 가을에 피어 있습니다. 겨울에는 응접실에 아젤리아와 양란, 동양란을 가꿉니다. 나는 지금도 꽃들에게 물을 주고 그들을 돌봐주는 시간이 가장 즐겁습니다.

그 외에도 거미가 나의 감옥생활의 무료를 달래주고 흥미를 줄 줄은 몰랐습니다. 화장실 천장에는 여기저기에 거미가 거미줄을 치고 삽니다. 거미는 깔끔하고 의심이 많은 곤충이었습니다. 녀석은 죽은 파리는 잘 먹지 않는데, 살아 있는 파리라 해도 사람이 보고 있으면 결코 접근하지 않습니다.

그래서 나는 파리를 잡아서 거미줄에 걸어줄 때, 파리가 아주 죽지 않을 정도로 때려 잡습니다. 이것은 약간의 기술을 요하는 것입니다. 또한 잡은 파리를 거미줄이 찢어지지 않도록 걸어주는 것도 어려운 동작입니다. 나는 몇 번의 반복을 통해 기술자가 된 것입니다.

그런 후 녀석의 '식사'를 관찰하려면 방구석으로 몸을 숨겨야 했습니다. 파리가 거미줄에 걸리면 거미는 당장 내려오지 않고 한참을 지켜봅니다. 그 후 사람이 보고 있지 않은 것을 확인하면 내려와서 발로 그 파리를 팽팽 돌리면서 거미줄로 감습니다. 이때 파리는 날개를 치면서 반항하지만 때는 이미 늦었습니다. 거미줄을 다 감은 연후에 거미는 파리를 망을 쳐둔 맨 꼭대기까지 끌고 올라갑니다.

그러고는 꽁무니의 바늘을 파리의 몸에다 찔러서 파리의 수분을 다 빨아먹습니다. 그러고 나면 빈 껍데기 파리의 몸뚱이를 거미는 미련 없이 바닥으로 떨어뜨려 버립니다. 신문이나 텔레비전이나 라디오 등 어떠한 오락이나 보도매체에 대해서도 접근이 허용되지 않는 환경에서 꽃을 가꾸고, 거미를 관찰하고, 뿌려준 과자 부스러기를 개미들이 옮겨가는 모습을 바라보는 것은 나에게는 다시없는 휴식이자 오락이었습니다.

이리하여 나의 감옥생활은 지적으로나 감정적으로나 매우 충만한 것이었습니다. 책을 읽으면서 진리를 깨닫고 좋은 문학 서적을 읽으면서 마음을 살찌게 했습니다. 가족과의 면회와 편지 왕래를 통해서 육친의 사랑을 확인했으며, 내가 결코 혼자가 아님을 느끼며, 감옥생활을 견뎌내는 힘을 얻곤 했습니다.

꽃을 가꾸고 거미를 관찰하고 개미들의 행진을 보면서 마음의 기쁨과 위로를 받았습니다. 그러므로 교도소 생활은 아주 멋진 성공작이라고 자찬하고 스스로 위로했습니다. 그것은 결코 자기 합리화도 억지 춘향의 해석도 아니었습니다. 내가 정말 그렇게 느꼈고 그렇게 받아들였던 것입니다.

여기서 한 가지 재미있는 이야기를 첨가하고 싶습니다. 그것은 추운 겨울에 꽃을 피운 아젤리아 이야기입니다.

1982년 늦가을이었습니다. 이제 밖에서는 더 이상 꽃들이 견딜수 없게 되었을 때, 화단에 있는 아젤리아 한 포기를 파서 화분에 담았습니다. 이것을 내 방으로 가져와 오후 햇볕이 들어오면 볕의 이동을 따라 꽃을 옮겨 가며 햇볕을 흠뻑 쬐게 했습니다. 알다시피 아젤리아는 진달래와 같이 가을에 꽃망울을 맺었다가 추운 겨울을 견디고 나서 봄에 꽃을 피웁니다.

그런데 나의 아젤리아는 11월, 12월을 바깥보다 온도가 높은 감방 안에서 햇볕을 계속 쬐더니 점차 꽃망울이 커져갔습니다.

12월 20일경 마침내 나의 아젤리아는 꽃망울을 활짝 피웠습니다. 그래도 겨울에 핀 꽃이라 위를 향해 피지 않았고, 꽃잎도 고개를 숙이고 있었지만 제대로 활짝 피었습니다. 나는 너무 기뻐 그 꽃을 교도관에게 보여주었습니다. "이렇게 겨울에 꽃이 피니 좋은 일이 있겠다"라고 말하며.

아, 그런데 우연의 일치겠지만, 그날 오후에 나는 석방이 되어 서울대 병원으로 옮겨졌고 거기서 다시 미국으로 강제 출국되었습니다.

감옥에서 있었던 일화가 또 있습니다. 감옥의 재소자들 사이에는 꿈에 시계를 보면 석방이 된다는 말이 있습니다. 폐쇄된 공간에 기약 없이 갇혀 있자니 그런 말에도 희망을 걸게 되는 것이었습니다.

나도 석방되어 밖으로 나가고 싶은 마음이 간절하다 보니 늘 시계꿈 꾸기를 소망했습니다. 매일 잠자리에 들 때마다 시계꿈 꾸기를 바라며 눈을 감곤 했습니다. 그러나 마음같이 쉽지는 않았습니다. 꿈이라는 것이 마음먹는다고 꾸어지는 것은 아닌 듯했습니다.

그러던 어느날, 마침내 나는 시계꿈을 꾸었습니다. 보통 시계꿈이 아니었습니다. 시계가 수십 개나 걸려 있는 시계방 꿈을 꾼 것입니다. 시계가 한두 개가 아니라 무더기로 걸려 있었습니다. 나는 '이건 정말 기대해볼 만하다'라고 생각했습니다. 얼마나 안타깝게 석방 소식을 기다렸는지 모릅니다. 그러나 다음 날도, 그 다음 날도 내게는 아무 일도 일어나지 않았습니다. 나는 한순간이나마 엉뚱한 생각에 빠졌던 자신을 돌아보며 씁쓸한 웃음을 지었습니다.

인간은 어떤 경우에도 자기를 적응시키고, 거기서 의미와 발전을 찾아내는 가능성의 존재란 것을 새삼 절감하곤 합니다.

나의 콤플렉스

나는 어렸을 때부터 공부하기를 무척 좋아했고, 또 썩 잘하기도 했습니다. 어린 시절에 우리 마을에는 학교가 없었고, 그 대신 서당이 있었습니다. 내가 다니던 서당의 훈장 어른은 그 근방 일대에서는 퍽 학문이 높은 분으로 소문이 나서 이웃 섬뿐 아니라 육지에서까지 일부러 배움을 얻으려고 찾아오는 사람이 있을 정도였습니다. 그분은 집안의 형님뻘이 되었는데, 우리 마을에 초등학교가 생겨 동생과 함께 입학할 때까지 그 서당을 다니며 공부를 했습니다.

서당에서는, 지금의 시험에 해당하는 것으로 '강講을 바친다'라는 게 있었습니다. 강을 바친다는 것은 자기가 배운 《동몽선습童蒙先習》이나 《소학》 등의 책 중에서 지적한 대목을 선생 앞에서 외우는 것이었습니다. 그때마다 나는 늘 좋은 성적을 내었습니다.

나는 1년 남짓 서당을 다니는 동안 두 번이나 장원을 했습니다. 누구네 아들이 장원을 했다는 소문은 좁은 마을을 떠들썩하게 만들곤 했습니다. 그럴 때마다 부모님이 몹시 기뻐하셨던 생각이 납니다. 자식의 교육에 남다른 애정과 관심을 가지고 계셨던 어머니께서는 떡과 맛있는 음식을 준비하여 일꾼에게 지우고 당신도 머리에 이고 서당에 와서 선생님과 학우들을 대접하곤 했습니다. 그때마다 내가 얼마나 우쭐한 심정이었던지 지금도 기억이 생생합니다.

초등학교 다닐 때나, 그 후 목포 상업학교 다닐 때도 나는 공부를 썩 잘했습니다. 목포 상업학교에 들어갈 때는 일본인 학생들을 제치고 수석을 했습니다. 그 당시 나에게는 책을 읽고 공부를 하는 것이 유일한 즐거움이었습니다.

그러나 태평양 전쟁의 막바지에 이른 급박한 정세가 나의 그런 꿈을 허락하지 않았습니다. 사회 생활을 하면서 나는 대학을 다니지 못한 것에 대해 상당한 콤플렉스를 느껴왔습니다. 대학에 가는 것은 간절하게 원하기도 했던 일이라 가슴에 한이 되어 남았습니다. 나는 사업을 하면서도 늘 책을 들고 다니면서 다방이든 어디든 틈나는 대로 책을 펴놓고 읽었는데, 그것은 나에게 배움에 대한 갈망과 대학에 대한 한이 있었기 때문입니다. 나의 그런 태도는 사람들 사이에 화제가 되기도 했습니다.

콤플렉스를 느끼지 않고 사는 것이 최선의 삶은 아니라고 생각합니다. 사회활동을 하면서 콤플렉스를 전혀 느끼지 않는다는 것은 그만큼 둔감하거나 향상하려는 의지가 없다고도 볼 수 있습니다. 자기의 부족한 현재 상황을 직시하고 거기서부터 탈출하려는 의욕으로 연결되는 그런 류의 콤플렉스는 필요하다고 볼 수 있습니다.

삼상지학三上之學이라는 말이 있습니다. 그 삼상은 마상馬上, 침상

枕上, 그리고 측상厠上입니다. 즉 말 위와 베개 위와 화장실에서까지 공부해야 한다는 것입니다. 나는 젊었을 때부터 어느 곳을 가든지 책을 들고 다녔고, 어디서든 조금만 시간이 나면 책을 펴 들었습니다. 지금은 습관이 되어서 애쓰지 않아도 그렇게 됩니다. 배우는 데는 여행길이나 잠자리나 화장실의 구별이 있을 수 없습니다. 대학을 못 갔더라도 열심히 공부하면 대학 졸업한 사람보다 실력을 더 갖출 수 있다는 생각이 채찍이 되어 나를 앞으로 내몰았습니다. 이리하여 나는 얼마만큼 실력도 갖추게 되었고, 글도 동아일보, 사상계, 부산일보, 국제신문 등 자유당 치하에서의 일류 언론들이 받아서 보도해줄 정도가 되었습니다.

내가 '대학 콤플렉스'를 어느 정도 극복하게 된 것은 6대 국회 때였습니다. 나는 재정경제위원회에 소속되어 있었는데, 그때의 재정경제위원회는 지금의 경제과학위원회와 재무위원회 역할을 합쳐 맡은 곳으로, 경제학 박사나 전직 경제 각료, 혹은 국회에서 재정통으로 알려진 쟁쟁한 사람들로 구성되어 있었습니다.

나는 과연 내가 그들과 함께 상임위 활동을 제대로 할 수 있을지 거의 두려움에 가까운 걱정에 사로잡혔습니다. 나에게는 완벽주의자의 기질이 다소 있습니다. 나는 무슨 일을 하든 완전하게 하고, 최고로 잘하려고 합니다.

그렇기 때문에 나는 치밀한 구상과 충분한 준비 없이 무슨 일을 해본 적이 별로 없습니다. 그때는 나의 완벽주의가 더욱 발휘될 수밖에 없는 상황이었습니다.

나는 열심히 자료를 구해 보고 연구도 하면서 전력을 기울여 준비했습니다. 늦게까지 자료를 읽었습니다. 나는 지금도 마찬가지지만, 충분한 준비와 확고한 자신 없이 회의에 나가거나 발언하지 않았습니다. 늘 핵심을 이야기하려 했고, 선명한 대안을 제시하며 비판하려고 했습니다. 대안을 제시한 비판, 비판을 위한 비판의 거부, 이것은 나의 전 정치생활을 지배한 철칙이었습니다. 나의 성실하고 열성적인 자세는 좋은 결실을 맺었습니다. 행정부의 각료들은 나의 질문을 두려워하며 긴장으로 대했고 중하위 공무원들은 감명받은 눈빛으로 대했습니다. 여야 없이 내가 발언을 하면 경청하기 시작했습니다. 결국 상임위의 방향에 중요한 영향을 미칠 정도가 되었습니다. 그리고 나의 본회의에서의 발언은 여러 신문지상에서 가장 뛰어난 연설로 평가되었습니다. 내용도 표현도 좋은 평을 받았습니다.

나는 상임위에서 정부 관계자와 일문일답을 요구했고, 여당 의원들의 반대에도 불구하고 기어이 실행에 옮겼습니다. 일문일답은 질문하는 의원이나 대답하는 장관이 피차 논의하고 있는 내용을 세세하게 숙지하지 않고는 임할 수 없습니다.

지금도 사정이 별로 달라진 것 같진 않습니다만, 그때는 대부분의 상임위 활동이라는 것이, 질문자가 여러 가지 질문을 한 시간 동안 낭독하면, 답변하는 정부측도 준비된 원고를 장황하게 읽는 형편이었기 때문에 나의 일문일답 요구는 강렬한 인상을 남긴 것이 아닌가 생각합니다.

상임위에서만 그런 것이 아닙니다. 나는 본회의에서도 발언을 많이 하는 의원 가운데 한 명이었고, 또 발언을 할 때마다 똑같은 자세로 임했습니다. 아무도 귀 기울이지 않는 발언을 열 번 하는 것보다 한 번을 하더라도 사람들의 주목을 끄는 발언을 해야 한다는 것이 나의 생각입니다. 본회의 발언은 특별히 많은 시간을 들여 준비했는데, 1시간 발언을 위해 10시간 이상을 준비하곤 했습니다. 그래서 그랬는지 나의 발언은 늘 주위 사람들의 이목을 끌었습니다. 그 시절에는 내가 발언을 시작하면 휴게실에 바둑을 두러 갔던 의원들도 모두 제자리로 들어와 앉는다는 말이 나올 정도였습니다.

이와 같이 충분한 연구와 준비에 의한 두드러진 국회 활동 덕택으로 나는 국민들과 언론으로부터 인정을 받게 되었고, 당에서도 중요한 발언은 나에게 하도록 요청하는 일이 잦아졌습니다. 그 후 나는 당의 정책위 의장까지 맡게 되었습니다. 일류 대학 출신들과 해외에서 유학하고 돌아온 쟁쟁한 인사들이 수두룩한 당에서 대학 구경도 못한 내가 정책 책임자가 되었던 것입니다. 하지만 누구도 그 인사를 부당하다고 지적하지 않았습니다. 나는 그때 이미 학력이 아니라 실력으로 인정받고 대우받는 선례를 만들었던 셈입니다.

내가 정책위 의장으로 있을 때는 서울대 개교 이래 최고의 천재라는 평을 듣던 고 유진오 박사가 당의 총재로 계셨는데, 전반적으로 당의 정책을 만들어가는 과정을 지켜보면서 여러 번 격려도 해주시고 칭찬도 자주 해주셨습니다.

내가 대학 콤플렉스에서 벗어날 수 있었던 것이 이 무렵이었습니다. 나는 나의 콤플렉스를 스스로 극복했습니다. 모든 콤플렉스는 그 사람 안에 원인이 있고, 따라서 그것을 해결할 수 있는 처방도 그 사람 안에 들어 있게 마련입니다. 문제는 그 콤플렉스에 져서 체념과 포기를 하느냐 아니면 열심히 노력해서 남 못지않은 실력을 쌓아 자기 발전의 방향으로 가느냐가 중요합니다.

1971년 대통령 선거에서 나는 정책 대 정책 대결로 우리나라 역사에 영원히 기록될 만한 모범적인 대결을 박정희 후보와 벌였습니다. 신문에는 연일 내가 제시하는 정책과 박정희 후보의 선심성 공약이 비교되어 소개되었습니다. 박정희 후보는 내가 내놓은 정책을 트집 잡고 시비 거는 데에만 급급할 뿐 정책다운 정책을 거의 내놓지 못했습니다.

당시 내가 제시한 정책으로, 지금도 많은 사람들이 기억하고 있는 것이 있습니다. 4대국 한반도 평화 보장, 남북한의 전면적인 교류, 공산권과의 교역, 농업 발전에 기초한 공업화, 대중경제체제, 향토예비군제 폐지 등이 그것들입니다. 철저한 반공, 멸공 이외에는 말도 제대로 못 내던 당시에는 이러한 정책들은 생각도 할 수 없는 것으로서 많은 국민들의 큰 관심과 지지를 받았습니다.

그리고 이런 나의 정책들은 국제적으로도 큰 관심을 끌었습니다. 당시 여당으로부터는 맹렬한 공격을 받았지만, 그 후 군사정권 조차도 이 정책들을 수용하거나 정책 방향으로 삼았습니다. 그러나 20여 년이 지난 지금은 이미 실현되어 있거나 너무도 당연시되고 있는 정책들입니다.

선거가 끝났을 때, 신문과 학자들은 일제히 내가 지고도 이겼다고 하면서 정책 대결의 내용과 선거운동의 떳떳한 자세를 높이 평가했습니다. 나중에 미국의 정부 인사들로부터도 '미국에서도 보기 드문 훌륭한 정책 대결의 자세'였다는 취지의 평가를 받은 일도 있습니다.

나는 대학을 다니지 않았지만 어떤 사람으로부터도 지적知的 의심을 받아본 적이 없습니다. 대학을 나오지 않았다고 나를 과소평가하거나 무시하는 사람도 없었습니다. 아니 오히려 많은 사람들이 정치인 가운데 가장 지적으로 우수한 국회의원 중 하나로 나를 꼽았습니다.

역설 같지만, 오늘의 내가 있게 된 것은 어쩌면 내가 대학을 가지 않았기 때문인지도 모릅니다. 나는 대학 다니지 못한 콤플렉스에 눌려 지낸 것이 아니라 그것을 자기개발 의지로 승화시킨 것입니다. 나는 계속 노력해서 내가 그토록 얻고자 했던 박사 학위를 마침내 취득했습니다. 명예박사가 아니라 정식 박사를 논문과 구두 시험을 통해 모스크바 국립 외교 대학원에서 얻어냈습니다.

그리고 지금 나는 모스크바 국립대학의 평생 명예교수가 되어 매년 1회 이상의 강의를 하고 있는데, 더 많은 강의를 해주도록 요청받고 있습니다. 영국 케임브리지 대학교의 클레어홀 칼리지에서도 나를 교수회의의 평생 멤버로 선임했습니다.

이상의 모든 이야기는 내가 결코 나 자신에 대해서 자랑하거나 선전하려는 뜻에서 한 것이 아닙니다. 대학을 나오지 않은 수많은 젊은이들에게 나의 한 예를 제시하면서 그들도 대학 못 나온 것을 한탄만 하지 말고 자신의 부단한 노력으로 실력을 갖추어 대학 졸업생 이상의 발전을 해야 하고, 또 할 수 있다는 격려를 주기 위해서 약간 낯간지러운 감을 무릅쓰고 자랑 같은 말을 늘어놓게 된 것입니다.

미국의 한 실업가는 사람이 성공할 수 있는 비결을 이야기하면서 두 가지를 꼽았습니다. 그 하나는 가난한 집에서 태어나는 것이고, 다른 하나는 대학을 나오지 않는 것이라고 했습니다. 대학을 나오지 말아야 한다는 것은 오늘날과 같은 지식산업의 시대에 반드시 타당한 말이라고 할 수는 없습니다.

우리는 그 사람의 말을 새겨들어야 하는데, 아마도 그 사람은 공부를 많이 하면 틀에 박힌 지식에 얽매여서 창의력을 발휘하지 못하게 된다는 뜻의 말을 하려고 했던 것 같습니다. 제도 교육을 많이 받게 되면 아무래도 틀에 박힌 사고를 하기 쉽습니다. 대학을 나온 사람은 이 점을 경계해야 합니다.

나는 사물을 전체와 부분을 같이 보고, 과거와 미래를 연결해서 예측하며, 시대의 흐름 속에서 내일의 변화를 보려고 애씁니다. 그리고 자유롭고 구속받지 않는 상상력으로 문제를 보고, 아이디어를 만들어내려고 노력합니다. 그래서 비교적 사물을 제대로 보고 앞날을 예언해왔습니다.

4대국 한반도 평화보장, 3단계 통일방안, 1971년 대선 당시의 유신체제를 예언한 총통제 도래설, 3선 개헌 직후부터 일관되게 예언했던 박 정권의 몰락, 1980년 5·17 군사 쿠데타의 예언, 6·29 승리의 예측 등 많은 일이 있었습니다. 핵문제의 일괄타결도 1993년 4월 영국에 있으면서 이미 글과 강연으로 주장하기 시작했습니다. 이 모든 것이 일정한 틀에 박히지 않은 나의 사고방식의 결과가 아닌가 생각됩니다.

우리나라의 입시 지옥이 세계에서 그 유례를 찾아보기 힘들 정도로 심하다는 것은 다 아는 사실입니다. 이것은 우리 사회가 개인의 능력을 일률적으로 학력에 의존해서 평가하는 데 따른 부작용입니다. 합당한 입시제도를 만드는 것도 중요하지만, 우리 사회에 편만遍滿해 있는 학력 위주의 의식구조를 고치는 것이 선결 과제입니다.

세계는 졸업장 시대에서 실력과 자격증 시대로 바뀌고 있습니다. 또 그렇게 되어야 합니다. 그런데 우리 사회는 여전히 졸업장에 매달려 있습니다. 이 때문에 얼마나 많은 사람들이 대학 졸업장 하나 가지고 우쭐하며 지속적인 자기발전의 노력을 게을리하고 있습니까? 그리고 얼마나 많은 사람이 대학을 못 나왔다는 이유 하나로 열등감과 패배의식에 사로잡혀 있습니까?

졸업장은 그 사람이 어느 대학교에서 무엇을 전공했다는 단순한 사실만을 말할 뿐입니다. 일을 하는 데 있어서 중요한 것은 졸업장이 아니라 실력입니다. 졸업장 한 장이 그 사람의 실력이 얼마나 되는가를 말해주지는 못합니다. 그렇다고 대학을 가지 말라는 뜻이 아닙니다. 대학에 갈 수 있으면 가야 합니다.

그러나 그것을 특권으로 생각해서는 안 됩니다. 대학을 가지 못했다고 해서 좌절될 필요도 이유도 없습니다. 대학을 나오지 않은 것은 부끄러운 일이 아닙니다. 부끄러운 것은 실력이 없는 것입니다. 자기 발전을 위한 공부를 포기하는 것이야말로 부끄럽고 수치스러운 일입니다. 대학을 나오지 않으면 어떻습니까? 실력만 있으면 그만입니다.

알고 보면 부드러운 남자

대통령 선거를 할 때마다 나는 여러 가지 오해에 시달렸습니다. 나에 대한 오해 가운데 대표적인 것으로 '과격하고 강경하다'는 것이 있습니다. 김대중은 과격하고 강경하다는 것, 그렇기 때문에 위험하다는 말이 꼬리표처럼 나를 따라다녔습니다. 그러나 이것만큼 큰 오해는 없습니다.

나는 본래 강경한 쪽이 아닙니다. 나는 평화주의자입니다. 나는 꽃을 좋아하고 동물들을 사랑합니다. 예술을 사랑하고 사람들과 어울려 대화하는 걸 즐깁니다. 감동적인 소설이나 영화를 볼 때면 곧잘 눈물을 흘리기도 합니다.

나는 가정을 사랑하고 아내와 세 아들과 세 며느리 그리고 세 손녀와 네 명의 손자를 다시없이 사랑합니다. 형제들과 벗들도 사랑합니다. 우리 국민 모두에게 깊은 애정을 갖고 있습니다. 세상의 많은 가정과 같이 우리 가정도 화목하고 서로 사랑하는 그러한 집안입니다.

그런데도 내가 강경하고 과격한 사람으로 국민에게 알려진 것은 30년 독재 체제하에서 독재에 대한 나의 후퇴 없는 투쟁이 준 인상과 그리고 무엇보다도 군사정권의 공작정치와 이에 동조했던 언론들의 무책임한 보도 때문이었을 것입니다.

나는 독재 정권에 대해 온몸으로 저항했습니다. 내가 그렇게 한 것은 그렇게 하지 않으면 우리 국민을 지키고 민주주의를 보호할 길이 없었기 때문입니다. 집에 침입한 강도를 상대로 상처투성이가 되어가며 싸우는 가장의 심정 같은 것이었습니다.

강도와 싸우지 않으면 가족들을 보호할 수가 없기 때문에 가장은 자기 몸을 돌보지 않고 내던집니다. 그런 상황에서 필사적이 되지 않을 사람이 어디 있겠습니까? 아무리 겁이 많은 가장이라도 자기 가족을 생각하면 없던 용기라도 내게 될 것입니다. 그렇지 않은 가장이 있다면 그 사람이야말로 문제입니다. 저의 싸움은 그러한 싸움이었습니다. 저의 강경함은 그로 인한 강경함이었습니다. 어쩔 수 없는 강경함이었습니다. 본래 싸움을 좋아해서 내 몸의 안전을 도모하지 않고 투쟁한 것이 아닙니다.

만일 국민을 지키고 민주주의를 사수하는 것이 강경한 것으로 몰린다면, 나는 일부 국민이 일시적으로 아무리 오해하더라도 강경할 수밖에 없는 것입니다. 40년 동안 나는 흔들림 없이 이런 길을 걸어왔습니다. 겁 많은 자의 용기, 이런 것이 내 삶의 태도였다고나 할까요.

유신 당시 일본에 망명해 있을 때, 당시 박정희 대통령과 일본의 친한파 지도자들 사이에는 나와 박 대통령 사이에서 모종의 타협을 만들어내려는 이야기가 오고갔습니다. 일본의 지도자들은 나에게 박 대통령과 타협하라, 그러면 당신은 정부에서 크게 우대받을 것이다, 예를 들면 부통령 자리 같은 것을 만들어서 줄 수도 있지 않느냐라는 것이었습니다. 그것은 나더러 유신 독재를 인정하고 협력하라는 말이었습니다. 그것은 원칙을 포기하는 문제였기 때문에 나는 거부하였습니다.

80년 신군부 세력은 나에게 얼토당토않은 누명을 씌워 가둬놓고, 자기들과 손잡으면 목숨을 살려줄 뿐 아니라 대통령 빼놓고는 온갖 부귀영화를 다 누리게 해주겠다고 유혹해왔습니다. 자기들 말을 듣지 않으면 별수 없이 사형이라는 협박도 잊지 않았습니다. 재판 절차 같은 것은 요식 행위에 다름 아니라는 말도 했습니다. 그들과의 타협을 거부하면서도 내가 얼마나 간절히 살기를 바랐는지 모릅니다. 나는 무기징역만 되었으면 좋겠다고 열망했습니다. 그러면 우선 목숨은 건지니까요.

그래서 판결 날 법정에 섰을 때, 재판장의 입을 뚫어지게 봤습니다. 그것은 입이 앞으로 나오면 "무" 하고 무기가 선고되는 것이고 입이 옆으로 벌어지면 "사" 하고 사형이 되는 것이기 때문이었습니다. 내 목숨을 살리기 위해서 혼신의 노력을 하던 카터 대통령이 대법원 판결을 앞두고 낙선되었을 때, 나는 정말로 감방 안에서 소리내어 울었습니다. '이제는 끝이다, 나는 죽게 되었다'라고 생각했던 것입니다.

결국 나는 계엄하의 육군 교도소에서 사형 선고를 받았습니다. 그러나 형은 집행되지 않고 있었는데, 거기에는 카터 대통령의 노력, 나와 수십 년 친분이 있던 서독의 폰 바이츠제커 대통령의 적극적 구명 운동 등 국제 여론이 적지 않게 작용했으리라 봅니다. 얼마 후 나는 무기징역으로 감형된 다음 청주 교도소로 이감되어 사형수 아닌 기결수로서 머리를 깎였습니다. 눈물이 핑 돌았습니다. 억울하다는 생각 때문이 아니라 죽음을 면한 데 대한 기쁨 때문이었습니다. 죽음이 얼마나 무서운 것인가는, 판결을 기다리는 한두 달 사이에 나의 몸이 10킬로그램이나 축난 것만 보아도 알 수 있습니다. 육군 교도소에서 사형수로서 아내를 만날 때는 서로 눈물 한 방울 비치지 않았는데, 청주에서 아내를 보았을 때는 왜 눈물을 참지 못하고 주루룩 흘리고 말았는지 알 수 없는 노릇입니다.

사람이란 참 이상한 존재입니다. 한편에서는 타협에 응하기만 하면 살려준다는데도 이를 거부하고, 다른 한편에서는 살고 싶어서 몸부림치는 상반된 모습을 지니고 있으니까요.

그런데 이렇게 살아온 나에게, 내가 목숨 바쳐 지키려 한 바로 그 국민들 가운데 상당수는 김대중은 강경하고 과격하다, 그래서 위험하고, 그래서 싫다고 합니다. 처음에 나는 얼마나 충격을 받았는지 모릅니다. 집에 침입한 강도를 상대로 몸을 돌보지 않고 피흘리며 싸우고 났더니, 가족들이 고마워하기는커녕 과격하다는 둥, 그렇게 난폭한 줄 몰랐다는 둥의 말을 했다고 생각해보십시오. 그 말을 들은 사람의 마음이 얼마나 참담하고 억울하겠습니까?

고백하건대 나의 심정이 꼭 그랬습니다. 국민들로부터 그런 오해를 받을 때마다 나는 절망의 밑바닥으로 빠져들어가는 심정을 느끼곤 했습니다.

일부 국민들의 그러한 오해는 내가 나를 박해한 자들에 대해 취한 태도를 감안하면 더욱 이해할 수 없는 것입니다. 생각해보십시오. 강경하고 과격한 사람이 자기를 박해하고 납치하고 죽이려 한 사람들을 용서하겠습니까? 억울하게 사형 선고를 받은 내가 그 사형 선고를 내린 사람들과 화해하고 그들에게 보복하지 않겠다는 것이 어떻게 강경한 것이 될 수 있습니까?

나는 나를 죽이려 했고, 감옥에 보내고, 연금시킨 박정희 씨의 무덤에 찾아갔습니다. 그가 죽은 뒤에나마 화해하기 위해서였습니다. 나는 박정희 씨가 죽을 때까지 생전에 한번도 그와 대화를 갖지 못한 것을 가장 큰 아쉬움으로 생각하고 있습니다. 나는 수차례에 걸쳐 그와 대화를 시도했습니다. 1979년 봄에는 정말 그와 만나 충정을 다해 대화를 하고자 시도했습니다.

나는 과거 공화당에 있다가 야당으로 돌아선 나의 측근에게 당시 최고 실력자였던 차지철 씨와 접촉을 하도록 했습니다. 그리고 그에게 다음과 같은 요지의 뜻을 전했습니다.

"당신과 나는 어쨌거나 우리 국민의 운명에 중요한 영향을 미칠 자리에 있습니다. 그런데 우리는 단 한 번도 만나지를 못했습니다. 지금은 국민과 우리 모두를 위해 아주 중요한 시점입니다. 이때 우리가 대화를 하지 못할 이유가 없습니다.

대화의 조건은 간단합니다. 비난을 포함해서 어떤 말이든 다 하십시오. 나는 그 말을 다 듣고 수용할 것이 있으면 수용하겠습니다. 마찬가지로 당신도 내 말을 다 들어주십시오. 단, 시시비비는 당신이 판단하십시오. 나는 설사 우리가 어떤 합의점에 도달하지 못한다 하더라도 지금까지 남의 보고를 통해서만 알던 상대방을 자신의 눈과 귀로 직접 보고 들음으로써 스스로 판단할 기회를 갖는 것만으로도 큰 성과라고 생각합니다."

그러나 며칠 뒤, 차지철 씨로부터 거절의 뜻을 통고받았습니다. 나는 차지철 씨가 나의 면담 요구를 전달하여 박정희 씨가 거절했는지, 차지철 씨가 자신의 판단으로 거절했는지를 알지 못합니다. 아무튼 과거 대통령 자리를 놓고 일대접전을 벌였던 처지에서 단 한 번의 대화도 갖지 못한 채 유명을 달리하게 된 것은 참 애석한 일이라 생각합니다.

전두환 씨를 체포해야 한다는 극한적인 여론이 들끓을 때, 나는 많은 재야인사와 학생들로부터 비난을 받아가면서까지 반대의 입장을 고수했습니다. 그것은 죄는 미워하고 진실을 밝혀야 하지만 사람에게 보복해서는 안 된다고 주장해온 나의 일관된 원칙과 위배되기 때문이었습니다.

1988년 올림픽게임 직후로 기억됩니다. 제가 각지를 돌며 연설할 때, 군중들은 극단적인 언사까지 써가며 전두환 씨와 이순자 씨를 체포해야 한다고 아우성을 쳤습니다.

부산에서의 일입니다. 수천 명의 흥분한 군중들은 나에게 그런 사람들을 처벌하지 말라고 하는 이유가 뭐냐고 따졌습니다. 답변을 잘못했다가는 그 자리에서 멱살 잡혀 끌어내려질 것 같은 험악한 분위기였습니다. 그렇지만 나는 양보하지 않았습니다.

물론 전두환 씨나 이순자 씨를 좋아하거나 그들의 행위를 옳다고 판단해서가 아니었습니다. 내가 당한 피해를 따진다면 그 어떤 사람보다 앞장서서 처벌하라고 외쳐야 했을 것입니다. 전두환 씨는 나를 용공 단체의 두목, 광주폭동의 선동자로 몰아 사형을 언도한 사람이지만 나는 원수를 원수로 갚지 않았습니다. 국민들, 특히 재야인사들의 오해와 비난을 감수하면서 나는 군중들을 설득했습니다.

군법회의 법정에서 사형 언도를 받아 죽음의 길로 가면서도 정치 보복을 하지 말라고 유언했습니다. "80년대에는 반드시 민주화가 온다. 희망과 용기를 가지고 싸우시오. 그러나 여러분이 승리하였을 때, 그때는 내 유언을 지켜주시오"라고 거듭 하느님의 이름을 빌려 부탁했습니다.

그 후 1987년의 대통령 선거와 1988년의 국회의원 선거에서도 똑같은 말을 했습니다. 이러한 나의 말은 하느님과 국민에 대한 약속이었던 것입니다. 따라서 나는 흥분한 군중에게 이러한 나의 약속은 결코 파기될 수 없다고 강력히 주장하면서 그들을 설득했던 것입니다. 누구보다도 전두환 씨에게 가혹하게 당한 내가 이런 말을 할 때 군중들은 나의 참뜻을 이해하는 것 같았습니다. 나쁜 법과 악한 제도는 고쳐야 하지만 사람은 살려야 한다고 일관되게 주장해왔습니다.

그 당시 나의 그런 온건한 입장 때문에 중앙 당사가 열 번이나 습격을 당했습니다.

1992년 대선 기간, 나는 당선되었을 때의 구상으로 대화합과 거국 내각의 구성을 거듭 주장했습니다. 죄는 미워해도 사람을 미워해선 안 된다는 내 말을 잘 이해하지 않으려는 사람이 더러 있습니다. 내가 그렇게 말하는 것은 사람을 미워하지 말아야 하는 이유가 분명하기 때문입니다.

우리가 두려워하고 경계해야 할 것은 사람이 아닙니다. 나쁜 일을 저지를 수 있는 법과 제도가 문제인 것입니다. 독재자들은 그것을 무기로 휘둘러서 나쁜 짓을 합니다. 그 무기를 빼앗아버리면 마치 삼손에게서 털을 뽑아버린 것과 마찬가지로 무력해집니다. 그렇게 권세를 휘두르고 산천초목을 떨게 하던 전직 대통령 두 사람의 오늘의 처지만 봐도 이 말이 맞다는 것을 우리는 쉽게 알 수 있을 것입니다.

그 사람을 그 지위에서 끌어내리기만 하면 그도 우리와 똑같은 보통의 힘밖에 없는 인간입니다. 그런 보통의 인간을 두려워할 필요가 없고 용서하지 못할 이유가 없습니다. 그래도 용서하지 않는다는 것은 국민과 사회를 지키기 위한 것이 아니라 눈에는 눈, 이에는 이로 대하는 부끄러운 보복 행위밖에 되지 않습니다.

용기있는 사람만이 용서할 수 있습니다. 국민 외에는 누구도 두려워하지 않는 사람, 올바른 사람은 반드시 승리한다는 확신을 가진 사람만이 진정한 용기를 낼 수 있습니다. 용서야말로 최대 승리라는 철학과 신념을 가진 자만이 자신있게 용서를 할 수 있습니다. 그들에게는 권력의 칼을 빼앗긴 빈손의 독재자를 두려워할 이유가 없습니다.

나에게 이러한 삶의 자세를 갖도록 가르쳐준 분은 목포 상업학교 3학년 때의 담임이었던 노구치 진로쿠野口戦六 선생님이었습니다. 그분은 항상 "삶의 원칙을 확고히 지켜야 한다"라고 가르치셨습니다. 원칙을 포기하는 것은 삶을 포기하는 것과 같다고 하셨습니다.

"그러나 원칙을 고수한다고 방법에서 유연하지 못하면 승리자가 되기 어렵다"라는 말씀도 하셨습니다. 그분은 일본어 선생이면서 유도 선생이기도 했는데, 유도의 진수는 바로 이 원칙의 고수와 유연성의 활용을 어떻게 조화시켜나가느냐에 있으며, 이것은 바로 인생의 오묘한 이치와 통한다는 것이었습니다.

이 가르침은 감수성이 예민하던 청소년기의 나에게 크게 감명을 주었습니다. 나는 일생 동안 그 선생님의 말을 잊지 않고 살아왔습니다. 한 전쟁사 연구가의 책에서 나는 매우 흥미있는 사실을 발견했습니다. 세계 전쟁사상 정공법으로 돌격하여 승리를 거둔 예는 단 1할도 되지 않는다고 합니다. 대부분의 승리가 우회 전술이나 잠복, 작전상 후퇴 또는 내부 교란 등 간접적인 전법으로 얻어진다는 것입니다.

전쟁의 영웅이자 천재인 나폴레옹의 전쟁사를 보면 참 흥미롭습니다. 그가 민주주의를 신봉하고 왕정에 반대하면서, 신음하는 유럽의 민중들에게 해방과 자유의 복음을 전하는 전달자였을 때는 신출귀몰한 간접전법을 써서 싸우면 반드시 이겼습니다.

그러나 그가 황제가 되고 전제군주로 프랑스와 전 유럽에 군림하면서 프랑스 혁명의 대의를 저버렸을 때는 이상하게도 정면 공격만 시도하다가 참담한 패배를 거듭했습니다. 이것은 심리학자가 연구해볼 만한 참으로 흥미있는 일이라 할 것입니다.

인류 역사상 가장 뛰어난 전쟁 교범이라고 하는 《손자병법》은 아예 "싸우지 않고 이기는 것이 최고의 승리"라고 말합니다. 손자는 그 병법서에서 '병법의 진수는 정도와 백성의 복리를 지키는 데 있다. 이것을 떠나면 병법은 사악한 도구로 전락한다'라고 원칙을 철저히 따지고 있습니다. 그러나 일단 전술면으로 들어가면 이간, 모략, 분열, 위장, 선동 등 온갖 술책을 다 가르치고 있습니다.

제1차 세계대전에서 패한 독일의 빌헬름 2세가 나중에 이 책을 읽고서, 한탄해서 말하기를 내가 미리 《손자병법》을 읽었더라면 전쟁에서 패하지 않았을 것이라고 무릎을 쳤다는 일화가 있습니다.

우리나라의 이순신 장군도 임진왜란 때 간접 전법을 즐겨 사용하였다는 것은 이미 잘 알려진 사실입니다. 필요하면 후퇴하기도 하고, 우회하기도 하고, 은폐하기도 하였으며 불리한 전투에는 나서지 않았습니다. 그런 간접 전법 때문에 부산 진격을 거부하다가 적과 내통하고 있다는 모함을 받기까지 해서 생명을 잃을 뻔했던 것을 우리는 잘 알고 있습니다. 일본군에게 승리해야 한다. 결코 살려서 돌려보낼 수 없다고 하는 원칙은 확고했지만 수단은 아주 유연했던 것입니다.

명장들의 간접 전법의 승리는 우리에게 중요한 교훈을 던집니다. 전쟁터는 극한 상황입니다. 그곳에서 고수해야 할 하나의 원칙은 승리입니다. 그 하나의 원칙만은 양보할 수 없지만, 나머지 모든 것은 방법적으로 동원 가능합니다. 각각의 상황에 맞는 전략과 전술이 필요한 것이지 무조건 정공법으로 "공격, 앞으로!"만 한다고 저절로 이길 수 있는 것은 아닙니다.

나는 일생 동안 원칙을 위해서는 목숨을 버릴지언정 양보하지 않았습니다. 그러나 그 방법에 있어서는 언제나 그 시대의 상황에 맞게, 무엇보다도 국민이 이해하고 따라올 수 있는 선에서 유연한 자세를 취하려고 애써왔습니다. 이러한 나의 태도가 지금까지 힘든 투쟁 속에서도 나로 하여금 파멸을 면하고, 어느 정도의 승리를 거두게 한 원인이라고 생각합니다.

혁명과 개혁은 다릅니다. 혁명은 법을 무시합니다. 개혁은 법을 지킵니다. 혁명은 과거를 따져서 사람을 처벌합니다. 그러나 개혁은 과거의 나쁜 법과 제도를 고치면서 사람은 용서합니다. 혁명은 국민에게 불안 공포를 느끼게 하지만 개혁은 희망과 안정을 줍니다.

혁명은 혁명세력들이 국민을 강제로 끌고가기도 하지만, 개혁은 국민 모두가 나아가는 방향과 자기가 얻을 몫을 알고 적극 협력하는 신바람 나는 자발적인 행위인 것입니다. 혁명은 원칙도 강경하고 방법도 강경하지만, 개혁은 원칙은 강하지만 방법은 유연합니다. 국민과 같이 가는 개혁에는 결코 실패가 없습니다.

얼마 전 TV 광고에 나온 유명한 연극배우 윤석화 씨가 한 말이 기억납니다. "알고 보면 나도 부드러운 여자"라고. 그런데 나 역시 '알고 보면 부드러운 남자'입니다. 어떤 이는 내가 또래의 누구보다도 젊어 보인다고 합니다. 그것도 '부드러운 남자'로 살아온 덕택이라 생각합니다.

내가 사랑한 여인

이성異性에게 이끌리는 마음은 본능입니다. 공자님도 "나는 아직까지 도를 사랑하기를 이성을 사랑하기보다 더하는 사람을 본 적이 없다"라는 의미의 말을 한 적이 있습니다. 도덕이나 생활 규범은 후천적인 것이지만, 이성에 대한 사랑은 원초적이고 본능적인 것입니다. 강제나 규제로써 다스릴 수 없는 몇 안 되는 영역 가운데 대표적인 것이 남녀 간의 사랑입니다. 사랑은 자율적인 것입니다. 사랑은 국경도 뛰어넘고 이데올로기도 뛰어넘는 강력한 힘입니다.

로미오와 줄리엣은 셰익스피어의 작품 속에나 나오는 인물이 아닙니다. 사람들이 사는 곳이면 그 어디에서나 그런 사랑을 볼 수 있습니다. 80대의 노부인이 20대의 청년과 행복한 포즈를 취하고 서 있는 사진이 어떤 신문에 난 일이 있었습니다. 사진 아래에는 '지금 우리는 사랑에 빠졌어요'라는 코멘트가 붙어 있었습니다. 좀 징그럽기는 했지만, 어쨌거나 사랑은 한계를 모르고 타율을 인정하지 않는 값진 정신세계입니다.

나는 평생을 통해 이성을 정말로 사랑해보지 않은 사람에게는 별다른 매력을 느끼지 못합니다. 그런 사람은 인간에 대한 애정도, 인생이 무엇인가도 모르는 사람이라 하겠습니다.

나는 지금까지 살아오는 동안 세 사람의 여성을 사랑했습니다. 첫번째 여성은 내가 초등학교 6학년 때 같은 동네에서 같은 학교에 다니던 5학년짜리 여학생이었습니다. 등굣길에서 그 여학생과 마주치면 저절로 가슴이 설레고 얼굴이 달아오르곤 했습니다. 상업학교를 5년 마칠 때까지 연모하였지만 나는 말 한마디 건네지 못했고, 편지도 보내지 못했습니다. 나의 이런 안타까운 심정을 알지도 못하는 여학생의 얼굴이라도 한번 볼 수 있을지 모른다는 기대를 품고 일부러 그 아이의 집 근처를 돌아 학교에 가곤 했습니다.

말하자면 그것이 내게는 소위 첫사랑이 아니었나 싶습니다. 첫사랑은 이루어지지 않는다는 속설대로 나의 일방적인 짝사랑은 그렇게 끝이 났습니다.

나는 어떤 자리에선가 지나가는 말로 이 이야기를 한 적이 있었습니다. 그걸 기억해둔 사람이 있었던지 지난 1992년 대통령 선거 기간 중 한 언론사에서 그 여자분과의 상봉 장면을 연출하면 어떻겠느냐는 연락을 해왔습니다. 물론 나는 정중히 거절했습니다. 그 좋은 기억을 선거에 이용한다는 것은 마치 순백의 천에다가 흙탕물을 끼얹는 것과 같다는 생각이 들었던 것입니다.

나의 두 번째 사랑은 내 친구의 누이동생이었습니다. 그녀의 이름은 차용애였습니다. 그녀는 일본으로 유학을 갔다가 태평양 전쟁 말기에 이르러 폭격이 심해지자 한국으로 돌아와 있었습니다.

나는 거리에서 흰 원피스를 입고 양산을 쓰고 걸어가는 그녀와 마주쳤습니다. 그때 나는 마치 전기에 닿은 것 같은 충격을 받았습니다. 나는 첫눈에 반해버렸습니다.

그런데 그녀가 나의 절친한 친구의 누이동생이었으니 나에게는 그 이상의 행운이 없었습니다. 그녀는 미인이었고 명랑한 여자였습니다. 다행히 그녀도 나를 좋아했습니다. 우리는 젊었고 서로를 사랑했습니다. 얼마 지나지 않아 결혼을 약속하는 사이로 발전해 갔습니다.

그러나 우리들의 사랑은 반드시 순조롭지만은 않았습니다. 그녀의 아버지가 완강하게 반대를 하고 나섰기 때문이었습니다. 언제 군대에 끌려갈지 알 수 없는 젊은이한테 딸을 내줄 수 없다는 것이 이유였습니다. 그도 그럴 것이 어느 날 갑자기 일본군에 징집되어 갔다가 사망통지서 한 장으로 돌아온 젊은이들이 주변에 허다했던 것입니다.

나중에 들은 이야기지만 어른께서는 그때 이미 징병 연령을 넘긴 사윗감을 골라놓고 계셨습니다. 그러니 나에게 딸을 줄 수 없다고 할 수밖에요. 그녀의 어머니는 아버지와 생각이 달랐습니다. 그분은 나를 만나고 나서는 마음에 들었던지 사위로 삼겠다고 나섰습니다.

그렇게 되니 결국 그녀의 의견이 중요해졌습니다. 부모들은 다소곳이 앉아 어른들의 말씀을 귀담아듣고 있던 그녀에게 의견을 물었습니다. 나는 은근히 걱정이 되었습니다. 왜냐하면 내가 보아온 그녀는 활발하기는 했지만 부모에게는 아주 순종하는 편이었기 때문에 자신의 문제로 이렇게 의견이 팽팽하게 맞서 있는 상황에서 의견을 제대로 내놓을 수 있을 것 같지 않았기 때문입니다.

그러나 나의 걱정은 기우였습니다. 그녀는 매우 단호하게 "만일 저이와 결혼하지 못하면 차라리 죽어버리고 말겠어요"라고 대답하는 것이었습니다. 아! 그때 나의 기쁨과 감사함은 정말로 말로는 다 표현할 수가 없습니다. 그녀의 아버지도 결국 굴복하고 말았습니다. 그 후 그 어른은 나를 극진히 사랑한 장인이 되어주셨습니다.

그렇게 우리는 결혼을 했습니다. 그녀는 나의 아내가 되었습니다. 그로부터 얼마 지나지 않아 전쟁이 끝났기 때문에 나는 군대에 가지 않아도 되었습니다. 그녀는 홍일과 홍업, 두 아들을 낳았습니다. 그리고 일생 동안 나에게 더할 수 없이 헌신적인 사랑을 주었습니다. 그러다가 젊은 나이로 세상을 떠났습니다.

그녀에 대한 나의 기억은 각별한 바가 있습니다. 그녀는 내가 순탄할 때도 같이 있었고, 내가 극도로 어려울 때도 함께 있었습니다. 초기에 내가 사업에 성공할 때도 적극적으로 내조를 해주었고, 정치에 투신한 54년 이래 59년까지 내리 세 번이나 국회의원 선거에 실패하여 그 많던 재산을 모두 날려버렸을 때도 불평 한마디 하지 않고 나를 도왔습니다.

나는 그때 그녀가 어려운 살림을 꾸려가느라 얼마나 고생을 했는지 잘 알고 있습니다. 그녀는 어떤 궂은일을 해서라도 살림을 꾸려갔고, 심지어 내 용돈까지 마련해주곤 했습니다.

1958년 강원도 인제에서 4대 국회의원으로 출마했을 때, 여당 후보와 관권에 의해서 강제로 후보 등록 취소를 당했습니다. 그러나 나는 굴하지 않고 입후보자 기호 추천에 임하기로 했습니다. 그 전날 밤, 내일이면 싸우다가 구속될지도 모르는 나에게 아내는 위로와 격려를 주었습니다.

"당신이 구속되더라도 어떻게든 아이들은 맡을 테니, 당신은 용기를 내서 싸우세요."

그녀의 그런 태도가 나에게 얼마나 큰 용기와 힘을 주었는지 모릅니다. 만일 그녀가 그때 그렇게 나오지 않고, 잦은 낙선에 지쳐 투덜거리기라도 했다면 나 역시 정치를 그만 포기해버렸을지 모릅니다. 그녀의 이러한 태도는 언제나 한결같았습니다.

이승만 정권하에서 국가보안법 개악 저지투쟁을 벌일 때 그녀는 광화문 네거리에서 있었던 당간부 부인들의 집회에도 빠짐없이 참석하였습니다. 나는 그녀가 어려운 가정 형편 속에서 온갖 궂은일을 다하면서도 남편의 일을 헌신적으로 도우려고 애쓴 참으로 착하고 고마운 아내였다는 것을 압니다.

나는 늘 그녀에 대한 감사와 추모의 정을 마음속에 지니고 삽니다. 그리고 그런 아내를 가졌던 내 자신이 얼마나 행복했던가를 생각하게 됩니다. 때때로 그녀가 남긴 두 아들과 손자 손녀들을 볼 때 나는 뭉클해지는 가슴으로 그녀에게 말합니다.

"보시오, 이들이 당신이 남긴 당신의 분신들이오. 당신은 결코 죽지 않았소. 이 아이들 속에서 영원히 사는 것입니다. 당신이 그렇게 착하고 아름다웠기 때문에, 이 애들의 가정도 행복하고 아름다운 겁니다."

이제 나는 내 인생의 세 번째 여성인 이희호와의 만남을 이야기할 차례입니다. 나는 6·25 전쟁 중 부산 피난 시절에 그녀를 처음 만났습니다. 그녀는 당시 서울대학교 사범대학을 나와 '대한여자청년단'의 국제국장으로 일하고 있었습니다. 그때 나는 사업을 하고 있었는데, 뜻있는 젊은이들의 모임에 나가 전쟁의 상황이나 조국의 장래 등에 대해 토론하곤 했습니다.

나는 모두와 가깝게 지냈지만 특히 그녀와 친해져서 여러가지 생각을 주고받곤 했습니다. 시골길을 함께 걸으며 이야기를 나누기도 했습니다. 지금도 당시 부산 교외였던 감천의 시골 오솔길을 걷던 기억이 생생합니다. 우리는 참으로 낭만적인 분위기 속에서 일선의 포화를 잊은 듯이 인생의 꿈에 대해서 이야기하고 있었습니다. 그때 나는 이미 결혼한 몸이었고, 그녀는 미혼이었습니다. 따라서 우리는 뜻이 맞는 좋은 친구로서 친하게 지냈을 뿐이었습니다.

그녀는 그 후 휴전이 되자 미국으로 유학을 떠났고, 그사이 나는 상처喪妻를 했습니다. 그녀가 4년간의 미국 유학을 마치고 돌아온 후 우리는 자연스럽게 다시 만났고, 결혼을 했습니다. 아내와 나의 관계는 부부이기 이전에 동지라는 편이 옳은 표현일 것입니다. 우리는 독재 정권의 가혹한 시련 속에서 기존의 존경과 신뢰를 더욱 튼튼하게 다져왔습니다. 아내는 가장 어려운 시대를 나와 함께 투쟁해온 사람입니다. 내가 감옥에 가고, 연금당하고, 망명 생활을 하느라 집안을 돌볼 수 없었을 때, 아내는 조금의 흔들림도 없이 가족들을 잘 돌보며 나로 하여금 안심하고 투쟁할 수 있도록 해주었습니다.

그런데 내가 무엇보다도 아내에게 감사하는 것은 이런 것이 아닙니다. 가장 큰 감사와 사랑의 원천은 그녀가 일구어준 가정의 단결과 행복에 있습니다. 그녀는 나와의 사이에서 홍걸이라는 아들을 낳았는데, 이상하게도 자기가 낳은 아들보다 전처소생의 두 아들과 더 가까웠습니다. 두 아들은 나보다는 모든 것을 제 어머니하고 상의합니다.

결혼 전에 그녀는 이미 YWCA 전국연합회의 총무를 하고 있었습니다. 한때는 이화여대에서 교편생활도 했습니다. 우리 집은 한 30년 전부터 아내와 나 두 사람의 문패가 나란히 붙어 있습니다. 이것은 아내가 요구한 것이 아니라 나 자신이 나름대로 여권 존중의 심정에서 한 일입니다. 아내는 여권 문제에 이르면 그 온순한 성격이 바뀌어지면서 굉장한 투쟁적 자세를 보입니다.

1989년 가족법 개정 때, 내가 여성 문제에 남다른 관심과 노력을 기울인 데는 누구보다 아내로부터 받은 영향이 컸습니다.

아내는 영국에 머무는 동안에도 우리를 찾아왔다 귀국하는 사람이 있으면 며느리와 손자, 손녀들에게 선물을 마련해서 보내곤 했습니다. 그런 세심한 마음씨가 종종 내게 감동을 주곤 합니다. 그녀는 누구네가 어려우니 도와주어야겠다는 말을 나에게 자주 합니다.

그러면 나는 웃으며 말합니다.

"당신은 어떻게 내 주머니에 돈이 좀 들어오는 듯하면 그저 내보낼 생각만 하는 거요. 나도 호주머니에 돈이 들어오면 남 줄 생각부터 하는데 부부 중에 한 사람이라도 좀 짠맛이 있어야 당신까지 그 모양이니 살림이 되겠소? 내가 아무래도 마누라를 잘못 얻은 것 같아."

아내는 나의 농담을 받아 말합니다.

"누가 관상을 보고 말하는데 당신에게 돈이 들어오는 것은 전부 내 복福이라고 합디다. 그리고 우리는 팔자가 천상 돈을 써야지 가지고 있으면 안 된다고 해요."

그러면 나는 "당신은 돈을 받아가면서 자기 생색까지 내니 배짱도 그만하면 대단하구려" 하며 웃습니다. 어쨌거나 우리 내외는 주변의 어려운 사람들을 찾아서 한 닢이라도 도와주는 것을 참기쁨으로 생각합니다. 그중에는 몇 년을 두고 아내가 계속 도와준 사람도 있습니다.

부부란 전혀 다른 환경 속에서 성장한 두 개의 몸과 정신이 하나가 되어 사는 관계입니다. 각기 다른 개성을 가진 인격체의 만남이기 때문에 서로가 의식적으로 노력하지 않으면 파탄에 빠질 수도 있습니다. 행복하기 위해 만난 사람들이 만나기 전보다 더 못해진다면 그만한 불행도 달리 없을 것입니다. 부부 사이에 지켜야 할 도리가 있습니다. 그것은 신뢰와 존경심이라고 생각합니다. 부부는 서로 믿는 사람들이고, 서로 존경하는 사람들입니다. 그래야만 흔들림 없는 사랑이 지속됩니다.

아내와 남편은 가장 가깝고 생사고락을 같이하는 공동운명체이지만, 한편으로는 가장 어렵고 두려운 존재입니다. 나에게는 여러 차례 목숨을 건 결단을 해야 할 상황이 있었습니다. 80년 신군부 사람들에게 붙들려 갔을 때, 내가 그들의 회유와 압력을 물리칠 수 있었던 요인 가운데 하나가 나의 아내였습니다.

만일 내가 변절한다면 가장 실망하며 나에 대한 존경심을 송두

리째 잃어버릴 사람이 나의 아내일 것이란 사실을 나 자신에게 환기시켰습니다. 중앙정보부 지하실에서 나는 다짐했습니다.

'목숨을 버리는 한이 있더라도, 아내와 가족들에게 부끄러운 남편이자 부끄러운 아버지가 될 수는 없다!'

세상에 많은 사람들이 "부부는 일심"이란 말을 잘못 이해하고 성실과 절제의 부부관계를 소홀히하다 행복한 결혼생활의 정상에 이르지 못한 예가 많습니다. 부부는 가까운 관계인 만큼 더욱 참되고 엄격해야 합니다. 나는 감옥에서 며느리에게 보내는 편지에서 아내로서 갖춰야 할 태도에 대해 말한 적이 있습니다.

거기에 나는 "남편이 잘못된 길을 가려고 할 때, 이혼을 각오하고 막아야 한다. 그것이 진정으로 남편을 사랑하는 아내의 도리이다"라고 적었습니다. 그 점은 남편의 경우도 마찬가지입니다. 아내가 아무리 달콤하게 말하더라도 가서는 안 될 길이라면 단호히 거부해야 합니다.

거기에 덧붙이기를, 남편이든 아내든 안팎에서 일어난 일을 서로 알리고 서로의 경험을 나누려고 하는 것이 좋다고 충고했습니다. 흔히 아내들은 집안에서 일어난 일을 남편에게 말하지 않는 것이 밖에서 고생하고 돌아온 남편에 대한 배려라고 생각하는 경향이 있는 것 같습니다.

그런가 하면 남편들은 또 바깥일을 시시콜콜 아내에게 털어놓으면 마치 공처가라도 된 것처럼 여기는 경향도 있습니다. 그러나 이런 생각은 현명하지 않습니다. 남편은 집안일을 모르고, 아내는 밖에서 남편이 무슨 일을 하는지 모르면 문제가 생기게 됩니다. 서로

가 상대의 생각과 일을 충분히 알지 못하면 부부간의 대화가 이루어지지 않게 됩니다.

끝으로, 나의 경험에 비추어 부부간의 진정한 사랑과 신뢰를 위해 필요한 노력들을 몇 가지 소개하고자 합니다.

첫째, 남편이건 아내건 무엇보다 상대방에게 인격적으로 존경받을 처신을 하라는 것입니다. 우리가 세상에 모든 사람을 다 속여도 자신의 아내나 남편은 속일 수 없습니다. 잘못된 이익을 탐하거나 떳떳하지 못한 처신을 할 때, 설사 배우자가 동조한다고 해도 그이의 마음속에 있는 신뢰와 존경심은 산산이 부서집니다. 그런 부부관계는 결코 행복할 수가 없습니다.

둘째, 아내와 남편은 항상 서로의 장점만을 보고 격려하라는 것입니다. 인간은 기본적으로 불완전한 존재입니다. 아무리 서로 좋아서 결혼했더라도 살다 보면 상대방의 결점이 나타날 수밖에 없습니다. 그러나 이때 상대방의 결점에 집착하기보다 그이의 장점에 관심을 돌리면, 그 장점은 더욱 커지게 되고 결점의 비중은 상대적으로 작아집니다. 상대방에게 농담을 할 때도 그이의 장점을 들어 칭찬하며 농담을 하십시오. 잘못을 지적할 때도 "당신은 이런 점은 참 좋은데…" 하는 식으로 비판하라는 겁니다.

셋째, 아내에게만 당부합니다. 잘 내조하겠다는 생각에서라 하더라도 남편의 일에 간섭하거나 지시하는 듯한 태도는 취하지 말라는 겁니다. 그러한 태도는 남편의 능력을 더욱 위축시킬 뿐입니다. 현명한 아내라면 남편의 장점을 들어 격려하고, 조언을 할 때도 가급적 간접적 암시를 통해 남편의 자발성을 키워냅니다. 그래서 성공하면 남편의 공으로 돌려 남편 스스로가 자신감을 갖도록 하는 태도를 취해야 합니다.

마지막으로 남편에게 당부합니다. 세상의 아내들은 어떤 값진 선물보다도, 부귀영화보다도 오직 남편으로부터 인정받고 사랑받는 것을 원합니다. 그리고 그럴 때 아내는 생명을 포함해서 모든 것을 남편과 자식에게 바친다는 사실을 명심하라는 겁니다.

이상은 나의 결혼생활을 통해 얻은 교훈입니다. 물론 내가 훌륭하고 완벽한 결혼생활을 하고 있다고 장담할 수는 없지만, 노력해온 것은 사실입니다. 이러한 나의 충고가 젊은 남편과 아내들이 행복을 만들어가는 데 보탬이 되었으면 합니다.

내가 크리스천인 까닭은?

나는 천주교 신자입니다. 나는 내가 믿는 종교에 자부심을 가지고 있습니다. 그러나 그 자부심은 다른 종교를 부인하는 폐쇄주의와는 상관이 없습니다. 다른 종교에 대해서도 아무런 거부감이 없습니다. 우리 교회의 신앙고백에 따르면 모든 종교에는 하느님의 진리와 사랑이 깃들어 있습니다.

기독교가 전파된 지는 2천 년밖에 되지 않았고, 우리나라에서 포교가 허용된 지도 200년 남짓에 불과합니다. 그러나 하느님은 태초부터 계셨고 어느 곳에나 계십니다. 하느님은 여러 가지 모습으로 여러 가지 종교나 도덕이나 인간의 삶 속에 비록 불완전하지만 자기 모습을 부분적으로 보이고 계시는 것입니다.

나는 기독교인이지만 신의 존재에 대한 의문을 많이 품고 씨름한 사람입니다. 신은 존재하는가? 이 질문은 나만이 아니라 인류의 역사와 함께 시작된 인간의 영원한 질문입니다. 특히 옥중에 갇혀 있을 때 나는 신앙의 문제에 많은 관심을 기울였습니다. 1980년

5·17 쿠데타 이후 신군부에 의해 사형을 선고받았을 때, 영세를 받은 지 20년이 넘는 신자였음에도 불구하고 신의 존재에 대한 강한 의구심과 싸워야 했습니다.

과연 하느님은 계신가? 내가 지금 죽게 되었는데, 만일 죽은 뒤 저세상에 갔을 때, 아무리 둘러봐도 하느님이 안 계시면 어떻게 하는가? 그렇게 되면 나의 지금까지의 신앙은 헛된 것이 아닌가?

이렇게 신의 존재에 대한 의문이 강하게 솟아나 나의 마음을 온통 뒤흔들었습니다. 그리고 또 하나의 의문이 있었습니다. 만일 신이 존재한다면 신은 가장 선하고 전능한 분인데, 이 세상에서 어찌해서 악이 승리하며 선한 사람, 죄 없는 사람들이 박해를 받아야 하는가?

신은 과연 존재하는가 하는 문제는 기독교 이전의 플라톤 이래 헤겔에 이르기까지 2천 년에 걸쳐 제기된 철학자들의 주요 탐구대상이었습니다. 그래서 신의 존재를 증명하고자 하는 여러 가지 이론들도 나왔습니다.

그 첫째는, 아리스토텔레스에서 시작된 우주론적 증명입니다. 곧 세상 모든 것이 인과론에 의해 그 원인이 있다는 겁니다. 원인을 따라가다 보면 제일 원인이 있을 것이고, 그것을 만든 존재가 있게 마련인데, 그가 바로 신이라는 증명입니다.

둘째는 소크라테스, 플라톤, 아우구스티누스에 의한 목적론적 증명인데, 즉 자연계의 질서와 조화를 부여한 합목적성의 원인으로서의 신이 존재한다는 것입니다. 셋째는 안셀무스와 데카르트가 주장한 본체론적 증명입니다. 이것은 신은 완전한 존재이므로 완전하면 당연히 존재하는 속성도 있어야 한다는 주장을 통한 증명입니다.

넷째는 칸트가 말한 바 도덕론적 증명인데, 선인선과善因善果, 악인악과惡因惡果가 만족스럽게 이루어지지 않는 이상, 내세에서라도 반드시 이루어진다는 보장으로서 신의 존재는 있지 않으면 안 된다는 것입니다.

그러나 이러한 주장들에는 각각 결함이 있습니다. 첫째와 둘째 이론은 경험계에서만 증명되는 인과율을, 경험을 초월한 본체계에까지 적용시켜 인과율의 남용이란 오류를 범했고, 셋째와 네 번째 이론은 '있어야 한다'는 것은 반드시 존재를 뜻하는 것이 아니라는 점에서 불완전하다는 것입니다. 신은 초월적인 존재이기 때문에 존재론적인 증명은 영원히 불가능할 것 같습니다. 그러나 아직 초보 단계에 있는 인간의 심층 심리학이 제대로 발전하게 되면 신의 존재가 과학적으로 결론지어질 수 있을 때가 올지도 모르겠습니다.

신학적으로 볼 때, 이러한 이신론적理神論的 주장은 신을 부분적으로 아는 데는 도움이 됩니다. 그러나 완전한 길은 못됩니다. 이성理性은 일정한 신앙상에 도달하여 하느님의 메시지가 이성에 어긋나지 않는다는 것을 제시함으로써 신심을 키우는 데 도움을 줍니다. 그러나 파스칼은 우리가 하느님을 향해서 마음을 열고 맞이할 때, 거기서 하느님을 만난다고 했습니다. 이성적 납득이 신앙의 결단을 크게 도와준 것만은 사실입니다.

나는 신의 존재에 대해서 철학과 신학책을 탐독했으나, 이미 말한 대로 완전한 신앙은 확립할 수 없었습니다. 나는 결국 성경 속에서 하느님의 존재를 믿는 길을 찾고 결단을 내렸습니다. 그것은 성서의 부활신앙입니다. 예수님께서 정말로 부활하셨다면 그분은 인류의 역사상 유일한 부활을 한 것입니다. 이것은 그분이 그가 말한 대로 하느님의 아들임을 증명한 것입니다. 다시 말해서 예수님이 하느님의 아들일 때만 부활이 가능한 만큼, 그 부활이 사실이라면 예수님은 하느님의 아들임에 틀림없는 것입니다.

그렇다면 예수님의 부활은 어떻게 믿을 수 있는가? 첫째는 예수님의 제자들의 태도에서 이를 확인할 수 있습니다. 예수님이 십자가에 못 박힐 때 그들은 무력한 예수님을 보고 그는 하느님의 아들이 아니라고 단정하며 예수님을 버렸습니다. 베드로 사도조차 예수님을 세 번이나 부인했습니다.

그러던 그들이 예수님이 돌아가신 후에 다시 모여서 온갖 박해와 죽음을 무릅쓰고 이스라엘은 물론 로마까지 찾아가서 예수님의 부활과 그가 하느님의 아들임을 증거하다가 목숨을 바쳤습니다. 그토록 약하고 비겁하던 그들이 이렇게 순교도 서슴지 않는 강한 신앙을 갖게 된 까닭은, 오직 그들이 예수님의 부활을 직접 체험함으로써 예수님이 하느님의 아들임을 확인했기 때문입니다. 따라서 그들에게 신의 존재는 의심의 여지가 없었습니다.

둘째, 사도 바울은 제자들보다 더 분명히 예수님의 부활을 증거합니다. 잘 알다시피 그는 정통 유대교의 엘리트로서, 예수를 따르는 무리들을 앞장서서 핍박한 자였습니다. 그는 예수가 부활했다며 소문을 내고 다니는 예수의 추종자들을 잡아들이기 위해, 유대교 본부로부터 체포 위임장을 받아가지고 시리아의 다마스쿠스로

가던 도중에 바로 그 부활한 예수를 만났습니다. 사도 바울의 인생은 거기서 완전히 바뀌었습니다. 그는 예수에 대한 박해의 길에서 완전히 태도를 바꾸어 평생을 예수님의 가장 충실한 제자로서 뛰어난 이론과 철석같은 믿음으로 엄청난 포교의 업적을 올렸습니다. 사도 바울의 이러한 변화는 참으로 놀라운 것이었습니다.

그는 당시 최고의 지식인이었고, 명문가 출신이었으며 로마 시민권을 가진 사람이었습니다. 그럼에도 불구하고 일신의 안락을 포기하고 오직 예수님의 가르침을 따르고 전하는 일에 평생을 바쳤습니다. 초대 기독교 교리의 근간을 세운 사람이 바로 바울이라는 사실은 잘 알려진 바입니다. 그는 결국 로마로 끌려가 처형당했습니다.

예수의 부활이 사실이 아니었다면, 그가 부귀영화와 보장된 안락함을 버린 채 죽음을 두려워하지 않고 감히 예수님이 하느님의 아들이라고 외칠 수 있었겠습니까? 바울만이 아니었습니다. 바울은 그의 편지에서 당시에 부활하신 예수님을 목격한 사람이 수백 명이 아직 살아 있다고 쓰고 있습니다.

그러나 신의 존재는, 믿음의 문제이지 지식의 문제가 아닙니다. 결국 당사자가 신의 존재에 대한 문제와 대결하는 한계상황에서 스스로 내리는 결단의 문제인 것입니다. 신의 존재를 영혼의 밑바닥으로부터 믿는 사람에게는 신은 존재하는 것입니다.

1973년 8월 8일, 나는 그때 바다 한가운데 떠 있었습니다. 내 발로 배를 탄 것이 아니라 동경에서 중앙정보부원에 의해서 강제로 납치되어 그들의 공작선에 태워졌던 것입니다.

처음에 그 사람들은 나를 죽인 뒤 호텔 목욕탕에서 토막을 내어 배낭에 넣어서—대형 배낭이 두 개 있고 휴지가 많이 있었습니다. 이것은 그때 그곳 신문에 다 나와 있습니다—버리려고 했습니다. 그러나 그때 형편이 나빠서 나를 차에 태워 대여섯 시간을 달렸습니다. 그리고 어느 조그마한 항구 2층집에 데리고 가서 내 얼굴에 테이프를 붙이고 손발을 묶었습니다. 그러다가 다시 한 시간쯤 달려서 어느 해안에선가 나를 큰 선박에 옮겨 싣고는 깊은 바다를 향해 달리기 시작했습니다. 다음 날 아침, 그들은 내 양팔을 뒤로 묶고, 뒤에 나무판자를 대고 죽은 시체를 칠성판에 묶듯이 묶은 다음 양쪽 팔에다 30~40킬로그램쯤 되는 물체를 달아서 물에 던질 준비를 마쳤습니다.

그런데 막상 위급한 상황에 처하자 하느님께 기도 드릴 생각은 잊어버리고 다른 생각만 했던 것입니다. '물에 던져지면 한 3분쯤은 허덕이다가 죽겠지. 그러면 이 고통스러운 생활은 끝난다. 차라리 잘됐어.' 이렇게 생각했습니다. 그러다가 나는 상어가 내 몸의 아랫부분은 뜯어먹더라도 윗부분만은 남겨뒀으면 좋겠다고 생각했습니다.

그런 생각을 하면서 팔목에 힘을 주어보았습니다. 그러나 단단하게 묶인 밧줄은 꼼짝도 하지 않았습니다. 아무 소용없는 일이었습니다. 나는 절망에 빠져 있었습니다. 그때였습니다. 예수님이 홀연히 내 옆에 서 계시는 것이었습니다. 나는 예수님의 옷자락을 붙잡고 매달렸습니다.

"살려주십시오. 저는 아직도 해야 할 일이 많이 있습니다."

그러자 눈앞에 빛이 번쩍번쩍 하는 것 같더니 '펑' 하는 소리가 났습니다. 선실에 있던 4~5명의 청년들은 "비행기다!" 하고 외치더니 선창 밖으로 뛰어나갔습니다. 배는 미친 듯이 속력을 내어 달렸습니다. '펑', '펑' 하는 소리가 계속 났습니다.

그런 긴박한 시간이 한 30분쯤 계속된 후 배가 속력을 낮추기 시작했습니다. 순간 한 청년의 목소리가 가까이에서 들렸습니다. "김대중 선생님 아닙니꺼?" 경상도 사투리였습니다. 나는 고개만 끄덕였습니다.

"선생님, 저는 재작년 선거 때 선생님에게 투표했습니다." 지옥에서 부처님 만난다는 말은 들었지만 당시 그 청년의 목소리가 너무도 반가웠습니다. 그는 다시 내 귀에 대고 속삭였습니다. "선생님, 이제는 살은 것 같네예." 그 순간이 나의 생사의 갈림길이었습니다.

나는 내가 예수님을 만난 것이 실제로 일어난 사건인지, 아니면 내가 절체절명의 순간에 정신이 혼미해진 상태에서 단순히 환상을 본 것인지를 자신할 수 없었습니다. 뒷날 나는 김수환 추기경께 그 체험을 이야기하고 물었습니다. 추기경께서는 "당신이 그때 기도하고 있었다면 환상을 보았을 가능성이 있습니다. 그런데 당신이 다른 생각에 잠겨 있을 때 예수님을 본 것이라고 하니, 그분이 실제로 당신에게 나타났을 가능성이 큰 것 같습니다. 하지만 중요한 것은 그것이 환상이냐 아니냐가 아니라고 생각합니다. 결국은 믿음의 문제입니다"라는 대답을 해주셨습니다. 나는 지금 앞서 말한 성서의 증언들과 바다 한가운데서 예수님을 만난 나의 체험으로 인하여 신이 존재한다는 것을 의심치 않습니다.

내가 천주교 신자가 된 것은 내가 정치적으로 존경하던 장면 박사의 영향 때문이었습니다. 그전에 전처의 처가 쪽이 천주교 집안이어서 장모님을 따라 성당에 몇 번 나가보기도 했지만 그 관심이 지속되지는 않았습니다. 그러다가 장면 박사의 인격과 훌륭한 민주적 태도에 끌려 성당에 나가게 되었고, 교리 공부를 하게 되었습니다. 나는 당시 천주교 서울 교구의 간부로 있던 친구의 소개로 윤형중 신부님으로부터 교리 공부를 했습니다.

나에게는 기독교의 교리가 별로 거북하지 않았습니다. 천성적으로 합리적인 내 사고방식이 다른 종교보다 기독교에 더 친화력을 느끼게 하지 않았나 생각합니다. 나는 신부와 수녀들에 대해 존경과 흠모의 심정 같은 걸 품고 있었습니다. '평생 독신으로 산다는 것이 인간으로서 얼마나 힘든 일인가', 내가 할 수 없는 일을 하기 때문에 그들은 더욱 돋보였습니다. 그리고 가톨릭 교회의 단합된 모습이 참 좋아 보였습니다. 그런저런 좋은 이미지들이 천주교 신자이자 크리스천의 길로 나를 이끌었습니다.

이미 말한 대로 나는 1950년대 사상계 등을 통해 함석헌 선생과 논쟁을 벌이곤 하던 윤형중 신부에게서 교리를 배웠습니다. 그리고 노기남 대주교 방에서 장면 박사를 대부代父로 하여 김철규 신부님께 영세를 받았습니다. 1957년의 일입니다.

김 신부님께서는 내게 '토마스 모어'라는 세례명을 주면서 그 사람이 헨리 3세의 교회 탄압에 항거하여 목숨을 바친 사실을 상기시켰습니다. 당신도 올바른 신앙을 위해서는 목숨도 아끼지 않는 정치인이 되라는 것이었습니다. 사실 나는 그 말을 들을 때 약간

섬뜩했습니다. 토마스 모어는 신앙을 지키다가 단두대에서 처형당했는데, 나는 신앙을 위해 싸우는 것은 좋지만 그런 수난을 당하는 것은 싫다고 생각한 것입니다. 간혹 나는 이 세례명 때문에 그처럼 죽을 고비를 맞았던 것은 아닐까 하는, 미신 같은 생각도 해보며 혼자서 싱겁게 웃기도 합니다.

토마스 모어에 얽힌 재미난 이야기가 하나 있습니다. 얘기 나온 김에 그것도 소개할까 합니다.

우리가 보기에는 토마스 모어가 불행하게 생을 마친 것 같지만, 반드시 그런 것만은 아닙니다. 당시 토마스 모어와 더불어 신앙의 배반을 강요당한 어떤 대주교가 있었습니다. 토마스 모어는 성직자가 아니면서도 목숨을 바쳤는데 그 주교는 성직자이면서도 헨리 8세에게 굴복하고 목숨을 벌었습니다. 그러나 그는 그 후 1년도 못 가서 병으로 죽었습니다. 그때 그 주교가 차라리 토마스 모어와 함께 신앙의 길을 지켰다면 자랑스러운 순교자가 될 수 있었을 것입니다. 사람이 이해득실보다는 바른 양심으로 결단하고 생각하는 것이 얼마나 중요한가를 새삼 일깨워주는 일화입니다.

사람들은 간혹 아내인 이희호와 종교가 다른 것 때문에 갈등이나 불편한 점이 없었느냐고 묻곤 합니다. 그 질문에 대한 나의 대답은 이렇습니다. 아무런 불편이나 갈등이 우리 사이에는 없습니다. 손해는 조금 보았습니다. 부부가 종교가 다르다더라, 심지어 아들은 불교 신자라더라는 식의 악의적인 소문이 퍼져서 정치적으로 어느 정도 손해를 본 면은 있습니다. 그렇다고 종교를 이용해 덕을 보려 하지도 않았기 때문에 억울하지도 않았습니다. 소신대로 살다가 손해 볼 때는 보는 겁니다.

종교로 인해 우리 부부간에 불편이나 갈등은 없습니다. 그것은 우리 부부가 다같이 하느님의 가르침을 믿는 기독교 신자이기 때문입니다.

천주교와 개신교는 다른 종교가 아닙니다. 같은 하느님과 예수님을 믿는 동일한 기독교입니다. 물론 오랫동안 편협한 교리에 얽매여서 서로를 불신하고 투쟁하던 역사가 길게 이어져왔습니다. 참으로 불행한 일이 아닐 수 없었습니다. 그러나 이제는 개신교와 천주교가 다같이 하느님 앞에 같은 신앙을 고백하고, 그분 앞에서 하나가 되기를 맹세한 오늘의 세계 교회주의적ecumenical 신앙의 차원에서 볼 때, 양자 간에 반목이나 대립은 있을 수가 없습니다.

우리 부부는 그런 운동이 일어나기 전에 천주교 측으로부터 허락을 받아 관면혼배를 통해 맺어졌으니, 이를테면 세계 교회주의 운동의 선구자인 셈입니다.

불교나 천도교 등 다른 종교에 대해서도 나는 배척하는 마음이 없습니다. 그것은 단순히 신앙의 자유를 존중한다는 차원에서만이 아니라 기독교의 신앙고백을 통해서 그렇게 생각하는 것입니다.

하느님은 우리나라에 기독교가 전파되기 시작한 200년 전에 들어온 분이 아니라, 단군 때부터 존재하신 분입니다. 그리고 불교나 천도교나 유교, 우리의 고유 종교인 샤머니즘 등 모든 종교 가운데에도 하느님은 자기 모습을 보이고 계신다는 것이 우리의 신앙고백입니다.

내 종교만이 옳다. 다른 종교는 모두 사교다. 사교는 배척하고 쳐

부숴야 한다. 이런 식의 원리주의가 지금 일어나고 있습니다. 지금 세계 도처에 이슬람과 힌두교와 기독교 원리주의가 제법 큰 목소리를 내고 있습니다. 민족적 원리주의까지 여기에 가세하는 경향도 보입니다. 원리주의는 자신의 주장과 신념에 대해 신적 사명감을 느끼고 일체의 다른 주장과 생각을 모두 배척합니다. 목적을 달성하기 위해서는 폭력도 정당화합니다. 오직 정당한 가치를 지닌 것은 자기들뿐이라고 믿습니다. 이에 반하는 것은 모두 배척되고 말살되어야 한다고 주장합니다. 이러한 원리주의를 크게 경계해야 할 것입니다.

그렇다고 해서 자기 종교에 대한 자부심과 절대적 신앙을 갖지 말아야 한다는 뜻은 아닙니다. '이거나 그거나 다 똑같다'라는 것이 종교 다원주의 시대의 진정한 종교관이 아닙니다. 자기가 믿는 종교에 대해 긍지와 절대적인 신앙심을 갖되, 다른 종교의 자유를 존중하고, 그 속에서 이해와 관용으로 내 종교의 빛을 발견하는 것이 현대인의 참종교관이 될 것입니다.

자신 있는 자만이 남을 이해하고 화해하고 협력합니다. 종교도 마찬가지입니다. 나는 내가 믿는 가톨릭에 대해서 이러한 자신을 가지고 있습니다.

나는 요한 바오로 2세가 유대인에 대한 교회의 오랜 박해가 잘못되었음을 용기 있게 사과할 때 매우 기뻤습니다. 나는 가톨릭 교회가 루터의 종교개혁 이래 분열주의자로서 배척해오던 개신교를 인정하고 화해의 장으로 나아가자고 선언했을 때, 천주교인으로서 자부심을 느꼈습니다. 옛날처럼 타종교에 대해 무조건적으로 부정하고 증오하는 대신, 천주교가 앞장서서 상호 인정하고 화해의 정신을 실천하는 이런 시대에 천주교 신자가 된 것이 무엇보다 행복합니다. 기독교인에게 중요한 것은 가톨릭이냐 개신교냐가 아닙니다. 하느님은 과연 계시는가, 하느님은 과연 이 세상의 완성을 위해서 역사役事하고 계시는가 그리고 하느님의 재림과 우리들의 부활은 반드시 있을 것인가 등의 본질적인 문제에 대한 신앙의 일치 여부가 중요한 것입니다.

'하느님은 과연 존재하는가?'에 대한 회의 다음으로 나를 괴롭힌 것은 '하느님은 선하시고 전능하신데 왜 이 세상에 악이 있는가?' 하는 것이었습니다. '왜 박정희, 전두환 같은 옳지 못한 이가 득세하고, 바르게 살려는 자들이 박해를 받아야 하는가' 하는 의문이었습니다.

그래서 나는 아내를 통해 외부에 자문을 구하기도 하고 책도 읽었습니다. 그런데 대부분의 대답은 "하느님이 이 세상에 악을 허용하는 것은 인간에게만 주신 인간의 자유의지를 시험하기 위해서다"라는 것이었습니다. 나는 이 대답을 도무지 받아들일 수가 없었습니다.

왜냐하면 하느님은 선善 하나만 가지고도 얼마든지 그 목적을 달성할 수 있습니다. 예를 들면 십등선으로부터 일등선까지 두어 가지고 각자의 자유의지에 의한 공로를 통해 한 단계씩 올라가면 될 일이지 왜 비참한 악을 만들어야 합니까? 더구나 어머니의 배 속에서 천치 바보로 나온 사람에게, 또는 서해안 페리호 사건에서처럼 순식간에 배가 뒤집혀 수백 명씩 죽는 사람들에게, 그리고 히

로시마 원폭 투하같이 눈깜짝할 사이에 수십만이 목숨을 잃어야 하는 그들에게 무슨 하느님의 연단錬鍛이 있고, 무슨 자유의지의 시험이 있을 수 있습니까?

그렇다면 하느님은 참으로 심술궂은 하느님일 것입니다. 나는 결국 테야르 드 샤르댕 신부님의 말씀에서 해결의 길을 얻었습니다. 드 샤르댕 신부님의 진화론적 세계관을 통해서 얻은 나의 신앙의 결론은 대체로 이러한 것이었습니다.

"하느님이 이 세상을 만드신 것은 사실이다. 그러나 하느님은 완전한 것을 만드신 것이 아니라 미완성의 세상을 만드셨다. 그리하여 이 세상은 지금 완성을 위한 그분의 역사의 과정에 있다. 이 때문에 이 세상에는 완성 과정에서 일어나는 마찰현상이 있는 것이다. 그것이 질병이요, 인간의 범죄요, 사회적 불의 등이다.

예수님은 지금 이 세상의 한복판에 서서 한편으로는 우리를 하느님의 영적세계로 이끌고, 다른 한편으로는 우리를 예수님이 재림하시는 완성의 그날로 이끌고 있다. 이러한 완성을 위해서 예수님은 우리의 동참과 협력을 필요로 한다. 사실 인간의 협력을 통해서 이 세상은 눈부시게 발전해왔다. 인간의 자유와 정의가 크게 실현되었고, 천연두 등 많은 질병들이 근절되거나 치유되어 인간의 수명은 엄청나게 늘어났다. 이 세상에서 노예제도가 없어졌고, 여성과 어린이들의 권리가 크게 신장되었다.

우리 인간은 이 세상에 태어날 때 하느님의 초대를 받고 그 역사에 참가하도록 목적 있게 태어났다. 그리고 이 세상에 사는 동안 무슨 일을 하건 하느님의 정의가 이 세상에 실현되도록 노력을 한다면 그 사람은 훌륭하게 예수님의 역사에 동참하고 있는 것이다. 이렇게 살다가 마지막에는 하느님의 구원을 믿고 죽을 수 있다. 그리고 어머니의 배 속에서부터 불구로 태어난 사람이나 이 사회의 전쟁이나 질병이나 나쁜 정치로부터 억울하게 희생된 사람들은 모두 하느님의 그 전능의 힘을 가지고 예수님이 재림하실 때 구원받을 것이다."

이것이 내가 80년 신군부에 의해서 사형 언도를 받았을 때 '악이 승리하고 선이 패배하고 마는가, 하느님은 어디 가셨는가!' 하면서 절규하던 나의 물음에 대한 답변으로서 깨달은 것이었습니다.

이렇게 하느님의 존재와 왜 이 세상에 악이 존재하는가에 대해 나름대로 이해하게 됨으로써, 크리스천으로서의 확고한 신앙을 갖게 되었고, 자부심을 가질 수 있었습니다. 나는 내가 크리스천임을 진심으로 자랑스럽고 행복하게 생각합니다.

사랑하는 젊은이들에게

3

영어를 배워라

1960년대 하와이에서 있었던 일입니다. 그때 나는 영어를 거의 하지 못했는데, 마침 하와이에 사는 친구가 내가 묵고 있는 호텔로 찾아와 같이 외출하게 되었습니다. 나는 그 친구를 믿고 어떤 가게에 들렀습니다. 물건을 사기 위해서였습니다. 그런데 놀랍게도 내가 믿었던 그 친구가 영어를 거의 하지 못하는 것이었습니다. 미국에 나가 살면 당연히 영어를 유창하게 구사하리라고 믿고 있던 나는 매우 놀랐습니다. 영어를 상용어로 사용하는 나라에 살면서 어떻게 영어를 모를 수 있는가.

그런데 나중에 알게 되었지만, 그것은 별로 놀랄 일이 아니었습니다. 미국에 사는 많은 교포들이 영어를 하지 못한다는 것이었습니다. 특히 LA를 비롯하여 교포들이 많이 모여 사는 큰 도시에서 살고 있으면, 그 나라 말을 못해도 일상 생활을 하는 데 거의 불편이 없기 때문에 아예 배울 생각도 하지 않는다는 것이었습니다. 그곳에서 영어를 사용하는 사람들을 상대로 장사를 하더라도 빈번하게 쓰이는 단어 몇 개만 알면 큰 불편 없이 해나갈 수 있다는 것입니다.

나는 그 후에 LA 지구에 갔을 때 약 2천 명의 교포 앞에서 이 점을 들어 좀 심하게 충고했습니다.

"여러분은 물론 자식들에게 한국말과 한국문화를 가르쳐야 한다. 그래야 뿌리 있는 한국계 미국인이 될 수 있다. 그러나 여러분은 한국 사람이 아니라, 미국 사람이다. 다만 한국계란 것뿐이다. 미국 사람이 미국말을 모른다는 것은 말도 안 되는 일이다. 이래 가지고 어떻게 미국 사회에 적응할 수 있으며, 1.5세나 2세의 자기 자식들과 의사를 소통하여, 정을 나누면서 한집안 살림을 해나갈 수 있는가. 영어는 배워야 할 필요성이 있을 뿐만이 아니라 미국인이 된 이상 그것은 하나의 의무이다. 완전한 삶을 보장하는 길이다. 그런데 영어를 배우지 않는 것을 마치 무슨 독립운동이라도 하는 것인 양 착각에 빠져서 우쭐대는 사람이 있는데, 이것은 큰 잘못이다."

나의 이러한 충고에 우리 교포들은 한편으로는 폭소를 터뜨리면서도, 다른 한편으로는 절실한 충고로 받아들인 것 같았습니다.

박사 학위를 받고도 외국인과 제대로 대화를 나누지 못하는 사람이 많다는 말도 들었습니다. 우리나라 대학 졸업생 가운데 영어 회화를 할 줄 아는 수치가 10%도 채 되지 않는다는 통계도 보았습니다. 우리나라의 영어교육에 뭔가 문제가 있다는 느낌을 지워버릴 수가 없습니다.

영어는 영국이나 미국 등 영어 사용국의 언어가 아닙니다. 오늘날은 세계일촌世界一村의 시대이고, 영어는 세계어입니다. 따라서 세계인으로 살아야 하는 우리는 영어를 배워야 합니다. 이것은 미국말, 영국말을 배우는 것이 아니라, 세계어를 배우는 것입니다. 우리는 이 현실을 받아들여야 합니다. 영어를 모르면 김포공항을 벗어나는 순간 벙어리가 되고, 그러므로 젊은이들은 외국어 가운데 영어 하나만이라도 반드시 배워야 합니다.

물론 다른 나라 말을 배운다는 것은 매우 어려운 일입니다. 하지만 아주 불가능한 것은 아닙니다. 문제는 의지와 끈기입니다. 배우려는 의지가 있고 끈기있게 노력하려는 자세만 되어 있으면 영어는 정복할 수 있습니다. 영어를 배우는 데 왕도는 없습니다. 오직 굳은 의지와 꾸준한 노력입니다.

혹시 영어는 안 돼, 영어를 공부하기에는 너무 늦었어 하고 생각하는 사람이 있다면 나의 체험담을 듣고 용기를 내기 바랍니다. 나는 마흔여덟 살 때부터 영어 공부를 하기 시작했습니다.

나는 1972년 유신이 선포되기까지 약 10년 동안 국회의원 생활을 했습니다. 그때는 영어를 할 줄 몰랐기 때문에 외국의 공관 사람들이나 외신 기자들을 만나는 일이 참 괴로웠습니다. 그래서 일부러 피하기까지 했습니다. 영어를 배워야겠다고 다짐한 적이 한두 번이 아니었습니다. 또 실천에 옮겨보기도 했습니다. 그러나 잘되지 않았습니다. 아마도 의지는 있었는데 끈기있는 노력이 부족한 탓이었던 것 같습니다. 나는 번번이 실패했습니다. 1972년까지 그런 꼴이었습니다.

유신정권의 등장과 함께 나는 망명길에 올랐습니다. 유신이 선포되었을 때 나는 일본에 있었습니다. 그때의 충격과 분노는 참으로 컸습니다. 민족의 통일을 빙자해서 독재를 선포하다니. 남북의 정권이 같이 짜고서 그런 일을 저지르다니. 나는 그것이 얼마나 험난한 길인지도 알았지만, 또 언제 끝날지도 모른 길인지도 알았지만, 나 혼자만이라도 박정희 씨의 유신 독재와 싸워야 한다는 사명감을 느끼면서 망명을 결심했습니다.

그리하여 미국과 일본에서의 망명 생활이 시작됐습니다. 일본에서의 생활은 언어상으로는 불편하지 않았습니다. 내 나이 또래들은 대체로 일제 시대 때 공부를 했기 때문에 일본어에 매우 친숙한 편입니다. 나는 일본인과 거의 차이가 나지 않을 정도로 일본어를 잘 구사할 수 있습니다. 어느 정도냐 하면, 일본에 가면 일본 사람과 도무지 구별이 되지 않는다는 말이 듣기 싫어서 일부러 서툴게 일본말을 할 정도입니다.

문제는 영어였습니다. 영어에 대해서는 좀처럼 자신이 생기지 않았습니다. 73년 여름에는 미국에 있을 때 한 달쯤 개인교습을 받아보기도 했지만 그 정도 가지고는 되지 않았습니다. 귀도 열리지 않았고 입도 트이지 않았습니다.

바로 그 무렵에 일본으로 다시 떠나기 앞서 하버드 대학의 제롬 코헨 교수에게 긴급히 연락할 일이 생겼습니다. 대신 전화를 걸어줄 사람은 곁에 없고, 시간은 촉박했습니다. 다른 선택지가 없었기 때문에 나는 할 수 없이 직접 전화를 걸었습니다. 더듬더듬 말을 하면서도 상대방이 내 말을 못 알아들을까 몹시 걱정이 되었습니다. 그런데 내 말을 듣던 그가 깜짝 놀란 목소리로 "당신, 영어를 할 줄 아는군요. 훌륭합니다. 참 잘하십니다"라고 말하는 것이었습니다.

물론 그의 말은 과찬이었습니다. 외국인이 영어를 조금만 하면 굉장히 잘한다고 칭찬하는 것이 미국인들의 버릇입니다. 지금도 나는 미국 사람들로부터 그런 칭찬을 들으면 어디까지가 진실이고 어디까지가 겉치레인지를 분간하지 못합니다.

어쨌든 그것이 내가 외국 사람과 영어로 대화를 제대로 나눈 최초의 사건이었습니다. 그때가 나의 나이 마흔여덟이었습니다. 50세가 다 되어서야 겨우 영어를 시작한 것입니다. 어떻게 보면 너무도 늦게 시작한 영어 공부였습니다.

일본으로 건너와 망명 생활을 할 때도 미국이나 유럽 쪽의 기자들을 자주 만날 일이 있었습니다. 망명 생활을 하고 있는 나에게 통역을 해줄 사람을 구하기란 쉽지 않았기 때문에 그들이 통역을 데려오지 않으면 하는 수 없이 내가 직접 영어로 말해야 했습니다. 그야말로 엉터리 영어였지만 어쨌든 의사는 통했습니다. 그들이 쓴 기사를 보면서, 그들이 나의 영어를 알아듣고 신문에 기사를 써준 사실을 참 신기하게 느꼈던 기억이 납니다.

그러다가 1973년 8월에, 나는 중앙정보부원들에 의해 납치되어 죽을 고비를 겪으면서 강제로 귀국을 당했습니다. 그 후로는 집에서 연금생활을 했는데, 한국인은 접근도 하지 못하게 했습니다. 언제나 수백 명의 전투경찰들이 우리 집을 에워싸고 지켰습니다. 그러나 박 정권도 외국 기자의 출입은 막지 않았는데, 그것은 나에 대한 문제로 국제 여론이 악화될 것을 두려워했기 때문이었습니다.

한국 기자들은 출입이 금지되었지만, 외국 기자들은 취재를 하려고 자주 방문했습니다. 그때도 물론 영어로 취재에 응했습니다. 그 당시 외국 기자들은 주로 도쿄에 주재하고 있었고, 한두 달 만에 한 번씩 한국에 왔습니다. 그럴 때면 대개 빠지지 않고 나를 만나고 갔습니다. 그중 뉴욕타임스의 기자는 만날 때마다 나의 영어가 발전하고 있다고 말했습니다. 그 말을 들었을 때는 물론 기분이 나쁘지는 않았지만, 그 역시 나를 격려하기 위한 인사치레가 아니었나 생각됩니다.

1976년과 1980년에 두 번에 걸쳐서 있었던 5년간의 옥중 생활은 영어 실력을 쌓는 결정적인 계기가 되었습니다. 나는 옥중에서 많은 책을 읽었고, 또 본격적으로 영어 공부를 시작하기도 했습니다. 《삼위일체》라는 영어책을 비롯하여 여러 권의 영문법 책을 되풀이해서 읽었습니다. 그 결과 상당한 문법 실력을 갖추게 되었습니다. 그런데 혹자들은 문법을 아무리 잘한들 무슨 소용이 있느냐고 합니다. 물론 회화를 못하는 문법이라면 틀린 말은 아닙니다. 그러나 회화를 유창하게 잘하는 것도 중요하지만 거기에 문법에 맞는 영어를 구사한다면 금상첨화입니다.

나의 경우 회화는 그렇게 유창하지 못하지만, 문법 공부를 제대로 한 결과 외국인들도 나의 영어를 높이 평가한 것 같습니다. 미국 사람들은 문법에 약합니다. 뒤에 알게 된 이야기지만, 그들 앞에서 문법에 맞는 영어를 구사하면 그 사람의 '품위'까지 올라간다는 겁니다.

나는 우리나라의 역대 정권으로부터 죽을 위협을 당하는 등 많은 고통을 받았지만, 신세도 많이 졌습니다. 나를 두 번이나 감옥에 가두지 않았다면 그렇게 많은 책을 읽지도 못했을 것이고, 영어 공부도 잘하지 못했을 것입니다. 밖에 있었다면 너무 바빠서 학문이나 영어 공부를 제대로 못했을 텐데, 그들이 나에게 그런 기회를 제공해준 것입니다. 어떻게 생각하면 참 고마운 일이 아닐 수 없습니다. 이런 일을 생각할 때, 사람에게는 전부가 나쁜 일도 없고 좋은 일도 없다는 생각을 다시 한번 절감합니다.

1982년 12월부터 85년 2월까지 미국에 머무는 동안 나는 미국의 ABC, NBC, 퍼블릭 라디오를 위시한 각 지방의 TV와 라디오에 자주 출연하였습니다. 물론 영어로 직접 했던 것입니다. 그때는 어느 정도 영어로 말하고 듣는 일이 가능해진 상태였기 때문에 나는 방송에서 직접 영어를 사용했습니다.

방송 출연과 관련하여 지금도 기억에 남아 있는 사건이 있습니다. 나만이 아니라 많은 이들이 기억하고 있는 사건입니다. 1983년 10월, 레이건 미국 대통령이 한국을 방문할 무렵의 일이었습니다. 당시 미국에서는, 한국은 인권 문제가 심각한데 어떻게 미국 대통령이 방한할 수 있느냐는 비판이 상당히 고조되어 있었고, 상당수의 의원들도 레이건 대통령의 한국 방문을 반대하는 서명을 하여 이를 백악관에 보내고 있었습니다.

그때 나에게, 레이건의 방한 문제를 토론하기 위한 ABC 나이트라인 프로그램에 출연해달라는 교섭이 왔습니다. 나는 매우 주저하였습니다. 나이트라인은 관심사가 방영될 경우, 수천만 명의 미국인이 시청한다는 프로그램이었고, 그 프로그램의 진행자인 테드 카플은 미국 사람들의 인기를 한 몸에 받고 있었습니다.

그는 또한 전 세계적으로 유명한 사람이었습니다. 미국과 전 세계의 지도자들을 이 프로그램에 등장시켜놓고 종횡무진으로 질문을 퍼붓고 허점을 찌르고 하는 그런 대단한 사람이었습니다.

누구든 이 프로그램에 나가게 되면 긴장하지 않는 사람이 없다고도 했습니다. 그러니 영어가 짧은 나로서는 망설이지 않을 수 없었습니다. 그러나 영어가 중요한 것이 아니라 말하는 내용이 중요한 것이라는 주위 사람들의 강권을 받아들이지 않을 수 없었습니다. 한국 민주화를 위해서 미국의 여론에 결정적인 영향을 미칠 수 있는 그 기회를 놓칠 수는 없었습니다. 나는 내 특유의 위기관리 능력을 믿고 한번 모험을 시도해보기로 했습니다. 그래서 참 용감하게도 출연을 수락했습니다.

사실 내가 그렇게 출연하기로 결정할 수 있었던 이유는 믿는 데가 있었기 때문입니다. 그 프로그램에는 한국의 여당 간부 한 사람과 내가 나오고, 또 양측의 입장을 지지하는 미국인이 각기 한 사람씩 출연하게 되어 있었던 것입니다. 나는 내 입장을 지지해주는 그 미국인 친구가 아주 똑똑하고 우수한 사람이었기 때문에 내가 조금 실수하거나 말문이 막히더라도 그가 도와줄 것으로 믿었고, 또 우리는 실제로 그렇게 합의를 했습니다.

그런데 문제가 생겼습니다. 출연하기로 한 날 점심 때 갑자기 방송국으로부터 우리 측 미국인의 출연이 불가능하다고 통보해온 것이었습니다. 여당을 지지하는 미국인은 과거 카터 정부 밑에서 국무성 동아시아 담당 차관보를 지낸 사람이었는데, 그는 그대로 나온다는 것이었습니다. 참으로 기가 막힐 일이었습니다. 그런 상식 밖의 일은 있을 수 없는 일이었습니다. 나는 혹시 한국 정부에서 어떤 영향력을 행사한 것이 아닌가 하는 의심까지 들었습니다.

그리고 그런 상황이라면 나 역시 참석할 수 없다는 입장을 밝혔습니다. 영어에 능통한 상대들과 맞서서 해낼 자신도 없었지만 그런 불공평한 처사에 굴복하기도 싫었던 것입니다. 나의 상대인 한국의 여당 간부는 미국에서 오랫동안 생활했고, 영어에도 아주 능통한 사람이었습니다. 그러나 방송국에서는 우리 측 미국인의 출석 불가에 대해서는 아무런 설명도 하지 않은 채 나의 출연만을 강력히 요구해왔습니다. 주변 사람들도 강권했습니다. 나는 물러날 자리가 없었습니다. 그리고 오기도 생겨났습니다.

'좋다! 한번 해보자! 내가 부족한 것은 영어지 논리가 아니다. 민주주의를 지지한 내가 독재를 일삼은 그들과 싸운다면 시청자들은 반드시 내 편을 들 것이다.'

진행자인 테드 카플로부터 방송을 시작하기 전에 잠깐 만나자는 연락이 왔습니다. 그는 나의 영어가 미국 사람들이 알아들을 수 있는 수준인지를 테스트하려 했던 모양입니다. 나는 미리 가서 그를 만나서 대화를 나눴습니다. 그는 대화를 마치고 나서 말했습니다.

"그 정도면 되었습니다. 외국인이 꼭 영어를 잘해야 하는 것은 아닙니다. 마음 푹 놓고 여유 있게 하십시오. 당신이 한국의 민주주의를 위해 얼마나 싸웠는지 저는 잘 압니다."

여담이지만 테드 카플은 이미 나를 잘 알고 있었고 나에 대해서 큰 호감을 가지고 있었던 사람이란 것을 나중에 알게 되었습니다. 그는 1981년 크리스마스 전날 그 프로그램을 마치면서 이렇게 말했다고 합니다.

"시청자 여러분, 지금 우리가 이렇게 가족들과 단란한 크리스마스 이브를 보내고 있는 이 순간에도 고통받고 있는 우리들의 영웅들이 있습니다. 그들은 옥중에서, 혹은 감시 속에서 인권과 민주주의를 위해서 싸우고 있습니다. 한국의 김대중, 소련의 사하로프, 폴란드의 바웬사와 같은 수많은 사람들이 세계 도처에서 고통 속에 싸우고 있는 것입니다. 우리는 이러한 우리들의 영웅들을 잊어서는 안 될 것입니다."

이런 의미의 말을 했다는 것을 알게 되었던 것입니다.

어쨌거나 그렇게 하여 2 대 1의 불리한 TV 토론이 시작되었습니다. 먼저 내가 한국에서의 여러 가지 인권 유린 상황을 설명했습니다. 그러자 진행자는 여당 측 대표에게 김대중 씨의 말에 대해 어떻게 생각하느냐고 물었습니다. 그 사람은 그 질문에 대해 직접적인 대답은 하지 않고, 남북의 대치 상황과 공산당의 위협, 안보 위기 등에 대해서만 장황하게 늘어놓는 것이었습니다.

이에 테드 카플이 그의 말을 저지하면서 김대중 씨가 한 말에 대한 입장을 밝혀달라고 다시 요구했습니다. 그래도 그는 어떻게 된 일인지 같은 취지의 말만을 계속하는 것이었습니다. 그러자 테드 카플은 핀잔을 주면서 그의 말을 중단시켜버렸습니다. 미국인 역시 여당 측에 가세하는 말을 열심히 했습니다.

마이크는 다시 나에게 넘어왔습니다. 나는 말했습니다. 이러한 인권 상황에서 레이건 미국 대통령이 한국을 방문한다면, 그것은 한국의 독재 정권을 격려해주고 인권탄압을 용인해주는 것밖에 되지 않는다. 따라서 레이건 대통령의 방한이 이루어진다면 대다수의 민주적인 한국 국민들은 몹시 실망할 것이고, 미국에 대해 반감을 갖게 될 것이다. 그것은 미국이나 한국을 위해서 결코 바람직한 일이 아니며, 따라서 레이건 대통령의 방한 계획은 신중히 재검토되어야 할 것이라는 요지의 주장을 펴나갔습니다. 그런데 이렇게 말하는 도중에 한 사건이 생겼습니다. 흔히 하던 예에 따라 테드 카플이 내 발언을 중단시키려고 한 것입니다.

나는 그 순간 같은 방송에서 얼마 전에 필리핀의 마르코스가 행했던 장면을 떠올렸습니다. 마르코스는 그해 여름 아키노 상원의원이 필리핀 공항에서 살해당한 일과 관련해 나이트라인에 불려나온 적이 있었습니다. 그때 그의 태도가 얼마나 당당하고 조리정연했던지 독재자라고 미워하던 사람들까지도 감탄할 지경이었습니다.

그런데 나에게 인상적이었던 한 장면이 있었습니다. 그것은 대화 도중 테드 카플이 그의 말을 중단시키려고 할 때 그가 취한 태도였습니다. 그는 단호한 태도로 "Wait! Wait!" 하면서 자기 할 말을 계속하는 것이었습니다. 나는 그를 미워했지만 역시 '난 사람'이라고 생각하면서 나도 기회가 있으면 저렇게 한번 해보겠다는 생각을 가졌던 것입니다.

그런데 바로 그 기회가 온 것이었습니다. 나는 손을 내밀며 "미스터 카플, Wait! Wait!" 하고 말했습니다. 그러자 카플은 어쩔 수 없다는 듯 입을 다물고 나를 쳐다보았습니다. 그래서 나는 말을 계속할 수 있었습니다.

토론은 시종 내게 유리하게 진행되었습니다. 그런데 거의 토론이 종료되어갈 무렵에 이르자 여당 대표가 거짓말이지만 매우 효과적인 말을 던졌습니다.

"지금까지 김대중 씨가 말한 인권 유린은 박정희 정권 때의 일이다. 전두환 정권에서는 그런 일이 일어나지 않고 있다. 전두환 정권은 모든 인권을 보장하고 있다. 어떤 형태의 인권 유린도 없다."

나는 그의 말을 반박해야 했습니다. 그런데 진행자인 테드 카플이 거기서 토론을 끝내려고 하는 것이었습니다. 그렇게 되면 미국의 시청자들은 그 여당 간부가 한 말만 믿고 텔레비전 앞을 떠날 것이고, 결국 이제까지 내가 해온 말들은 허사가 되어버립니다. 그럴 수는 없는 일이었습니다.

나는 "미스터 카플!"을 소리쳤습니다. 그러나 그는 시간에 쫓기는 듯 나의 요청을 듣지 않고 프로그램을 마치려고 했습니다. 하지만 나는 포기할 수 없었습니다. "미스터 카플!"

그러자 그는 간단히 하라고 주문하며 기회를 주었습니다. 물론 길게 할 수도 없는 상황이었습니다. 나는 아주 간단히 말했습니다.

"지금까지 한국 정부의 인권 유린에 관해 내가 한 말들은 나의 개인적인 주장이 아닙니다. 국제사면위의 1982년도 보고서에 있는 것을 인용한 것입니다. 그리고 또 정부의 미국 국무성 1982년도 인권보고서에도 그대로 적혀 있는 내용입니다. 그러므로 나의 말이 거짓이 아니라는 것은 당신네 정부가 보증합니다."

집에 돌아오자 미국 전역에서 전화가 빗발쳤습니다. 모두들 축하를 하며, 영어로 하는 나의 토론 능력에 놀랐다는 의견을 피력해 왔습니다.

사실은 그날 밤에 미국 내에 있는 한국의 각 공관에서 교민들에게 나이트라인을 꼭 보라고 권유했다고 합니다. 이유는 충분히 짐작할 수 있을 것입니다. 그들은 영어도 잘하지 못하는 내가 영어를 능숙하게 구사하는 두 사람에게 묵사발되는 모습을 보여주고 싶었을 것입니다. 그러나 결과는 반대로 나타나고 말았습니다.

전화를 걸어준 사람들은 모두들 한결같이 "Wait, Wait!" 하는 장면이 좋았다고 하면서 테드 카플을 그렇게 눌러버리다니 놀랍다, 어디서 그런 배짱이 나왔느냐고 묻기도 했습니다. 그래서 나는 사실을 말하면서 마르코스에게서 배웠다고 하자 그들은 폭소를 터트렸습니다. 나와 가장 절친했던 베그니노 아키노 상원의원을 살해한 독재자에게 배웠다니 웃음을 터트릴 만도 했을 것입니다.

그리고 나의 친구들은 한결같이 어떻게 그렇게 영어로 말을 잘하느냐고 질문하는 것이었습니다. 그러나 분명하게 말하지만 나는 영어를 잘한 것이 아니었습니다. 영어를 잘한 것은 상대방이었습니다. 나의 발언이 사람들에게 감동을 주었다면, 그것은 내가 영어를 잘했기 때문이 아니라 내가 진실을 말했기 때문입니다. 진실은 언제나 최고의 웅변입니다.

이 일과 관련하여 한 가지 뒷이야기가 있습니다. 그것은 언제나 ABC 나이트라인 프로그램을 방영해온 한국의 AFKN이 그날 프로그램만 방영을 하지 않은 것입니다. 미 국방부의 성명이 "우방국과의 관계에 문제가 있는 프로그램은 방영하지 않을 수 있다"라는 것이었습니다. 만일 내가 실패했다면 그 프로그램은 그대로 방영되지 않았겠나 하는 생각이 들었습니다. 일부 미국 하원의원들이 이에 항의하기도 했지만, 소용이 없었습니다.

나는 이런 식의 우여곡절을 겪으면서 영어를 익혀왔습니다. 나는 미국에 있는 2년여 동안 약 100회 정도의 강연을 미국 사람들 앞에서 했습니다. 영어는 그런 과정을 거치면서 조금씩 친근해졌습니다. 나의 인생이 그러한 것처럼 나의 영어도 이렇게 순탄하지 않았습니다. 그래도 나의 영어는 발전을 거듭했습니다. 80년대에 미국에 있을 때는 미리 작성한 연설문을 낭독하고 답변은 통역과 내가 번갈아 했습니다.

그러나 90년대 들어 미국에 갔을 때는 미국인들 앞에서 연설을 할 때 연설문을 낭독하는 대신 연설은 영문으로 만들어서 배부해준 뒤, 내가 직접 말하고 또 질문에 답변도 했습니다.

그러나 나의 영어는 아직도 부족합니다. 특히 히어링hearing에 약합니다. 나는 이것을 극복하려고 지금도 계속 노력하고 있습니다.

영국에 있을 때도 양복 윗주머니에 항상 얇은 라디오를 꽂아두고 틈나는 대로 들었습니다. TV도 매일 2시간씩 시청을 했습니다. 듣기 능력을 높이기 위해서였습니다. 이렇게 노력을 계속하면 듣기 문제도 극복할 날이 있을 것으로 믿습니다.

앞에서도 말했지만, 영어 공부에는 왕도가 없습니다. 체계적으로 배우고, 끊임없이 연습하는 것만이 영어, 특히 회화를 극복하는 길입니다. 영어는 한국말 다음으로 중요합니다. 그것은 영어가 세계어이기 때문입니다. 우리가 세계 속에서 당당하게 살아나가려면 모두 영어를 배워야 합니다. 특히 젊은이들은 이 일을 반드시 해내야 합니다. 그러지 않으면 많은 불편과 손해를 감수해야 하고, 크게 후회하지 않을 수 없을 것입니다.

내가 강조하고 싶은 점은 대학 공부도 못했고, 또 50세가 다 되도록 전혀 영어를 할 줄 모르던 사람도 열심히 노력했더니 어느 정도는 할 수 있게 되었고, 여러분도 충분히 할 수 있다는 것입니다. 그리고 욕심을 내자면, 일어, 중국어, 독어, 불어 등 제2 외국어를 익힐 필요가 있습니다. 국제화 시대에 외국어는 가장 큰 재산입니다.

흉내도 창조적으로

아마 믿으려는 사람이 별로 없겠지만 60년대에 나는 어떤 언론사로부터 그해에 옷을 가장 잘 입은 베스트 드레서로 선발된 적이 있었습니다. 김대중 하면 허구한 날 투쟁이나 할 줄 알았지 멋부리는데 관심이 있겠는가 하고 생각해온 사람들은 고개를 갸우뚱할 것입니다.

나는 처음부터 투사가 아니었고, 성격적으로 강경한 사람도 아닙니다. 오히려 나의 핏속에는 예술적인 기질이 더 많이 흐르고 있습니다. 나는 연극이나 음악, 특히 국악 감상을 좋아합니다. 그림을 좋아하고 문학작품은 더욱 좋아합니다. 그런 예술 애호의 기질은 아마도 나의 아버지로부터 물려받았을 것입니다. 내가 어렸을 때 우리 집에는 시골 마을로서는 드물게 축음기(당시 유성기)가 있었습니다. 임방울, 송만갑, 정정렬, 이화중선 등의 판소리 레코드가 갖추어져 있었습니다.

아버지는 만일 제대로 공부를 했다면 명창이 될 수 있을 정도로 판소리에 뛰어난 소질을 가지고 있었습니다. 덕택에 나도 판소리를 감상할 안목을 갖추었고 장단도 조금 맞출 수 있습니다. 나는 동서의 예술작품들을 감상할 때 언제나 내 독자적인 안목을 가지고 감상하려고 노력합니다.

감동적인 문학작품을 읽거나 연극 등을 볼 때, 눈시울을 적신 적도 한두 번이 아닙니다. 나는 꽃도 사랑하고 새도 사랑합니다.

윤석화 씨가 커피의 TV 선전에 나와서 했던 말 그대로 나도 알고 보면 부드러운 사람인 것입니다. 그런 내가 베스트 드레서가 되었다 해서 크게 이상할 것도 없지 않습니까?

그러나 거기에 약간의 곡절이 있습니다. 6대 국회의원 시절의 어느 날이었습니다. 한 친구가 잡지 광고에 나온 어떤 영화배우의 옷차림을 보여주면서 이것이 지금 가장 유행하는 양복차림이라고 말했습니다. 그래서 나도 그런 옷을 한 벌 해 입었습니다. 그러나 그것은 내게 잘 어울리는 것 같지가 않았습니다. 그것은 내 체격의 특징을 살리지 못했기 때문입니다. 나는 젖가슴과 엉덩이가 나온 편입니다. 얼굴색은 아주 하얀 편입니다.

나는 이 점을 일깨우면서 양복점에서 옷을 다시 맞춰 입었습니다. 크게 보면 그 멋진 배우의 유행을 모방하면서도 거기에 내게 알맞은 창조적 변화를 가미시켰던 것입니다. 그 옷 덕택이었는지의 여부는 잘 모르겠으나 한 일 년쯤 그렇게 옷을 입고 다녔더니 어느 신문사에서 나를 그해의 베스트 드레서로 뽑았다며 사진을 찍자고 연락해온 것입니다. 조금 멋쩍긴 했지만, 기분은 좋았습니다.

이것은 조그마한 예이지만, 우리는 좋은 일을 모방은 하되 꼭 자기에게 알맞은 창조적 개량을 가미해야 합니다. 그렇게 할 때 그것은 모방이 아니라 재창조가 됩니다. 단순한 모방에는 결코 발전이 없습니다. 창조적 모방만이 발전의 어머니입니다.

이제 단순한 베끼기가 아니라 창조적 모방을 통해 인류의 발전에 큰 발자취를 남긴 몇 가지 사례를 들어 설명해보겠습니다. 세계 4대 발명품 중 세 가지가 중국에서 발명되었습니다. 그러나 정작 그 발명품을 이용하여 문화를 꽃피우고 역사의 도약을 이룩한 것은 서구 사회입니다. 그 세 가지의 발명품이란 종이와 나침반, 그리고 화약을 말합니다.

화약은 중국인들이 2천 년 전에 발명하였습니다. 하지만 그들은 폭죽 정도로밖에 활용하지 못했습니다. 서구인들은 그 화약을 사용할 수 있는 대포를 만들어냈습니다. 대포의 포신으로부터 발사된 화약의 위력은 봉건사회를 붕괴시키고, 새로운 근대 국가를 이루는 데 중요한 역할을 담당했습니다.

나침반 역시 중국의 발명품입니다. 그러나 중국에서 그 나침반은 사용 범위가 극히 제한적이었습니다. 고작 명당 자리를 찾는 풍수지리의 지관들에 의해서 쓰이고 있었습니다. 그러던 것을 서구인들은 대서양을 횡단해서 아메리카 대륙을 발견하고, 세계일주 항로를 찾아내는 데 활용했습니다. 나침반이야말로 1492년 콜럼버스의 아메리카 대륙 발견 이래 서구사회가 세계의 지배자로 등장하는 길을 열어준 안내자였습니다.

종이도 마찬가지입니다. 발명은 중국이 했으나 이를 근대 인쇄 기술과 결합하여 인간의 문명과 지적 발전에 활용한 것은 서구인이었습니다. 종이가 발명됨으로써 성서를 비롯한 온갖 저서를 자국어로 대량 인쇄할 수 있었고, 이로 인해 종교개혁이 일어나고, 인류의 혁명적인 지적 발전과 더불어 근대화와 민주주의가 추진되었습니다. 그전까지는 승려나 귀족 등 특권층만 문자를 향유했던 것입니다.

이런 사례는 역사의 현장에서 얼마든지 찾을 수 있습니다. 18세기 말 와트가 증기기관을 발명하여 산업혁명이 일어나는 계기를 만들었지만, 사실 증기는 그보다 훨씬 전인 기원 2세기경에 이집트에서 이미 발명되었던 것입니다. 그런데 이집트 역시 이를 산업혁명으로 이끌어가는 데는 전혀 관심이 없었던 것입니다.

이러한 사실들을 살펴보면 누가 무엇을 발명했느냐보다는 누가 그 발명을 창조적으로 모방, 발전시켰느냐가 더 중요하다는 사실을 깨닫게 됩니다. 나의 말은 최초의 발명이 무가치하다거나 불필요하다는 뜻이 아닙니다. 최초의 발명이라 하더라도 이를 발전시켜 산업이나 생활에 적용시키지 못한다면 큰 가치가 없다는 말입니다.

결국 종이, 나침반 그리고 화약을 발명한 중국이 이를 창조적으로 모방한 서구에 의해 점령되고 식민지화되는 화를 입고 말았습니다. 자신들이 발명한 나침반을 이용해서 찾아와, 자신들이 발명한 화약으로 만든 대포를 앞세운 열강들에게 자신들이 발명한 종이로 항복문서를 만들어 바친 것입니다. 역사의 아이러니가 아닐 수 없습니다.

영국에는 이런 말이 있습니다. '과학기술의 원리는 영국 사람이 발견하고, 미국 사람이 이를 실용화하며, 일본 사람은 이것을 창조적으로 모방해서 떼돈을 번다.' 아무튼 오늘날 일본의 놀라운 과학기술의 발전은 그들이 제2차 세계대전 이후 다른 나라들, 특히 미국 과학기술의 산물을 창조적으로 모방한 결과였다 할 것입니다.

흔히들 하는 말이지만 미국이 발명한 트랜지스터 라디오의 전자 원리를 창조적으로 모방하여 소형 라디오를 만들어내는 데 성공한 일본의 소니사를 단적인 예로 들 수 있습니다. 라디오만이 아닙니다. 지금 발명의 모국인 미국 시장은 창조적 모방국 일본의 제품에 점령당한 실정입니다. 그러나 이제 모방 단계가 끝나가자, 일본은 독자적인 창조적 개발을 게을리하지 않고 있습니다. 중동전에 쓰여진 미국의 미사일이나 전자병기의 부품들이 상당 부분 일본제였으며, 그것이 없었던들 그토록 엄청난 위력을 발휘하지 못했을 것이란 이야기는 우리가 다 알고 있는 사실입니다.

우리 역사에서도 창조적 모방의 사례는 얼마든지 찾을 수 있습니다. 원효는 중국에서 건너온 불교를 창조적으로 발전시켰는데 그의 이러한 업적은 다시 중국에 수출되었습니다. 원효의 화쟁 사상이나 일심 사상, 또는 무애 사상 등은 중국의 고승들도 즐겨 인용할 정도로 탁월한 것입니다. 그가 저술한 《대승기신론소》나 《금강삼매경론》 등이 담고 있는 심오한 진리가 중국의 불교 교리에 큰 영향을 끼쳤던 것입니다.

율곡이 중국 송나라의 주자가 일으킨 성리학의 주리론과 주기론을 창조적으로 통합시킨 것, 그리고 최수운이 유, 불, 선 3교와 천주교의 교리까지 흡수하여 민족종교인 동학을 창시한 것 등도 우리 민족의 뛰어난 창조적 모방 능력을 보여주는 좋은 예라 할 것입니다.

우리 민족은 중국으로부터 2천 년 동안 정치, 경제, 사회, 문화 전반에 걸쳐 거의 절대적인 영향을 받아왔습니다. 그러나 그것들을 그대로 수용만 한 것이 아니라 적극적으로 변형, 발전시킴으로써 우리의 독자성과 자주성을 강화해나갔습니다.

그리하여 중국인과 뚜렷하게 다른 사고방식과 생활양식을 낳았습니다. 우리의 초가집, 온돌, 의복, 언어, 음식 등은 중국의 그것과 뚜렷히 구별되며, 우리의 민족성과 자연환경에 가장 알맞게 창조적으로 만들어진 것입니다.

만일 우리가 이러한 창조적 모방 없이 그대로 중국 문화를 무비판적으로 받아들이기만 했다면, 우리는 일찌감치 중국 문화에 동화되어 중국 민족이 되어버렸을 것입니다. 중국 변방의 민족들이 중국화되어버렸고, 다수의 몽고인들이 110년의 원나라 통치 과정에서 중국화되었고, 청나라를 세운 만주인들이 중국화되어버린 것입니다.

'하늘 아래 새로운 것이란 없다'라는 구약성서의 잠언처럼 세상에는 모방 아닌 것이 없습니다. 무로부터의 창조는 하느님만이 하실 수 있는 것이고, 실상 이 지구상에서 이루어지고 있는 이런저런 창조 행위라는 것도 따지고 보면 그 이전 시대의 업적에 의존하지 않은 것이 하나도 없습니다.

모든 시대는 이전 시대의 자식들입니다. 과거로부터 유산을 물려받지 않은 세대는 하나도 없습니다. 따라서 인간의 창조 작업은 엄밀하게 말해서 모두 모방에서 빚어진 것이라고 할 것입 니다. 문제는 얼마나 창조적으로 모방하여 새로운 자기 것으로 발전시켰느냐에 달려 있습니다.

그러면 창조적 사고를 계발하려면 어떻게 해야 할까요? 나의 생각은 이렇습니다. 먼저 모든 일에 흥미를 가지고 그냥 지나치지 말아야 합니다. 흥미가 특정한 대상에 집중되면 그것은 관찰이 됩니다. 관찰을 체계적으로 하면서 깊게 파고들어가면 그것은 연구가 됩니다. 이렇게 집중적으로 이미 존재하는 것에 대해서 탐구해나갈 때 거기에서 비로소 창조적 모방이 일어나는 것입니다.

세상일이란 기이해서 더러는 우연히 창조적인 사고가 떠오르기도 합니다. 사소한 일이라고 무심코 지나칠 수 있는 곳에 아주 중요한 힌트가 숨어 있곤 합니다. 우리가 매사에 신중해야 하는 이유가 여기 있습니다. 차를 타고 갈 때는 하다못해 거리의 간판이라도 유심히 관찰하는 게 좋습니다. 오래 고민하다가 해결을 보지 못하고 잠깐 신문을 펴드는데 문득 문제가 풀리는 것과 같은 경험을 나는 아주 많이 했습니다.

그렇다고 사과나무에서 감이 떨어진다는 말은 아닙니다. 사과는 사과나무에서 떨어집니다. 사과를 따려면 사과나무 아래에 있어야합니다. 우연히 찾아오는 것 같은 창조적 사고라는 것도 실상은 그 문제에 오래 매달려 끈질기게 사유思惟를 유지하였기 때문에 가능한 것이지, 그냥 내팽개쳐 버렸는데 저절로 떠오르는 것은 아닙니다. 이러한 모색과 시도 속에서 비로소 창조적 모방이 싹트는 것입니다.

우리는 위대한 스승들을 존경하고 본받아야 하지만, 무조건 그 사람을 모방만 하려는 자세는 버려야 합니다. 우리가 지향하는 것은 새로운 창조이지 모방이나 하는 아류가 아닙니다. 누구에게나 배울 점이 있습니다. 배울 점이 있으면 적극적으로 배우되 그것을 자기 것으로 재창조해내야 합니다. 그것이 바로 창조적 모방입니다.

언젠가 TV에서 모창 대회를 하는 것을 본 적이 있습니다. 유명한 가수의 노래를 누가 더 잘 흉내내느냐 하는 것이었는데, 그때 심사를 맡았던 분의 말씀이 퍽 인상적이었습니다.

"자기가 부르는 가수의 노래를 똑같이 흉내내야 합니다. 그러나 그것만으로는 충분하지 못합니다. 그 노래 속에 자신의 혼이 깃들어 있어야 합니다. 그리하여 그 가수의 분신이 아니라 독립적인 하나의 개성이 되어 그의 노래를 모방해서 불러야 합니다."

심지어 모창 대회가 이럴진대 다른 일은 더 말해 무엇하겠습니까. 나는 아버지 때문에 이제껏 자기 뜻을 펼 기회를 갖지 못했던 나의 장남 홍일이가 민주당의 목포시 지구 위원장을 맡게 되었을 때, 그를 불러 앉혀놓고 이렇게 충고했습니다.

"너는 아버지의 정치와 삶으로부터 많은 것을 배울 수 있을 것이다. 일단 그것은 너의 행운이라고 말할 수 있다. 그러나 배운 것을 모두 너의 것으로 만들어야지 내 흉내나 내고 있어서는 아무 의미도 없다. 너는 나를 닮으려고 하되 나를 베끼려고 하지는 말아야 한다. 너는 내가 아니라 너 자신이 되려고 해야 한다. 나와 똑같은 주장을 하고 나와 똑같은 행동을 하더라도 그것을 철저히 소화하고 받아들이는 창조적 모방 속에 네가 들어 있어야 한다. 너는 너로서 말하고 행동해야 한다. 다시 말해 김홍일은 어디까지나 김홍일이어야지 제2의 김대중이 되어서는 안 된다는 뜻이다."

나중에 영국에 머무는 동안 한국 신문을 보았더니 홍일이가 했다는 말이 실려 있었습니다.

"나는 어디까지나 김홍일이가 되고 싶을 뿐이다. 제2의 김대중이 되고 싶지는 않다."

나는 그 기사를 읽으며 혼자서 미소를 지었습니다.

김대중에게는 김대중만의 것이 있다고 사람들은 말합니다. 나는 그렇게 평가받는 걸 좋아합니다. 왜냐하면 평생 그렇게 살려고 애써왔기 때문입니다. 하지만 내가 지금과 같은 나만의 세계를 확립하게 된 것은 많은 분들을 모방하고 배운 결과입니다. 태어날 때부터 그랬다든지 어느 날 하늘에서 뚝 떨어진 것처럼 내 자신의 세계가 열린 것은 아닙니다. 나는 우리 사회와 지나간 역사로부터 많은 것을 빚지고 있습니다. 사회와 역사야말로 내가 창조적 모방을 할 수 있도록 해준 나의 참된 스승입니다.

나는 누구보다도 예수님에게 배웠습니다. 십자가를 진 그분을 창조적으로 모방할 때 국민과 민주주의에 대한 참된 사랑이 가능하다는 것을 알았습니다. 나는 링컨 대통령으로부터 원수에 대한 이해와 관용을 배웠습니다. 이순신 장군으로부터는 하늘도 감동시킬 충성심과 백성에 대한 사랑을 배웠는데, 나는 이것을 이제 나라의 주인인 국민에 대한 헌신과 소외된 계층들에 대한 생존권 보장이라는 차원으로 발전시키려 했습니다.

김구 선생의 애국심과 통일에 대한 정성에 늘 한없는 흠모의 정을 품고, 이를 실현할 수 있는 방안에 대해서 생각하면서 그분과 하나가 되려고 애썼습니다. 이 외에도 마하트마 간디, 마틴 루터 킹, 정도전, 최수운, 전봉준, 서재필 이런 분들로부터 창조적인 교훈을 배우려고 애써왔습니다. 나는 충무공을 존경했지만, 제2의 이순신이 되려고는 하지 않았습니다. 나는 간디와 링컨을 존경했지만, 또 하나의 그들이 되려고는 하지 않았습니다. 어떤 경우에도 김대중은 김대중이어야 한다고 생각했습니다.

　그러므로 나는 특정인 한두 사람만 존경하지 않습니다. 누구든지 백성을 하늘같이 받들고 헌신하는 사람들, 행동하는 양심이 되어서 무엇이 되느냐보다는 어떻게 사느냐에 힘쓰는 사람들, 성인으로부터 길거리의 초동에 이르기까지 배우되 그것을 내것으로 재창조한 사람들, 이런 사람들을 존경해왔고 또 지금도 존경하고 있습니다.

　나는 위인이나 철인들의 명언을 인용할 때도 아무개가 이런 말을 했다고 그 이름을 대는 것을 별로 좋아하지 않습니다. 왜냐하면 나는 그들의 말에 담긴 진리를 충분히 소화하려고 힘썼으며, 내가 그것을 말할 때는 그것은 이미 내 말이었기 때문에 그렇습니다. 우리는 필요할 때 대담하게 모방해야 합니다. 그러나 이를 창조적으로 모방할 때만이 나를 키우고 사회를 발전시킵니다.

하루만 참자

나의 일생은 참는 일생이었다고 할 수 있습니다. 모진 탄압의 고통을 참아야 했고, 모함의 분노도 참아야 했습니다. 국회의원과 대통령 선거에서 되풀이되는 좌절도 참아야 했습니다. 가난과 고립에서도 참아야 했습니다. 몇 번이고 모든 것을 포기하려 했으며, 몇 번이고 분노를 터트릴까 했으며, 몇 번이고 좌절할 뻔했습니다.

그러나 나는 그 모든 것을 참고 견뎌냈습니다. 그러다 보니 나는 참는 것을 통해서 진리를 터득하게 되었습니다.

'오늘은 결코 어제가 아니다. 내일은 결코 오늘이 아니다. 세상은 반드시 변한다. 내일은 오늘의 고통이 감소되기도 하고, 축복으로 변하여 나타나기도 한다. 그러니 참는 데까지 참아야 한다. 참는 것이 축복이다.'

사실 누구나 참는 것이 얼마나 미덕인가를 경험하고 있습니다. 그때 친구에게 분노를 터트리지 않은 것이 참 다행이다, 잘못했으면 좋은 친구 하나 잃을 뻔했구나 하는 경험이 누구나 한 번쯤은 있을 것입니다. '10년쯤 한 우물을 파라, 그러면 반드시 성공할 것이다'라는 말도 따지고 보면 '10년쯤 참아보아라, 그러면 성공한다'는 말과 같은 것입니다.

내가 어렸을 때, 우리나라 사람들 사이에 독일 사람들은 근면하고 성실하고 물자를 아끼고 하는 모범 국민의 전형으로 인식되고 있었습니다.

아마 제1차 세계대전의 폐허를 딛고 일어선 독일 국민에 대한 경의와 부러움에서 비롯되었다고 생각됩니다. 그때 이런 말이 있었습니다.

독일 사람들은 화나는 일이 있으면, 화를 낼 것인가 말 것인가를 사흘 동안 생각한 뒤에야 결행한다는 말이었습니다. 독일 사람들이 얼마나 참을성이 많은 민족인가를 비유한 말일 것입니다. 이 비유가 결코 과장이 아니라는 것은 독일의 현대사가 잘 보여줍니다.

제1차 세계대전은 물론 제2차 세계대전 이후에도 독일인들은 참으로 참기 힘든 일을 무서운 인내를 가지고 견뎌냈습니다. 그들은 패전국의 불명예를 끌어안고, 동서양의 모든 나라들로부터 날아온 비난과 경계를 그대로 받아들이면서 개과천선하는 모습을 보여주었습니다.

그들은 자기 자신 역시 나치 독재의 최대 피해자이면서도 한마디 변명도 없이 단지 독일인이란 이유로 나치가 저지른 범죄와 명예를 둘러쓰고 철저한 반성의 뜻을 보였습니다. 그들의 고행의 역사는 오늘날까지 50년이 계속되고 있습니다. 그들은 나치가 범한 잘못을 내 것으로 삼으면서 조금도 감추지 않았으며, 전 인류와 전쟁의 희생자들에게 진심으로 사과했습니다. 그리고 나치에 의한 범죄의 역사를 새로운 세대들에게 빠짐없이 교육하고, 범죄 현장을 그대로 보존함으로써 전 세계에 자기들의 신실信實함을 입증시켰습니다.

그들은 지금이라도 나치에 협력했던 사람이 발견되면 처벌하고 추방합니다. 몇 년 전 오스트리아의 대통령이었던 발트하임이 과거 나치 친위대의 장교였다는 사실로 크게 문제가 되었던 일을 우리는 잘 알고 있습니다.

변명도 반발도 속임수도 없이 오직 인내로써 패전의 결과를 받아들이고, 자신이 아닌 남이 저지른 잘못을 같은 민족이었다는 그 이유 하나 때문에 인욕과 보속의 고행을 반세기 동안 감내해온 독일인의 모습은 확실히 세계 사람들을 감동시켰습니다.

같은 전쟁범죄를 저지른 일본과 비교하면 너무도 대조적인데, 이 점에 대해서는 뒤에 다시 자세히 말하겠습니다. 그 결과 독일은 단시일 내에 유럽과 세계의 신임을 얻어내는 데 성공했던 것입니다.

통일만 해도 그렇습니다. 누구도 예측하지 못할 만큼 빠르고 완전한 통일을 이루어낸 것도, 역설적으로 말하면 역시 서독 사람들의 참을성과 기다림과 욕심 없는 자세가 그렇게 급속하고 완전한 통일을 가져온 것이라고 말할 수 있습니다. 서독은 결코 통일을 서두르지도 않았고 성급한 통일을 주장하지도 않았습니다.

다만 동독에 대해서 꾸준히 교류를 추진하고 경제 협력의 범위를 늘려왔을 뿐입니다. 동독의 모든 무리한 주문이나 투정도 최대한의 인내로 받아주었습니다. 그러면서 이렇게 우리가 확실하게 노력을 계속해나가면 언젠가 통일이 오지 않겠느냐, 그 시기를 앞당기려고 애쓸 필요는 없다, 통일의 그날을 참고 기다려야 한다, 성급한 욕심을 부려서는 안 된다, 이런 자세로 서독 사람들은 인내 속에 희망을 가지고 동독을 대해왔습니다.

이러한 서독의 태도는 동독인들의 마음을 얻고, 동독 공산정권을 안심시켰습니다. 그뿐만 아니라 동유럽과 서유럽 등 과거에 독일에게 피해를 입었던 국가들의 신임을 얻어 그들을 감동시켰으며, 더 나아가 지지를 얻기까지 했습니다. 독일이 통일되었을 경우에 대한 불안감을 점차로 털어버리는 데 독일인들의 인내심이 큰 기여를 했던 것입니다.

이렇기 때문에 동독의 국민들이 통일 문제를 들고 나왔을 때도 소련이나 유럽의 어느 나라도 서독에게 그 책임을 물을 수가 없게 되었던 것입니다. 정책상의 과오로 인해 통일 이후의 독일은 지금 많은 어려움을 겪고 있는 것도 사실이지만, 어쨌든 거의 불가능할 것으로 보였고, 통일이 되더라도 우리 한국보다 훨씬 더 늦게 될 것으로 여겨졌던 독일 통일이 그토록 빨랐던 것은, 서독이 꾸준히 참고 조급하게 서두르지 않은 결과입니다.

독일의 통일을 보며, 지금까지 남북간에 한치의 여유도 없이, 서로 비난하고 서로 미워하면서 참을성 없는 속단과 분노만 터트려 온 우리들로서는 부끄러움과 더불어 많은 교훈을 배우게 됩니다.

어떤 외국인이 말하기를 한국 사람은 참으로 많은 미덕을 가지고 있는데, 두 가지의 결정적인 결함을 가지고 있다고 했습니다. 그 하나는 한국에서는 역사적으로 인물을 키우지 않는 경향이 있고, 다른 하나는 참고 견디지 못하고 너무도 성급하게 행동한다는 것입니다.

조선시대의 당쟁을 보더라도 거기에는 인내심을 가지고 때를 기다린다든가 상대방과 대화를 통해서 이해하고 협력한다는 미덕은 조금도 찾아볼 수 없습니다. 그저 극단적인 비난, 성급한 공격, 철저한 말살이 있을 뿐이었습니다. 이러한 참을성 없고 여유 없는 당쟁은 마침내 조선 중엽 이후의 정치와 사회를 불모와 폐허로 만들어버렸고, 결국 일제 앞에 국권을 상실하는 치욕을 감내하지 않으면 안 되게 된 것입니다.

이제 우리는 50년 분단의 종지부를 찍고 통일의 길로 나아가야 합니다. 통일은 그 완성까지는 시간을 두고 단계적으로 해야 하지만, 시작은 하루빨리 해야 하겠습니다. 이제 냉전이 끝나고 세계적인 경제전쟁의 시대로 접어들었습니다. 동족 간의 소모적인 무력 대결을 끝내고, 경제의 개혁과 발전에 힘써야만 살아남을 수 있습니다.

공산당의 야망은 경계해야 하지만, 동족으로서의 운명공동체적 유대는 재인식하면서 인내를 가지고 설득과 타협으로 우리의 앞날을 풀어가야 합니다.

참을성에 관한 이야기를 할 때 재야와 학생들에 대해서도 한마디 하지 않을 수 없습니다. 우리 학생운동의 역사를 볼 때 국민과 유리된 성급한 행동이 얼마나 많은 좌절을 가져왔고, 민주주의와 통일을 원치 않는 자들에게 얼마나 큰 이득을 안겨주었는지를 잘 생각해보아야 합니다.

4·19의 위대한 혁명 뒤에 일부 혁신계 인사들과 학생들의 성급한 통일에 대한 돌출 행위가 가뜩이나 보수적 성격이 강한 우리 국민에게 경계심과 혐오감을 주어서 5·16 군사 쿠데타가 성공할 수 있었던 큰 원인이 되었습니다.

6·29의 위대한 민주혁명을 이룩해놓고도 일부 재야인사들과 일부 학생들의 성급한 폭력행위와 지나친 반미, 그리고 소영웅주의적이고 돌출적인 통일운동 등은 결국 국민의 지지를 상실하고, 우리의 진정한 민주화와 통일운동에 치명적인 타격을 주었습니다.

나는 또다시 국민과 유리된 성급한 행동들이 표출되지 않을까 몹시 걱정하고 있습니다. 이번만은 그래서는 안 되겠습니다. 지금도 통일을 원치 않는 세력들의 책동이 얼마나 큰지 모릅니다. 심지어 대통령의 훈령까지 무시하고, 이산가족 교류문제에 대한 합의를 깨버리고 있지 않습니까? 통일을 열망하면 할수록, 국민이 이해하고 따라올 수 있도록 확실한 추진을 해야 할 것입니다. 참고 기다릴 줄 아는 자에게 축복이 옵니다. 통일의 추진에 있어서는 더욱 그러합니다.

이미 말한 대로 내 인생은 온갖 수모와 고통을 참고 견뎌내도록 운명 지워진 것이었습니다. 육체적인 고통도 있었고 정신적인 고통도 있었습니다. 참을 만한 경우도 있었고, 정말 참기 힘든 경우도 있었습니다. 어쩔 수 없이 참은 경우도 있지만, 자발적으로 참아낸 경우도 많았습니다.

그런 고통을 참아내는 것쯤은 아무렇지도 않았다는 뜻이 아닙니다. 나는 슈퍼맨이 아닙니다. 연약한 육체와 제한적인 정신을 가진 인간에 불과합니다. 울분과 분노로 미칠 것 같은 심정이 되기도 했고, 수없이 많은 좌절감에도 빠졌습니다. 나를 견디게 해준 것은 하느님과 역사와 국민에 대한 나의 철석같은 믿음이었습니다.

나는 아무리 어려운 사정에 빠져 있더라도 나를 지켜보고 있는 시선을 의식하지 않은 적이 없습니다. 그 시선은 하느님이었고, 또 국민이었습니다. 오늘만 참고 견디자. 그러면 내일은 새날이 온다. 내일이 아니면 하루만 더 참자, 어쨌든 참으면 변화가 온다. 그러면서 이를 악물고 참았던 것입니다. 나는 그 때문에 어떤 어려움도 참고 이겨낼 수 있었습니다.

빅터 프랭클은 유대인 수용소의 경우를 예로 들면서 "살아야 할 이유와 의미를 가지고 있었던 사람은 대체로 죽지 않았다"라고 말했습니다. 사람은 살아야 할 의미를 갖지 못하면 참을 수 없기 때문에 죽는 것이지 고통 그 자체 때문에 죽지는 않는다는 것입니다. 그의 의미요법은 자신의 수용소 체험에서 나온 것이어서 한층 호소력이 있습니다. 그의 발언에 기대어 나는 '사람은 참아야 할 분명한 이유와 의미를 가지고 있으면 결코 고통 때문에 포기하지는 않는다'라고 말하고 싶습니다.

성경에는 '참는 자에게 복이 있다'라는 말이 있고, 불교에서는 '인욕忍辱'이라 하여 욕된 일을 참는 것을 가장 큰 덕목의 하나로 꼽고 있습니다.

진정한 사랑과 자비는 인내에서 나옵니다. 아무리 참기 어려운 모욕이나 멸시도 상대방의 입장에서 생각해보면 이해할 수 있는 경우가 많이 있습니다. 우리가 다른 사람을 이해하지 못하는 것은 상대방의 입장에 서서 생각해보지 않기 때문인 경우가 많습니다.

도저히 참지 못할 일을 만났다고 여겨질 때, 자기 감정을 객관화시켜 상대방의 입장에서 생각해보는 자세가 매우 필요합니다. '정말 못 참을 일인가?' 하고 자문해봅니다. 그래도 못 참겠다는 대답이 나오면 '그래, 딱 하루만 두고 보자'라고 생각합니다. 내 경험에 의하면 하루가 지나고 나서까지 참기 힘든 일은 거의 없습니다. 그렇게 하루를 참고 나면 상대방의 입장을 이해하게 됩니다.

이해하면 용서하게 되고, 용서하면 화해하게 되며, 화해하면 사랑과 자비의 마음을 갖게 됩니다. 사랑은 오래 참는다고 했습니다. 오래 참는 마음, 그것이 사랑과 화합으로 가는 출발점입니다. 용서하게 되면 인생의 전투에는 지더라도 전쟁에는 이깁니다. 용서하지 않으면 전투에는 이기더라도 전쟁에는 집니다.

조급한 마음이 일을 그르치고 사람 사이의 관계를 삐그덕거리게 만듭니다. 우리는 좀 더 넓은 시야를 가질 필요가 있습니다. 멀리 보는 사람은 당장의 일에 연연하지 않습니다. 전투에서 이기는 것도 중요하지만, 근본적인 것은 전쟁에서 이기는 것입니다. 전투에서 이겼더라도 전쟁에서 진다면 아무 소용이 없습니다. 우리의 목표를 조금 멀리, 조금 높이, 조금 넓게 잡도록 합시다. 그러면 참지 못할 것이 없습니다. 참아야 할 이유가 있는 사람은 참을 수 있습니다. 참지 못하는 것은 고통 때문이 아니라 참을 이유가 없기 때문입니다. 참는 것이 축복입니다.

경청은 최고의 대화

얼마 전 동유럽 일대를 순방하면서 나는 재미있는 현상을 발견했습니다. 미국이나 일본, 또는 독일과 같이 민주주의가 제도적으로 잘 정착된 나라들의 지도자들은 자기 말을 하는 것보다 상대방의 말을 더 많이 들으려고 합니다.

미국의 카터나 케네디, 독일의 바이체커 대통령과 빌리 브란트, 일본의 후쿠다 다케오, 스웨덴의 팔메, 그리고 교황 요한 바오로 2세, 이런 분들을 만나보면 거의 예외 없이 상대편의 말을 진지하게 경청을 합니다. 나는 그런 분들을 보면서 민주주의는 어쩌면 남의 말을 경청하는 주의主義가 아닐까 하는 생각을 한 적이 있습니다.

그런데 과거 독재 정권의 통치를 받으면서 반독재투쟁을 하다가 갓 해방된 나라의 지도자들과 대화를 해보면 사정은 조금 다릅니다. 이분들은 주로 자기 말만 하고 상대방에게는 말할 기회를 좀처럼 주려고 하지 않습니다.

포르투갈과 체코, 그리고 루마니아 등에서 그런 경험을 했습니다. 아마도 이런 분들은 독재 치하에서 하도 억압을 받으며 할 말을 못하고 살았기 때문에, 자기 주장을 먼저 피력하려는지도 모릅니다. 또는 독재자들이 자기 말만 하는 분위기에 전염된 습관 때문인지도 모릅니다. 대화란 아예 존재할 수도 없는 환경에서 살아왔기 때문인지도 모릅니다.

루마니아에서 정교회의 대주교를 만난 적이 있는데, 보기에도 참으로 고결하고 훌륭한 분이었습니다. 그러나 그분도 예외가 아니었습니다. 루마니아의 수상과도 약 한 시간 15분가량의 면담 시간을 가졌는데, 그분은 정말 성실하고 진지한 사람이었습니다. 그리고 자기들의 약점에 대해서도 감추지 않고 말하는 분이었습니다. 그런데 한 시간 이상을 그분이 혼자 말하는 것이었습니다. 그리고 마지막에는 "간단하나마 이 정도로 말을 줄이겠습니다"라고 하는 것이었습니다.

이런 현상은 우리나라에서도 많이 보아왔습니다. 박정희, 전두환, 노태우 세 전임 대통령도 사람을 만나면 자기 말을 많이 한다는 것은 잘 알려져 있습니다.

군사정권 사람뿐만 아닙니다. 그들과 싸운 재야인사나 학생들과 대화를 해보거나 그들의 회의 장면을 보면 정말 말을 많이 합니다. 한번은 10여 명의 재야인사들과 이야기를 한 적이 있는데, 한 분이 말을 시작하더니 장장 한 시간을 계속하는 것이었습니다.

그는 내가 매우 좋게 생각하는 사람이어서 허물없이 농담을 했습니다. "무슨 말을 그렇게 길게 합니까? 나 같으면 그 말을 10분이면 하겠소. 그리고 민중 민중 하는 분들이 왜 그렇게 민중이 알아먹기 힘든 어려운 말을 사용합니까?" 해서 유쾌한 폭소가 터진 일이 있습니다.

가장 대화가 힘든 상대는 운동권 학생이나 노동자 대표들입니다. 그들 중에는 매우 이성적이고 이쪽 말을 경청하는 사람도 많지만, 상당수는 자기 주장이 옳고 그것을 받아들이지 않으면 그 사람은 타락했고 반동이라는 식으로 단정하곤 하여 참 어이가 없었던 경우가 많습니다.

한번은 관악구에 가서 어떤 다방을 빌려 대학생들과 이야기를 했습니다. 60~70명의 학생들과 이야기를 주고받았는데 매우 이성적이고 진지한 분위기였습니다. 그들은 나의 주장을 이해해주었고 자기들의 주장도 시정할 점이 있다는 것을 인정했습니다. 대화는 성공적으로 진행되어갔는데, 이러한 흐름에 초조해진 서너 명의 학생이 서로 수군거리더니 일어서서 말썽을 부리기 시작했습니다.

그들은 불문곡직하고 악을 쓰듯이 당신의 주장은 개량주의적이고 친미적이다, 제국주의는 우리의 원수다, 통일은 민중의 자주적인 역량으로 해야 한다, 거기에는 투쟁밖에 없다 등을 외쳐대면서 아무리 사람이 가서 타일러도 이쪽 말을 들으려 하지 않았습니다. 할 수 없이 우리는 모임을 중단하고 그 자리를 뜰 수밖에 없었습니다.

민주주의는 대화의 정치입니다. 민주주의를 위해서 독재와 싸운다는 사람들이 남에게 말할 권리를 주지 않고, 내 주장만 한다는 것은 하나의 비극이라 하지 않을 수 없습니다. 노동운동의 지도자들은 거의가 이성적이고 남의 말에 대해서 귀를 기울입니다. 그러나 하부로 가면 무턱대고 자기 주장만 밀어붙이는 사람들이 있는

데, 그들이 노동 운동 자체를 그르칩니다.

몇 년 전 대우조선에서 노동쟁의가 크게 벌어졌을 때, 노사 쌍방은 여러 날 거듭한 대화 끝에 마침내 합의에 도달했습니다. 우리 당의 대표가 현지에 내려가서 양측이 원만한 합의를 이루도록 도왔습니다. 그런데 하부에서 과격파들이 들고 일어나서 합의를 뒤집어버렸습니다. 아무리 설득해도 도대체 이쪽 말을 들으려조차 하지 않았습니다.

그들은 우리 당 대표는 말할 것도 없고 자기들 노조간부도 기업주에게 매수되었다는, 증거도 없는 모략으로 매도하며 선동하는 것이었습니다. 그 결과 경찰이 개입하여 노조는 완전히 분쇄되었고, 그들 강경 세력에서 많은 희생자도 나왔습니다. 특히 1988년 이후 우리 대학생들에게 그런 경향이 많아졌습니다. 그들은 자기들 생각대로 모든 것을 결정해버리고 대화하려 들지 않았습니다. 나는 그들을 만났을 때 그 점을 지적한 적이 있습니다.

우리 학생들 역시 독재 정권 아래서 오랫동안 살아왔기 때문에 그런 경향을 보이게 된 것이 아닌가 생각합니다. 심리학에는 억압자와 싸우면 그를 미워하면서도 닮아간다는 말이 있는데, 그들이 바로 그런 셈입니다. 자기 말만 하고 반대파의 말은 일체 봉쇄하는 독재 정권과 투쟁하며 지내오는 동안, 자기도 모르는 사이에 독재자를 닮아가게 된 것이라고 생각하면 참 마음이 씁쓸해집니다.

경우는 좀 다르지만, 나도 어린 시절에 혼자 말을 독점하고 남의 말을 가로채는 버릇을 가지고 있었습니다. 그 버릇 때문에 친구들과 잘 어울리지도 못했습니다. 나는 어떻게든 이 버릇을 고쳐야겠다고 마음먹고 책상 앞에 '침묵'이라고 큼직하게 써서 붙였습니다. 처음에는 잘 되지 않았습니다.

안 되겠다 싶어 이번에는 눈에 띄는 곳마다 '침묵'이라는 글자를 써붙였습니다. 책장 앞에도, 책갈피 안에도, 화장실 벽에도, 심지어는 손목시계의 유리 위에까지 '침묵'을 써붙였습니다. 그래도 어느 사이엔가 친구들 사이에서 말을 독점하고 있는 나를 발견했을 때의 서글픔이란 이루 말할 수 없을 정도였습니다.

그러나 한 몇 년 계속해서 이런 노력을 계속했더니 이 버릇은 저절로 시정되어갔습니다. 그 이후 나는 꼭 필요한 말이나 반드시 말을 해야 할 자리를 빼놓고는 말수가 적은 사람이 되었습니다.

지금도 내가 회의를 주재할 때는 다른 사람의 의견을 듣지 않고 모든 말을 독점한다고 오해하는 사람들이 있는 모양인데, 사실은 전혀 그렇지가 않습니다. 나는 모든 참석자들이 고르게 자기 의사를 개진하도록 하고 되도록 듣는 편입니다. 그렇다고 아예 입을 다물고 있다는 뜻은 아닙니다.

회의 진행을 원만하게 하기 위해, 중간중간 논의의 흐름과 주요 쟁점을 정리하여 회의가 능률적으로 진행될 수 있도록 유도합니다. 내가 싫어하는 것은 일방적으로 자기 주장만을 독선적으로 들이미는 태도입니다.

대화를 할 줄 모르는 사람은 민주주의를 할 준비가 되어 있지 않은 사람입니다. 그리고 들을 준비가 되어 있지 않은 사람은 대화의 파트너로서의 자격이 없는 사람입니다. 경청이야말로 최고의 대화인 것입니다.

미하엘 엔데가 쓴 《모모》라는 독일 소설을 읽은 적이 있습니다. 주인공 모모는 집도 없는 10대 소녀입니다. 어디서 왔는지도 모릅니다. 그런데 이상한 것은 어른, 아이를 가리지 않고 마을 사람들이 모두 모모를 찾아와 자기가 가지고 있는 고민을 털어놓고 상의한다는 것입니다.

그리고 또한 자기가 남에게 자랑하고 싶은 말을 모모 앞에서는 다 털어놓고 자랑한다는 것입니다. 모모를 만나러 왔던 사람들은 하나같이 마음의 만족을 느끼고 돌아갑니다. 모모는 모든 마을 사람들로부터 사랑과 신뢰를 받았습니다. 최고의 대화 상대자였던 것입니다.

그러면 그들은 어린 소녀에게 무슨 도움을 받겠다고 고민과 걱정을 털어놓았을까요? 그리고 모모가 어떻게 했길래 모든 사람들이 기쁜 얼굴로 돌아간 것이었을까요? 모모는 종교 지도자도, 철학자도 아니었습니다. 그녀에게 초자연적인 신비한 능력이 있었다든가, 인생의 진리를 터득한 경험이 있었던 것도 아니었습니다. 모모는 그냥 소녀였습니다. 그렇다면 그녀의 비결은 무엇이었을까요? 그녀에게 남다른 무언가가 있었다면 그것은 남의 말을 잘 들어준다는 것이었습니다.

모모는 누가 찾아와서 무슨 말을 하든 주의 깊게 들어주었습니다. 슬픈 이야기를 들을 때는 마음으로 함께 슬퍼하고, 기쁜 이야기를 들을 때는 마치 자신의 일인 양 기뻐했습니다. 이 소설은 사람의 말을 잘 들어주는 것이 얼마나 큰 재능인지를 우리에게 이야기해줍니다.

이야기를 잘 들어주기만 해도 큰 도움을 줄 수 있습니다. 마음이 답답하고 걱정거리가 쌓여 있을 때, 누군가 자기 말을 잘 들어만 주어도 큰 위안이 됩니다. 말을 하다 보면 자기도 모르는 사이에 해결점을 찾게 되기도 합니다. 그러므로 자기 말을 잘 들어줄 사람이 있다는 것은 얼마나 큰 행복인지 모릅니다.

나의 판단으로는 좋은 친구를 사귀는 최고의 비결은 말을 경청하는 것입니다. 그냥 듣는 것이 아니라 대화 상대자의 입장에서 같이 기뻐하고 같이 슬퍼하는 경청인 것입니다. 이런 대화 상대자를 좋아하지 않을 사람이 어디에 있겠습니까? 성공의 큰 비결 중의 하나는 남의 말을 경청하는 데 있다고 생각됩니다.

대화가 단절된 사회는 마치 벨트가 끊긴 기계처럼 의사전달의 벨트가 끊겨져버리고, 결국은 화해와 협력의 길이 막혀버립니다. 민주주의는 일방통행이 아니라 쌍방통행입니다. 주고받고, 오고가는 것입니다.

대화의 요체는 수사학에 있는 것이 아니라 상대의 말을 잘 경청하는 심리학에 있습니다. 소크라테스는 "상대방의 말을 경청할 때 비로소 대화가 가능하다"라고 말했습니다. 남의 말에 귀를 기울일 줄 모르는 사람은 대화의 실격자요, 인생의 실격자입니다.

우리 한국 사람들은 대화 문화에 약하다는 말을 자주 듣습니다. 그것이 마치 우리의 원형인 것처럼 말하는 경우도 있습니다. 그러나 나는 그렇게 생각하지 않습니다. 우리의 역사에는 총이나 칼보다는 대화를 통해 중요한 사안들을 결정해온 전통이 있습니다. 가까운 예로 조선왕조의 대신들은 의정부에 모여서 국정을 논의했고, 선비들은 홍문관(弘文館, 궁중의 경적·문서 등을 관리하고 왕의 자문을 맡아 보던 관아―편집자 주)이나 성균관(成均館, 유교의 교육을 맡아 보던 곳―편집자 주) 그리고 각지의 서원(書院, 선비들이 모여 학문을 강론하거나 이름난 선비, 신하를 제사하던 곳―편집자 주)에 모여서 논의했습니다.

우리나라는 싸움을 할 때도 총이나 칼보다는 말을 가지고 했습니다. 조선 시대의 당쟁조차도 그런 점에서 대화 문화의 반영이라고 볼 수도 있습니다. 하긴 상대방의 주장에 전혀 귀 기울이려 하지 않았다는 점에서 보면, 당쟁을 올바른 대화 양식으로 이해하기에는 무리가 따릅니다.

그럼에도 불구하고, 당쟁은 그처럼 증오하고 저주하는 극한적인 대결 속에서도 총칼 대신 말의 논리를 가지고 조정에서 싸웠다는 것으로 보아 총칼로써 모든 것을 해결했던 봉건시대의 유럽이나 일본에 비하여 그래도 장점이 있었다고 해야 할 것입니다. 우리는 또한 조선 초기에는 조정에 활발한 대화의 기풍이 있었고, 선비들도 두려움 없이 자기 논리를 전개했었다는 것을 압니다. 세종 치하 조정 대신들의 공론의 장이나 집현전 학사들의 세계는 우리의 자랑스러운 대화 문화의 한 모습이었다 할 것입니다.

우리는 해방 후 50년 동안, 특히 군사통치 30년 동안 대화 문화의 불모지대를 살아왔습니다. 거기에는 오직 권력자들이 밀어붙인 사이비 언술言術만이 있었고, 서로 상대방의 말을 경청하고 그 가운데서 일치점을 발견하려고 노력하는 진정한 언술의 대화는 없었습니다. 민주주의를 하려면, 국민이 단합을 하려면, 노사문제를 원만히 해결하려면, 대기업과 중소기업이 협력하려면 지역 대립을 해소하려면, 대화 문화의 발전이 반드시 필요합니다. 그리고 진정한 대화는 경청이란 것을 명심해야 할 것입니다.

비판의 기술

인간의 특징 가운데 하나는 비판 능력에 있다고 할 것입니다. 인간은 비판을 통해서 사물에 대한 가치판단을 했고, 타인과 의사교환을 함으로써 공동체 생활을 발전시켜나갔습니다. 비판은 일정한 원칙 아래 사물을 체계적으로 분석하고 통합해서 잘못을 고치고 새로운 발전의 길을 모색하게 합니다. 비판은 국민들의 의사가 정치에 반영되게 하는 불가결의 매체입니다. 민주주의야말로 비판에 의해 시작되고 비판에 의해 완성됩니다. 제도적 비판의 창구가 없이는 민주주의가 살아남기 어렵습니다.

자유선거, 국회, 언론, 이익 단체 등은 민주사회에서 비판을 효과적으로 진행시키고 국정에 구현시키는 불가결의 기관입니다. 비판이 허용되지 않는 사회는 민주주의를 하지 못합니다. 민주주의를 원치 않는 어느 나라 어느 곳에서건 독재자가 맨 먼저 하는 일은 비판의 창구를 닫아버리는 것입니다.

비록 민주사회가 아니라 하더라도 인류의 역사는 비판을 통해서 발전되어왔습니다. 역사를 볼 때, 우리는 동양사회에서도 비판의 정신과 실행이 아주 두드러졌다는 것을 알 수 있습니다. 중국에서는 지금으로부터 2500년 전의 춘추전국시대에 공자, 노자, 장자, 묵자, 순자, 맹자 등 소위 제자백가들이 일어나서 수백 년 동안 천하를 돌아다니면서 여론을 일으켰습니다.

공자가 활동하던 그 시대에 민중들의 비판을 적극적으로 허용하고 보호해준 뛰어난 한 인물이 있었습니다. 그는 정鄭나라의 자산子産이란 재상이었습니다. 서구의 역사가들도 그를 아주 높이 평가하고 있습니다. 그는 정치와 외교를 썩 잘해서 소국 정나라를 강대국 사이에서 튼튼하게 유지했습니다.

그는 귀족 간의 대립분쟁을 조정하여 정국의 안정을 꾀하고, 백성을 위해 공정한 법치주의를 확립하고, 세제와 토지제도를 개혁하여 귀족과 탐관오리들로부터 힘없는 백성들을 보호해주었습니다. 그는 2500년 전에 이미 미신을 철저히 배격한 합리적인 인간이었습니다.

민본정치, 합리적 개혁, 법치주의, 정의 추구, 미신 배제 등이 그가 펴고자 했던 정치의 기본이었습니다. 그런데 더욱 놀라운 것은 그가 백성들에게 비판의 기회를 자발적으로 만들어주었다는 사실입니다. 그때 농민들은 낮에는 밭에 가서 일하고, 일이 끝난 후 저녁을 먹고 나면 마을의 학교 건물에 모여서 이야기꽃을 피웠습니다. 그 이야기 중에는 정치에 대한 비판도 들어 있었습니다.

그런데 이러한 정치에 대한 비판을 알게 된 자산의 아랫사람들이 백성들의 비판을 봉쇄하기 위해서 학교 문을 닫을 것을 건의했습니다. 그러자 자산은 말했습니다.

"그게 무슨 소린가, 그건 오히려 권장할 일이다. 백성들이 모여서 정치를 비판하면 세 가지 유익이 있다.

하나는 그들이 비판하는 것을 보면 정치의 어느 부분이 잘못되었는가, 백성들의 무엇이 마땅치 않은가를 알 수 있다. 둘째는 그들의 비판에서 정당한 것은 수용해서 시정함으로써 더 악화되기 전에 불만을 제거할 수 있다. 그래야 정치가 안정될 수 있다. 셋째는 그들이 말하는 가운데 우리가 생각지 못한 좋은 방안들을 받아들여 정치를 더욱 효과적으로 발전시킬 수 있다."

우리나라에서도 비판은 매우 중요시되었습니다. 신라나 고려 시대에도 국정에 대한 비판과 논의를 위한 기구와 제도가 있었습니다. 그것은 어사대御史臺라는 이름으로 불렸습니다. 이뿐만 아니라 조선왕조에서는 앞서 언급한 바와 같이 왕과 대신들의 잘못된 정치를 비판하고, 그 시정을 요구하는 정부 내의 기구들, 사간원(司諫院, 임금께 간하는 일을 맡아 보던 관아―편집자 주), 사헌부(司憲府, 정치에 대하여 논의하고, 관리들의 비행을 조사·규탄하며, 풍속을 바로잡던 관청―편집자 주), 홍문관, 성균관 등이 있었습니다. 비록 비생산적인 분야도 있었지만 조선왕조 500년은 비판을 통한 정치의 역사였다고도 할 수 있습니다.

그러나 비판이 생산적으로 수용되어서 국정개선에 공헌하지도 못하고, 비판자들의 안전이 제대로 보장되지 못한 가혹한 당쟁의 풍토 속에서는, 결국 비판정신은 위축되고 명철보신明哲保身의 방관주의만이 지배하게 됩니다.

황희 정승의 이야기가 단적인 예가 될 것입니다. 두 종의 말도 옳고 아내의 말도 옳다는 비판 없는 원만주의가 훌륭한 처세술이고 인격자의 처신이라고까지 평가받게 되었던 것입니다.

해방 후 지금까지 독재적 군사통치가 판을 칠 때 많은 사람들이 비판을 외면했습니다. '나는 야당도 아니고 여당도 아니다. 나는 정치와 관계가 없다'라고 자랑스럽게 말하는 사람을 보아왔습니다. 그러면서 그는 그것이 중립적이고 공정한 태도인 양 점잔을 빼기도 했습니다.

이런 사람들은 악을 악이라고 해서 비판하지 않고 선을 선이라고 해서 격려하지 않겠다는 사람들입니다. 이런 사람들은 황희 정승의 처세훈을 실천하고 있다고 자기합리화를 할지도 모릅니다. 얼핏 보면 공평한 것처럼 보일 수도 있지만, 이런 것이 공평한 것은 아닙니다.

이런 태도는 비판을 함으로써 입게 될 손실을 막기 위해서 자신의 양심을 속이는 기회주의입니다. 이것이 결국 악을 조장하고 선을 좌절시켜왔습니다. 지금까지 군사독재 체제하에서 민주주의와 정의를 위해 싸운 사람들이, 이렇듯 비판을 회피하는 기회주의적인 국민들 때문에 얼마나 많은 좌절감을 느껴왔는지 모릅니다. 그들은 또한 자신의 의도와 관계없이 악한 자들을 가장 크게 도와준 사람입니다. 행동하지 않는 양심은 악의 편이란 말이 바로 여기에 해당될 것입니다.

히틀러의 나치즘이 승리할 수 있었던 것은 그것이 무슨 대단한 힘을 가지고 있어서가 아니었습니다. 나치즘이 나쁜 줄 알면서도 히틀러 앞에서 입을 다물어버린 행동하지 않는 양심 때문이었습니다. 히틀러 집권 당시 독일에 있다가 탈출해 나온 유대인 출신의 피터 드러커Peter Drucker라는 경제학의 대가는 이런 경험을 들려주었습니다.

"히틀러가 집권한 직후, 나치스의 문정관이란 자가 대학에 찾아왔었다. 그는 교수, 강사들을 모아놓고 나치즘의 정책을 위협적으로 설명하면서 협력을 요구했다. 그리고 누구든지 할 말이 있으면 하라고 했다.

그러자 모든 사람들의 시선이 한 사람에게로 집중되었다. 그는 그 대학에서 가장 존경받는 교수로 히틀러에 대해서 가장 비판적인 교수였다. 누구나 의당 그가 나치즘에 대한 비판을 할 것으로 믿었다. 예상대로 그는 발언대에 올라섰다.

그러나 그의 입에서 나온 것은 뜻밖이었다. 비판의 말은 한마디로 없었고, 오직 자기가 속한 과의 연구비가 부족하니 더 증액시켜 달라는 이야기만 했다. 모든 사람들의 마음은 절망과 체념으로 가득 찼다."

히틀러는 이렇게 행동하지 않는 방관자들 때문에 성공할 수 있었던 것입니다.

조선왕조의 일제에 의한 병합, 일제 36년의 차질없는 통치, 해방 후 친일파의 재등장, 이승만과 군부에 의한 독재정치, 그리고 민주주의가 아직도 제대로 뿌리를 내리지 못한 것 등 이 모든 것이 바로 비판 정신의 결여, 즉 행동하지 않는 양심 때문이란 사실을 우리는 부인할 수가 없는 것입니다.

우리는 이승만 전체 정치와 30년 군사 통치하에서 이것을 뼈저리게 느꼈습니다. 물론 모든 사람이 다 감옥에 가고 손해를 보면서까지 비판의 대열에 참가할 수는 없습니다. 그러나 위험과 손해를 무릅쓰지 않으면서도 비판에 동참하고, 일선에서 싸우는 사람들을 도울 수 있는 방법은 많습니다.

우리는 익명으로 정부의 해당 기관이나 신문사에 전화나 편지를 할 수 있습니다. 잘못된 일에 대해서는 협력을 거부함으로써 악이 더 크게 군림하지 못하도록 막을 수 있습니다. 또한 불의와 싸우다 희생된 분들과 그의 가족들을 남몰래 도울 수도 있습니다. 말하자면 뜻이 있는 곳에 길이 있다는 겁니다.

내가 감옥에 갔을 때입니다. 길거리에서 아내를 만난 어떤 분이 눈물을 글썽이며 다가와, "나는 용기가 없어 선생님의 투쟁에 동참하지 못했습니다. 양심이 괴로워서 그러니 이 돈으로 선생님께 모포라도 차입해주시면 고맙겠습니다" 하며 수표 몇 장을 쥐여주고 가더라고 훗날 전해 들었습니다. 또 어떤 분은 내가 차입을 요구한 책을 구해 와서는 "이 책값은 제가 대신 낼 수 있도록 해주십시오"라고 하더랍니다.

경기도 화성 출신인 어떤 분은 온양에 내려가 트럭을 빌려서 트럭 가득 쌀을 사서 우리 집으로 보내왔습니다. 그는 트럭이 도착하기 전에 방문하여 그 사실을 알려주고는 총총히 사라졌습니다. 그가 온양까지 다녀오고, 우리 집에 미리 왔다 간 것은 모두 감시의 눈을 피하기 위해서였던 것입니다.

이처럼 숨어서 자신을 드러내지 않은 채 행동하는 양심이 많이 있습니다. 마음만 먹으면 형편에 맞게 양심을 실천할 길은 많습니다.

비판에도 공적인 비판과 사적인 비판이 있고, 공적인 비판은 당당하게 공개적으로 해야 합니다. 그러나 사적인 비판은 그 방법이 달라야 합니다. 그러나 어떤 비판도 상대를 헐뜯으려는 데 그 목적을 두어서는 안 됩니다. 비판의 목적은 크게는 사회를 바로잡고, 작게는 상대방으로 하여금 잘못을 고쳐서 발전해나가도록 하려는 데 두어야 합니다.

그렇기 때문에 성실하고 공정한 비판 못지않게 중요한 것이 비판의 방법입니다. 특히 개인적인 비판에는 이것이 중요합니다. 비판에도 기술이 필요하기 때문입니다.

비판은 상대방의 마음속에 수용되어야 제 몫의 기능을 합니다. 그렇지 못하면 아무런 유익이 없습니다. 따라서 먼저 상대방이 마음의 문을 열고 받아들일 수 있는 조건을 만들 필요가 있습니다.

나는 비판을 하면서 두 가지 원칙을 지켜왔습니다. 하나는 먼저 상대방의 입장이나 장점을 인정해주는 비판, 그리고 두 번째는 상대방의 인격을 훼손하지 않으면서 하는 비판입니다. 상대방의 입장이나 장점을 인정해주지 않으면, 상대방은 비판을 자기에 대한 비난으로 생각하고 수용해주지 않습니다. 상대방의 인격을 존중하는 비판이 되기 위해서는 다른 사람들 앞에서 비판하지 말아야 한다는 것입니다.

상대방의 인격을 존중하는 비판이 얼마나 중요한가에 대해서 말해보려 합니다. 나는 이것을 일본의 야쿠자 두목의 이야기에서 배웠습니다. 예화가 야쿠자 두목의 이야기가 되어서 어떨지 모르겠습니다만, 지배와 복종의 법칙이 존재하는 살벌한 뒷골목 세계의 이야기이기 때문에 더욱 중요한 면도 없지 않습니다.

이 야쿠자는 도쿠가와德川 막부 말기부터 메이지明治 유신 초기까지 도쿄에서 나고야에 이르는 도가이도東海道 일대를 지배하면서 만 명이 넘는 부하를 거느렸던 신화적인 인물입니다. 그와 그의 부하들의 이야기는 마치 미국의 서부영화처럼 자주 영화화되어 굉장한 인기를 누리고 있습니다. 하루는 그 사람이 정부의 에노모토 부요라는 체신대신을 만났는데, 그 대신이 이렇게 물었다고 합니다.

"나는 수백 명에 불과한 부하 직원을 통솔하기도 어려운데, 자네는 만 명이 넘는 부하를 수족처럼 부린다고 하니 그 비결이 무엇인가?"

야쿠자 두목은 한참 생각하다가 대답을 했는데, 그 대답이 의외로 간단했습니다.

"글쎄요. 별 특별한 비결이란 건 없는데요. 굳이 있다면 나는 남들이 있는 앞에서는 절대로 부하를 꾸짖지 않습니다. 조용히 단둘이 앉아 있을 때만 꾸짖고 이 사실을 남에게 발설하지도 않습니다. 굳이 비결이라고 한다면 그런 정도가 아닌지 싶습니다."

나는 이 이야기를 들은 후, 그 야쿠자 두목의 방법을 내 '비판의 기술'의 항목에 추가해서 철저히 지켜왔습니다. 동지들이 잘한 점은 공개적으로 칭찬하고, 잘못한 점이 발견되면 반드시 단둘만 있는 곳에서 지적했습니다. 그리고 결코 내색하지 않았습니다.

사진으로 보는 김대중

1971년, 대선에 출마한 김대중 후보의 장충단 공원 연설 장면.

1937년 목포 북교 초등학교 시절. 맨 뒷줄 오른쪽에서 네 번째가 소년 김대중.

1942년 목포 상업학교 시절. 현실은 암울했지만 그의 꿈은 크고 이상은 높았다.

1954년 정치 입문 시절의 김대중.

1954년 목포 민의원 선거에 첫 출마한 뒤 찍은 기념사진.

1959년 강원도 인제 선거 당시 거리 유세.

1962년 이희호 여사와 결혼하다.

1969년 효창공원에서 '삼선개헌은 국체의 변혁이다'라는 제목으로 연설하다.

1970년 신민당 대통령 후보 지명전에서 역전승한 뒤 환호하다.

1971년 7대 대선 무렵에 동교동 자택에서 가족과 함께.

1971년 5월 총선 지원유세 중 무안에서 의문의 교통사고를 당한 후
깁스를 한 채 상경하여 유세를 하다.

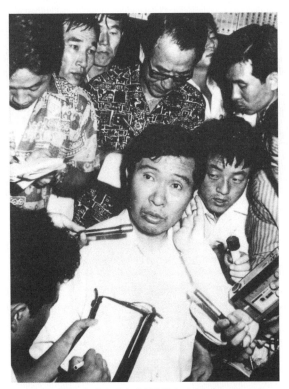

1973년 8월 동경 납치 사건 뒤 생환하여 기자회견을 하는 모습.

1979년 12월 8일 긴급조치 9호 해제와 함께 가택 연금에서 풀려났다.
연금당한 날짜를 X로 표시해둔 달력 앞에서.

1980년 5·18광주민주화운동. 시민들이 '김대중 석방하라'라고 쓴 플래카드를 들고 있다.

1980년 '김대중 내란음모사건' 재판에서 사형선고를 받았다.

1981년 겨울 청주교도소에서.
수인 번호는 9번이었다.

1983년 미국 망명 중 민주회복을 외치며 워싱턴에서 데모를 하다.

1987년 5·18 망월동 묘지를 처음
방문하다. 민주 영령들 앞에서 오열하다.

1987년 보라매공원에서
대선 유세를 하다.

1991년 명동성당에서 김수환 추기경님과 함께.

1993년 영국 유학 시절 이희호 여사와 함께.

정계은퇴 후 영국에서 귀국한 그는 1994년 1월 '아시아-태평양 평화재단'을 설립했다.
그 옆의 코라손 아키노 전 필리핀 대통령이 현판식에 함께했다.

1998년 2월 25일 대한민국 제15대 대통령 취임식.

1998년 팝의 황제 마이클 잭슨이 대통령 취임 축하차 방문했다.
그는 한반도 평화 콘서트를 열기도 했다.

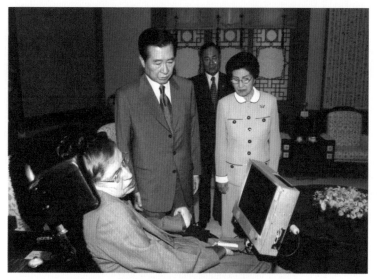

1999년 영국의 스티븐 호킹 박사를 청와대에서 만났다.
그는 영국 케임브리지에서 수학할 때 이웃이었다.

1999년 육사 졸업 및 임관식에서 생도들과 함께.

2000년 새로운 세기를 맞아 '새천년 새희망'이란 휘호를 쓰다.

2000년 6월 14일 김정일 위원장과 남북공동선언문에 합의한 후
목련관에서 기념 촬영을 하다.

2000년 12월 노벨평화상을
수상하다.

2002년 미국 부시 대통령과 경의선
종착역인 도라산역을 방문하다.

2003년 춘사 나운규영화제에서
공로상을 수상하다.

2003년 대통령 퇴임을 앞두고 마지막 국무회의를 마친 후 국무위원들과 함께.

2006년 12월 김대중도서관 전시실에서 노무현 대통령에게 전시물을 설명하다.

2009년 4월 하의도의 큰바위얼굴 앞에서 이희호 여사와 함께.

꼭 그것 때문만은 아니겠지만, 나의 동지들은 매우 긴 세월 말 못할 고통과 박해를 견뎌오면서도 거의 전부 나와 운명을 함께해왔습니다. 비판이 있는 곳에 시정이 있고, 전진적인 발전이 있습니다.

10년쯤 한 우물을 파라

나는 1954년에 목포에서 처음으로 국회의원에 출마했습니다. 당시 선거의 승패를 좌우하던 노동조합이 나를 지지하고 있었기 때문에 나의 당선은 상당히 유력했습니다. 그런데 그 당시 노동조합은 자유당의 기간단체로 되어 있었습니다. 그러므로 노조가 나를 지지하는 것은 자유당 입장에서 볼 때 일종의 반역행위였습니다.

자유당 정권의 경찰은 노조의 간부들을 체포하여 그들을 협박해서 나를 지지하지 못하게 했을 뿐 아니라, 노동자들이 집합한 장소에 간부들을 동행하게 하여 자유당 후보 지지를 호소하도록 위협했습니다. 이런 사정을 알 리가 없었던 노동자들은 간부들의 말을 듣고 동요하였습니다. 이렇게 하는 바람에 나는 실패하고 말았습니다. 첫 번째 정치 입문과 함께 나의 시련은 시작되었던 것입니다.

그로부터 4년 후인 1958년 4대 국회의원 선거 때는 목포에 야당 국회의원이 있었기 때문에 내가 공천을 넘볼 수 없는 형편이었습니다. 나는 선거구민의 80%가 군인인 강원도 인제에서 출마하기로 했습니다. 그곳은 나와 전혀 연고가 없는 지역이었습니다. 내가 인제를 택한 것은 그곳이 군인 지역이었기 때문입니다. 당시만 해도 군인들은 부재자 투표를 하지 않고 현지 투표를 했고, 대부분의 사병들은 확실한 야당 지지자들이었습니다.

그런데 내가 택한 그 지방에서 야당이 출마한 것은 그때가 처음이었습니다. 그곳은 최전방 지대였기 때문에 야당 노릇하기가 역적질하기만큼 어려웠습니다. 그러나 선거만 제대로 할 수 있으면 장병들의 거의 대부분이 그 당시 민주당을 지지했기 때문에 민주당 후보인 나의 당선은 따놓은 당상이나 마찬가지였습니다.

드디어 선거 공고가 나고, 나는 후보 등록을 마쳤습니다. 그런데 다음 날 선거 사무실에 나가 보니, 먼저 등록한 자유당 후보의 추천자와 나의 추천자가 중복되었다는 것입니다. 그런데 자유당 후보가 먼저 등록했기 때문에 이중 추천을 한 나의 추천자는 무효가 된다는 것이었습니다. 그래서 이중 추천자를 빼고 나면 법정 추천자가 모자라기 때문에 등록 공고를 할 수 없다는 것이었습니다.

그런데 여기에 음모가 숨어 있었습니다. 그 전날 밤에 선거관리를 맡아본 군의 내무과장과 자유당 후보 측이 같이 짜고서 나의 등록무효 작업을 했던 것입니다. 즉, 나의 추천자들의 이름을 베껴서 밤중에 그들에게 찾아가 자유당 후보자의 추천을 받고 이들을 자유당 후보의 추천등록 서류 속에 삽입했습니다. 이렇게 해서 자유당 후보의 추천자를 나의 추천자와 고의로 중복시켰던 것입니다.

그러나 이것은 후일에 안 것이고, 나는 급히 추천인을 다시 채워야 했습니다. 그런데 이번에는 경찰과 군에서 군내의 민간인 도장을 모조리 거두어 가버렸습니다. 나의 추천서에 지지 서명을 하지 못하도록 말입니다.

그러나 나는 단념하지 않았습니다. 다시 부족한 40~50명의 추천을 받으면서 그들이 도장이 없으니까 내가 파서 사용해도 좋다는 승낙서도 같이 받았던 것입니다. 그리고 이 추천인들의 도장을 호박 꼭지로도 파서 쓰고, 등사원지에 이름을 새긴 다음 인주를 비벼서 도장으로 사용하기도 했습니다.

이것이 그 유명한 호박 꼭지 도장까지 출현하게 된 사연입니다. 이번에는 되었나 했더니 또 다른 트집이 나왔습니다. 즉 당사자들이 정말로 추천했는지 확인할 때까지는 인정할 수 없다면서 나의 등록을 취소시켜버렸습니다. 그때 선거관리 위원장은 등기소 소장이었는데 이분은 형식적 요건이 갖춰졌으니 등록을 인정해야 한다, 등록취소는 부당하다고 했습니다.

그러나 군과 경찰서의 위력으로 결국 등록은 취소되고, 나는 기호 추천장에서 경찰관에게 끌려나왔습니다. 그때 자유당 후보는 경찰관들 면전에다 "이 새끼들아 뭘 하냐, 빨리 끌어내라"라고 고래고래 악을 쓰는 것이었습니다. 나는 결국 강제로 끌려나오고 말았습니다.

그 후 나는 결국 법정 투쟁을 벌였습니다. 내 사건을 담당한 대법관은 김세완이라는 강직한 법관이었는데 그분의 용기 있는 판결의 덕택으로 1년 만에 승소하여 보궐선거를 하게 되었습니다. 그것은 1959년의 여름이었습니다. 그런데 이 보궐선거 또한 불법 선거의 극치였습니다. 한마디로 말해서 다음에 있을 1960년의 3·15

부정선거의 예행연습이나 마찬가지였습니다.

유권자의 80%나 되는 군인들을 막사에서 내보내지 않은 데다가 나의 연설을 듣지도, 선전물을 보지도 못하게 만들었습니다. 거기다 투표일에는 중대장과 대대장이 지켜보는 앞에서 일일이 공개투표를 해야 했습니다. 나를 찍은 사람의 표는 투표함 속으로 들어가지 못했습니다. 나는 당연히 낙선했습니다. 세 번째 좌절이었습니다.

그런데 당시 기가 막히는 일이 하나 있어서 여기 소개할까 합니다. 1959년 보궐선거 때였습니다. 전남 광양 출신의 한 친구가 자유당 후보의 지원 유세에 나타난 것입니다. 지도를 보면 알겠지만, 광양은 같은 전남이지만 내 고향인 목포와는 타도만큼이나 떨어진 곳입니다. 그리고 그 친구는 나와 생면부지였습니다. 그런데 그 친구는 지원 유세를 다니며 이렇게 말했습니다.

"여러분, 김대중 후보는 틀림없이 빨갱이입니다. 그는 나와 같은 전남 출신으로 고추 마주잡고 자란 죽마고우입니다. 그러니 제가 그를 얼마나 잘 알겠습니까? 아니 그가 빨갱이가 아니라면 강원도 인제까지 와서 친구를 해코지할 까닭이 있겠습니까? 내 말을 믿어주십시오. 나는 속으로 눈물을 흘리며 나라를 위해 이 말을 합니다. 아무리 친구라 해도, 아무리 친형제라 하더라도 공산당이 대한민국의 국회의원이 되는 것을 묵인할 수는 없습니다."

그는 희한하게도 울고 싶을 때 울 수 있는 능력을 가진 친구였습니다. 진짜로 눈물을 줄줄 흘리며 연설을 하고 다녔습니다. 가뜩이나 어려운 선거판에 그 친구는 상황을 더욱 어렵게 만들었습니다.

4·19 후에 이런 터무니없는 짓을 한 그에게 나는 아무런 보복도 하지 않았습니다. 오히려 주위의 처벌 요구를 만류했습니다. 당시 나의 심정으로는 아무런 일도 하기 싫었습니다.

그런데 그는 그 후 박정희 씨의 총애를 받아 공화당 국회의원이 되었습니다. 1973년 내가 납치되어 돌아왔을 때, 그는 국회에서 "김대중이 미국에서 호화 주택을 구입했다. 납치 사건은 자작, 자연自演의 혐의가 크다. 해외에서 친북활동을 했다"라고 하며 또다시 공격해댔습니다. 참 알다가도 모를 위인입니다.

몇 년 전 국회에서 다시 만났을 때 그는 "미안하다"라고 용서를 빌었습니다. 나는 쓸쓸레 웃고 말았습니다.

1960년 4·19가 일어났습니다. 이번에는 누워만 있어도 당선이 확실했습니다. 그런데 민주당 내 구파舊派 쪽에서 자유당과 야합하여 갑자기 부재자 투표제도를 만들어버렸습니다. 그 이유는 전방 일선 지역은 모두 장면 박사를 지지하는 신파新派 쪽 사람들이 지구당을 가지고 있었는데, 만일 그들이 군인들의 지지를 받아 국회에 들어가게 되면 총리 투표를 할 때 자신들에게 불리하다는 판단 아래 그런 일을 꾸민 것입니다.

결국 나는 80%나 되는 나의 지지 유권자를 순식간에 잃어버렸습니다. 그래도 나는 최선을 다했고, 선전했습니다. 여섯 개 면 가운데 다섯 개 면에서 이기고도 민간인이 대부분인 한 개 면에서 무더기표가 나와 근소한 차로 다시 낙선하고 말았습니다. 네 번째 도전에서 또 실패한 것입니다. 나는 거의 기진맥진한 상태가 되었습니다.

그런데 인제에서 당선된 사람이 그전에 경찰서장을 하던 사람이었습니다. 그는 당선되고 얼마 안 있어 3·15 부정 선거의 책임을 지고 물러났습니다. 그 때문에 다시 보궐선거가 치러졌는데, 거기서 나는 비로소 국회의원에 당선되었습니다. 그러나 당선된 지 이틀 만에 5·16이 일어났습니다. 5대 국회가 해산되었습니다. 나는 선거에서 당선되었지만 국회의사당에 들어가보지도 못했습니다.

5·16 세력들은 나를 구정권의 간부라는 이유로 구속했습니다. 나는 당시 민주당 정권 대변인이었던 것입니다. 3개월 동안 온갖 조사를 받았지만, 아무런 잘못이 없어서 무혐의로 석방되었습니다. 그러나 군사정권은 과거 정치인들을 '구악세력舊惡勢力'으로 몰아서 정치정화법에 묶었습니다. 8년 동안 6대와 7대 국회의원 선거에 출마할 수 없다는 것이었습니다. 참으로 암담한 시절이었습니다.

그러던 차에 유혹의 손길이 뻗쳐왔습니다. 어느 날 중앙정보부의 국장이라는 사람이 나를 만나자고 해서 나갔더니, 난데없이 날더러 창당 준비 중인 공화당에 참여하라는 것이었습니다. 그러면 정치정화법에 묶여 있는 나를 풀어주겠다고 했습니다.

참으로 간절하게 국회의원이 되기를 바라고 있던 나에게 그 제안은 가장 큰 유혹인 동시에 위협이었습니다. 그러나 나는 그 유혹에 굴복할 수 없었습니다. 어제까지 민주당 대변인으로서 장면 정권을 위해 일하던 내가, 하루 아침에 변심하여 장면 정권을 타도한 그 사람들에게 협력할 수는 없는 일이었습니다.

이 점을 나는 분명히 밝히면서 정치를 못하면 못했지 그렇게는 하지 않겠다고 말했습니다. 온종일 끈질기게 설득했음에도 불구하고 끝내 굴복하지 않자, 나를 방에서 내보내며 등 뒤로 입에 담지 못할 욕설을 퍼붓기까지 했습니다.

다행히도 그 후 미국 등 세계의 여론과 압력에 밀려 정치정화법의 제한이 풀려서 6대 선거에 출마할 수 있었습니다. 나는 목포에서 출마했습니다. 그때도 부정선거의 음모가 있었지만 나승원 경사의 폭로 덕분으로 당당하게 당선될 수 있었습니다.

여섯 번째 도전 끝에 이룬 성과였고, 첫 출마 이후 10년 만에 거둔 기쁨이었습니다. 여기까지 오는 동안에 나는 그 좋던 살림을 모두 탕진하고 셋집을 전전하면서 그야말로 의식衣食에도 고통을 받는 형편이 되었습니다. 자유당 말기에 야당 국회의원들이 줄지어 여당으로 넘어갔고, 나에게도 막대한 금액의 유혹이 있었지만, 끝내 극복하고 야당 국회의원이 된 것입니다.

내가 나의 이력을 장황하게 늘어놓는 이유는 다른 데 있지 않습니다. 누구든지 10년만 한 우물을 파면, 특별한 경우를 제외하고는 반드시 그 목표를 달성할 수 있다는 나의 산 체험을 이 책을 읽는 분들에게 나눠주고 싶어서입니다.

이미 말한 대로 나는 그 10년 동안 수많은 억압과 참기 힘든 빈곤을 견뎌야 했습니다. 선거를 한 번 치르면 기둥뿌리가 뽑힌다고 합니다. 그런데 나는 그 선거를 여섯 번이나 치렀습니다. 더욱이 가정적으로는 아내와 누이동생이 세상을 떠나는 불행이 겹쳤습니다. 그러나 나는 한 우물 파기를 멈추지 않았습니다.

내가 지친 나머지 그 어디쯤에서 우물 파는 일을 중단했다면, 지금 나의 운명은 전혀 다르게 전개되었을 겁니다. 그리고 이런 책을 여러분 앞에 내놓을 입장도 못 되었을 겁니다.

세상에는 아까운 재주를 가지고도 한 우물을 파지 못해 아무것도 못 이룬 사람이 참 많습니다. 아니, 재주가 좋은 사람이 자기 재주에 속아서 자주 이 우물 저 우물을 기웃거립니다. 그 결과 어느 한 우물도 제대로 파지를 못합니다.

그러나 좀 둔하더라도 한 우물을 파서 성공한 사람이 우리 주변에 얼마나 많습니까? 그들 중엔 재벌도 있고, 정치적 지도자도 있고, 변호사, 의사도 있습니다. 그렇게 냉대받던 국악인, 무당, 악공들도 평생 한 우물을 판 결과 인간문화재까지 되기도 합니다.

진로 문제로 고민하는 요즘 젊은이들에게 나의 경험담과 함께 꼭 들려주고 싶은 말은 10년을 한 우물을 파겠다는 심정으로 일하라는 것입니다. 그 정도의 진득함이 있어야 합니다. 그래야 승부가 납니다. 내 말은 그저 막연히 한 직장에서 죽은 듯 붙어 있으라는 뜻이 아닙니다. 자기가 파둔 구덩이 속에 들어가 주저앉아 있다고 해서 물이 나오지 않습니다. 끈질기게 우물을 파야 합니다. 10년을 열심히 파면 수맥은 반드시 나오게 마련인 것입니다.

따라서 처음 무슨 일을 시작할 때는 이 일은 내 적성에 맞는가, 가능성이 있는가, 장래 전망은 어떤가 등을 충분히 검토해야 합니다. 그러나 일단 결정하면 그때부터는 다른 데 기웃거리지 말고 적어도 10년을 목표로 해서 전력을 다해 뛰어야 합니다. 그러면 누구나 정도 이상의 성공을 거둘 수 있을 것이라고 확신합니다. 사실 어떤 일이든 한 10년쯤은 해야 전문성도 갖추게 되는 것입니다.

나의 주위에는 온갖 희생을 무릅쓰고 헌신적으로 일해온 동지들이 많이 있습니다. 그들은 감옥살이도 했고, 고문도 당했고, 가난과 천대에 시달리기도 했습니다. 그러나 그들은 흔들리지 않았습니다. 그리하여 지금 그들 중 20여 명이 국회의원이 되었습니다. 모두 10년 넘게 한 우물을 판 결과인 것입니다. 나는 그들을 볼 때마다 인간승리의 표본을 보는 것 같아 기쁜 마음을 감추지 못합니다.

성공한 사람들은 모두 한 우물을 판 사람들입니다. 그들 또한 중간중간에 포기하고 싶은 유혹도 받았고, 다른 우물을 기웃거려보고 싶은 유혹도 받았을 것입니다. 유혹이 없을 수 없습니다. 그러나 그 유혹을 뿌리치고 자기 일에 매달렸기 때문에 오늘의 성공을 이룰 수 있었던 것입니다.

성공을 바라는 젊은이들에게 말하고 싶습니다. 성공하길 원한다면 먼저 목표를 바르게 세우십시오. 그리고 목표가 서면 흔들리지 말고, 10년간 한 우물을 파겠다는 심정으로 밀고 나가십시오. 그러면 당신은 그 목표를 달성할 수 있을 것입니다. 설사 목표를 달성하지 못했더라도 그러한 당신의 자세만으로도 인생에 있어서 성공 이상의 값진 그 무엇을 얻은 것입니다.

정치는 예술이다

4

사람 섬기기를 하늘같이

1848년 카를 마르크스가 '공산당 선언'을 발표한 이래 세계는 150년 동안 자본주의와 사회주의 간의 치열한 경쟁과 투쟁의 장이 었습니다. 그리고 이제 그 투쟁의 역사는 끝이 났습니다. 사회주의 의 종주국이었던 구소련과 동구권이 무너지고 몇 남지 않은 공산 국가들도 탈공산주의의 길을 걷고 있습니다.

많은 사람들은 자본주의가 승리하고 사회주의가 패배했다고 말 하고 싶어 합니다. 그러나 나의 생각은 다릅니다. 오늘날 많은 공 산국가들이 몰락한 것은, 그들 나라들이 사회주의를 했기 때문이 아니라 민주주의를 하지 않았기 때문입니다. 사회주의가 패배한 것이 아니라 민주주의를 하지 않은 독재적 사회주의가 패배한 것 입니다.

사회주의만이 아니라 자본주의 국가 중에서도 몰락한 나라는 얼 마든지 있습니다. 독일의 나치즘과 일본의 군국주의는 그 대표적 인 예입니다. 그 나라들 역시 독재적인 독재 자본주의에 매달려서 민주주의를 하지 않은 나라들입니다.

문제는 민주주의입니다. 민주주의를 하고 있는 나라는 자본주의든 사회주의든 다 같이 성공했습니다. 서구 사회의 자본주의와 서구 사회의 민주적 사회주의가 이를 증명합니다.

그러면 왜 민주주의를 하는 나라는 승리하고, 민주주의를 하지 않은 나라는 몰락하는 것일까? 그 이유는 명백합니다.

민주주의를 하면, 국민들의 비판과 요구가 상부에 전달됩니다. 그리고 그 비판이 정당하게 수용되지 못하고, 요구가 실현되지 않으면 국민은 선거를 통해서 정권을 바꾸어버립니다. 요새 흔히 말하는 정치의 피드백 작용이 원활하게 이루어진다는 것입니다. 그러나 독재하에서는 의사가 위에서 밑으로 내려올 뿐 밑에서 위로 올라가지 못하고 정권을 바꿀 길도 없습니다.

그리하여 국민은 독재와 공포 속에서 얻은 처세로 만사에 있어 면종복배를 일삼게 됩니다. 겉으로는 "우리 공산당 만세! 우리 지도자 만세!"라고 환호하고 몇 퍼센트 초과 달성이라고 떠들지만, 실제로는 열심히 일하지도 않고 좋은 물건을 만들지도 않습니다. 따라서 국제 경쟁에서 완전히 패배하고 맙니다.

이러한 악순환 속에 경제가 붕괴되는 것입니다. 결국 무소불위의 공산정권도 그 막강한 군대와 비밀경찰을 가지고도 총 한번 못 쏘아보고 망하고 만 것입니다.

다시 말합니다. 20세기의 역사는 사회주의에 대한 자본주의의 승리가 아니라 독재에 대한 민주주의의 승리의 역사입니다.

이상이 지난 91년 9월에 모스크바 대학에서 행한 나의 강연의 요지입니다. 이러한 강연은 그 당시 공산당의 몰락이 사회주의의 몰락이라는 단순한 도식에 젖어 있던 러시아 사람들에게 큰 충격을 주었습니다. 당시의 총장인 로그노프 박사는 "이러한 생각은 처음 들어봤다. 우리의 눈을 새롭게 뜨게 한다. 이런 분이 앞으로도 우리 대학에서 자주 강연할 수 있으면 좋겠다"라고 말하며, 나를 모스크바 대학 평생 명예교수로 선임해주었습니다. 그 후 그 대학에서는 나에게 영빈관을 제공하며 매년 1개월씩만 와서 강연해줄 것을 요청하였습니다.

그런데 혹자는 민주주의는 서구 사회에 맞는 제도이지 동양 사회에는 맞지 않는 것이 아니냐 하는 의문을 던집니다.

실제로 1983년 미국 망명 시절, 하버드대에 있었을 때 나는 한 강연에서 이런 질문을 받았습니다.

"당신은 지금 망명까지 하면서 자기 나라의 민주주의를 위해서 싸우고 있는데, 그것이 과연 가능한가? 민주주의는 서구 사회의 산물이다. 한국의 전통에는 민주주의의 요소가 없지 않은가? 더욱이 한국은 유교의 영향이 강한 나라이기 때문에 민주주의의 가능성이 희박하다고 생각하는데, 당신의 견해는 어떠한가?"

그 후에도 여러 차례 이런 질문을 받았습니다. 하버드대의 법률 센터에서는 아예 이 주제를 가지고 연설을 하였습니다. '한국의 전통문화와 민주주의'라는 제목의 강연이었습니다.

결론부터 말하면, 우리 민족의 전통에는 민주주의를 할 수 있는 요소가 넘치도록 많다는 것입니다. 우리 민족의 역사 속에서 민주주의의 맹아萌芽를 얼마든지 찾아낼 수 있었습니다.

첫째로, 단군 신화를 비롯한 우리 민족의 건국설화들 속에서 민주주의의 근본 정신의 하나인 민본 정신을 엿볼 수 있습니다. 단군 신화에 나오는 홍익인간의 사상은 백성을 근본으로 해야 한다는 생각을 담고 있습니다.

신라나 가야의 건국설화들을 보면 백성들이 모여 왕을 추대합니다. 이것은 다른 어떤 나라의 건국설화에서도 찾아보기 힘든 예입니다. 힘으로 정복하여 왕조를 세운다는 세계 각국의 대부분의 건국설화와 비교해볼 때, 그 특이함이 눈에 띕니다. 외국만이 아니라, 우리의 고구려와 백제의 건국설화도 북방 기마 민족에 의한 정복 왕조의 설화입니다. 이에 비해 가야와 신라의 건국설화는 민주주의적 싹이 함축되어 있는 주목할 만한 대목입니다.

동학은 '사람이 곧 하늘'이라는 인내천人乃天과 '사람 섬기기를 하늘 섬기듯 하라'는 사인여천事人如天을 기본 사상으로 하고 있습니다. 민주주의의 핵심인 국민주권of the people의 생각에 이만큼 일치하는 사상은 또 없을 것입니다.

조광조, 이율곡 같은 분들은 '언론의 길이 열리고 닫힘에 따라서 나라의 흥망이 결정된다[言路開塞興亡所係]'는 사상을 치국의 핵심으로 삼았습니다. 그리고 조선왕조 500년을 통해서 왕과 정부의 권력자들은 사간원, 사헌부, 홍문관, 성균관을 통해서 계속 견제를 받았습니다.

둘째로, 최근 100년의 역사만 보더라도 권위주의에 맞서 싸운 투쟁의 기록이 선명합니다. 1894년의 동학혁명은 반봉건, 반외세의 찬란한 민주 투쟁이었고 서재필 박사의 독립협회 운동은 민주 개혁 운동의 모범이었습니다. 조선왕조가 망한 지 9년 만에 일어난 3·1 운동에서 왕정복고를 주장하는 사람이 거의 없었고, 민주 공화국의 수립에 의견의 일치를 보였다는 사실은 프랑스가 대혁명 후에도 근 200년 동안 끈질긴 왕정복고의 역사를 거듭했던 것과 비교해보더라도 놀라운 일이 아닐 수 없습니다. 상해 임시정부의 대한민국은 대한민주공화국의 약칭인 것입니다.

1950년 한국전쟁에서 우리 국민이 목숨을 바치며 싸운 것은 공산주의로부터 민주주의를 지키기 위해서였습니다. 더욱이 전쟁의 와중에서도 국회가 열리고 언론이 정부를 자유롭게 비판할 수 있었습니다. 그리고 국민은 국회의 투쟁과 비판에 박수까지 보냈다는 사실입니다.

그 당시 우리는 지금처럼 국가보안법은 물론 안기부, 향토예비군, 민방위 제도도 없었습니다.

그러나 온 국민이 힘을 합쳐 공산주의와 싸운 것은 이러한 자유를 지키기 위해서였던 것입니다.

1960년의 4·19 혁명, 1979년의 부마항쟁, 그리고 1980년의 광주 민중항쟁 등이 모두 한결같이 철저한 민주 정신에 입각한 투쟁이었습니다. 많은 희생자들이 생겨났지만, 그러한 투쟁과 희생을 통해 우리의 민주주의는 이 땅에 착실히 뿌리를 내려온 것입니다.

셋째, 민주주의에 있어 필요불가결한 개인의 인권과 눌린 자의 권리 등을 얻어내기 위한 투쟁의 흔적이 우리 역사의 곳곳에 산재해 있습니다. 만적의 난, 충주 노예 반란,《홍길동전》을 통한 허균의 저항, 진주민란, 홍경래의 난, 최수운의 동학, 전봉준의 동학혁명, 서재필의 독립협회 등 이루 헤아릴 수 없이 많은 자료를 제시할 수 있습니다. 이들은 한결같이 천부적 인권의 획득을 위해 싸운 사람들입니다.

이름 없는 광대와 장돌뱅이들이 만든 '판소리 춘향전'에도 춘향이의 인권의 주장과 투쟁이 선명히 부각되고 있습니다. "기생도 사람이다"라고 춘향은 말합니다.

"기생은 자기 낭군에 대한 절개를 지킬 권리도 없단 말인가. 양반이라고 해서 남의 유부녀를 멋대로 겁탈해도 좋다는 법이 어디 있는가."

참으로 장대한 인권과 여권의 선언이며 목숨을 바친 저항이라 하지 않을 수 없습니다. 더욱이 거기에는 그 당시 민중들의 자유연애관이 분명히 드러나는데, 이 도령과 춘향의 첫날밤 사랑의 장면에 잘 나타나 있습니다.

흔히들 춘향전을 '한국의 로미오와 줄리엣'이라고 말합니다. 그러나 춘향전은 훨씬 차원이 높습니다. 거기에는 단순히 사랑 이야기만이 아니라, 우리 민중들의 인권과 저항이 담겨 있습니다. 로미오와 줄리엣은 그들의 사랑에 대한 외부의 간섭에 좌절되어 목숨을 버리지만, 춘향이는 끝까지 싸워서 사랑의 승리를 쟁취해냅니다. 이것만으로도 로미오와 줄리엣은 춘향전에 비교가 되지 않습니다. 그리고 춘향전에는 신분과 가문을 뛰어넘는 민중들의 갈망이 표시되고 있기도 합니다.

넷째로, 조선왕조 500년을 지배하던 유교의 근본 정신은 민본주의였습니다. 따라서 흔히들 생각하는 것처럼 유교적 전통을 가진 나라가 민주주의에 친숙하지 않다는 주장은 잘못된 것입니다. '민심이 곧 천심이다'라든가 '순천자는 흥하고 역천자는 망한다[順天者興 逆天者亡]' 등의 말들에 잘 나타나 있듯이 유교의 민본주의는 바로 링컨이 말한 '국민을 위한 정치for the people'와 상통합니다.

더욱 놀라운 것은 맹자의 주장입니다. 맹자는 말합니다. 임금은 하늘의 아들이다[天子]. 천자는 하늘을 대신해서 백성에게 선정을 베풀 사명을 받았다. 그런데 천자가 하늘의 뜻을 어기고 백성에게 학정을 한다면 백성은 들고일어나서 임금을 쫓아내고[放伐] 새로운 임금을 들여올[易姓革命] 권리가 있다고 했습니다.

이것은 1990년 후에 존 로크가 말한 사회계약론과 다름이 없습니다. 우리는 여기서 당당한 민주주의의 뿌리를 보게 됩니다. 덕을 잃고 학정을 일삼는 군주는 쳐서 내쫓아야 한다는 맹자의 방벌론放伐論이 바로 이 정신을 담고 있습니다.

다섯째, 조선조 500년 동안 표현의 자유는 최고의 가치로서 매우 존중되어왔습니다. 정부 기구에도 사간원과 사헌부 등이 있었습니다. 이들 기구는 왕과 정부 고관들의 잘못을 지적하고 시정을 요구하며 심지어 규탄까지 할 수 있었습니다. 사관史官들이 쓴 역사의 기록은 왕이라도 볼 수가 없었다고 합니다.

성균관의 학생들은 언제든지 왕궁 앞에 가서 정부의 잘못된 정책과 국정에 대해 항의하고 시정을 요구할 수 있었습니다. 바로 오늘날 학생 시위인 것입니다. 모든 선비들은 왕에게 상소할 수 있었고, 왕은 그 문제에 대해 반드시 비답批答을 내려야 했습니다. 백성들은 억울한 일이 있을 때 신문고를 쳐서 이것을 직접 호소할 수 있게 했습니다.

여섯째로, 유교 체제에서는 인재 등용의 필수적 관문으로 과거제도라는 것이 있었습니다. 자손 대대로 조상의 직위와 권한을 물려받는 서양의 봉건제도를 생각하면 이 제도가 얼마나 민주적인지를 알 수 있을 것입니다. 우리나라에서는 비록 영의정의 아들이라고 하더라도 과거에 합격하지 못하면 벼슬을 할 수 없었습니다.

일곱째, 우리나라에서는 고려 중엽 약 88년 동안의 무인정치와 최근 5·16 쿠데타 이후의 30년 군사정권을 빼면 지금까지 신라 통일 이래 무인 정치가 행해진 적이 한 번도 없었습니다. 본래 무인이었던 왕건이나 이성계도 집권하자 바로 문민정치를 폈습니다. 이것도 민주정치의 큰 바탕이라 할 것입니다.

여덟째는, 우리나라 국민의 교육 수준입니다. 오늘날 한국의 교육열과 교육 수준이 세계의 정상급에 있다는 점은 잘 알려진 사실입니다. 민주주의는 국민의 일정 이상의 교육수준 없이는 창출될 수 없으며, 교육받는 국민만이 주권의식과 책임의식을 통해서 민주주의를 지켜나갑니다.

아홉 번째로, 우리나라에서는 일종의 지방자치제가 오래전부터 있어왔습니다. 관혼상제 때 서로 상부상조하며 자체적으로 질서와 규범을 만들어 시행함으로써 각 지방마다 자치제를 발전시켜왔습니다. 그런 이유로 국민들의 일상생활을 지배한 것은 중앙정부의 관리보다는 지방의 자치적인 규율과 관행이었습니다.

거기에는 향약鄕約이란 것이 있었는데 이것은 미풍양속의 권장,

잘못된 행동에 대한 상호견제, 정중한 습관을 통한 이웃 관계의 강화, 어려운 일에 있어서의 상호부조를 위한 규약이었습니다. 이로 인하여 가지가지의 비정과 정권의 부패에도 불구하고 우리 사회의 뿌리는 튼튼히 유지되어온 것입니다. 풀뿌리 민주주의by the people 의 싹이라고나 할까요.

물론 위에서 열거한 요소들이 국민 주권과 국민의 참여에 의한 근대적 의미의 민주주의를 그대로 구현하고 있다는 뜻은 아닙니다. 내가 말하려고 하는 것은 우리 민족이 결코 민주주의와 상관없는 민족이 아니라는 사실입니다. 우리 역사 속에는 민주주의적 원리와 요소들이 엄연히 존재하고 있습니다. 우리에게 부족했던 것은 민주주의의 원리보다는 그 제도를 미처 발견하지 못했다는 사실입니다. 길은 있었던 것입니다. 다만 차가 없었을 뿐입니다.

길이 있는 곳이면 차는 언제든지 달릴 수 있습니다. 말하자면 우리는 민주주의라는 차가 달릴 수 있는 길을 이미 가지고 있었던 것입니다. 만일 길이 없었다면 차가 들어왔어도 달릴 수 없었을 것입니다. 그리고 차를 가졌어도 운전할 수 있는 소질이 없다면 달리게 할 수 없듯이 우리가 민주주의를 할 수 있는 가능성이 없었다면 지금처럼 달릴 수는 없었을 것입니다. 우리에게 민주주의라는 차를 가져다준 것은 서구 사람들이지만, 그 차를 운전해서 우리의 길을 달리게 한 것은 바로 우리들 자신입니다.

민주주의는 인류 역사 이래 인간이 창조해낸 정치제도 중에서 가장 탁월하고 훌륭한 제도입니다. 적어도 아직까지는 그러합니다. 모르긴 해도 앞으로도 이보다 나은 제도가 생길 것 같지는 않습니다. 따라서 우리는 민주주의를 이 땅에 완전히 정착시킬 수 있도록 노력해야 합니다. 민주주의의 핵심은 국민에 의한 정치입니다.

아무리 좋은 정치라고 해도 국민의 참여에 의하지 않는 정치는 민주주의라고 부를 수 없습니다. 우리는 군왕이나 지배자가 행하는 어떠한 선의의 통치에 대해서도 민주주의라는 이름을 붙이지 않습니다. 세종대왕의 정치를 선정이라고 하지만, 민주주의라고 하지 않는 이유가 거기 있습니다.

20세기는 인류가 역사상 처음으로 가져보는 민주주의가 보편화된 세기입니다. 그러나 20세기의 민주주의는 아직도 자기 나라에서만 시행되는 국민국가 내부의 민주주의입니다. 따라서 민주주의 국가라 하더라도 자기 나라의 이익을 위해서는 다른 나라를 얼마든지 희생해왔습니다. 그러나 이제 그런 국민국가 수준의 민주주의는 새로운 발전을 해야 합니다. 모든 민족, 모든 국가의 인권과 행복이 똑같이 보장돼야 합니다.

그리고 지구상에 존재하는 모든 존재들, 나무와 풀과 동물과 물고기와 날짐승과 공기와 흙의 생존권이 보장돼야 합니다. 나는 영국의 케임브리지 대학에 있을 때, 이러한 민주주의의 형태에 대해서 케임브리지대의 석학인 앤서니 기든스와 존 던 등과 같이 논의한 일이 있습니다. 기든스 교수는 이 새로운 민주주의를 코스모폴리탄 데모크라시Cosmopolitan Democracy라고 명명할 것을 고려 중이라고 말했습니다. 나는 그보다는 글로벌 데모크라시Global Democracy가 어떻겠느냐고 제안했습니다.

아무튼 이제 민주주의는 하느님이 창조한 이 지상의 모든 존재와 같이 각기 그들의 주권과 생존권을 보장하는 가운데, 같이 살고 같이 번영해나가는 한 차원 높은 민주주의로 발전해나가야 할 것입니다.

정치는 흙탕물 속에 핀 연꽃

40여 년 정치를 해오는 동안 나는 정치와 정치인에 대해 부정적인 비난과 매도를 접할 때 가장 마음이 아팠습니다.

우리의 언론이나 학자들 상당수 사람들이 정치의 잘못된 면만을 보려는 경향이 있습니다. 물론 우리 정치가 제대로 역할을 다하지 못한 것은 사실입니다. 지난 6공 말기까지 민주당 정권 1년을 빼면 이 나라에서 제대로 민주주의를 한 역사가 없습니다. 국민들의 인권과 생존권이 짓밟혀왔습니다. 정치는 부패할 대로 부패해왔습니다. 거기다 자질이 의심스러운 정치인들이 추태를 보인 예도 너무나 많았습니다.

그러나 그렇기 때문에 정치 자체가 나쁘다거나 정치인 모두가 도둑놈이란 논리를 전개하는 것은 옳지 않습니다. 그것은 마치 일부 종교인이 저지른 잘못을 가지고 그 종교 자체를 매도하는 것과 같은 태도입니다.

정치는 언제나 양면성을 갖습니다. 정치를 하는 사람이 악하거나 불결할 수는 있습니다. 하지만 그것이 정치 자체가 악하거나 불결하다는 증거가 되지는 못합니다. 왜냐하면 나쁜 사람이나 사회의 추한 면을 없앨 수 있는 것도 정치이기 때문입니다. 정치는 부패할 수 있습니다. 그러나 우리 사회의 부패를 척결할 수 있는 것도 정치입니다. 억압하는 것도 정치이지만, 그 억압을 몰아내고 자유를 회복하는 것도 정치입니다. 나라와 사람을 죽이기도 하지만, 살리기도 하는 것이 또한 정치입니다.

정치는 심산유곡에 핀 한 떨기의 순결한 백합화가 아니라 흙탕물 속에 피어나는 연꽃입니다. 사람들이 사는 세상이 흙탕물이기 때문입니다. 흙탕물이라고 외면할 수 없는 것은 그곳이 바로 우리가 사는 세상이기 때문입니다. 연꽃은 바로 그 흙탕물에서만 피어납니다. 정치가 그러합니다. 정치는 흙탕물 속에서 피어야 하는 연꽃의 운명을 타고났습니다.

나는 이러한 흙탕물 속에서 연꽃같이 고결하고 아름답게 피다 간 선배들을 알고 있습니다. 그들은 권력에 굴하지 않고 유혹에 넘어가지 않고 오직 민주주의와 정의로운 사회를 위해서 그들의 정치일생을 바쳤습니다. 대구 출신의 서상일 선생, 경기 가평 출신의 홍익표 선생, 예천 출신의 현석호 선생, 김제 출신의 윤제술 선생 그리고 광양 출신의 조재천 선생 같은 분들이 존경과 그리움 속에 생각납니다.

정치에 있어 중요한 것은 제도로서의 건전성이 잘 보존되고 있느냐 하는 것입니다. 그것만 있다면 일시적인 혼란이나 정치적 부패가 있다고 하더라도 연꽃은 아름답게 활짝 필 수 있는 것입니다.

부정적 표면에도 불구하고 긍정적인 밑바닥을 가진 정치, 그 대표적인 나라는 이탈리아일 것입니다.

이탈리아는 제2차 세계대전에서 패배한 후 완전히 초토화되었습니다. 모든 이탈리아 사람들이 미군들의 구호물자로 간신히 연명해나갔습니다. 그러나 이 나라는 밑바닥의 가난을 딛고 일어서서 오늘날 세계 7대 경제 강국 중 네 번째의 자리를 차지하고 있습니다.

이탈리아의 정치는 전후 48년 동안 52차례나 내각이 바뀌었습니다. 이 나라의 정치는 처음부터 부패투성이였습니다. 각 정당들이 국영 기업체의 한 자리에 각기 자기 사람을 천거해서 두세 사람이 일하지 않고 월급을 타 먹습니다. 우편물이 제대로 배달되지 않는 것은 흔한 일이고, 심지어는 1년에 한두 번 화차에 실어 산골짜기에 가서 태워버리는 예도 있었습니다.

세금 안 내고 돈을 버는 사람들이 많으니까 마피아가 들끓습니다. 그들을 잡으려는 정치인과 검사들이 수도 없이 살해되었습니다. 어디를 보아도 잘살 것 같은 구석이 없는 나라입니다.

그런데도 이탈리아가 경제는 번영하고 사회는 튼튼하며 민주주의는 좌절되지 않고 있는 비결은 무엇입니까? 나는 그 점이 무척 궁금했습니다. 그런데 1990년에 이탈리아를 방문하게 되었습니다. 출발에 앞서서 당시 미모의 여성 대사였던 신볼로티 대사의 오찬 초대를 받아 대사관을 방문했을 때 그러한 나의 의문을 물어보았습니다.

"밖에서 볼 때는 당신 나라의 국정이 제대로 운영되고 있지 않은 것 같아 보이는데, 경제가 크게 발전하고 국가도 평화로운 이유가 무엇인가 정말이지 몹시 궁금하다"라고 했습니다. 그 대사는 나에게 세 가지 이유를 들어 설명해주었습니다.

첫 번째는 이탈리아의 정권은 평균적으로 1년에 한 번 이상씩 바뀔 정도로 불안정하지만, 제도적으로는 철저한 민주주의를 하고 있다는 것이었습니다. 따라서 국민은 정치현실이 좀 잘못되더라도 민주주의가 정상적으로 기능하고 있는 한, 결코 절망하거나 분노해서 세상을 뒤집을 생각을 하지 않는다는 것이었습니다.

두 번째는 이탈리아가 중소기업의 나라라는 데에 있었습니다. 한국 사람들은 이탈리아하면 피아트를 연상하는데, 그것은 아주 드문 예외라고 합니다. 그 나라는 수없이 많은 중소기업들이 나라의 경제를 지탱하고 있다는 것입니다. 이탈리아의 중소기업들은 직원이 보통 10명 내외인데, 3~4명이 일하는 중소기업도 많이 있습니다. 그 중소기업들은 자기가 벌어서 자기가 먹고살기 때문에 누구의 눈치도 보지 않습니다. 그러므로 그들은 정치가 좀 잘못되더라도 크게 신경 쓰지 않는다고 합니다. 자기들이 튼튼하게 지키고 있기 때문에 걱정할 것이 없다고 생각한다는 겁니다.

세 번째로는 정치적 지방색이 없다는 점을 꼽았습니다. 이탈리아는 남부와 중부, 그리고 북부가 역사적으로 아주 다른 길을 걸어왔고 풍습에도 상당한 차이가 있습니다. 그래서 문화의 차이도 큽니다. 그렇기 때문에 그들은 자기 지방의 문화가 훌륭하다고 내세우며 논쟁을 하기도 하고 싸우기도 합니다. 하지만 정치적인 지방색은 없다고 합니다. 남부의 사람들도 북부의 발전을 지지하고, 특히 북부 사람들도 낙후된 남부의 번영을 바라며 정부 지원을 요구한다는 것입니다.

이탈리아의 모든 정치가가 부패했던 것은 아닙니다. 훌륭한 지도자도 많이 나왔습니다. 그렇지만 대체로 이 나라는 정권 교체가 잦았고 부패도 극심했습니다. 그런데도 이 나라에 연꽃이 핀 것은 정치의 신비한 생명력을 느끼게 해주는 대목입니다.

정치인이 부패해도 정치 제도가 제대로 되어 있고 중산층을 기반으로 한 건실한 유권자가 있는 한, 그 나라는 앞으로 나아갈 수 있습니다. 지금 이탈리아에서 부정부패에 대한 척결이 한창입니다. 역설적으로 말하면 이것 자체가 이탈리아 민주정치의 건재를 반증하는 것입니다. 그리고 최근 지방선거 결과는 그런 부패한 정치를 이끌어온 기민당과 사회당에 대해 철저한 패배를 안겨주었습니다. 이탈리아 민주주의의 건강성을 내외에 과시하는 선택이라 하지 않을 수 없습니다.

우리나라는 그동안 견고한 민주 제도를 갖추지 못했기 때문에 제대로 연꽃을 피우지 못했는지 모릅니다. 법과 제도를 가지고 통치해야 하는데, 권력자 한 사람의 의중에 따라 이쪽에서 저쪽으로 나라의 정책들이 춤을 추듯 왔다갔다 했습니다.

어제 옳던 것이 오늘 그른 것이 되고, 오늘 좋던 것이 내일 나쁜 것이 된다면, 국민들은 어디에 장단을 맞추어야 할지 몰라 중심을 잡지 못하고 이리저리 흔들리게 될 것입니다. 민주주의도 옳고, 민주주의를 부인하는 군사독재도 옳다는 식으로 정치제도가 그 논리를 상실하고 견고한 기반을 잡지 못할 때, 좋은 정치가 이루어질 수 없고 설사 좋은 정치인이 나오더라도 힘을 발휘할 수 없습니다.

먼저 좋은 정치 제도를 세워야 합니다. 그리고 국민의 지혜와 결단으로 좋은 정치인을 지원해야 합니다. 이리하여 세속의 흙탕물 속에서 아름다운 연꽃 같은 좋은 정치가 이뤄지도록 해야 합니다.

좋은 정치를 통해서 억압받는 사람에게 자유를 주고 굶주린 사람에게 직장과 먹을 것을 주고 의지할 것 없는 사람에게 희망을 줍니다. 이러한 때 정치는 바로 예술이 됩니다. 또한 정치는 젊은 세대들에게 미래에 대한 꿈을 주고, 모든 국민에게 번영된 국가의 내일을 기대할 수 있게 하며, 우리 민족에게 50년 분단을 종식시키는 그러한 기대를 줄 수 있습니다. 어떤 예술이 이 이상 아름다운 일을 할 수 있겠습니까?

미국은 불과 200년의 역사밖에 되지 않습니다. 그러나 정치를 예술의 길까지 승화시킨 위대한 지도자들이 얼마나 많았습니까? 그리고 200년 동안 한 번도 흔들림 없는 민주정치의 제도는 온갖 시련과 부패와 부조리를 이겨내왔습니다.

미국 정치에서 빛나는 예술적 가치를 발휘한 사람들은 기라성같이 많습니다. 조지 워싱턴, 토머스 제퍼슨, 에이브러햄 링컨, 우드로 윌슨, 프랭클린 루스벨트, 해리 트루먼, 존 에프 케네디, 지미 카터 등 뛰어난 대통령들이 있습니다. 대통령은 못 됐지만, 벤저민 프랭클린, 애들레이 스티븐슨, 마틴 루터 킹 같은 인물들도 있습니다.

미국은 좋은 제도와 좋은 정치 덕분에 불과 200년의 단시일에 세계 최강의 나라가 되었습니다. 그리고 그것은 세계의 많은 사람들이 때로는 미국을 미워하고 미국을 비판하면서 어떤 동경과 매력을 느끼게 하는 원인이 됩니다. 거기에는 흙탕물 속에 핀 연꽃이 많기 때문입니다.

우리의 역사를 돌이켜 볼 때 우리는 과연 몇 명이나 우리가 자랑하고 기억할 만한 정치인을 가지고 있다고 할 수 있을까요. 김유신, 신돈, 이성계, 정도전, 세종대왕, 조광조, 이율곡 등의 정치인들이 생각나는데, 이렇게 고른 것에 대하여 사람에 따라 많은 이의가 있을 것입니다.

어떤 외국인이 말했습니다. 한국 사람은 여러 가지로 뛰어난 자질을 가지고 있는 우수한 민족이다. 다만 한국이 정말로 잘되려면 한국 국민은 두 가지 점을 고쳐야 한다. 하나는 툭하면 흑백논리로 빠져드는 급한 성질이고, 다른 하나는 사람을 키울 줄 모른다는 것이다.

정치가 잘되려면 국민이 잘나야 합니다. 그리하여 튼튼한 민주 제도를 세워나가야 합니다. 그리고 지역 감정이나 중상모략이나 금욕과 권력에 좌우되지 말고 바른 인물을 발굴하고 키워나가야 합니다. 그리하면 혼탁한 이 사회에 연꽃이 피고 정치는 예술로 승화될 것입니다. 결국 연꽃을 피게 하고 정치를 예술화하는 것은 국민의 예지와 책임감과 결단에 있다고 할 것입니다.

보수의 지혜, 개혁의 용기

우리 민족은 자기를 지키고 보전하는 데 타고난 소질이 있습니다. 중국 주변 국가로서 중국에 동화되지 않은 나라는 우리나라밖에 없습니다. 13세기에서 14세기까지 약 백 년 동안 원나라를 세워 중국을 지배했던, 그 기세당당하던 칭기즈 칸의 몽고족마저 상당수가 한족에 동화되어버렸습니다. 지금 몽고에는 약 200만 몽고인들이 남아 있고 중국 영토의 내몽고는 날로 동화의 경향이 심화되어갑니다.

청나라를 세운 만주족은 약 300년간이나 중국 대륙의 임자였습니다. 그들은 한족에 동화되지 않으려고 무척 애를 썼습니다. 그들은 한족과의 결혼을 금지하고 만주 쪽으로 올라오지 못하도록 버드나무 장벽까지 쳤습니다. 그러나 지금 만주족은 찾아볼 수가 없습니다.

그런데 2천여 년 동안 끊임없는 정복 위협과 정치, 경제, 사회, 문화, 종교 등 전 영역에 걸쳐 압도적으로 중국의 영향을 받으면서도 우리 민족이 독자적인 문화를 가지고 남아 있다는 것은 기적과 같은 일이 아닐 수 없습니다. 몽고족과 만주족, 그리고 일본인들에 의한 침략은 또 좀 잦았습니까? 그러나 우리의 본질을 지키는 데 어떠한 흔들림도 없었습니다.

이런 점들을 생각할 때, 우리 민족에게 자기 보전의 능력이 뛰어나다는 것은 자랑스럽게 인정해야 할 것입니다. 혹자는 그러한 보전이 사대주의 탓이라고 비판합니다. 그러나 우리 조상들의 사대주의는 우리가 생각하는 것처럼 그렇게 굴욕적인 것만은 아니었습니다. 이러한 사대주의는 우리가 원나라나 청나라의 직접 통치를 받은 중국의 한민족이 겪은 그러한 굴욕을 면하기 위한 민족의 지혜였다고 볼 수 있습니다. 동아시아 역사의 전문가였던 라이샤워 교수 같은 분은 우리 민족의 이러한 지혜를 매우 높게 평가하고 있습니다.

또 역사의 기록에 의하면, 조공을 바치는 것이 우리에게 아주 억울하거나 중국에게 크게 도움을 주었던 것도 아니었다고 합니다. 오히려 중국에서는 우리 쪽에서 조공을 바치러 갈 때마다 우리의 많은 사절단을 대접하고, 하사품을 주어야 하는 일에 큰 부담을 느꼈다는 것입니다. 그 때문에 너무 자주 오지 말라고 이를 강력하게 견제하기도 했습니다. 그러나 중국에 감으로써 새로운 문물도 도입하고, 동행하는 상인들은 여러 가지의 무역을 할 수 있었기 때문에 우리 정부는 한 번이라도 더 가려고 간청했다는 것이 역사의 기록에 나와 있습니다.

어쨌거나 사대주의를 나쁘게만 볼 수 없습니다. 그것은 잘못하면 우리 조상들에 대한 커다란 모독이 될 수도 있습니다. 만일 우리 조상들이 그런 지혜를 발휘하지 않았다면 강대국에 짓밟혀서 우리 민족은 이 지구상에 존재하지 못했을지도 모릅니다. 아니면 목숨 걸고 로마군에 무모한 저항을 강행한 결과 2천 년 동안 세계를 떠돌아다녀야 했던 유대인의 신세가 되어야 했을지도 모릅니다.

자기 본질은 튼튼히 지키면서도 감당할 수 없는 힘 앞에서는 최소한 타협을 하고, 그 어려운 고비를 넘김으로써 7천만 대민족을 오늘날까지 보존하여온 우리 조상들에게 감사를 드려야 할 것이라 믿습니다. 일제 통치 기간 중 우리 민족의 자기 보전 투쟁은 참으로 놀라운 것이었습니다.

이는 전 세계에 걸쳐 수십 개의 식민지들과 비교해보면 뚜렷이 드러납니다. 1905년 을사조약 이래 1945년의 해방까지 40년 동안 조국해방을 위해 무장투쟁을 한 식민지 민족이 어디 있습니까? 1919년 3·1 독립선언 이래 26년 동안 중국 천지를 방황하면서도 정부의 명맥을 유지한 것은 우리 한민족뿐입니다.

그러나 한편, 우리 민족의 이 같은 자기 보전 능력은 개혁과 변화에 대해 부정적인 얼굴로 나타나기도 합니다. 우리 민족의 보수적 경향성은 과거 역대 왕조가 정한 수도의 위치와 그 왕조의 길이를 다른 나라의 그것과 비교해보면 잘 알 수 있습니다.

영국의 수도인 런던은 영국 전체 지도에서 한쪽으로 기울어진 동남단에 위치하고 있습니다. 프랑스의 수도 파리는 센강의 하구 쪽인 북서 지방의 끄트머리에 있습니다. 이들 나라의 수도가 이렇게 한쪽으로 치우쳐 있는 이유가 무엇이겠습니까? 그 이유는 중세

시대 두 나라의 관계에서 찾아집니다.

이들 두 나라는 당시 오랫동안 사활을 건 전쟁을 치르고 있었습니다. 전쟁의 맨 선두에 국왕이 섭니다. 국왕과 정부 지도층은 최전선에서 백성들의 앞장에 서서 용감하게 싸워서 나라를 지켜야 했습니다. 이렇게 해서 지배층이 머물면서 나라를 지킨 그 자리가 수도의 영광을 차지한 것입니다.

포르투갈의 수도인 리스본은 대서양에 면해 있습니다. 그것은 이 나라가 바다를 상대로 개척하며 살아가야 했기 때문입니다. 폴란드가 국토의 동쪽 끝에 있는 바르샤바를 수도로 택한 것은 러시아 정교회로부터 로마 가톨릭 교회의 최전방 전선을 지켜내야 했기 때문이었습니다. 마찬가지 이유로 러시아 전체로 보아 서쪽에 위치한 모스크바가 러시아의 수도가 된 것은 서구 가톨릭 세계와의 대결에서 정부가 선두에 서야 했기 때문이었습니다. 미국의 수도인 워싱턴은 대서양변에 있습니다. 이는 유럽과의 관계 설정이 미국의 운명을 좌지우지한다고 판단했기 때문입니다.

이런 경향은 아시아에서도 얼마든지 찾을 수 있습니다. 인도가 국토의 북단 델리에 수도를 정한 것은 그곳이 북쪽의 만족이 힌두쿠시 산맥을 타고 내려오는 길목이기 때문입니다. 중국의 수도인 북경은 대륙 전체로 보아 북동쪽에 자리잡고 있는데, 그것은 북방 민족을 저지하는 것이 중국으로서는 사활이 걸린 중요한 문제였기 때문일 것입니다.

일본은 메이지유신이 이루어지자마자 교토에 있던 천왕이 도쿄에 있는 역적, 쇼군이 살던 에도 성으로 다시 이사해 왔는데 이것이 오늘날 일본인들이 신성시하는 궁성입니다. 그 이유는 무엇이 겠습니까? 그것은 미국 해군제독 페리가 대규모 함대(구로보네, 黑船)를 몰고 와서 개국을 강제한 것을 보고, 밀려오는 태평양시대를 맞이하기 위해서는 도쿄 지역을 거점으로 삼아야 한다고 판단했기 때문입니다.

수도를 최전선, 최전방에 둔 다른 나라들의 이런 적극적이고 진취적인 취지와, 우리의 왕조들이 수도를 택하는 데 있어 중요하게 고려한 보수주의는 선명하게 비교됩니다.

신라가 삼국을 통일했을 때, 최소한 수도를 평양까지는 옮겼어야 했습니다. 그렇게 함으로써 고구려의 국토를 확보하고, 또 북방으로부터의 침략에 대비할 수 있었던 것이었습니다. 그러나 통일신라는 망하는 그날까지 한반도의 동남방의 구석인 경주에서 한치도 옮겨가지 않았습니다. 고려도 고구려의 국토를 회복한다는 이념으로 건국해놓고는 겨우 개성에다 수도를 정했습니다. 평양으로 천도해야 한다고 주장한 묘청은 보수세력에 의해 처형당하고 말았습니다.

조선의 경우는 한술 더 뜨는 편입니다. 풍수지리설에 의지해서 처음에는 충청도 계룡산에다 수도를 정했다가, 다시 서울로 올라와서는 왕십리 쪽에 자리잡으려 했고, 그곳에서 10리를 더 가라는 꿈속의 지시에 따라 지금의 경복궁 자리를 궁터로 잡았다는 것이 아닙니까? 그래서 왕십리往十里라고 했답니다.

왕가의 안녕만을 염려하여 후방에 몸 사리고 주저앉는, 이와 같은 우리 조상들의 도읍지 선정의 보수성은 다른 나라에 비해서 그 차이가 얼마나 큰 것입니까? 나라와 백성의 안전을 생각하지 않고 왕실의 안전만 고려해서 수도를 정하는 이러한 비진취적이고 보수적인 정부 아래 민족의 웅비를 기대할 수 없었던 것은 너무도 당연하다 할 것입니다.

수도만이 아닙니다. 왕조의 길이에서도 보수성은 철저히 나타납니다. 신라, 고려, 조선은 약속이나 한 듯이 각기 500년의 수명을 유지하고 있습니다. 신라는 기원전 57년부터 935년까지 천 년이나 계속되었으나, 초기의 부족 연합적인 시절을 빼고 제대로 왕조다운 면모를 갖춘 356년의 내물왕 시대부터 계산하면 그 기간이 약 500년 남짓됩니다. 고려도 500년, 조선도 500년이 넘습니다.

다른 나라의 왕조는 어떠합니까? 중국 왕조의 지속 기간은 한나라가 전한 200년, 후한 200년입니다. 당나라가 300년, 송나라가 북송, 남송 합쳐서 300년, 원나라가 겨우 110년, 명나라가 200년, 청나라가 만주 시대까지 합쳐서 300년입니다.

일본도 명목상의 왕조에 불과한 천황가만 변하지 않았지 실제 집권 정부의 수명은 길지 않았습니다. 260년 동안 지속된 도쿠가와 막부가 가장 수명이 긴 정권이었습니다.

서구에서는 영국이든 프랑스든 독일이든 300년 이상 집권한 왕가를 찾아보기가 어렵습니다. 우리나라 왕조는 오스만 투르크 600년 왕조를 빼고는 세계에서 가장 긴 편에 속합니다.

왕조의 수명이 긴 것이 무슨 허물이라는 뜻이 아니라, 바로 이런 점이 한번 자리잡으면 웬만해서 바꾸지 않으려는 우리 민족의 보수성을 엿보게 하고, 또 변화와 개혁을 망설이는 민족성을 상징하고 있기 때문에 문제가 되는 것입니다. 왕조의 길이는 아무리 길어도 300년 이상 되면 안 됩니다.

300년 중 3분의 1의 기간은 건국 초기의 신선한 기운이 정치에 반영되어 왕성하고 활기찬 사회로 발전하게 됩니다. 그다음 3분의 1의 100년은 초기의 추진력에 힘입어 그런대로 굴러가지만 차츰 침체되는 분위기로 접어듭니다. 그리고 마지막 3분의 1의 기간은 회생할 수 없는 쇠퇴기가 된다고 합니다. 그런데 우리나라의 역대 왕조들은 거기에 다시 200년을 더 했으니 쇠퇴라고도 할 수 없는 반생반사의 빈사 상태였다고 해야 할 것입니다.

그런 상태에서 변화나 개혁의 정신이 활발하게 일어날 까닭이 없는 것은 불을 보듯 뻔한 이치입니다. 마치 죽음에 직면한 거대한 짐승이 채 목숨이 끊기지 않아 풀밭에서 몸부림치며 뒹구는 형국에 비유할 수 있을 듯합니다. 그 바람에 그 밑에 깔려 죽게 되는 것은 민초民草들뿐입니다.

역사에는 가정이 없다고 하지만, 만약 고려 왕조가 1170년의 무신란이나 1231년의 원나라의 침공을 치른 뒤에 새 왕조로 교체되었다면, 고려 말기에 있었던 온갖 비정과 외세의 창궐 아래 아무런 대항도 못한 왕조시대의 굴욕은 막을 수 있었을 것입니다. 또한 조선왕조가 1592년 임진왜란이나 곧이어 1636년의 병자호란을 치르고 난 다음 왕조 교체가 있었던들, 그로부터 300년 이내에 다가온 일제의 침략을 막아낼 힘을 유지할 수 있었을 것입니다.

수도의 위치나 왕조의 길이만이 비개혁적인 것은 아닙니다. 이 땅에서 개혁을 하려던 사람들이 얼마나 많이 목숨을 잃었습니까?

조선왕조 말기의 정치개혁을 추진하던 지도자 중 서재필 박사만이 목숨을 건졌는데, 그것은 그가 국외로 추방된 덕택이었습니다. 오죽하면 일제로부터 해방된 이 나라에서 친일세력이 그대로 나라 전반을 지배해왔겠습니까?

해방된 조국에서 일제의 주구 노릇을 하던 경찰들이 다시 우리 경찰권을 잡았습니다. 일제의 검사와 판사들이 우리의 검찰과 사법부를 장악했습니다. 만군, 일군에서 천황에게 충성을 다하던 자들이 다시 우리 국군을 장악하고, 독립투쟁에 헌신했던 광복군을 배제해버렸습니다. 일제총독 치하의 공무원들이 다시 이 나라의 행정권을 잡아, 위로는 장관부터 밑으로는 면서기에 이르기까지 철통같이 지배했습니다.

일제하의 경제인들은 해방 이후 다시 부를 누렸습니다. 그리고 일제하에서 천황에의 충성을 주장하고 내선일체를 말하며 일본식 창씨개명을 강권하고 나아가 징병징용과 정신대에 나가도록 선동한 지식인들이 이 나라의 학계와 문화예술계를 지배했습니다. 참으로 해방된 나라치고 이토록 철저하게 식민지 유산을 간직하고 개혁과 변화를 거부한 나라도 그 예가 없을 것입니다.

지난 14대 대통령 선거를 판가름한 것도 바로 이러한 우리 국민들의 변화를 원하지 않는 성격 탓이라고 보는 견해가 많습니다. 그 선거는, 역대의 다른 선거가 다 그랬던 것처럼 정당의 정책이나 후보된 사람의 인물, 투쟁의 역사가 선택의 기준이 된 것이 아니었습니다.

정책만 가지고 이야기한다면, 당시 민주당의 공약과 정책이 객관적으로 월등하게 우수하다는 평가를 받았습니다. 당시 경실련은 각 당의 공약과 정책을 비교 검토한 결과, 민주당 정책이 압도적으로 우월하다는 평가를 내렸습니다. 그러나 그런 객관적인 자료가 승부에 아무런 영향을 미치지 못했습니다.

그 선거의 승패는 한마디로 말해서 변화는 싫다, 또는 변화하는 게 두렵다는 소극적이고 보수적인 대다수의 의사에 의해 결정된 것이 아닌가 생각합니다.

변화는 살아있는 생명체의 자기 증거입니다. 변하지 않는 생명체는 죽음밖에 없습니다. 감당할 수 없는 급격한 변화는 곤란합니다. 그러나 어느 정도의 변화는 모든 생명체나 모든 조직체의 건전한 발전을 위해서 꼭 필요합니다.

지금 우리가 직면한 통일 문제에 대해서도 분단을 언제까지나 주어진 사실로만 받아들이고, 이 현실을 바꾸는 경우의 혼란을 예측하며 두려워하기까지 합니다. 그냥 이런 식으로, 변화하지 말고 끝까지 가자는 현실 안주의 생각이 우리 국민들의 의식 밑바닥에 알게 모르게 깔려 있는 것 같습니다.

이것이 통일을 저해하려는 반민족적인 세력에게 절호의 빌미를 주게 되는 것입니다. 그러나 지금은 그래서는 안 됩니다. 통일의 진행은 단계적으로 하더라도 그 출발은 지금 곧 해야 합니다. 그렇지 않으면 개혁을 주저하다가 망국의 한을 본 조선왕조의 불행을 다시 겪지 않는다고 누가 보장하겠습니까?

따라서 하루속히 남북 간의 시대착오적인 냉전을 종식시키고, 민족의 지혜를 한데 모아야 할 때입니다. 한국은 지금 세계적인 개방의 물결 속에 동남아를 비롯한 세계 도처로부터 도전을 받고 있으며, 한국은 이에 밀리고 있는 실정입니다.

우리 민족이 긴 세월 외부에 동화되지 않으면서 우리의 본질을 유지해온 것은 자랑스러운 일입니다. 그러나 변화와 개혁의 역동성을 무시하고, 우물 안에 안주해온 것 또한 사실입니다. 이제 우리가 살 길은 우물 밖을 보는 데서부터 시작해야 합니다. 그리고 언제나 새로운 환경과 미지의 세계를 향해 마음을 열고 과감하게 변화를 추구하는 방향으로 나아가야 합니다.

보수와 개혁의 조화, 안정과 변화의 조화가 필요합니다. 그러나 지금은 보수보다 개혁이, 안정보다 변화가 더욱 요구되는 때입니다.

세계는 눈부시게 변하고 있습니다. 냉전시대는 끝났고 군사력이 국력인 시대도 끝났습니다. 이제는 경제가 전체를 대표하는 세계 경제전쟁의 시대입니다. 그것도 전통적인 공업사회가 아니라 정보화산업, 우주항공산업, 생명공학산업 등 과거에는 상상도 못한 첨단 산업의 시대로 들어가고 있습니다. 일상생활조차 1년이 멀다 하고 바뀌어가는 것을 우리는 피부로 느끼고 있습니다.

전자제품은 6개월이면 고물이 됩니다. PC는 2개월이면 모델이 바뀌고 뉴욕 패션시장에서는 1년에 6번 모델이 바뀝니다. 이러한 변화의 물결 속에서 우리가 개혁과 변화를 거부한다면 우리의 미래는 없습니다. 인생은 도전과 응전입니다. 한 가지 성취하면 또 새로운 도전이 오고, 그것을 극복하면 또 새로운 도전이 옵니다. 변화를 받아들이는 것은 인생의 숙명입니다. 변화에 발맞추어 그것을 선도해간다면 노인도 청년이 되고, 그렇지 않으면 청년도 노인이 됩니다. 변화를 두려워해서는 안 됩니다. 우리가 두려워해야 할 것은 변화가 아니라 변화를 두려워하는 자세입니다.

나는 정체停滯를 싫어합니다. 현실에 안주하는 것을 가장 경계합니다. 끊임없이 변화를 추구해왔습니다. 그런 나의 습관은 철따라 가구의 위치를 바꾼다거나 중요한 생각을 할 때는 아예 구상의 공간을 옮기는 것 등에서도 드러납니다.

연금 시절에도 나는 아침에 일어나면 양복을 갈아입고 응접실로 출근(?)하고, 서재로 자리를 옮겨 책을 읽고, 저녁에 안방으로 퇴근(?)합니다. 아무도 찾아오는 사람이 없는 연금 상황에서도 매일매일 양복을 갈아입고 넥타이도 바꿉니다.

주어진 상황을 바꿔보려는 변화에 대한 인간의 끝없는 열망이 역사의 진보를 가져왔습니다. 보수도 필요하지만, 개혁도 필요합니다. 보수와 개혁은 전진을 위한 두 개의 수레바퀴와 같습니다.

내게 이 두 개의 수레바퀴는 생이 있는 그날까지 쉬지 않고 돌아갈 것입니다.

민주주의는 시시비비를 먹고 자란다

수서 사건(1991년, 강남구 수서동, 일원동 일대 택지개발지구의 토지를 특정 개발조합이 불법적으로 분양한 사건—편집자 주)이 연일 신문지상에 오르내리고 있을 때, 우리 국민들은 국회의원들의 파렴치한 행적을 보고 불같이 분노하였습니다. 각기 수억의 검은 돈거래가 백일하에 드러났으니 그럴 만도 했습니다.

그러나 사실 그들은 약간의 돈을 받았을 뿐이었고, 부정의 진짜 장본인은 따로 있었습니다. 수백억 원의 돈을 주고받은 것은 청와대와 업자 사이의 일이었습니다. 당시 나는 이 사건을 이렇게 비유했습니다.

"떡을 쪄서 시루째 청와대로 들고 들어가는데, 국회의원 몇 명이 바닥에 떨어진 고물을 주워 먹다 당한 것이다. 정작 시루째 먹은 사람은 청와대다."

나는 수서 사건에 청와대가 관련되어 있음을 입증할 자료와 관련 문건을 입수하여 국민들 앞에 공개했었습니다. 그러나 나의 발표는 언론에 단 하루 동안만 약간 보도되었을 뿐 언론은 이를 계속 추적하지 않았습니다. 당시 언론계 내에도 관계부처 출입기자 등 검은 돈에 관계된 사람이 여러 명 있다는 말이 공공연히 나돌았습니다.

그러나 언론계는 자기 문제에 대해서는 침묵으로 일관했습니다. 어쨌거나 그렇게 떠들썩하게 시작되었던 수서 사건은 검찰의 조작 수사에 의하여 떡고물에 입을 댄 몇몇 국회의원들만 감옥에 보내는 것으로 종결되고 말았습니다.

놀라운 사실은 우리 국민들의 태도입니다. 그렇게 흥분하고 분노하면서도 정작 누가 진범이며 사건 수사가 어떻게 흘러가는지에 대해서는 별 관심이 없었습니다. 무엇을 위한 흥분이고 어쩌자는 분노인지 모를 일이었습니다. 그나마 2개월도 못 가서 수서 사건은 국민들의 관심권 밖으로 사라져버렸습니다. 수서 사건의 수서 소리도 듣기 싫다는 이야기가 여기저기서 나왔습니다. 쉽게 달아오른 냄비가 쉽게 식는다는 속담이 있습니다. 우리 국민들의 이런 쉽게 잊어버리는 성향을 역대 정권이 얼마나 자주 악용해왔는지 모릅니다.

그 후 수서 사건을 저지른 기업체의 책임자가 다시 복귀하고 그 기업이 세계를 향한 국민 기업이라고 떠들면서 신문에 대대적인 광고를 한 적이 있는데, 누구 한 사람 여기에 대해서 문제 삼는 이가 없었습니다. 언론도 완전 침묵했습니다. 악한 짓을 한 사람들이 얼마나 살기 좋은 세상입니까?

이러다 보니 나쁜 짓을 한 정부나 기업이나 제발 어서 빨리 두

달만 지나가라고 빌면서 세월만 기다리면 그만인 실정입니다.

이런 우리 국민의 태도는 워터게이트 사건 때 미국인들이 보여준 자세와는 참으로 대조적입니다. 나는 그때 마침 미국에서 망명 생활을 하고 있던 참이라 매일같이 TV와 신문을 통해 사건의 진전을 자세히 지켜볼 수 있었습니다.

그 무렵의 어느 날, 당시 민주당 상원 원내총무인 마이크 맨스필드 의원과 회담하고 있었는데, 갑자기 워터게이트 사건에 대해 회의가 있다고 연락이 와서 회담이 중단된 경우까지 있었습니다. 그리고 휴 스커트 공화당 상원 원내총무의 회담이 약속 시간 2시간 전에 이 사건 때문에 취소당한 일이 있었습니다. 이렇게 워터게이트 사건은 모두가 말려들게 되었던 큰 사건이었습니다. 워터게이트 사건이라는 것은 1972년 대통령 선거에서 공화당이 민주당의 워터게이트 아파트에 있는 선거 본부에 도청 장치를 해서 내부의 대화를 엿들은 사건입니다.

이 사건의 초점은, 도청을 했느냐, 안 했느냐를 따지는 것만이 아니라 닉슨이 도청 사실을 사전에 알고 있었는지의 여부에 더 크게 맞춰졌습니다. 닉슨은 그 사실을 몰랐다고 부인했습니다. 그런데 언론과 국회의 끈질긴 추적은 지칠 줄 모르는 국민들의 관심과 독려에 힘입어 마침내 닉슨이 사전에 그 사실을 알고 있었음을 밝혀냈습니다.

결국 닉슨은 탄핵을 받을 입장에 처해졌고, 그 탄핵을 모면키 위해 스스로 대통령의 자리를 떠나야 했습니다. 대통령으로서는 뛰어난 자질을 가졌고 재임 중 업적을 많이 남겼음에도 불구하고, 닉슨은 거짓말 한마디 때문에 불명예 퇴진을 해야 했습니다. 미국 국민들의 2년여에 걸친 끈질긴 관심과 질책이 언론과 국회를 움직여 이런 결과를 만들어낸 것입니다. 수서 사건을 다루는 우리 국민들의 태도와 얼마나 대조적입니까. 우리 같았으면 그 사건을 2년씩 기억하고 있기나 했을지 의심스럽습니다.

에드워드 케네디 상원의원의 경우도 그렇습니다. 그는 누가 보더라도 대통령이 되기에 부족함이 없는 인물이었습니다. 그러나 그는 대통령이 되지 못했습니다. 그가 저지른 단 한 번의 실수가 국민들의 용서를 받지 못했기 때문입니다.

자기 여비서와 함께 차를 타고 가다가 차가 물에 빠져 여비서가 죽은 사건이 있었는데, 케네디는 그 사실을 십여 시간이 지난 후에야 신고했습니다. 이것이 유명한 채퍼퀴딕 사건인데, 그 정도의 일을 처리하는 데 십여 시간이나 끈 그의 우유부단함을 가지고 어떻게 대통령으로서 비상사태에 즉각즉각 대처할 수 있겠느냐, 이렇듯 위기관리 능력이 없는 사람에게 국가의 운명을 맡길 수가 없다고 하는 여론이 일었습니다.

"대통령은 핵무기 사용 등 1분, 1초를 다투는 위기 상황에서도 올바른 조처를 취해야 할 능력이 있어야 한다. 도덕성의 문제는 둘째로 치고 이렇게 우유부단한 사람에게는 나라를 맡길 수 없다."

바로 이 일 때문에 케네디는 항상 강력한 대통령 후보로 거론되면서도 정작 대통령은 되지 못한 것입니다. 미국의 국민들은 그들의 지도자가 언제 무슨 일을 저질렀는지를 결코 잊어버리지 않습니다.

미국 국민들은 어떤 사건이 일어났을 때만 관심을 갖고 비판하는 것이 아니라, 수년 혹은 수십 년이 지나도 관심의 고삐를 늦추지 않습니다. 국민은 가장 준엄한 감시자입니다. 이처럼 망각할 줄 모르는 국민들의 비판 정신과 감시자의 자세가 그 나라에서 지도자가 되려는 사람들에게 커다란 교훈과 경종이 되고 있습니다. 이것이 바로 미국의 민주주의가 건전하게 숨쉬어온 원인입니다. 국민이 잘나야 정치인이 겁을 내고, 국민이 시비를 끝까지 가려야 국민에 의한 민주주의는 뿌리박고 성장할 수 있습니다.

대통령이 도청 사건 때문에 권좌에서 물러나는 나라가 미국입니다. 우리나라 경우, 그런 정도의 일은 매일 일어난다는 사실이 국정감사에서 폭로된 바 있습니다. 그런데 국민도 언론도 이를 크게 문제 삼지 않습니다. 우리는 깨달아야 합니다. 지도자란 사람들이 잘못을 저지르거나 국민을 속이고도 2개월만 지나면 된다는 식으로 국민을 깔보게 해서는 안 됩니다. 그들이 기대한 대로 국민들이 쉽게 흥분했다 쉽게 잊어버리는 정치풍토를 계속 허용하는 한 우리 땅에는 민주주의도, 깨끗한 정치도, 도덕사회도 이룩될 수가 없습니다.

둘째로 사람은 용서해도 나쁜 제도와 관행은 반드시 시정시켜야 합니다. 그래야만 잘못된 정치와 잘못된 지도자가 발을 못 붙이게 됩니다. 그런데 이것만 가지고는 부족합니다. 잘한 사람들을 알아주고 격려하고 지원해야 합니다.

그런데 우리 국민들은 온갖 박해를 무릅쓰고 민주정치를 실현시키기 위해 싸워온 사람이나, 그 길을 포기하고 편안한 자리에 안주한 사람이나 별다른 차이 없이 대합니다. 이래서는 국민들을 속이지 않는 정직하고 성실한 정치인을 기대할 수 없을 것입니다. 국민에게 인정도 받지 못하면서, 정치적으로 성공할 가능성도 희박한 고난의 길을 계속 걸어갈 사람이 몇이나 되겠습니까? 국민이 좋은 지도자를 기대한다면 스스로도 좋은 심판자가 되어야 합니다. 그래야 정치가 잘됩니다. 꼭 보답을 바라며 옳은 일을 하는 것은 아니지만 그래도 좋지 않은 일을 하는 사람과의 차별화는 이루어져야 합니다. 지금 우리 주변에 청춘과 안전을 희생하여 올바른 일을 위해 싸웠는데도 인정받지 못하고 버려진 사람이 얼마나 많습니까?

앞에서 수서 사건을 예로 들었지만, 비단 그것만이 아닙니다. 해방 이후의 우리 역사를 돌아봐도 이런 예를 수없이 찾을 수 있습니다.

일본 식민 시대의 종식을 고한 8·15 해방은 곧이어 들어선 미군정과 이승만 정권에 의해 친일 인사들의 재등용문으로 변해버렸습니다. 처음엔 거세게 항의하고 비판하던 국민들도 시간이 어느 정도 지나자 흐지부지 이를 묵인하고야 말았고, 그 후부터는 당연하다는 듯 친일파의 지배를 받았습니다.

특히 일본에 충성을 다하던 만군 출신인 박정희 씨는 이 나라의 대통령까지 되어서 18년 동안 우리의 국정을 지배했고, 반면에 그러한 친일세력들의 지배를 반대하던 사람들은 도태당하고 처참하게 몰락했습니다. 심지어 해외망명과 국내 투쟁을 통해서 온갖 신산을 겪은 애국자들이 판자촌에서 추위와 굶주림에 떨다 죽어갔으며, 그 자손들은 교육도 못 받고 사회적 진출도 막힌 채 매몰되고 말았습니다.

또한 친일분자들의 자식들은 일류대학, 외국 유학 등을 통해서 새로운 엘리트 지배층으로 부상되어서 우리 사회를 지배하는 중심 세력이 되었습니다. 부끄럽고 통탄할 일이지만 이것이 바로 우리 국민이 쉽게 잊어버리고 시비를 따지지 않는 데서 온 결과인 것입니다.

4·19와 5·16 때는 또 어떠했습니까? 온 국민이 한마음으로 들고일어나 이루어낸 민주혁명이 4·19라면, 5·16은 민주에 역행하는 쿠데타요, 반역 행위였습니다. 그런데도 바로 1년 전의 열기는 어디로 갔는지, 많은 사람들이 침묵으로 그들을 승인해주었습니다.

5공 시절의 금강산댐 소동을 한번 생각해보십시오. 당시 신문들은 이북에서 금강산댐의 수문을 일시에 열어버리면, 63빌딩의 3분의 2가 잠기고 국회의사당은 아예 형체조차 보이지 않게 된다고 도표까지 그려가며 상세히 보도했습니다. 국민들은 불안에 떨었고, 그 불안 심리를 이용하여 정부에서는 수공을 방어하기 위해 평화의 댐을 건설해야 한다고 연일 소동을 벌였습니다. 그리하여 대대적인 모금 운동이 전개되었습니다. 어린 학생들까지도 용돈을 아껴가며 모금에 참여했습니다. 그렇게 수백억 원의 돈이 모였습니다.

그런데 지금 평화의 댐은 어디에 있습니까? 그때 거둔 돈은 어디로 갔습니까? 4천만 국민이 5공 정권에게 보기 좋게 속아 넘어간 것입니다. 그들은 정권의 유지를 위해 북한으로부터의 위협을 조작하여 체제에 대한 저항을 약화시켰을 뿐 아니라 코흘리개의 돈까지 거둬들였습니다. 그들이 국민을 두려워했다면 차마 상상하지 못했을 범행이 아닐 수 없습니다.

하지만 우리 국민은 그 일도 너무나 쉽게 망각해버렸습니다. 쉽게 망각함으로써 그들로 하여금 그 파렴치한 행위에 대한 진상을 밝히고 국민 앞에 용서를 빌지 않아도 된다는 생각을 하게 했습니다. 이것이 평화의 댐 사건의 조사가 흐지부지 넘어갈 수 있게 된 근본 원인입니다. 시시비비가 없는 곳에서는 진실이 밝혀지지 않으며, 민주주의는 자라지 않습니다.

자기가 한 번 한 행동은 평생토록 국민에 의해서 잊히지 않고 자기 이름에 붙어다닌다는, 그런 역사의 엄숙성을 가르쳐주어야 합니다. 한편 고난과 박해를 무릅쓰고 올바르게 산 사람은 반드시 국민으로부터 보람과 지지를 받는다는 역사의 교훈도 세워져야 합니다. 그래야 정치가 바로 됩니다.

이런 문제는 너무나도 중요하기 때문에 한두 가지 더 예를 들겠습니다. 민주주의를 한다는 나라에서 지방자치를 하지 않고 있는 나라는 세계에서 대한민국이 유일했습니다. 지방자치를 하지 않으니까 얼마든지 선거 부정을 저지를 수 있었습니다. 지방자치단체법에 의하면 1991년 중반까지 자치단체장 선거를 하게 되어 있었습니다.

그런데 어쩐 일인지 계속 꿩 구워 먹은 소식이었고, 더 놀랍고 이상한 것은 그 일에 대해서 국민은 물론이고 언론까지도 따질 생각을 전혀 하지 않고 있었다는 것입니다. 지방자치제를 위해서 1960년대 초부터 나는 원내외에서 모든 것을 바쳐서 싸웠습니다. 1990년 9월에는 13일 동안 단식까지 하면서 싸웠습니다. 지난 95년, 우리는 30년 만에 한국 지방선거를 다시 치를 수 있었습니다. 어렵게 되찾은 권리인 만큼 잘 쓰고 잘 지켜야겠습니다.

또 지난 14대 대통령 선거에서는, 우리 신문·방송들이 보도하기를 북한 방송들이 김대중을 대통령으로 뽑아야 한다고 주장했다는 것입니다. 국가안전기획부도 6·25 이래 최대의 간첩조직인 남한 조선노동당을 적발했는데, 수많은 정치인 특히 야당의원이 관련되어 있다는 등의 허무맹랑한 유언비어를 공식발표하여 선거의 승패에 결정적인 영향을 주었습니다. 그러나 선거가 끝나자 이 문제는 흐지부지되었습니다. 그뿐 아닙니다. 국무총리와 안기부장은 그런 방송을 북한이 한 일이 없다는 공문서까지 야당의원의 질문에 대한 답변으로 보냈습니다.

남한조선노동당은 재판을 통해서 존재하지도 않았다는 것이 밝혀졌으며, 실제 이에 대한 수사는 선거의 종결과 더불어 끝나버렸습니다. 당시 여당 대표는 선거 기간 중에 발생한 용공조작에 대해서 사과까지 했습니다. 그러나 이런 일들은 언론의 추적도 국민의 추궁도 별로 받고 있는 것 같지 않습니다.

이와 같은 종류의 수없이 많은 속임수, 선거 때마다 불거져 나오는 용공조작, 지역 감정 조성, 그리고 알게 모르게 저질러진 숱한 비도덕적 행위들이 지속적으로 반복되는 것은 국민이 기억하지도 따지지도 않기 때문입니다.

그리고 무엇보다도 사회의 목탁이 되어 권력과 강자들의 비리를 폭로 심판해야 할 언론이 그 임무를 태만히 하기 때문입니다.

국민이 잘나야 합니다. 국민이 현명해야 합니다. 국민이 무서워야 합니다. 그래야만 우리는 민족 정통성, 민주 정통성, 정의사회, 양심사회를 구현할 수 있습니다. 사람이 제값을 가지고 사는 사회를 만들 수 있습니다. 민주주의라는 나무는 시시비비를 먹고 자랍니다.

"강원도에서만 태어났어도"라니!

1992년 대통령 선거 직전 부산의 한 횟집에서 일어난 사건이 민자당에 엄청난 기여를 한 것을 보고 충격을 받은 사람은 나만이 아닐 것입니다. 현직 부산시장, 안기부 부산시 지부장, 부산시 경찰국장 등 현직 고급공무원들이 가담하여 지방색을 조장하면서 부정선거를 감행한 이 사건이 터졌을 때 우리는 그때까지 유리하던 판세를 확실하게 굳혀준 것이라고 예상했습니다.

왜냐하면 이러한 노골적인 지방색 조장과 부정선거를 관이 자행한 것을 볼 때, 국민은 모두가 분노해서 단호한 응징의 심판을 내릴 것이라고 믿었기 때문이었습니다. 그러나 결과는 예측 밖이었습니다. 전라도에 대한 배척, 무조건적인 지방색에 의한 투표, 이것이 선거를 좌우했던 것입니다.

한 나라의 지도자를 뽑는 선거가 지역 차별주의에 의해서 좌우되는 것을 보고 나는 암담한 느낌을 갖지 않을 수 없었습니다. 정책도 인물도 다 소용없고 오직 그 사람의 고향이 어디냐가 선거를 결판짓다니. 5000년 단일민족의 나라 1300년 통일국가에서 이런 일이 있다는 것을 우리는 무엇으로 설명할 수 있겠습니까? 남북이 갈라져 있는데 거기서 다시 영호남이 갈라지다니 이 나라의 앞날에 무슨 희망이 있습니까?

도대체 얼마나 더 기다려야 이 땅에서 그렇게 유치하고 그렇게 파렴치하고 범죄적인 지역 대결을 보지 않을 것인지, 도대체 언제쯤에나 정책의 우열이 선거의 승패를 가름하는 세상이 될 것인지 암담한 마음이었습니다. 우리가 아무리 GNP를 높이고 교육 수준을 높인다고 하더라도, 이런 수준의 정치밖에 할 수 없다면 국민적 단결은 물론 통일이나 문화적 선진국 대열에 끼는 것은 영원히 불가능할 것입니다. 지역 연고가 선거에 있어서 유일한 판단의 기준이 된다면 그 사회는 부족 사회이지 20세기의 문명 사회가 될 수 없습니다.

그 당시 선거가 끝나고 광주에서 발행한 신문을 보니까 어떤 사람이 이런 말을 했습니다. '김대중 씨가 강원도에서만 태어났어도 이미 대통령이 되었을 것이다.' 난 이 말을 들었을 때, 호남 사람인 그 사람의 심정을 생각하며 얼마나 가슴이 쓰렸는지 모릅니다. 오죽하면 그가 그런 말까지 했겠는가를 생각하니, 고마움과 슬픔이 교차하여 눈시울이 젖어왔습니다. 그러나 나는 속으로 외쳤습니다.

'여보시오, 그런 말은 꿈에도 하지 마시오. 나는 호남 사람인 것을 자랑으로 생각합니다. 대통령이 못 되어도 좋습니다. 추악한 지역 감정에 굴복하거나 영합할 생각은 티끌만큼도 없습니다.'

국민의 단합과 조국의 통일이 우리의 지상 과제입니다. 그러기 위해서는 정치로부터 파생된 터무니없는 지역 차별주의를 뿌리 뽑는 일부터 해야 합니다. 나는 우리 국민이 선진 국민이 되고자 한다면 이러한 악습으로부터 깨끗이 해방되는 과정을 반드시 거쳐야 한다고 생각합니다.

우리는 흔히 '지역 감정'이라고 말합니다. 언뜻 들으면 이쪽 사람들과 저쪽 사람들이 상대 지역에 대해 불편한 감정을 서로 품고 있는 것처럼 들립니다. 지역 감정 문제에 대해서 그럴듯한 말로 국민을 현혹시킨 사람들이 있습니다. 지역 간의 '감정'은 있을 수 있는 것이고, 따라서 이것은 문제 삼을 것이 못 된다고 말하는 사람이 있습니다. 전라도와 경상도 간의 불편한 감정은 삼국 시대부터 있어왔다는 식으로 그 유래와 기원을 조상들에게 돌리기도 합니다. 그런가 하면 전라도 사람들에 대한 인간적 편견을 내세우는 사람도 있습니다.

그러나 이 모든 것은 사실과 다릅니다. 물론 어느 나라나 서로 약간의 문화적, 혹은 지역 이기주의에 의한 차별은 있습니다. 이런 것은 경북과 경남 사이에도 있습니다. 그것은 문제가 아닙니다. 문제는 권력이 의도적으로 한 지방을 비호하고 한 지방을 차별하면서 인재등용, 지역발전, 문화의 혜택 등 모든 분야에 걸쳐 차별정책을 강행하면서 서로 미워하고 서로 멸시하게 부추긴 데 있는 것입니다. 그 시발점이 1961년 5·16 군사 쿠데타이며 30년 동안 이 땅에서 자행되어온 지역 감정 아닌 지역 차별 정책의 진실인 것입니다.

임진왜란 당시 전 국토가 왜군의 말발굽에 짓밟혔을 때 이순신 장군과 권율 장군은 오직 호남을 근거지로 해서 왜적과 싸워 이겼습니다. 권율 장군의 행주대첩도 호남의 장병과 호남에서 만든 무기가 그 원동력이었습니다. 이순신 장군의 경우는 더 말할 것이 없습니다. 오죽했으면 '호남이 없으면 나라가 없다'라고까지 말했겠습니까? 호남을 주축으로 해서 이루어진 수군은, 여수에서 만들어진 거북선과 더불어 연전연승의 개가를 올려서 임진왜란에서 빛나는 승리를 쟁취했습니다.

실제로 그 당시 명나라 원군이 오기 전까지는 일본군이 승승장구하여 함경도, 평안도까지 석권할 때, 전 국토 중 오직 호남 한 지역만 일본이 점령하지 못했습니다. 호남까지 점령했다면 그때 이 나라가 망국의 비운을 겪지 않았을 거라고 누가 장담할 수 있겠습니까?

그뿐 아니라 원균 장군이 출전했다가 완패한 후, 전함 12척을 가지고 싸워야 했던 정유재란 당시, 이순신 장군은 전라도 해남 우수영 앞의 명량해역 속칭 울돌목 싸움에서 400척에 달하는 일본 해군을 궤멸시켰습니다. 인천을 향하여 무인지경을 달리듯 쫓아 올라온 일본 수군을 여기서 좌절시키지 못했던들 그들은 인천을 거쳐 서울로 쳐들어가 이 나라 왕도를 다시 한번 그들의 말발굽 아래 짓밟았을 것입니다. 이러한 빛나는 일을 호남 사람들이 해냈습니다.

왜 그들이 차별받고 멸시받아야 합니까? 호남 출신의 전봉준 장군은 경상도에서 시작된 동학을 받들어 세계에 자랑할 만한 위대한 농민혁명을 일으켰습니다. 동학혁명은 전문가들의 견해에 따르면 세계 농민혁명사상 가장 탁월한 성격을 지녔다고 합니다. 그 근거로 첫째, 국내적으로는 반봉건 투쟁으로 부패 봉건 왕조에 저항하며, 민중의 권익 향상을 목적으로 했다는 점입니다. 더욱이 동학혁명은 세금의 공정한 부과, 토지 개혁, 과부의 개가, 노비 해방, 지역자치 등 근대적인 국정 개혁정책을 통해 봉건제도를 일대 개혁하려 했습니다. 실제로 동학도들은 일본군이 들어올 때까지 집강소를 설치하여 지방행정을 직접 담당하며 이를 실천했습니다. 아울러 중앙정부의 개혁을 강력히 요구했습니다.

둘째, 동학혁명은 밖으로 반제 투쟁의 성격을 지닙니다. 당시 밀려드는 외세, 특히 일제의 가혹한 수탈에 대항하고 이를 축출하고자 했습니다.

물론 동학혁명이 오늘날 우리가 말하는 완벽하고 체계적인 반제, 반봉건 투쟁의 성격을 갖춘 것은 아닙니다. 그러나 크게 보아 당시 시대사적으로 보더라도 가장 올바른 노선을 취했던 것은 부인할 수 없습니다. 동학혁명은 민중혁명인 동시에 근대화 투쟁이었던 것입니다. 16세기 종교개혁은 당시 독일 재세례파 목사였던 뮌처가 주도한 것이었으나, 동학혁명은 이에 비해 월등히 수준 높은, 농민들이 주체가 된 농민투쟁이라고 전문가들은 입을 모아 말합니다.

여하튼 동학혁명은 우리 민족이 두고두고 자랑할 만할 귀중한 자산입니다. 진주민란이 일어났을 때 이에 호응하여 봉기를 일으킨 곳도 호남이었습니다. 동학혁명과 진주민란은 영호남 합작으로 이루어졌다고 말할 수 있습니다.

자유당 치하에서 반독재 투쟁을 가장 강력하게 전개했던 곳도 경상도와 전라도였습니다. 독재에 반대하고 민주주의를 하자는 데에 전라도와 경상도가 따로 있을 수 없었습니다. 또한 그 시절만 해도 호남 사람이 부산이나 대구나 경북 상주의 산골에서까지 국회의원에 당당히 당선되었습니다. 경상도 사람이 목포나 전주에서 국회의원이 되기도 했습니다.

나는 그 당시 목포에 살면서 경상도 진주 출신의 후보를 지지해서 당선시켰는데, 그때 누구도 그에 대해서 정치적 인간적 비판은 할망정 경상도 사람이니까 안 되겠다고 배척하는 소리를 들어보지 못했습니다. 이러한 화목된 관계를 이간시키고 마침내는 양 지역의 대결 감정을 제2의 천성같이 뿌리박아놓은 것은 지난날의 군사정권에 의한 공작정치였습니다.

1963년 박정희 후보는 윤보선 후보를 상대로 한 대통령 선거에서 겨우 15만 표 차이로 이겼습니다. 이때 박정희 후보는 서울, 경기, 강원, 충북, 충남 등지에서 모두 졌습니다. 그가 이긴 지역은 호남과 영남뿐이었습니다. 그는 호남에서 35만 표를 얻었습니다. 만일 그가 호남에서 이만큼의 득표를 하지 못했다면 큰 표 차이로 낙선했을 것입니다.

그러나 박정희 씨는 대통령으로 당선된 후 호남 차별부터 시작했습니다. 영남민에게 우월감을 부추기고 호남인에게는 열등감을 조장했습니다. TV, 라디오, 모든 언론 매체가 이를 위해서 동원되었습니다.

30년에 걸친 군사정권의 호남 차별 정책에 대한 사례를 드는 일은 전혀 어려운 일이 아닙니다. 가장 두드러진 것은 철저한 인사

차별이었습니다. 군부는 물론 관청, 국영기업 그리고 일반 대기업까지 호남 사람은 채용과 승진과 직책에서 철저한 차별을 받았습니다. 중견 간부 자리마저 제대로 오르지 못하게 했기 때문에, 어떤 경우에 체면치레라도 호남 사람을 지도적 위치로 승진시키려 해도 이에 해당하는 중간 간부 가운데 호남인이 없어서 승진을 시킬 수 없는 지경에 이른 것입니다.

호남 사람은 마치 천형의 죄인같이 기피하고 차별되었습니다. 호남 사람이 형식적이나마 요직에 등용되었다면 그는 이미 권력 아래 철저한 변절과 복종의 과정을 거친 사람이었습니다. 일제가 우리를 차별한 것도 민족 차별이라 했지 민족 감정이라 하지 않았습니다. 언어를 바르게 써야 해결의 실마리가 나옵니다. 지역 감정이 아니라 지역 차별입니다.

우리의 지역 문제가 양쪽 지역 사람들에게 동일하게 원인이 있고 책임이 있는 지역 감정의 문제가 아니라, 한쪽 지역에서 나온 정권에 의해서 다른 한쪽이 일방적으로 멸시당하고 피해를 입은 지역 차별이 본질이란 것을 나는 강조하고 싶습니다. 미국에서도 백인들이 흑인들을 차별하는 것을 인종 차별이라고 부르지 인종 감정이라고 부르지는 않습니다. 지역 감정이라고 부르는 것이 조금 고상하게 들릴지는 몰라도 그것은 본질을 은폐하는 것입니다.

한편 30년 이상 정권이 지역 차별 정책을 썼는데, 정작 경상도민에게 무슨 유익이 돌아갔느냐 하는 겁니다. 경상도 출신의 많은 재벌과 고관대작이 생겼습니다. 군과 관료와 대기업에 경상도 사람들이 압도적으로 많이 진출하긴 했습니다. 그렇지만 그래 보았자 그 수는 일부에 불과합니다.

일반 경상도민은 역시 전라도민처럼 잘살지 못합니다. 대구는 경상도 30년 정권의 상징인 TK의 본산입니다. 그런데 대구의 중소기업은 많은 수가 망하고, 전국에서 어음부도율이 가장 높은 도시가 되어버렸습니다. 국민소득은 6대 도시 중에서 최하위를 기록했고, 실업률도 6대 도시 가운데 가장 높게 나타나고 있습니다.

부산도 사정은 별로 다르지 않아서 신발과 목재, 기계 부속품 공장들이 거의 대부분 문을 닫아 지금은 파탄의 지경에 이르고 있습니다. 경상도 농민들도 다른 지방의 농민과 마찬가지로 파멸 직전의 상태에 있습니다. 농촌의 집들은 텅텅 비고 총각이 장가를 못 가고, 어린애의 울음소리를 들을 수 없고, 무엇을 해도 수지가 맞지 않습니다. 전라도나 충청도와 조금도 다를 바가 없습니다.

경상도에서 대통령이 나오고 다른 지방을 차별화한다고 해서 경상도만 잘살게 된 것은 아닙니다. 지역 차별주의는 모두를 망치게 합니다. 집권자를 낸 지역의 극히 일부의 특권층에게 혜택을 주고 그 대가로 모든 국민을 불행하게 만듭니다. 국민들은 분열되고, 우리의 경제 발전과 통일 역량은 결정적으로 약화되었습니다. 우리는 이 비열하고 반국민적인 지역 차별 정책을 증오합니다.

나는 기회 있는 대로 이 문제를 해결하려고 노력을 했습니다. 1990년 가을에 있었던 영광, 함평 지구 보궐 선거에서 당시 영남대학교의 이수인 교수를 후보로 등록시킨 것도 그런 노력의 일환이었습니다. 이수인 후보는 태어나서 영광이나 함평에는 한 번도 가본 일이 없고, 현지 사람들도 그를 전혀 알지 못했습니다. 그곳

주민들의 반응이 좋을 까닭이 없었습니다.

그래서 당시 지자제 때문에 10여 일을 단식투쟁을 한 후, 채 회복되지 않은 몸을 끌고 현지에 내려가서 호소했습니다. 여당 후보는 목청을 높여서 왜 전라도 땅에 경상도 후보가 와야 하나 우리 함평, 영광에는 사람이 없느냐 하고 유권자들을 부추기고 있었습니다. 나는 영광 함평 사람들에게 말했습니다.

"여기 의석 하나가 여당으로 가든 야당으로 가든 우리 정치에는 아무런 영향을 미치지 않습니다. 물론 여러분들이 영남 출신인 이분을 당선시키고 이 지역 사람을 낙선시킨다는 것은 결심과 용기가 필요한 일입니다. 그러나 여러분은 그렇게 하셔야 합니다. 만일 여러분들이 그렇게 한다면, 그것은 단순히 의석 하나를 야당에 더해주었다는 차원에서 끝나는 것이 아닙니다.

여러분은 이수인 후보에게 투표함으로써 국회의원은 나라 살림을 맡아서 하는 사람이다, 어느 지역 출신이냐를 따지지 말고 민주주의를 하느냐, 안 하느냐, 농민을 살릴 수 있느냐 없느냐를 가지고 국회의원을 뽑아야 한다는 것을 보여줄 수 있습니다. 그리고 여러분이 그렇게 했을 때 전 국민이 감동할 것이고, 특히 영남 사람들이 지역 차별을 없애야 한다는 결심을 새로이 할 것입니다. 여러분이 이수인 후보에게 투표함으로써 이런 엄청난 일을 해낼 수 있게 됩니다."

처음에는 나의 호소가 잘 먹혀들지 않았습니다. 그러나 혼신의 정열과 진정을 가지고 유권자들을 설득했습니다. 그들도 나중에는 나의 뜻을 이해하고 기쁜 마음으로 동참해주었습니다. 그 결과 이

수인 후보는 자기의 선임자였던 서경원 의원보다 더 많은 표를 얻어 당선되었습니다.

혼신의 정성과 노력을 다 기울인 선거였지만, 이 선거 결과는 우리가 그렇게 갈구하던 지역 차별 정책에는 아무런 영향도 끼치지 못했습니다. 영남으로부터 돌아온 반응은 기가 막혔습니다. 김대중이가 이수인을 이용해서 우리를 속이려 한다는 것이었습니다. 그 당시 저의 슬프고 절망스러웠던 심정은 여기에 다 표현할 수가 없습니다.

나는 4천만 국민을 사랑할 뿐만 아니라, 7천만 민족을 사랑합니다. 내가 7천만을 사랑하고 어떤 지방에 대해서도 차별하는 마음이 없다고 했지만, 그것이 나의 고향인 호남 지방을 사랑하지 않는다는 뜻은 아닙니다. 자기 고향을 사랑하는 사람만이 남의 고향도 사랑하게 됩니다. 속 좁은 지역 이기주의를 넘어설 수 있습니다. 자기 나라를 사랑하는 사람이 다른 사람의 나라도 소중하게 여깁니다.

거듭 말하지만, 나는 내가 호남 사람이라는 것을 자랑스럽게 생각합니다. 한 번도 나의 고향에 대해 부끄러움을 느껴본 적이 없습니다. 더욱이 차별받는 사람들과 운명을 같이하면서 고통을 나누는 것은 그 시대를 사는 사람으로서 마땅한 일일 뿐만 아니라, 영광스러운 의무라고까지 생각합니다.

이제 새로운 시대가 열리고 있습니다. 나는 이 시대의 새로움이 우리 가치관의 새로움이었으면 하고 바랍니다.

지역 차별은 언제 생명을 앗아갈지도 모를 암세포와도 같습니다. 병을 근본적으로 치유하고 튼튼한 건강체로 이 나라를 회복시켜서 전 국민적 단합 속에 민주와 번영과 통일의 길로 나아가려면, 지역 차별주의부터 하루속히 도려내야 합니다. 이보다 더 급한 일이 없습니다. 지역 차별이 있는 곳에 우리의 장래는 없습니다.

국민에게 배우고 국민과 같이 간다

우리는 지난 30년의 군사 통치 기간에 세 사람의 집권자를 경험했습니다.

그들은 공통적으로 집권 초기부터 국민들의 강한 저항을 받았고 물러난 후까지 비판의 표적이 되고 있습니다. 그들은 하나같이 실패했습니다. 그들의 실패를 문제 삼는 것은 그것이 그들 개인만의 문제가 아니라, 그들의 통치가 우리 4천만 국민에 대한 커다란 불행으로 연결된 일이었기 때문에 그렇습니다. 그들은 어째서 실패했습니까?

그들이 실패한 것은 대중에게 배우지 않고 그들과 같이 가지 않았기 때문입니다. 그들은 한결같이 대중의 의사를 무시하고 폭력으로 정권을 빼앗았습니다. 그리고 주권자인 국민의 생각과 권리를 무시한 채 자기 멋대로 독주를 했습니다. 그리고 그들은 소수의 특권층이나 특정 지역의 이익에 집중하고 국민 전체의 복리는 도외시했습니다. 이러한 통치는 필연적으로 대중으로부터 버림받고 비참한 말로를 감수하지 않으면 안 됩니다.

현대 정치는 국민에 의한 정치입니다. 국민을 무시하고 앞질러 갈 수도 없고, 대중에게 뒤처져서 낙오할 수도 없는 것입니다. 국민의 손을 잡고 같이 가야 합니다. 국민으로부터 고립된 뜀박질은 실패를 향한 뜀박질입니다. 국민을 무시한 채 제멋대로 달려간 역사상의 그 어떤 독재자도 성공하지 못했습니다.

나는 이 원칙이 단순히 통치자에게만 적용되는 것으로 생각하지 않습니다. 어떤 형태든 정치에 참여하는 사람은 '국민과 함께'라는 이 엄숙한 원칙을 숙지해야 합니다. 그렇지 않을 때는 아무리 고상한 이념이나 사상일지라도 반드시 실패하고 맙니다. 목적이 정의롭고 고상할수록 '국민과 함께'라는 방법상의 원칙은 더욱 잘 지켜져야 합니다.

정치운동만이 아닙니다. 무릇 운동이라고 이름이 붙은 이상은 그것이 정치운동이건 농민운동이건 노동운동이건 문화운동이건 학생운동이건, 국민에게 배우고 국민과 같이 가야만 성공할 수 있습니다. 진리를 탐구하는 종교인이나 학자는 반드시 국민을 의식해야만 할 이유는 없습니다. 그들은 진리라고 믿으면 십자가에 못박히거나 독배를 마시면서 자기 신념을 지킵니다. 학자는 책 한 권이 안 팔려도 자기가 진리라고 믿으면 저서를 출판합니다. 그러나 운동은 다릅니다. 국민의 지지와 동참이 없는 운동은 이미 운동이 아닙니다.

나는 이 생각을 민주화 운동을 하는 사람들에게 여러 차례 들려주었습니다. 그들이 옳고 바른 뜻을 가지고 있기 때문에 실패하기를 원치 않았던 것입니다.

　그러나 상당수의 재야인사나 학생들은 대중의 정서나 기대를 무시하고 독단적이고 과격한 행동을 서슴지 않았습니다. 국민을 무시하는 동일한 길을 걸음으로써 그들이 그렇게 싫어하는 독재 권력과 똑같은 실패를 경험하고 말았습니다. 나는 그 점을 매우 가슴 아프게 생각합니다.

　나는 1986년 이후, 특히 6·29가 일어난 후부터는 삼비주의三非主義를 일관되게 주장해왔습니다. 삼비주의란 비폭력, 비용공, 비반미였습니다. 그런데 그런 주장에 대해 가장 맹렬하게 비판을 해온 세력이 이른바 운동권 내의 과격파들이었습니다. 그들은 나를 보수화되었다고도 하고 미국에 아부하여 정권을 잡으려 한다고 매도하기도 했습니다.

　그러나 나의 소신에는 추호의 흔들림이 없었습니다. 왜냐하면 그 주장은 절대다수의 국민에게 배우고, 국민과 같이 가야 한다는 오랜 신념의 결과였기 때문입니다. 나는 학생이든 노동 운동 지도자든 혹은 재야인사든 비판하는 사람들을 가리지 않고 만났습니다.

　특히 그들이 문제 삼는 부분은 비반미 부분이었습니다.

　그들은 미국이 우리나라를 식민지화하고 있다고 말합니다. 오늘 우리의 모든 불행은 미국의 경제적·군사적 식민지화에 연유한다고 주장합니다. 그래서 그들에게 진지한 자세로 설명했습니다.

　"여러분은 독단을 가지고 사물을 보지 말고 객관적인 검증을 통해서 판단을 해야 합니다. 냉철하게 보십시오. 상황은 여러분의 주장과 다릅니다. 먼저 경제부터 이야기합시다. 전후에 독일을 비롯한 유럽 각국 그리고 아시아에서 일본, 싱가포르, 대만 등 많은 나라들이 우리와 똑같이 미국으로부터 경제적 원조를 받았습니다. 그런데 그런 나라들은 미국이 오히려 두려워할 만큼 경제적으로 번영을 이루었는데, 왜 우리만 지금 문제가 된 것입니까?

미국이 다른 나라는 그냥 두고 대한민국만 경제적 식민지로 만들 계획을 세운 걸까요? 만일 우리가 미국에 예속되어 있다는 것이 사실이라면 그 책임은 우리에게 더 많이 있는 것이 아닐까요? 우리 기업인들이 외자의 시설재를 도입할 때, 정부와 결탁하여 외국의 시설재 판매기업에 요구하여 도입가격을 높이고, 허술한 물건을 불리한 조건으로 반입해온 경우가 얼마든지 있었습니다.

1000만 달러짜리 시설을 1300만 달러로 높여 계약해가지고 300만 달러를 빼돌리는 식입니다. 그렇기 때문에 기계를 싸게 사올 수도 없고, 애프터 서비스도 제대로 못 받고, 로열티도 비싸게 주어야 했던 것입니다. 이러니 물건값을 깎을 대로 깎고 좋은 시설을 유리한 조건으로 사들인 나라들과 경쟁해서 못 이길 것은 분명하지 않습니까?

하나에서 열까지 우리의 경제 체제는 그간 군정 30년 동안 이런 식의 부패 낭비를 통해서 대외 종속의 형태로 굳어지고 만 것입니다. 어찌해서 여러분은 우리 정부와 기업인의 잘못은 덮어두고 일방적으로 미국이나 일본을 비난할 수 있습니까? 국민 다수는 나의 이러한 주장에 전적으로 공감하고 있습니다. 국민이 받아들이는 주장을 해야 합니다."

그들은 반론을 제기하지 못했습니다. 그리고 군사적 식민지 문제에 대해서도 그들을 설득시켰습니다.

"지금 미군은 우리나라에만 주둔하고 있는 것이 아니라 영국, 독일 등 유럽 각국과 일본에도 주둔하고 있습니다. 그러나 그들 중어느 나라도 미군이 주둔하고 있기 때문에 자기네가 미국의 군사적 식민지라고 생각하지는 않습니다.

외국 군대가 주둔해 있다는 사실만으로 군사적 식민지냐 아니냐가 결정되는 것이 아닙니다. 자국의 이익을 위해 외국 군대의 주둔을 스스로 원한 것인가, 아니면 그 나라는 원하지 않는데 외국 군대가 강제로 주둔해온 것인가에 따라서 군사적 식민지냐 아니냐가 판단되는 것입니다.

그러면 우리는 어떠합니까? 아직 우리는 남북한이 준전시의 대치 상태에 있습니다. 세계에서 전쟁의 위험성이 높은 지역으로 보는 데 누구도 이의가 없습니다. 국민의 절대다수는 평화 정착이 완전해질 때까지 미군의 주둔을 강력히 희망하고 있다는 것을 모든 여론조사가 빠짐없이 입증하고 있습니다. 현 상황에서 미군이 철수한다면 당장에 군사비를 적어도 현 국가 예산의 25% 선에서 40% 선으로 증강시켜야 할 것입니다. 그렇게 될 경우, 우리의 교육이나 사회복지의 재정은 어디서 충당하겠습니까? 경제 건설은 또 무슨 돈으로 하겠습니까?

미군의 주둔을 통해 북한을 견제할 뿐만 아니라 한반도에 군사적 진행상태가 발생하는 것을 막음으로써 일본과 중국을 견제, 동북아 지역에서 힘의 균형을 유지할 수 있습니다. 미군 주둔은 이지역의 평화에 결정적인 기여를 하고 있습니다. 그렇다면 미군이 아니고 일본군이 들어오는 사태를 바라는 겁니까?"

나는 그들에게 나의 비폭력과 비용공과 비반미가 국민과 함께 가기 위한 보폭 조절이라는 사실을 분명히 했습니다. 국민을 외면한 어떤 운동도 성공하지 못할 것이라는 점도 거듭거듭 강조했습니다.

앞서도 말했지만, 예수님이나 소크라테스, 그리고 학자 등과 같이 진리를 탐구한 분들은 최후에 자기 혼자만 남더라도 자기 주장을 굽히지 않을 수 있습니다. 국민을 무시할 수 있고, 그래도 괜찮을 것입니다. 어떤 점에서는 독야청청하는 모습이 오히려 외경스럽게 보이기도 할 것입니다. 하지만 운동은 그렇지 않습니다. 운동을 하는 사람은 언제나 국민을 생각해야 합니다.

갑신정변의 김옥균은 우리에게 교훈을 줍니다. 그의 실패는 그의 사상이 나빴거나 그가 옳지 못한 일을 하려 했기 때문이 아니었습니다. 그는 훌륭한 개화 사상을 가지고 있었습니다. 그가 실패한 요인은 국민과 같이하지 않았던 데 있었습니다. 그는 개혁사상의 내용을 국민들에게 제대로 알리지도 않았고, 국민을 조직화하지도 않았고, 혁명을 지지할 수 있도록 선전하거나 동원하지도 않았습니다.

그는 불과 200명도 못 되는 일본군만 믿고 갑신정변을 일으켰다가 2천 명의 청군 앞에 참혹한 실패를 겪어야 했습니다. 그러나 군사적 패배보다 그에게 더 치욕스러웠던 일은 그가 위하고 그가 믿었던 국민들이 그에게 돌팔매질을 했다는 사실입니다. 국민과 같이 가지 않는 운동의 필연적인 결과였습니다.

멀리 갑신정변까지 이야기할 것 없이 대중과 같이하지 않고 국민으로부터 배우지 않는 운동은 모처럼 얻었던 국민의 열화와 같은 지지조차도 상실하고 철저히 외면당한다는 예를 강경대 군 사건 때의 재야권의 실패에서 볼 수 있습니다. 그때 국민은 경찰의 무모한 진압에 분노하였고 군사정권의 횡포를 이대로 두어서는 안 되겠다고 아우성쳤습니다.

만일 재야인사나 학생들이 국가보안법 개폐改廢, 경찰 중립화, 정치범 석방 등을 내걸고 싸웠다면 큰 성과를 올렸을 것입니다. 그것이 국민 분노의 수위였습니다. 그런데 엉뚱하게도 운동권에서는 정권 타도를 들고나왔습니다. 그 결과 동정과 지지를 보내며 지켜보던 국민들은 깜짝 놀란 채 고개를 돌려버렸던 것입니다. 당시 야당 총재였던 내게 가해진 압력은 엄청난 것이었습니다. 나는 그들의 정권 타도에 대한 동참 요구를 단호히 거절했습니다. 그리고 선언했습니다. 선거에 의하지 않은 정권의 인위적 교체는 절대로 반대한다고. 나는 이 때문에 일부 과격 세력으로부터 비난과 협박을 받았지만 흔들리지 않았습니다.

나는 그 사건의 책임을 물어 노재봉 내각의 사퇴를 촉구했고, 노태우 대통령은 수차 이를 거부하다가 결국 나의 주장을 수용했습니다. 그러나 이미 말한 바 강경대 군 장례대책위원회는 국민의 정서를 무시한 주장 때문에 더 이상의 것을 얻어낼 수가 없었습니다. 그뿐만 아니라 이러한 과격투쟁의 결과는 곧이어 있었던 광역선거에서 야당의 철저한 패배로 나타났습니다.

일례로 서울시 의원 130명 중 우리 당은 26석밖에 얻지 못했습니다. 그런데 차점 낙선자는 90여 명에 이르렀습니다. 이런 결과는 강경대 군 사건에서의 잘못된 투쟁, 외대생 정원식 총리 폭행 사건이 결정적인 원인이었습니다. 이 모든 것이 기회가 왔음에도 불구하고, 국민에게서 배우지 않고 국민과 같이 가지 않은 운동의 결과였습니다.

그러나 여기서 한 가지 분명히 해둘 것이 있습니다. 지금 내가 국민은 항상 옳다는 말을 하고 있는 것은 아니라는 사실입니다. 국민은 잘못 판단하기도 하고, 흑색 선전에 현혹되기도 합니다. 엉뚱한 오해를 하기도 하고, 집단 심리에 이끌려 이성적이지 않은 행동을 하기도 합니다. 그럼에도 불구하고 우리에게는 국민 이외에 믿을 대상이 없습니다.

국민이 따라오지 못할 때는 그들을 무시하고 앞질러 갈 일이 아닙니다. 그럴 때는 일시적으로 걸음을 멈추고 국민과 같이 갈 수 있도록 보폭을 조절해야 합니다. 국민의 손을 잡고 반 발짝만 앞에 서서 이끌어야 합니다. 절대로 반 발짝 이상 벌어져서도 안 되고, 어떤 경우라도 국민과 잡은 손을 놓아서도 안 됩니다. 국민의 손바닥으로부터 전해지는 체온과 국민 정서를 통해 국민의 뜻을 배워야 합니다. 조급한 마음이 일을 그르칩니다. 자기만 옳다는 생각만 믿고 달려가게 되면 국민과 잡은 손은 떨어지고 국민은 우리를 떠납니다. 그런 결과는 반대세력만 이롭게 만듭니다.

내가 40년 동안 그렇게 어려운 고비들을 수없이 넘기면서도 목숨을 부지하고 오늘에 이를 수 있었던 것은 이러한 소신과 실천의 결과였습니다. 지금까지 살아오면서 국민의 손을 잡고 가야 한다는 신념을 한 번도 포기해보지 않았습니다. 사실 일부 국민들로부터 엉뚱한 오해를 받은 적도 있지만 변함없이 내 손을 잡아준 그 많은 국민들이 있었기 때문에 여기까지 오게 된 것입니다.

국민을 믿고 국민의 손을 놓지 않고 걸어간 사람에게는 일시적 좌절이 있을지 몰라도 영원한 패배는 없습니다. 5·17 사건으로 사형언도를 받고 죽음을 기다리고 있을 때, 나의 마음은 걷잡을 수 없이 불안과 공포에 시달렸습니다. 죽음을 생각한다는 것은 참으로 두려운 일이었습니다. 그런데 신군부는 자기네들과 손잡으면 살려주겠다고 유혹을 계속했습니다. 하루에도 몇 번씩 마음이 왔다갔다 하여 어디에도 정착할 수 없는 때가 있었습니다. 그러나 굴복할 수 없었습니다. 죽음도 두렵지만 내가 믿는 하느님과 국민과 역사가 더 두려웠습니다.

마침내 내가 아니라 국민과 역사의 심판이 나의 죽음에 의미를 부여할 것이라는 확신을 갖기에 이르렀습니다. '나의 삶은 나를 박해해온 사람들과는 같지 않았다. 나는 죽더라도 우리 역사와 국민은 올바른 평가를 내려줄 것이다. 결국 나는 죽음으로써 나를 죽이려는 사람들에게 이기는 것이다. 그들은 나의 육신을 죽일 수 있어도 내가 역사와 국민들의 마음속에서 다시 살아나는 것을 막을 수는 없다. 국민과 같이 가는 자에게는 패배가 없다. 역사는 그들이 반드시 승자로 부활한다는 것을 입증해주고 있지 않은가?'

이와 같이 마음을 정리하고 나자, 그렇게 편안할 수가 없었습니다. 그때부터는 잠도 편히 잘 수가 있었습니다. 하루는 헌병이 와서 "선생님, 이 판국에 그렇게 잠이 옵니까?" 하고 물었습니다. 나는 조금 쑥스러워서 "잠을 자지 않으면 누가 살려주는가?" 하고 웃으며 대꾸했습니다.

국민은 언제나 현명한 것은 아닙니다. 그러나 민심은 마지막에는 가장 현명합니다.

국민은 언제나 승리하는 것은 아닙니다. 그러나 마지막 승리자는 국민입니다. 그러기 때문에 하늘을 따른 자는 흥하고 하늘을 거역한 자는 망한다고 했는데, 하늘이 바로 국민인 것입니다. 유일하게 현명하고, 유일하게 승리할 수 있는 국민에게서 배우고 국민과 같이 가는 사람에게는 오판도 패배도 없습니다.

정치를 하려는 후배들에게

젊은 시절 잠깐 사업에 손댄 것을 제외하면, 인생의 대부분을 정치와 함께 지내왔습니다. 정치를 빼면 나의 인생은 거의 제로가 됩니다. 정치는 곧 인생의 전부였습니다.

나와 같이 정치에 인생을 걸어보겠다고 나서는 젊은이들을 위해 40년 경험에서 얻어진 몇 가지 교훈을 적어보려고 합니다. 정치하려는 사람의 기본자세는 시대가 바뀌어도 변할 수가 없습니다. 그러나 현실에 대처하는 자세는 과거와 크게 달라져야 할 것입니다. 그럴 때 인류 역사상 최대 격변기를 헤쳐나가는 정치인으로서 성공할 수 있습니다.

시대가 바뀌면 새로운 스타일의 지도자와 새로운 방법의 정치적 접근이 필요한 것은 당연합니다. 여기 적는 열 가지는 원칙은 원칙대로 고수하면서, 변화된 시대를 염두에 두고 나름대로의 새로운 접근방식을 찾아 자신의 앞길에 적용하길 바랍니다. 교훈이라면 교훈일 테고, 요새 유행하는 말로 노하우라고 하면 노하우라고 할 것입니다. 다만 오랜 경험에서 나온 다음 권고의 말은, 이를 주체적으로 소화해서 취사선택한 사람만이 자신의 것으로 만들 수 있을 것입니다.

첫째, 정치를 하겠다고 나선 사람은 어떻게 해서든지 국회의원 배지를 달고 출세하는 정치쟁이가 될 것인지, 아니면 진리와 정의를 위해서 일생을 바치고 국민과 민족을 위해 헌신하는 정치가가 될 것인지를 먼저 결정해야 합니다. 그것이 시작입니다. 전자가 되겠다고 마음먹고 있는 사람에게는 해줄 말이 없습니다. 꼭 듣고 싶다면, 정치를 하지 말라는 말은 할 수 있을 것 같습니다.

그런 정치쟁이는 국민에게 해가 되고, 자기 자신의 인생도 버리게 되기 때문입니다. 우리는 우리 주변에서 국회의원을 네 번, 다섯 번 했어도 국민으로부터 이렇다 할 평가도 존경도 못 받고 오직 경멸과 비난의 대상이 된 사람을 많이 보고 있습니다. 한 번밖에 없는 귀중한 인생을 이렇게 보낼 필요는 없는 것입니다.

만일 진정한 정치가가 되기를 바란다면 무엇이 될 것인가에 연연하지 말고 정치인으로서 어떻게 바르게 사느냐 하는 것을 정치목표로 삼고 나가야 합니다. 출발이 다르면 끝도 다릅니다. 어떤 방향을 잡고 달리느냐에 따라 목적지가 산이 될 수도 있고 평야가 될 수도 있습니다. 정치의 장으로 뛰어들기 전에 자기와의 대화를 통해 진실하게 판단하고 결정하는 것이 좋습니다.

둘째, 원칙은 흔들림 없이 지키되 방법에 대해서는 유연성을 가져야 합니다. 우리가 확고하게 지켜야 하는 원칙이란 민주주의입니다. 민주주의는 어떠한 경우에도 흥정이나 양보의 대상이 되어서는 안 됩니다. 그러나 원칙이 정해진 다음에는 모든 것을 대화와 협상으로 풀어가며, 양보도 하고, 타협도 하는 유연성을 가져야 합니다.

그런데 우리 주위에는 원칙은 흔들리면서 방법에 대해서만 흔들리지 않으려는, 꽉 막힌 사람이 많습니다. 그런가 하면, 원칙이나 방법, 어느 것 하나에도 제 중심이 없는 사람도 있습니다. 그래서 강경하지 않아야 할 때 강경하고, 강경해야 할 때는 강경하지 않은 정치인을 많이 봅니다. 이런 사람은 정치를 희화화시키거나 경색시키는 역할을 합니다. 그런 자세는 개인에게도 사회에도 별다른 유익을 주지 못합니다.

나는 6대 국회 때부터 정치인의 자세에 대해서 말한 적이 있습니다. 바른 정치인이라면 서생적 문제의식書生的 問題意識과 상인적 현실감각商人的 現實感覺 두 가지를 겸비해야 한다고 말해왔습니다. 원칙에 대해서는 서생과 같이 고집스럽게 밀고 나가되, 그 방법에 있어서는 상인과 같이 현실에 입각한 유연성을 가져야 한다는 뜻입니다.

셋째, 무엇보다 국민을 하늘로 알고 두려워해야 합니다. 국민을 무서워하지 않는 정치인은 반드시 실패합니다. 몇몇 사람을 일시적으로 속이는 것은 가능하지만, 모든 사람을 영원히 속이는 것은 불가능하다는 링컨의 말이 있습니다. 그렇습니다. 이것은 만고의 진리입니다.

만해 한용운 식으로 말하자면, 칸트에게는 철학이 님이고, 불자에게는 부처가 님이고, 정치인에게는 국민이 님입니다. 어떤 경우에도 국민을 속여서는 안 됩니다. 어떤 경우에도 국민을 위해서 모든 것을 희생하겠다는 마음의 자세를 버려서는 안 됩니다. 자신의 정치 생명을 국민에게 걸어야 합니다. 국민이 아닌 다른 어떤 것도 국민을 대신할 순 없습니다.

넷째, 정치는 종합예술입니다. 사람이 있는 곳에는 정치가 있습니다. 사람이 관련된 문제에 정치가 개입되지 않거나 영향을 미치지 않는 곳이 없습니다. 정치가 건강해야 사회가 건강하고 아름다워지고 국민이 행복해집니다. 정치가 잘되면 억압받던 민중들이 자유를 향유하게 됩니다. 정치가 잘되면 국민경제가 튼튼해져서 삶이 풍부해집니다. 정치가 잘되면 가난하고 고통받는 사람들이 인간다운 삶을 보장받아 행복한 일생을 보내게 됩니다. 정치가 잘돼야 문화예술의 꽃이 피어서 국민들이 삶의 아름다움과 기쁨을 누리게 됩니다. 정치가 잘돼야 나라와 민족의 영광이 세계에 떨치게 됩니다. 이 이상의 예술이 어디에 있겠습니까?

다섯째, 정치를 지망하는 사람은 되도록 지방 정치부터 시작하는 것이 좋습니다. 모든 일에는 단계가 있습니다. 그리고 각 단계마다 고유한 영역이 있습니다. 밑바닥을 알아야 대성할 수 있습니다. 현대는 탈중앙집권화의 시대입니다. 다양한 목소리들이 다양하게 터져나옵니다. 이런 시대에는 더욱 지방 정치를 모르고서는 중앙 정치를 할 수 없습니다. 성공한 정치인들은 대부분 지방 정치의 과정을 거친 사람들입니다. 링컨이 그랬고, 레이건과 클린턴 대통령도 그랬습니다.

여섯째, 일찍부터 유명해지려고 너무 서둘러서는 안 됩니다. 조급한 마음이 일을 그르치는 경우가 많이 있습니다. 영국의 초선의원이나 재선의원은 앉을 자리도 없고 발언할 기회도 거의 없습니다. 일본에서 어떤 초선의원이 당수에게 인사를 하러 갔습니다. 그때 당수는 그 병아리 의원에게 이렇게 충고했다고 합니다.

"처음부터 너무 유명해지려고 애쓰지 마라. 빨리 유명해진 사람은 정치 생명이 빨리 끝난다."

유명해지는 게 나쁘다는 뜻이 아닙니다. 충분한 연륜과 경험의 축적 없이 유명해지는 것은, 마치 부는 바람에 풍선이 날아다니는 것과 같아서 결코 안정된 자리를 찾을 수가 없습니다. 나는 초선의원이나 재선의원들에게는 언제나 말합니다.

"서둘지 말라. 유명해지려고 초조해하지 말라. 우선 실력을 쌓아라. 그리하여 자기가 속한 상임위에서 제1인자가 되는 것을 목표로 하여 열심히 배우고 생각하라. 더 큰 성공은 그다음의 일이다."

그러나 불행히도 이러한 충고를 지키는 사람은 그리 많지 않은 것 같습니다.

일곱째, 정치인은 국정 전반에 걸쳐 종합적인 지식과 경험을 쌓되 자신의 특정 분야, 예컨대 외교라든지 통일이라든지 건설이라든지, 국방 혹은 문화 분야 등에서 진가를 발휘할 수 있는 전문적인 실력을 배양해야 합니다. 적어도 이것에 대해서라면 나를 따라올 자가 없다고 말할 수 있는 무언가가 있어야 합니다. 현대는 지식산업의 시대입니다. 얼마나 창조적인 지식을 가지고 있는가, 얼마나 정확하고 많은 정보를 가지고 있느냐에 따라서 승패가 결정됩니다. 좋은 정치인은 종합적이면서 동시에 전문적이어야 합니다.

여덟째, 정치를 하는 사람은 반드시 조직에 속해 정당원이 되어야 합니다. 그렇지 않으면 개인적으로 아무리 탁월한 능력이 있다 할지라도 그의 정치는 별 효과가 없을 것입니다. 민주정치는 정당정치입니다. 그러므로 자기 개인보다 자기가 속한 정당이 국민들로부터 더 좋은 평가를 받도록 먼저 노력해야 합니다. 정당의 이미지가 좋아지면 소속 정치인 개인의 이미지도 덩달아 좋아지게 마련입니다. 당이 잘못한다고 공개적으로 비판하며 자기의 인기만 높이려는 사람을 종종 보게 됩니다. 그것은 누워서 자기 얼굴에 침을 뱉는 것처럼 어리석은 짓입니다. 나의 40년 경험으로는 그런 사람들은 예외 없이 정치생명이 단명으로 끝났습니다.

아홉째, 정당을 옮기는 것은 물론이고, 여기저기 계보를 옮겨 다니는 정치인은 결코 성공할 수 없습니다. 한번 결정을 내릴 때까지는 신중해야 합니다. 그러나 결정이 내려진 다음에는 어떤 어려움이 있더라도 경솔하게 바꾸거나 변덕스럽게 이곳저곳을 기웃거려서는 안 됩니다. 그런 사람은 가볍고 추해 보입니다. 납득할 만한 이유 없이, 소소한 이해관계에 따라 거취를 결정하는 사람은 결코 조직이나 국민으로부터 신뢰를 받을 수 없습니다.

비단 정치인에게만 요구되는 덕목은 아니지만, 무게 중심이 아래에 있어야 합니다. 나는 정당생활을 시작했던 1957년부터 정치를 떠난 1992년까지 근 40년 동안 한 정당, 한 계보의 줄기를 벗어나본 일이 없습니다. 나는 지금도 그러한 나의 태도가 자랑스러운 일이었다고 생각하고 있습니다.

열 번째, 정치자금은 반드시 필요합니다. 물론 최선은 돈이 필요

없는 정치를 하는 것입니다. 그리고 정치인 스스로 늘 돈으로부터 청렴하려고 노력하여야 합니다. 그러나 정치는 또 현실이기도 합니다. 정치자금을 만들지 못하면 정치를 하기가 어려운 상황에서는 정치자금을 확보하는 것 또한 하나의 능력입니다. 하지만 문제가 되는 돈을 만져서는 안 됩니다. 어디에 내놓아도 부끄러움이 없고 떳떳한 자금을 만들 줄 알아야 합니다. 공개적으로 후원회를 결성하여 모금하는 것은 매우 좋은 방법 가운데 하나입니다.

정치자금은 사사로운 일에 사용해서는 안 되며 사욕을 취하는 데도 안 됩니다. 내가 오랫동안 야당의 지도자 노릇을 하면서 가장 고심했던 것이 정치자금 문제였습니다. 역대로 군사정권마다 내게 정치자금이 들어오는 것을 철저히 차단했습니다. 누구든지 나에게 돈을 주었다고 의심받은 사람들은 그 의심만 가지고도 파산을 당하고 가혹한 세무사찰도 당했습니다.

이러한 가운데 정치자금을 만든다는 것은 참으로 힘든 일이었습니다. 그러나 나는 어떻게 하든지 돈을 만들어서 당을 꾸려가고 수많은 선거를 치렀습니다. 그리고 야당사상 처음으로 두 개의 당사 건물을 마련했습니다. 그러나 나는 단 백 원도 떳떳치 못한 돈을 받은 일이 없습니다. 그런 돈이 올 때면 단호하게 거절했습니다. 그렇지 않았던들 나같이 공작정치의 철저한 감시와 음모 속에 살아온 사람은 정치생명조차 유지하지 못했을 것입니다.

그러면 어떻게 돈을 만들었단 말인가? 거기에는 많은 친구들과 의원들의 협력도 있었습니다. 그러나 가장 큰 것은 내가 살아온 일생에 대해서 존경과 공감을 갖는 몇몇 분들의 대가를 바라지 않는 도움이었습니다. 나는 내가 이 세상을 뜰 때는 그분들에 대한 감사와 더불어 그 이름을 밝힐 수도 있다고 생각합니다. 그러나 지금은 그분들을 위해서 그렇게 할 수가 없습니다. 나를 위해서가 아닙니다.

앞에 든 열 가지는 정치를 지망하는 후배들에게 평소 하고 싶었던 말들입니다. 여기에는 나의 신념과 체험과 수난의 역정이 녹아 있습니다. 나는 40년 동안 정치를 해오면서 언제나 여기 밝힌 10가지 원칙대로 살고자 했습니다.

정치에는 손쉬운 왕도가 없습니다. 원칙을 충실하게 지키고 방법을 현실에 맞춰 유연하게 취해야 합니다. 언제나 국민과 역사를 의식하고 거울 속에 비친 자신의 눈을 바로 보면서 하루하루를 성실하게 노력해나가야 합니다. 왕도가 있다면 바로 이것이 왕도입니다.

진정한 왕도를 지킨 정치인은 그가 얼마만큼 높은 자리에 올라 현실적으로 성공했느냐의 여부에 관계없이 정치쟁이가 아닌 정치가로서의 영광을 누리게 될 것입니다.

끝이 없는 길

5

은퇴 전야

1992년 12월 18일 제14대 대통령 선거일.

그날 오후 6시부터 시작한 개표는 자정이 지나자 나의 패색으로 굳어져갔습니다. 초반의 간격이 좀처럼 메워지지 않았습니다.

나는 텔레비전 앞을 떠나 잠자리에 들었습니다. 응접실에서 사람들의 말소리가 간간이 흘러 들어왔지만, 나는 눈을 감고 잠을 청했습니다. 그런 상황에서 어떻게 잠이 오겠느냐고 의아해하는 분도 있을 것입니다.

그러나 나는 사형 선고를 받아놓고도 달게 잠을 잔 사람입니다. 대통령 선거에서 떨어진 것이 죽음을 선고받은 일과 비교나 되겠습니까? 나는 모든 일에 있어 최선을 다하지만, 그 결과에 대해서는 빨리 인정하고 다음 일을 준비하는 타입입니다.

얼마나 잤는지 모르겠습니다. 깨어보니 옆에 누운 아내가 훌쩍이고 있었습니다. 나는 "과거에 몇 차례나 죽을 고비를 넘겼는데, 그때 죽었다고 생각하면 되지 않겠소" 하고 위로를 했지만, 나 역시 가슴이 아프기는 마찬가지였습니다.

눈을 감고 이런저런 생각에 잠겼습니다. 참으로 많은 생각들이 주마등처럼 스치고 지나갔습니다. 지금까지 살아오면서 국민들에게 가장 크게 봉사하리라고 마음먹고 준비해온 세월들, 그리고 벅찬 가슴으로 선거운동에 동분서주하던 일들, 투표를 끝내고 통일전망대에 올라가서 북쪽 하늘을 바라보며 통일 조국의 번영을 위해 이 몸을 헌신하리라 다짐했던 일….

사실 투표 당일까지도 우리 진영에서는 승리를 자신했습니다. 주관적인 환상에 들떠 있었던 것이 아니라, 객관적인 자료들이 우리에게 그런 예측을 가능하게 했습니다. 투표하기 며칠 전에, 가장 빠르고 정확한 정보를 수집한다는 국내 유수의 기업이 분석한 자료가 그랬고, 외국 공관 등의 여론조사도 그랬습니다.

어떤 외국 대사관 사람은 사후 대책까지 논의하기를 희망해왔고, 외신들은 고향까지 가서 촬영을 하기도 했습니다. 이번에야말로 정말 국민의 힘으로 자랑스러운 민주 선거를 치를 수 있겠다는 희망을 가질 수 있어서 더욱 기뻤습니다.

그 와중에 부산 횟집 사건이 터졌습니다. 우리는 그 사건이 그간 독재 정권하의 지역 감정에 종지부를 찍을 사건이라 생각했고, 더욱 승리를 확신하기에 이르렀습니다. '이젠 됐다' 하는 분위기로 들뜨기까지 했습니다. 그 사건이 역반응을 불러일으켜 물밑에 숨죽이고 있던 지역 감정을 일으켜 세우게 되리라는 상상은 차마 하지 못했습니다.

그 사건이 대통령 선거의 판도를 좌우했다는 생각에 이르자, 우리 정치의 비통한 현실에 눈물조차 나오지 않았습니다. 솔직히 말씀드리면, 우리 국민들에 대해 실망을 금할 수 없었습니다. 국민들이 나라의 장래를 책임질 중요한 일꾼을 뽑는 자리에서 정책이나 인물로 판단하지 않고, 또다시 사악한 지방색 조장의 그물에 걸려들어서야….

사람들은 나를 위로하는 뜻으로 "전라도가 아니라 강원도에서만 태어났어도…"라고 아쉬움을 표시합니다. 그러나 나는 모든 국민을 똑같이 존경하고 사랑합니다. 동시에 나는 전라도 사람인 것을 자랑스럽게 생각합니다. 전라도도 다른 도와 마찬가지로 자랑거리가 있고 결점도 있습니다. 전라도 사람이 권력의 농간에 휘둘리거나 일부 타 지역 사람들에게 이유 없이 차별을 받는 데 대해 단연코 반대합니다.

나의 패배의 또 하나의 요인이었던 용공조작도 그렇습니다. 이역시 지방색의 논리만큼 억지스럽고 유치한 것입니다. 그러나 가장 유치한 것이 가장 효과적이라는 사실이 여실히 증명되었습니다. 있지도 않은 사건이 갑자기 만들어졌고, 여론은 마치 금방이라도 나라가 떠내려갈 듯이 들끓었습니다. 야당과 야당 국회의원들이 연루되었다고 떠들던 간첩 이선실 사건, 즉 '남한조선노동당 결성 사건'은 대통령 선거가 끝나자마자 소리도 없이 꼬리를 감추고말았습니다.

그 사건은 어디로 갔을까요? 그렇게도 날뛰던 간첩들이 대통령 선거가 끝나자마자 사라져버렸단 말입니까? 들끓던 언론들과 흥분하던 국민의 감정은 다 어디로 가버린 것입니까? 참으로 미스터

리가 아닐 수 없습니다.

북한 방송이 김대중을 당선시키라고 선동했다는 안기부 발표도 선거 기간 중에 나돌았습니다. 북한의 김일성이 찍으라고 했으니까 내가 용공이고 좌경이라는 논리를 펴면서 나를 함정에 몰아넣으려 하였습니다. 여당의 후보까지 이를 국민의 앞에서 외쳤습니다. 나는 여러 차례에 걸쳐 그것이 함정임을 상기시켰습니다.

"북한의 방송이 사실이라면 김일성은 내가 당선되기를 원치 않는다는 것이다. 왜냐하면 그 사실이 알려지면 내 표가 깎이리라는 건 초등학교 졸업반의 사고력만 있어도 어렵지 않게 짐작할 수 있기 때문이다."

그러나 소용이 없었습니다. 선거가 끝나자 국무총리와 안기부장은 야당의원의 질문에 서면답변으로 '선거 기간 중 북한이 그러한 방송을 한 일이 없다'라고 밝혔습니다.

나는 우리의 대통령을 뽑는 선거가 이런 터무니없는 요인들로 결정된다는 사실에 몹시 마음 아픕니다. 목적을 달성하기 위해서는 어떤 수단이나 방법도 다 용인된다고 하는 이런 식의 선거 풍토와 정치 관행이 우리 국민들의 의식을 오염시키고 있는 것입니다.

지금 나에게는 비록 야속한 마음이 없진 않으나 그래도 믿는 건 우리 국민밖에 없습니다. 내가 사랑한 것도 국민이고, 또 지금의 나를 만든 것도 우리 국민입니다. 나는 국민들의 선택에 엄숙하게 승복해야 한다는 사실을 알고 있습니다.

투표 다음 날 새벽 다섯 시쯤 나는 자리에서 일어나 있었습니다.

나는 결단해야 했습니다. 중대한 결정을 해야 하는 시점을 본능적으로 느낀 것입니다. 나는 언제나처럼 그 어려운 결단을 예수님에게 상의했습니다.

'사람은 마지막이 좋아야 한다. 아무리 큰 업적을 남겼다고 하더라도 마지막을 잘 맺지 못하면 그 사람에 대한 평가는 좋을 수가 없다. 마지막 정리를 잘 하지 못해서 일생을 망치고 추한 모습을 보인 채 사라져간 어른들이 얼마나 많았던가.'

젊었을 때부터 그러한 예를 수없이 보아오면서 큰 교훈을 얻은 바 있었습니다. '그러한 전철을 밟지 않기 위해 새로운 시작을 해야 할 시점이 바로 지금이다. 더 이상 연연하는 것은 추해 보일 뿐이다.' 나는 마음을 정했습니다.

물론 인간적인 갈등이 전혀 없지는 않았습니다. '이 나라에 민주화를 꽃피우기 위해서는 강력한 야당이 절대적으로 필요한데, 나의 은퇴는 혹 현실도피는 아닐까?' 하는 물음도 가슴 깊숙한 곳에서 터져 나왔습니다. 그러나 나는 이내 스스로를 위로하기 시작했습니다.

'그것은 나 혼자만의 생각이야. 젊고 유능한 친구들이 지금 얼마나 많이 활동하고 있는데, 이젠 그들의 시대이지. 나는 물러나야 돼.'

'또 조그만 섬 하의도에서 태어나서 서울에 올라와 이만하면 출세한 것이 아닌가. 국회의원을 여러 번 했고, 250만 명이나 되는 청중을 모아놓고 연설도 해보고, 또 세 번이나 대통령이 될 뻔하지 않았는가. 사실 아쉬움이 있을 때가 바로 물러날 적기라고 하지 않던가.'

나는 정계 은퇴 결정이 나를 지지한 국민들에게 자신들의 표가 당선으로 이어진 것 이상의 자부심을 심어주게 되리라는 기대도 했습니다. 아울러 우리 국민들에게 우리나라도 '평생을 민주화의 길을 걸은 정치인' 그리고 '마지막 순간까지 몸소 민주주의를 실천한 정치인'을 가지고 있었다는 자부심을 갖게 되었으면 하는 바람도 있었습니다. 어쩌면 그런 자부심이야말로 우리 국민들에 대한 나의 마지막 정치적 봉사요, 가장 큰 선물일 수도 있을 것이라고도 생각했습니다.

그때의 기대와 바람은 곧 현실로 나타났고, 그 사실만으로도 나는 충분히 의미있는 일을 한 것이고 커다란 보상을 받은 것이라고 자부합니다.

처음에는 민주당 탈당까지도 생각했습니다. 그러나 마지막 순간에 그 결심만은 번복했습니다. 그것은 대통령 선거 기간에 혼신의 정열로 뛰어준 우리 당 동지들에 대한 의리 때문이었습니다. 그리고 아직 확고히 뿌리 내리지 못한 민주당을 정착시킬 때까지 내가 당적을 가지고 있는 것이 도움이 된다면 그래야 한다고 판단했습니다.

나는 아내에게 내 심경을 이야기하고 성명서를 받아 적도록 했습니다. 아내는 눈물을 흘리면서 내 말을 따랐습니다. 나는 자리에 다시 누워 날이 밝기를 기다리며 마음속으로 하나하나 할 일을 정리했습니다. '우리 당의 동지들과 국민들에게 무어라고 말을 할까? 처음에는 틀림없이 결사반대를 할 텐데 그들을 어떻게 설득할까?' 쉽지 않았던 결단인 만큼 다시 한번 마음을 다잡았습니다.

사람들은 내 결단을 용기라고 하면서 그 용기의 배경을 궁금해합니다. 그리고 어떻게 그런 중요한 결단을 그 혼란의 순간에 내릴 수 있었느냐고, 정말 하루만 더 늦었어도 이처럼 높이 평가받지 못했을 것이라고 합니다. 그러나 굳이 그 이유를 말한다면 그것은 내 삶의 전 과정을 통해 터득한 일종의 위기관리 능력에서 나왔다고 말할 수 있을 것입니다.

나는 지난 40년간을 언제나 생사를 건 위기 속에서 살아왔습니다. 순간순간을 기민하고 적절한 판단을 하지 않으면 명예는 물론 안전도 보장할 수 없는 경우가 많았습니다.

한 가지만 이야기를 하겠습니다. 1987년 대구에서 영호남 학생이 주축이 되어 지역 감정 해결을 위한 집회를 할 때 그 자리에 연사로 참여한 적이 있습니다. 그런데 시민을 가장한 전투경찰이 행사를 방해하고 있었습니다. 그 사람들은 돌을 던지고 야유를 퍼부으며 연설을 방해했습니다. 몇 사람의 연사가 연설을 해보지도 못하고 연단을 내려와야 했습니다.

그때 나는 순식간에 결단했습니다. 내가 저들의 돌에 맞아 머리가 깨어져 선거를 못 하는 한이 있더라도 여기서 그냥 물러서서는 안 되겠다는 판단이 섰습니다. 우산으로 둘러친 방패막이조차 치우게 하고 큰 소리로 혼신의 힘을 다해 쉬지 않고 연설만 했습니다. 나에게 허락된 35분 중 20분을 그렇게 방해를 받으면서도 계속했습니다. 참으로 그 20분은 이 세상에서 가장 긴 시간이었습니다.

20분쯤 지나자, 사태가 역전되기 시작했습니다. 일반 청중들이 처음에는 방해꾼들에게 박수를 보내다가 이제는 야유를 보내고 조용하도록 주의를 준 것입니다. 그 결과 나는 15분 동안 아무 방해도 받지 않고 지역 감정 해소에 대한 나의 평소 소신을 설득력 있게 전할 수 있었습니다.

이런 일들은 사소한 예에 지나지 않습니다. 사실 위기를 관리하는 능력은 타고난다기보다는 순간순간 주도면밀한 상황판단과 혼신을 다한 대응을 통해서만 얻을 수 있습니다. 그것은 경험으로 체득한 나의 확신입니다.

사람은 많은 선택과 결단을 하며 삽니다. 그 가운데는 누구의 조언도 없이 혼자서 해야 하는 외로운 결단도 있습니다. 나는 결단을 하는 과정에서 많은 의견들을 참조하고 수렴하긴 하지만, 마지막 결정은 혼자서 합니다. 이것은 인간이 지닌 숙명이라 할 것입니다.

이번 은퇴 결정도 마찬가지였습니다. 나는 아내와만 상의하고 혼자 결정했습니다. 다른 누구의 의견도 듣지 않았습니다. 만일 다른 사람과 상의했다면 나는 아직도 정치를 떠나지 못하고 어정쩡하게 국회의원으로 남아 있을지 모릅니다.

실제로 성명서를 써 들고 당에 나와 은퇴 의사를 밝혔을 때, 많은 동지들이 결사 반대의 뜻을 비쳤습니다. 나는 이해합니다. 대통령 선거 패배의 충격에서 벗어나지 못한 상태에서 나의 은퇴선언은 그들에게 설상가상의 충격을 주었을 것입니다.

어떤 사람은, 다른 건 몰라도 국회의원직은 가지고 있으라 했고, 또 어떤 사람은 아직도 건강한데 왜 정계를 떠나려 하느냐고 따졌습니다. 당은 어떻게 하며, 우리에게 표를 던진 사람들은 또 어떻게 하느냐는 말도 나왔습니다.

은퇴를 결심하고 난 상태였지만, 당원들과 동지들의 그런 격렬한 반대에 부딪치자 내 마음도 약간의 동요가 이는 듯했습니다. 그러나 나는 마음을 다시 잡으며 "사람은 물러갈 시기를 잘 알아야 한다. 이제는 여러분의 시대다. 이제는 김대중 없이 해나가야 한다"라고 말했습니다. 그것은 나의 진심이었습니다. 그날 내가 발표한 은퇴성명을 여기에 소개할까 합니다.

존경하는 국민 여러분!

저는 또다시 국민 여러분의 신임을 얻는 데 실패했습니다. 저는 이것을 저의 부덕의 소치로 생각하며 패배를 겸허한 심정으로 인정합니다.

저는 김영삼 후보의 대통령 당선을 진심으로 축하하는 바입니다. 저는 김영삼 총재가 앞으로 이 나라의 대통령으로서 정치, 경제, 사회 모든 분야에서 성공하여 국가의 민주적 발전과 조국의 통일에 큰 기여 있기를 바라마지 않습니다.

국민 여러분!

저는 오늘로서 국회의원직을 사퇴하고 평범한 한 시민이 되겠습니다. 이로써 40년의 파란 많았던 정치 생활에 사실상 종말을 고한다고 생각하니 감개무량한 심정을 금할 길이 없습니다.

그간 국민 여러분의 막중한 사랑과 성원을 받았습니다. 진심으로 감사합니다. 국민 여러분의 하해 같은 은혜를 하나도 갚지 못하고 물러나게 된 점 가슴 아프고 송구스럽게 생각합니다.

한편 이기택 대표 최고위원 이하 당원 동지 여러분께서는 오랜 세월 동안 저에 대하여 이루 말할 수 없는 협력과 성원을 아끼지 않았습니다. 당원 여러분이 베풀어준 태산 같은 은혜를 무어라 표현할 길이 없습니다.

앞으로 한 당원으로서 저의 힘닿는 데까지 당과 동지 여러분의 발전에 미력이나마 헌신 협력할 것을 다짐하는 바입니다. 다시 한번 국민 여러분과 당원 동지 여러분들의 건승을 빌면서 가슴 벅찬 심정으로 감사의 인사 말씀을 드리는 바입니다.

이제 저는 저에 대한 모든 평가를 역사에 맡기고 조용한 시민 생활로 돌아가겠습니다. 국민 여러분과 당원 동지 여러분의 행운을 빕니다.

나는 다시 돌아올 뜻을 감추고 작전상 은퇴한 것이 아닙니다. 은퇴하는 사람이 그런 생각을 하는 것은 국민을 속이고 역사를 속이고 자기까지 속이는 사술에 불과합니다.

나는 우리 국민의 결정에 불만 없이 순종해야 한다고 생각합니다. 왜냐하면 국민은 바로 민심이고 심판자이기 때문입니다. 나의 믿음을 확인받기 위해서라도 나는 국민의 선택를 받은 김영삼 대통령이 국가 운영에 성공하기를 진심으로 바랍니다.

길은 끝나는 곳에서 다시 시작되고

정치를 떠나겠다고 선언한 후 나에게 쏠린 세상의 관심과 애정은 나를 어리둥절하게 했습니다. 일찍이 선거에서 진 패자가 이렇게 요란한 조명과 각광을 받은 전례가 없었습니다. 그것은 나의 결단이 옳았고, 내가 참으로 현명한 행동을 해서라기보다는 나의 은퇴가 우리 국민의 가슴속에 무언가 강한 인상을 남겼기 때문이 아닌가 생각합니다.

나는 정치를 떠나면 조용하게 사생활을 좀 가져보리라 마음먹고 큰 기대를 가졌습니다. 사실 그동안 내게는 사생활이라는 것이 없었습니다. 한동안은 강제로 빼앗겼고, 나머지 세월도 번잡한 정치의 한복판에서 여유를 찾을 수 없었습니다. 국민에 대한 책임과 분망한 일 속에서 넉넉한 여유라곤 생각할 수 없었습니다.

오죽하면 읽고 싶은 책은 많은데 시간을 내지 못하는 것이 안타까워서 감옥에 다시 들어갔으면 하는 바람이 간절했던 때마저 있었겠습니까? 이젠 정치를 떠났으니 언론도 나를 조용히 내버려둘 것이라고 생각했습니다. 평범한 시민으로 돌아가 책도 읽고 사색도 하고 공부도 더 했으면 하고 바랐습니다.

그런데 사정은 그렇지가 못했습니다. 신문들은 자꾸만 내 이야기를 기사로 다루었습니다. 동교동으로는 연일 전화와 편지가 쇄도했습니다. 어떤 사람은 전화를 걸어놓고 그냥 엉엉 울기만 했습니다. 혼자서 그냥 울기만 하는 것이 아니라, 집안 사람들 우는 소리를 전화통으로 들려주기도 했습니다. 많은 사람들이 나의 용기 있는 결단에 대해 감동을 받았다고 했습니다.

나를 지지한 사람들은 이렇게 끝나는 것을 못내 아쉬워하면서도 자부심을 선물로 주어서 고맙다고 했습니다. 자신의 한 표가 자랑스럽다고 했습니다. 나를 지지하지 않았던 사람들은 자신이 그동안 나를 오해하고 있었다고, 너무 늦게 그 점을 깨달았다고 하며 아쉬워하기도 했습니다.

선거가 끝난 지 한 달쯤 후에 만난 한 여류작가는 부모님이 돌아가실 때도 이렇게 울어본 적이 없다고 하며 내 앞에서 흐느껴 울었습니다. 외국인들도 나의 은퇴 장면에 감동을 받았다고 말했습니다. 어떤 미국의 여기자는 자기 일생에 이렇게 감동적이기는 처음이라고 말했습니다.

일본의 NHK는 한편의 드라마를 본 것 같은 느낌이라고 평하며 일대기를 만들자고 제안해왔습니다. 처음에 나는 그 제안을 거절했습니다. 언론으로부터 벗어나려 하는 판에 그 번잡한 일에 뛰어들고 싶지 않았기 때문입니다. 그런데 그 사람들은 영국까지 쫓아와서 집요하게 매달렸습니다.

주변 사람과 상의한 끝에 승낙하기로 했습니다. 일본인들에게 한국인의 바른 이미지를 심어주는 것도 나쁘지 않겠다는 생각 때문이었습니다. 그 일대기는 '김대중―일본인에게의 자서전'이라는 제목으로 1회 45분씩 총 4회가 방영되었습니다.

이 프로그램은 처음에는 교육방송으로 나갔는데, 워낙 반응이 좋아 유선방송으로 전 세계에 재방영되었습니다. 집계상으로는 1500만 이상의 시청자가 TV 채널을 고정시켰다는데, 이런 류의 프로그램으로서는 NHK 개국 이래 두 번째로 높은 시청률이었다고 합니다.

은퇴한 지 며칠이 지난 어느 날 열한 살짜리 여자아이가 제 아버지의 손을 잡고 우리 집을 찾아온 적이 있습니다. 아이는 꽃을 가지고 왔습니다. 그 아버지의 설명에 의하면, 이 열한 살짜리 꼬마가 내가 대통령이 되지 않았다고 울기만 한다는 것이었습니다. 나는 아무 말도 못하고 그 소녀를 꼭 껴안아주었습니다.

어느 날인가는 조그만 중소기업을 한다는 사장 한 분이 찾아와 굴비 선물과 편지를 두고 갔습니다. 그 편지에는, 자신은 대구 사람인데, 일찍부터 나의 지지자였다고 합니다. 그 때문에 친구들로부터 전라도로 입적하라는 등 비난을 많이 받기도 했답니다. 내가 대통령 선거 후 정계를 떠나는 모습을 보고는 그 친구들이 잘못을 사과하더라고 합니다. 나를 오해하고 죄를 지었다고 하면서 대신 자기더러 용서를 빌어달라고 했다는 것입니다.

영국으로 떠나기까지 내가 국내에서 주로 한 일은 아이러니컬하게도 나의 대선 패배 때문에 상처받은 사람들을 위로하는 일이었

습니다. 그들이 너무 슬퍼했기 때문에 나는 슬퍼할 수조차, 위로받
을 엄두조차 낼 수가 없었습니다. 내가 얼마나 과분한 사랑을 받고
있었던지를 새삼 깨닫지 않을 수 없었습니다. 나의 인생 최고의 감
동이자 보람이었습니다.

영국으로 떠나기 전에 문인, 여성 단체, 노동 단체, 언론 단체 등
그동안 내가 신세진 분들과 작별 인사를 하였습니다. 그때 그분들
이 보여준 아쉬움과 애정을 나는 영원히 기억할 것입니다.

그 많은 사례들은 나의 결단이 옳았음을 인정하며 직업과 계층
과 연령과 성별에 상관없이 모두들 박수를 보내고 있다는 걸 확인
하게 했습니다. 그것은 적어도 내게는 놀라운 경험이었습니다. 내
가 그렇게도 가깝게 다가가려고 했던 국민들이었습니다. 허나 나
의 의지와는 상관없이 일부 국민과의 사이에 만들어진 벽이 너무
도 두껍고 단단해서 좀처럼 뚫고 들어갈 수가 없었습니다.

그런데 그렇게 애쓰고 힘을 들이고 해도 가까이 다가가는 데 한
계가 있던 그 거리가 내가 욕심을 버리고 정치의 장을 떠나자 갑자
기 좁혀져버린 것입니다. 사람들은 자연스럽게 나를 아직도 소중
하고 필요한 사람으로 평가해주기 시작했습니다. 나에게 부정적인
선입견을 가지고 있던 사람들에게도 그런 변화가 일어났습니다.
나를 놀라게 한 것은 바로 그런, 나에 대한 인식의 갑작스러운 변
화였습니다.

나에게는 독재 정권이 조작해서 씌워놓은 터무니없는 누명이 많
습니다. 정치하는 동안 나는 한 번도 그 누명으로부터 자유로워보
지 못했습니다. 언제나 나를 따라다니며 괴롭혔습니다. 굴레와도

같던 그 조작된 이미지들을 벗어보려고 얼마나 필사적이었는지 모릅니다. 그러나 그 굴레는 쉽게 벗겨지지 않았습니다.

이번 선거에서도 그 조작된 이미지를 벗으려 애를 썼지만, 끝내 누명을 벗지 못했기 때문에 실패하고 만 것입니다. 그런데 이제, 그 굴레를 벗겠다고 애쓴 것도 아닌데 갑자기 벗겨져버린 것입니다.

인생의 소중한 교훈을 얻은 것 같은 생각이 들기도 합니다. 불교에서 말하는 '버리면 얻는다'라는 진리 말입니다. 지면서도 이기는 싸움이 있다는 깨달음 말입니다. 내가 만일 국회의원이라도 지키겠다고 욕심을 냈다면 이런 결과는 오지 않았을 것입니다.

국민들은 나에게 지도자가 되기를 원합니다. 그들이 말하는 지도자는 다름 아니라 봉사자라고 생각합니다. 나는 기꺼이 그렇게 할 것입니다. 정치를 떠난 자리에서, 진실로 마지막 순간까지 국민들을 위해 봉사를 할 것입니다.

그런데 무엇을 할 것인가. 어떤 일을 하여 여생을 국민의 봉사자로 보낼 것인가? 나에게는 처음부터 은퇴 후의 구상 같은 것이 있지 않았습니다. 막연히 이것으로 끝나는 것은 아니다, 이 세상이 끝나는 순간까지 나는 무언가 한다, 아무것도 하지 않고 놀지는 않겠다는 생각뿐이었습니다.

그러나 40년을 정치밖에 모르고 산 사람이 어느 날 갑자기 정치를 그만두고 나니 무엇을 해야 할지 정말 막막했습니다. 의지만 있을 뿐, 나의 정열과 노력을 쏟을 분야가 갑자기 사라져버린 것입니다.

나는 어려운 일을 겪을 때마다 백지를 내놓고 가운데에 줄을 긋습니다. 그리고 오른쪽에는 내가 안고 있는 문제점을, 왼쪽에는 나에게 아직 남아 있다고 생각되는 가능성들을 적습니다. 이번에도 나는 그렇게 했습니다. 나에게 남아 있는 가능성의 목록에는 많은 것들이 적혔습니다.

첫 번째로는 무엇보다 800만이라는 적지 않은 국민의 적극적인 지지를 꼽지 않을 수 없었습니다. 선거가 끝나고 나서도 함께 슬퍼하며 나보다 더 나를 염려해준 사람들, 그들이 내게 주는 용기가 얼마나 큰 것인지 모릅니다.

두 번째로 나는 항상 서로를 아끼고 사랑하는 내 아내와 자식들, 그리고 나를 위해 목숨을 아끼지 않았던 수많은 동지들을 적었습니다. 그들은 나에게 늘 큰 힘이 되어주었고, 마음을 기댈 든든한 버팀목이었습니다.

세 번째로 나의 건강을 꼽았습니다. 내가 그 험한 대통령 선거를 세 번이나 치르고 40년 동안 가시밭길을 헤쳐왔음에도 같은 연배의 누구보다도 젊음과 건강을 잘 지켜온 것입니다.

이렇게 나에게 남아 있는 가능성들을 하나하나 적다 보니 열 개나 되었습니다. 그러자 갑자기 의욕이 솟아났습니다.

토인비는 도전과 응전의 틀을 가지고 인간의 역사를 해석하였습니다. 그에 의하면 인간은 누구든 현실에 안주하려고 하는 속성을 지니고 있습니다. 어느 정도의 단계에 오르면 거기에 만족하고 그만 멈추려고 합니다. 그런데 그 인간이 처한 운명은 자꾸만 변화하는 것이기 때문에 그럴 수가 없습니다.

운명은 그를 다음 단계로 올라가라고 도전장을 던집니다. 그 단계에 이르면 다른 도전이 와서 다음 단계로 올라가게 합니다. 그렇게 죽는 순간까지 인간은 도전을 받고 살아갑니다. 그 도전에 효과적으로 응전한 사람의 인생은 성공하고 그렇지 못한 사람은 낙오자가 된다는 것입니다.

《사기史記》를 쓴 사마천을 떠올릴 때 토인비의 이런 말은 너무도 잘 들어맞습니다. 사마천은 북방 오랑캐를 토벌하던 중 어쩔 수 없는 상황에서 적에게 투항한 이능李陵이라는 친구를 변호하다가 한漢 무제武帝의 노여움을 사서 궁형宮刑을 받습니다. 이 형벌은 남자의 기능을 거세하는 것으로 남자로서는 죽음만도 못한 치욕으로 간주되던 것입니다.

《사기》의 '백이 숙제' 편에 보면 "과연 세상에 천도天道가 있는가 없는가?" 하는 구절이 나오는데, 이는 사마천이 역사를 빌려 자신에게 가해진 운명의 부당함을 한탄하고 항변하는 것으로 읽을 수 있습니다. 그런데 사마천은 그와 같은 치욕스러운 형벌을 받고도 스스로 목숨을 끊는 길을 택하지 않고 자신의 생을 새로운 길에 바침으로써 가혹한 운명의 도전에 결연히 응전하기로 결심합니다.

역사책을 쓰기로 한 것입니다. 인류의 역사에 '사마천'이라는 이름 석 자와 함께 영원한 고전으로 빛나는 《사기》는 이렇게 해서 세상의 빛을 보게 된 것입니다.

자기에게 닥친 운명의 가혹함 앞에 무릎을 꿇어버리고 효과적으로 응전하지 못하였다면 사마천의 이름은 역사에 기록되지 못하였을 것이고, 그와 함께 인류는 《사기》라는 유산도 물려받을 수 없었을 것입니다.

내가 영국 케임브리지에 있는 동안 아파트의 바로 옆집에 살았던 세계적인 천재 물리학자 스티븐 호킹 박사도 운명의 호된 도전에 절망하지 않고 훌륭하게 응전해서 인간의 무한한 가능성을 보여준 사람입니다. 그는 정상적인 것이라고는 눈과 귀, 그리고 두뇌밖에 없는 사람입니다. 그는 손을 힘들게 움직여서 키보드를 눌러 겨우 대화를 합니다.

그가 컴퓨터의 자판을 두드리면 컴퓨터에 입력된 목소리가 납니다. 그 말소리에서 항상적으로 반짝이는 천재적 발상과 무한에 도전하는 인간의 위대함을 느낄 수 있었습니다. 예상하지 못한 기발한 유머도 풍부합니다. 그의 눈에서는 늘 빛이 나고, 얼굴에는 이세상에서 가장 행복한 사람만이 가질 수 있는 기쁨의 빛이 깃들어 있는 듯합니다.

그는 자신의 운명을 미워하고 저주하는 대신 그 운명에 적극적으로 맞서 응전하여 자기 몫의 최선의 삶을 찾아낸 사람입니다. 운명을 사랑하는 사람만이 응전할 수도 있습니다. 사랑하기 때문에 포기하지 않고, 사랑하기 때문에 참고 견디며 새로운 노력을 시작하는 것입니다. 그래서 우리의 삶에는 끝이 없습니다.

나는 종종 나 자신에게 감사합니다. 내가 나르시스적인 감상벽이 있어서가 아닙니다. 40년 동안 한 가지 일만 해왔던 나는 대통령 선거에서 세 번이나 패배했습니다. 긴 정치 여정을 정리하는 지금, 나이는 이미 들 대로 들었습니다. 그런데도 다시 일어서서 새로운 일을 찾아냈습니다. 마음을 다시 잡아 이 새로운 일에 열심히 몰두하는 나 자신이 참 대견합니다.

독서와 사색과 일을 중단하면 그것으로 인생을 다 산 것이나 마찬가지라고 하는 평소의 생각이 나로 하여금 이렇게 다른 일을 새롭게 시작할 수 있도록 받쳐주는 것입니다. 이 세상 마지막 날까지 나는 계속 공부하고 생각하고 일을 할 것입니다. 마지막까지 운명에 대한 나의 도전과 응전은 끝나지 않을 것입니다.

케임브리지의 구상

얼마 동안 조국을 떠나 공부를 하고 돌아오는 것이 좋겠다는 생각을 하고 그 목적지로 정한 곳이 영국의 케임브리지였습니다. 그동안 읽지 못했던 책도 읽고 마음을 정리하면서 앞으로 내가 할 일을 구상해보리라는 계획이었습니다.

나는 유람을 떠난 것이 아니라 공부를 하러 갔습니다. 실제로 나는 아침부터 저녁까지 도시락을 싸들고 다니며 연구실에서 책을 읽었습니다. 현장에서 물러난 노인네가 시간이나 버리며 빈둥거릴 것이라고 생각했던지 그런 나의 학구열을 접한 사람들마다 놀라움을 표현하곤 했습니다.

내가 케임브리지를 선택한 것에는 별다른 뜻이 있었던 것은 아니었습니다. 우선 내가 그래도 의사소통을 할 수 있는 외국어가 영어라는 것이 한 가지 이유가 되었습니다. 또 케임브리지가 캠퍼스 도시이고, 평화롭고 아름다운 자연 경관을 가지고 있다는 사실도 나의 관심을 끌었습니다. 물론 케임브리지 대학교의 높은 명성과

오랜 역사가 나를 이끈 가장 큰 이유입니다.

실제로 케임브리지는 정말 아름답고 평화로운 곳이었습니다. 도시의 7할 이상이 숲에 덮여 있고, 중앙도서관만 빼고는 5층 이상의 건물을 찾아볼 수가 없었습니다. 공원 등 녹지대가 많고 오래된 건물들이 도시 곳곳에서 고풍스러운 맛을 풍기고 있었습니다. 한마디로 시 전체가 케임브리지 대학교의 캠퍼스였습니다.

그곳에서 나는 정말 소중한 경험을 하고 돌아왔습니다. 스티븐 호킹과 앤서니 기든스, 존 던 등 평소에 만나고 싶었던 수많은 세계적 석학들과 함께 대화를 나누며 많은 것을 배울 수 있었습니다. 깊고 울창한 숲을 거닐며 눈길을 새롭게 틔우는 기분이었습니다. 또 영국의 케임브리지, 옥스포드, 런던 대학 등과 왕립 국제문제연구소(채텀 하우스)에서 강연하며 열띤 토론도 벌였습니다.

거침없는 질문과 솔직한 답변으로 강연장 내는 언제나 지성과 흥분이 흐르는 멋진 대화로 가득 찼습니다. 무엇보다 우리 유학생들이나 방문교수들이 "같은 한국 사람으로서 정말 자랑스럽다"라고 말할 때 가장 기뻤습니다.

여담이지만 여기 꼭 소개하고 싶은 이야기가 하나 있습니다. 옥스포드 대학에서 연설할 때였습니다. 연설이 끝나고 질의응답의 순서가 되었을 때 한 일본인 학생이 질문을 해왔습니다.

"제2차 세계대전 전에 많은 나라들이 영국과 프랑스의 식민지였다. 그렇지만 이들 나라들은 지금 모두 종주국과 사이좋게 지내고 있다. 그런데 왜 한국은 옛날을 잊지 못하고 아직도 일본과 화해를 하지 않는가?"

장내는 이 질문에 공감하는 분위기로 술렁댔습니다. 나는 그 일본인 학생의 질문에 다음과 같이 답했습니다.

"나는 당신에게 되묻고 싶다. 영국과 프랑스는 수많은 과거 식민지 국가들과 사이좋게 지내는데, 일본은 왜 과거 식민지였던 한국과 잘 지내지 못한다고 생각하느냐? 그 책임이 한국과 일본 중 어디에 있는가를 한번 생각해보자.

그것은 영국, 프랑스와 일본을 비교해보면 쉽게 알 수 있다. 일본은 우리나라에 들어와서 한국인이 생명과 같이 소중하게 여기는 성姓을 일본식으로 바꾸게 했다. 또 일본은 한국말과 역사를 못 배우도록 했다. 매일 일본 천황이 있는 동쪽을 향해 큰절을 하도록 강요했다. 언제 영국과 프랑스가 이런 일을 한 적이 있는가?

이번에는 제2차 세계대전 후에 같이 전쟁 범죄를 저지른 독일과 일본의 태도를 비교해보자. 독일은 과거에 대해 철저히 사죄했다. 유대인과 이스라엘에 수십억의 배상과 보상을 했다. 그런데 일본은 단 3억을 주는 것으로 끝내버렸다. 독일은 그들의 죄상을 어린이부터 전 국민에 이르기까지 철저히 교육을 시키는데 반해 일본은 그 대부분을 은폐하려 한다. 그러니 당신도 과거를 몰라 질문하는 것이 아닌가.

이뿐만 아니라 독일은 전쟁에 진 것을 '패전'이라고 시인하는데, 일본은 '종전'이라는 표현을 쓴다. 독일은 당시의 연합군을 '점령군'이라 했는데, 일본은 '진주군'이라 한다. 일본 식대로라면 누가 전쟁에 승리했고, 누가 항복을 했는지 알 수가 없다.

일본이 이러한 태도를 취하고 있는데, 우리가 일본을 믿을 수가 있겠는가? 더구나 초강대국으로 성장하고 있는 일본이 이렇게 반성과 시정을 하지 않고 있는데, 주변국 한국이 이를 경계하는 것은 당연하지 않는가?

따라서 나는 이러한 일본을 결코 영국과 프랑스와 같이 취급할 수 없다고 생각하는데, 여러분은 어떻게 생각하는가?"

나의 답변이 끝나자, 장내는 우레와 같은 박수가 터져 나왔습니다. 그런데 옥스포드 대학교에서는 아무리 명강의도 강의 중 박수 치는 일이 거의 없었다고 합니다.

강의가 끝나자, 일본인 학생들은 나를 찾아와 "우리는 정말 그런 줄 몰랐다. 진심으로 사과한다. 앞으로 우리가 우리 나라의 정책을 시정하도록 노력하겠다"라고 했습니다. 우리 유학생들과 방문 중이던 교수들은 정말로 기뻐서 어쩔 줄을 몰라 했습니다.

영국을 향해 출발할 때까지도 나는 지금처럼 내가 무엇을 할 것이라는 구체적인 계획이 없었습니다. 정치를 떠난 마당에 어떤 일에 나의 남은 삶을 걸어야 할지 그림이 그려진 상태는 아니었습니다. 다만 EC 문제와 통일된 독일을 둘러보고 그쪽으로 한번 연구해볼까 하는 생각만 막연하게 가지고 있었을 뿐입니다.

그러다 흡수통합된 독일의 심각한 모습을 직접 보았을 때 나의 눈은 열렸습니다. 정신이 번쩍 들면서 '이것이다' 싶었습니다. 내가 무엇을 해야 하는지, 어디로 가야 하는지 방향이 확연하게 잡혔던 것입니다.

내가 본 독일 통일은 이러했습니다. 애초에 콜 수상은 서독 기본법 25조에 근거한 흡수통합 방식에 적극적이지 않았습니다. 그도 사민당과 같이 기본법 146조에 근거한 대등통합을 생각하고 있었습니다. 동독의 민주혁명을 이끈 노이에스 포럼(새로운 광장)도 점진적 통합에 대한 입장이 확고했습니다.

그러나 동독인들은 서독의 높은 생활수준만을 강하게 동경한 나머지 1990년 3월 19일의 동독 총선에서 조속한 흡수통합을 요구했습니다. 이때 콜 수상의 기민당도 흡수통합을 주장하며, 장미빛 선거공약을 동독인들에게 제시하여 더블 스코어로 사민당을 눌렀습니다. 그리고 어제의 재야 지도자 그룹, 노이에스 포럼은 겨우 2.9%밖에 표를 얻지 못했습니다.

동독 사람들은 오랫동안 텔레비전 등을 통해 서독의 풍요롭고 눈부신 생활상을 보고 일종의 물신주의적 환상을 가졌습니다. '흡수면 어떻고 아니면 어떤가, 빨리만 하면 된다'라는 그들의 조급한 마음이 점진적이고 확실한 통일 대신 당장의 불안한 통일을 서두르게 했습니다.

거기다가 고르바초프가 러시아의 정권을 잡고 있는 동안 통일을 추진해야 한다는 계산과 기민당 콜 수상의 정치적 야심 등이 어우러져 급격한 통일이 이루어졌다고 합니다.

그 결과 독일은 지금 성급한 흡수통일의 대가를 톡톡히 치르고 있습니다. 우선 생각지 못한 막대한 통일 비용으로 독일 경제는 지금 위기에 직면해 있습니다. 콜 수상은 통일될 때 연간 약 500억 마르크 정도의 비용이 든다고 했는데, 실제 상황은 2000억 마르크도 모자라는 실정입니다. 2000년까지 10년 동안 약 2조 마르크의 통일 비용이 소요될 전망입니다.

독일 통일의 문제는 그 정책의 실수에서 파생된 것입니다. 독일은 4:1이라는 실제 환율을 무시하고 서독 마르크와 동독 마르크를 1:1로 교환해주었습니다. 그런가 하면 서독 수준의 임금과 사회보장 정책을 동독에 똑같이 실시했습니다. 그 결과 동독의 물가가 폭등하고 기업이 문을 닫아 실업자가 거리로 쏟아져 나오게 되었습니다.

지금 900만의 동독 노동자 가운데 약 400만 명이 실업자입니다. 동독 경제는 거의 마비 상태에 빠져버렸습니다. 내가 독일을 돌아다니면서 놀란 것은 공산주의 경제의 비능률성이었습니다. 동베를린의 한 전자공장을 방문하였는데, 현재 800명의 노동자가 일하고 있는 공장에서 통일 전에는 9000명이 종사했다는 것입니다. 이런 형편이니 공산주의 사회에서 실업자가 있을 리 없는 일이지요.

열심히 일해도 임금이 같고, 일을 하지 않아도 임금은 같습니다. 해고될 염려가 없습니다. 거의 놀고 먹는 식이니 경제가 파탄되는 것은 당연한 일입니다. 공산 치하에서의 경제 운용이 얼마나 엉망인가는 "동독에 있는 공장 가운데 쓸 만한 게 하나도 없다"라는 한마디 말로 여실히 드러납니다. 이 말은 1991년 10월에 겐셔 외상이 나에게 털어놓았던 푸념입니다.

나는 영국에 있는 동안 독일을 세 번 방문해서 여러 곳을 다니고 각계각층의 사람들을 만나보았습니다. 공장에도 가보고, 가정집에도 가보고, 중앙 정부뿐만 아니라 지방 정부에도 가보았습니다. 학자도 만나보고, 근로자도 만나보고, 가정주부도 만나보았습니다. 그러나 내가 그곳에서 본 것은 40년 이상 이념과 문화와 생활양식

그리고 정치 경제적 여건 등이 상이한 상황에서 살아온 동·서독인들의 대립과 갈등뿐이었습니다.

통합을 이룸으로써 정치적 분단은 끝났지만, 경제적·사회적 격차로 인한 내부 분단은 이제부터 시작되고 있습니다. 동독과 서독은 없어졌지만, 동독인과 서독인은 엄연히 존재하고 있었습니다. 서독인은 1등 국민이고, 동독인은 2등 국민이라는 의식이 자연스럽게 퍼져 있었습니다. 전에는 1민족 2국가였지만, 통일된 지금은 1국가 2사회가 되어 있습니다.

동독인과 서독인은 서로 말은 통하지만, 생활양식과 사고방식은 통하지 않습니다. 반대로 서독인과 프랑스인은 말은 통하지 않지만, 생활양식과 사고방식에 있어서 차이가 없습니다. 이 사실을 가리켜 폰 바이츠제커 대통령은 나에게 "베를린 장벽은 무너졌지만 마음의 장벽은 그대로 있다"라는 말로 대신했습니다. 독일 사람들은 이러한 이질성을 극복하는 데 적어도 30년 이상이 걸릴 것이라고 한숨 섞인 예측을 했습니다.

통일 독일의 이러한 문제들은 같은 입장에 있는 우리에게 좋은 가르침을 줍니다. 빌리 브란트 전 수상도 1990년 가을에 내가 독일을 방문했을 때 "한국은 우리 독일이 범한 정책적 과오에서 소중한 교훈을 배워야 한다. 내가 생각할 때 한국이 우리보다 늦게 통일하게 되는 것은 한국인에게는 다행스러운 일이다"라고 말했습니다.

독일처럼 조급해서도 안 되고, 독일처럼 흡수통합을 지향해서도 안 된다는 것, 이것이 내가 독일로부터 얻은 가장 큰 교훈이자 지혜입니다. 어떻게든 통일만 이룬다고 능사가 아닙니다. 어떻게 통일하는가가 중요합니다.

　왜 그런가? 그것은 우리나라와 통일 전 서독 경제 규모 등을 수치로 비교해보면 쉽게 이해가 갈 것입니다. 맹목적인 흡수통일 정책이 얼마나 위험한가를 똑똑히 알 수 있습니다. 우리의 경제력은 서독의 6분의 1밖에 되지 않습니다. 서독은 동독에 비해 인구가 네 배나 많았습니다. 우리는 북한에 비해 두 배입니다. 즉, 서독은 네 사람이 동독 사람 한 사람을 먹여 살리면 되지만 우리는 두 사람이 한 사람을 감당해야 합니다. 그것도 서독의 6분의 1밖에 안 되는 경제력으로 말입니다.

　또 국토의 면적을 비교해도 서독은 동독에 비해 국토가 배 이상 넓습니다. 우리는 오히려 북한보다 20%나 적습니다. 무엇으로 보든 불리합니다. 그렇게 우월한 조건을 가진 서독도 앞에서 말한 대로 심각한 후유증을 앓고 있습니다.

　거기다가 우리는 전쟁까지 치렀습니다. 세계에서 같은 민족끼리 증오하고 미워하며 살아온 민족은 우리밖에 없습니다. 아무런 완충과 개선의 과정도 거치지 않고 이 상태 그대로 통합을 하게 되면, 내부적으로 심각한 혼란과 갈등을 야기하게 될 것입니다. 그 정도는 독일과 비교가 안 될 겁니다.

　내가 여기서 오해가 없도록 강조하고자 하는 것은 나의 독일 통일의 교훈담은 '통일을 해서는 안 된다'는 것이 아니라 '통일은 하루속히 시작하되, 진행은 단계적으로 해야 한다'는 것입니다. 그래야 후유증이 없는 성공적인 통일을 이룰 수가 있습니다.

　냉전의 논리가 한반도를 에워싸고 있을 때는 철저한 현상 고착의 족쇄에 묶여서 우리의 통일은 가능하지가 않았습니다. 그러나 이제 냉전은 사라졌습니다. 족쇄가 풀린 것입니다. 이 지구상에 공산주의는 사라져가고 있습니다.

이제 우리의 통일은 가능성의 문제가 아니라 당위입니다. 그리고 절대 필요의 문제입니다. 냉전 이후 우리의 경쟁국가들은 경제 건설에 전력을 다하고 있습니다. 그런데 우리만 남북이 분단된 채 막대한 비용과 인력을 군사 대결에 쏟아붓는다면 머지않아 우리는 삼류국가로 전락하게 될 겁니다.

통일로 들어가면 냉전비용이 크게 절감될 뿐만 아니라 남북 상호협력 속에 양측의 경제는 다함께 크게 발전하게 될 것입니다. 나아가서 만주, 시베리아, 몽골, 중앙아시아 등에 진출함으로써 다가오는 아시아, 태평양 시대의 주역이자, 선진국의 대열에 들어갈 수 있게 될 것입니다.

그렇기 때문에 더욱 현명한 정책과 적절한 방안을 모색하는 일이 우리의 제1 과제로 주어져 있습니다. 나는 22년 전부터 3단계 통일을 주장해왔는데, 이번 독일 통일의 경험은 나의 주장이 틀리지 않았음을 증명해준다 할 것입니다. 나의 3단계 통일론은 1단계는 공화국 연합제(국가연합), 2단계는 연방제, 그리고 3단계는 완전 통일입니다.

비유해서 말하면 1단계는 한 집에서 살기로 하되, 각자 방을 따로 쓰고 살림(국방, 외교, 내정)도 따로 합니다. 단지 서로 다투지 않고, 평화적으로 살면서 필요한 거래를 합니다.

이런 국가연합 단계를 한 10년 하고 난 뒤 중요한 살림(국방, 외교, 중요 내정)을 하나로 하고 나머지 내부 살림은 각자 따로 하는 연방제로 들어갑니다. 이 단계에서는 연방 정부와 연방 국회가 구성됩니다.

그리고 이것도 잘되면 모든 살림을 하나로 합치는 완전 통일 단계로 들어가게 됩니다. 이렇게 되면 독일처럼 급격한 통일에서 오는 후유증 없이 비교적 순탄하고 안전하게 통일의 길로 가게 될 것입니다.

최근 정부가 내놓은 3단계 통일론도 실질적인 통일의 제1단계로 국가연합 방식을 취한다는 점에서 근본적으로는 나의 통일론과 상통하는 것으로 볼 수 있습니다. 북한도 공식적으로는 외교와 국방을 통합하는 연방제를 주장하고 있으나, 수년 전부터 공식, 비공식적으로 나의 국가 연합제를 긍정적으로 논의할 용의가 있다고 밝혔습니다. 그리고 독일과 미국의 많은 지도자들도 이러한 3단계 통일방안을 적극적으로 지지했습니다.

유럽에서의 6개월이 내게는 통일 문제에 관한 연구에 있어서 개안과 결실의 시기였습니다. 나는 독일의 베를린 장벽 앞에서 결심했습니다. 조국의 통일에 대한 연구에 남은 일생을 걸겠다고. 내가 영국에서 귀국한 후 통일로 주변의 일산으로 거처를 옮긴 것도 그런 상징적인 뜻이 있습니다.

나를 대통령 선거에서 낙선시킨 하느님의 뜻이 4천만 대한민국 국민만이 아니라, 7천만 민족을 위해 성공적인 통일의 길을 탐구하고 예비시키려는 데 있는 것이 아닌가 하는 생각도 합니다. 우리의 조상님들이 민족에 대한 가장 큰 봉사의 기회를 내게 맡겼다는

생각도 해봅니다. 지금 나는 어느 때보다 엄숙한 사명감을 느끼며,
그만큼 의욕에 차 있습니다.

로빈에 대한 추억

영국에 머무는 동안 나는 고국에 두고 온 많은 친구들을 그리워했습니다.

오랜 타국 생활 경험이 한두 번이 아닌데도 이번 만큼은 유독 그리움이 부쩍 컸던 걸 보면, 역시 고향이나 친구는 나이가 들수록 더 살뜰하게 생각되는 모양입니다.

내가 고국에 두고 온 친구는 사람만이 아니었습니다. 영국으로 떠나오기 전날까지 정성스레 가꾸었던 우리 집의 화초도 나의 잊을 수 없는 친구였습니다. 꽃은 내가 감옥에 있을 때나 바깥세상과 단절돼 연금 상태에 있을 때 내 마음을 달래주고 위로해주던 좋은 친구였습니다. 나는 꽃의 정직성에 반했습니다. 정성을 쏟으면 쏟은 만큼 아름다운 모습을 오랫동안 간직해주었습니다.

좀 오래된 이야기입니다만, 모 신문의 가십란에서 내가 만발한 장미꽃을 가위로 싹둑싹둑 자르는 모습을 '잔인한 DJ'라는 내용으로 기사화한 적이 있었습니다. 그런데 그것은 기자가 내가 꽃을 얼마나 사랑하는지도 모를뿐더러, 꽃은 만발한 꽃망울을 잘라줘야 그 밑에 있는 눈에서 더 탐스러운 꽃망울을 맺는다는 사실을 모르고 기사를 쓴 것입니다.

나는 가위로 꽃을 자를 때마다 "미안해, 네가 희생해야 더 아름다운 꽃망울을 피울 수가 있어"라고 반드시 그 꽃에게 양해를 구하곤 합니다. 나는 우리 집의 화초 하나하나에 인격을 부여하고 그들과의 대화를 즐깁니다.

내가 사는 동교동 집 정원의 나무에 모여들던 참새도 잊을 수 없는 친구였습니다. 정원에는 여남은 마리의 참새들이 짹짹거리며 날아 들어왔다가 훌쩍 날아가버리곤 했습니다. 녀석들과 친해질 요량으로 조금만 가까이 가면 어느새 날아가버립니다. 참새처럼 경계심이 강한 동물도 많지 않을 것입니다. 어찌나 조심성이 많은지 여간해서는 녀석들 가까이에 접근할 수가 없습니다.

어느 날부터인가 나는 마당에 쌀을 뿌려 주기 시작했습니다. 하루에 세 번씩 그렇게 했습니다. 그러나 참새들은 그렇게 헤프지 않았습니다. 나의 정성스러운 손짓에도 불구하고 처음에는 잘 오지 않았습니다. 나는 계속해서 하루에 세 번씩 모이를 주었습니다. 끈질기게 정성을 쏟자, 이윽고 참새들이 나의 선의를 받아들이는 순간이 왔습니다.

내가 뿌려놓은 먹이를 먹으러 몇 마리씩 내려오더니 그 숫자가 점점 많아졌습니다. 나중에는 30마리, 50마리씩 내려오더니 급기야는 100마리쯤 되는 참새들이 우리 집 정원에 상주하는 상황이 벌어지고 말았습니다. 녀석들이 한꺼번에 내려와 모이를 먹을 때

는 정말 장관입니다. 한때 아내는 그렇게 새들에게 쌀을 뿌리다가
는 우리들은 밥도 굶겠다고 불평 아닌 불평을 하기도 했습니다. 그
때 나는 그 새들을 가리키며 말합니다.

"보시오. 덕택에 우리 집이 참새들의 낙원이 되지 않았소?"

나는 그 참새들에게 먹이를 주는 일이 즐거웠습니다. 그 일은 나
에게는 화초에 물을 주는 것과 같은 일이었습니다. 나는 압니다.
우리 주변에는 상당한 배려와 마음 씀이 없이는 행위 자체가 지극
히 단순한 일이라 하더라도 절대 해낼 수 없는 경우가 흔히 있습니
다. 꽃을 가꾸고 새에게 먹이를 주는 일이 그러합니다.

그것은 참으로 단순한 일이지만, 쉽지 않습니다. 어쩌다 한 번이
라면 몰라도 꾸준히 지속한다는 것은 진정 그 일을 좋아하지 않는
한 가능하지 않습니다. 그것은 그 행위가 생명을 향한 것이기 때문
에 그렇습니다. 나의 마음을 알고 나의 부름에 응해준 그 참새들에
게 나는 때때로 인간 이상의 따뜻한 정을 느낍니다. 영국을 떠나기
전에 나는 우리 집 참새들에게 모이 주는 것을 잊지 말라는 당부를
빠뜨리지 않았습니다.

영국에서도 나는 같은 일을 했습니다. 내가 묵고 있던 아파트는
1층이었는데, 나는 그곳 베란다에 꽃을 키우고 틈나는 대로 물을
주며 가꾸었습니다. 길을 가는 사람들이 그 꽃을 바라보며 즐기곤
했습니다.

나는 또 서울에서의 버릇대로 쌀을 뿌렸습니다. 그랬더니 서울
에서처럼 많지는 않았지만, 역시 참새들이 날아왔습니다. 영국 참
새는 우리나라 참새에 비해 몸집이 3분의 1 정도 더 큽니다. 그러

나 사람에 대해 경계심이 강하고 동작이 민첩한 점은 같습니다.

그런데 내가 뿌려주는 먹이를 먹으러 오는 새 가운데 좀 특이하게 생긴 놈이 눈에 띄었습니다. 참새보다 조금 크고 가슴 부위에는 불그스름한 털이 나 있는 새인데, 참새들과는 여러 가지 점에서 달랐습니다. 꼭 혼자서 다니는 데다가, 이놈은 사람을 별로 무서워하지 않았고, 먹고 싶으면 두려움 없이 날아왔다가 먹을 만큼 먹었다 싶으면 뒤도 돌아보지 않고 훌쩍 사라져버립니다. 모습도 아름답고 하는 짓도 매끈한 게 여간 마음이 끌리는 게 아니었습니다.

그러나 나는 그 새의 이름은커녕 암컷인지 수컷인지조차 알 수 없었습니다. 나는 종종 녀석이 왔는지 일부러 베란다를 둘러보곤 했습니다. 녀석의 모습이 보이면 먹이를 던져주어서 녀석이 다 먹고 훌쩍 날아가버릴 때까지 가만히 지켜보고 서 있었습니다. 어쩌면 나 혼자 그 녀석을 짝사랑했는지 모르겠습니다.

얼마 후에 그 새의 이름을 알 수 있는 기회가 생겼습니다. 제네바에 들렀다가 무슨 이야기 끝에, 그 새 이야기를 하면서 녀석의 이름을 모르겠다고 했더니, 한 친구 부인이 그 새의 이름을 알려주었습니다. 로빈이라고 했습니다. 그분은 로빈의 가슴털이 붉은 데는 사연이 있다고 하면서 구전되어오는 전설을 이야기해주었습니다.

그분의 설명에 의하면, 예수님이 십자가에 못 박혀 돌아가실 때, 옆에서 지켜보다가 예수님의 피가 그 새의 가슴에 튀어서 그 부위가 붉어졌다는 것이었습니다. 물론 전설이지만, 그런 이야기를 들으니까 로빈이 더욱 사랑스러워지고 외경감마저 생겼습니다. 그 이후로도 나는 영국을 떠나기 전까지 먹이를 주면서 새들, 특히 로

빈과 친교를 나누었습니다.

한국으로 돌아올 무렵이 되었을 때, 나와 같이 있던 식구들 간에 그 로빈이라는 새를 잡아서 한국으로 데리고 가면 어떻겠느냐는 의견이 나왔습니다. 내가 퍽 좋아하고 사랑스러워하니까 그런 생각까지 한 모양이었습니다. 그 말을 듣자 마음이 조금 끌렸습니다. 적어도 내게는 욕심을 낼 만한 새였습니다. 그러나 나는 곧 마음을 고쳐먹었습니다.

그런 생각은 결국 인간의 욕심일 뿐이라는 판단이 섰기 때문입니다. 내가 아무리 잘해준다고 하더라도 그것이 과연 그에게 행복한 일일까. 기후와 환경이 다른 곳에서 녀석이 적응을 하지 못한다면, 나의 칙사 대접이 무슨 소용이란 말인가….

내가 행복해하는 일이라고 해서 반드시 다른 이에게까지 행복한 일이 되는 것은 아닐 것입니다. 나는 그가 아니고 그는 내가 아니기 때문입니다. 결국 새에게 물어보아야 하는데 그럴 수가 없었습니다. 그래서 그 새를 잡아서 데리고 오는 계획을 포기했습니다.

서울에 돌아오니 많은 사람들이 나를 반겨주었습니다. 공항에 모인 그 인파들은 나를 놀라게 하고 당황하게 했습니다. 왜냐하면 나는 이미 정치를 떠난 평범한 시민으로 귀국한 것이기 때문입니다.

환영장의 분위기는 정말 대단했습니다. 몰려든 인파로 공항 출입구를 거쳐 환영장의 연단까지 올라가기가 매우 어려울 정도였습니다. 이리저리 밀리고 밀려 몸이 아프고 숨이 콱콱 막혀왔습니다. 무엇보다 나보다 몸 상태가 안 좋았던 아내가 걱정이 되었습니다. 그러나 몰려드는 인파로 도저히 다가가서 돌봐줄 수가 없었습니다.

사람들은 계속 "김대중, 김대중"을 연호했습니다. 마치 몇 달 전 대통령 선거 유세장 분위기를 방불케 했습니다. 다만 차이라고 한다면 내가 그런 열광에도 조금도 흥분하지 않았고 오히려 냉정해졌다는 겁니다.

'나는 이미 정치를 떠난 몸이다. 아무리 주위에서 흥분하더라도 거기에 말려들 필요가 없다. 나는 계획한 대로 조용히 살면서 통일에 대한 연구에만 전념해야 한다.' 그 열광 속에서도 이렇게 다짐했습니다. 아마 반년에 걸친 케임브리지의 조용하고 학문적인 생활이 나를 이렇게 침착하게 만들어주었는지 모릅니다.

그리고 고고하고 도도하던 로빈의 태도가 나에게 그런 영향을 주었는지도 모릅니다.

나를 반기는 것들이 또 있었습니다. 우리 집의 화초들과 참새들이었습니다. 나도 그들과의 재회가 무척 반가웠습니다. 내가 없는 동안 먹이 주는 일을 소홀히했던지 정원에 상주하는 참새들의 숫자가 많이 줄어 있었습니다. 귀국한 후에도 나는 다시 우리 집 참새들에게 먹이를 주고 있습니다. 예전의 참새들이 모두 모여들었습니다. 요즘은 녀석들이 친구들을 더 데려오는지 전보다 그 숫자가 훨씬 많아졌습니다.

동교동의 참새들에게 쌀을 뿌려 주면서 영국에 두고 온 새들을 생각합니다. 그들은 끼니 때마다 먹이를 던져 주던 인정 많은 외국인이 없어졌다며 이상해하고 있을 것입니다. 그 많은 새들 가운데 유독 로빈에 대한 생각이 간절합니다. 다시 영국에 갈 일이 생기면 그 녀석 때문에라도 케임브리지엘 꼭 방문해야 할 것 같습니다. 그러나 과연 만나질 것인지?

우리 집 참새들은 내가 돌아와서 먹이를 주는데, 로빈은 누가 먹이를 주는지, 혹시 먹을 것이 없어서 밥을 굶고 있지 않은지 공연한 걱정을 다 하고 있습니다.

정치와 나의 인생

내가 평생을 통해 하고 싶었던 일은 정치와 학문이었습니다. 정치
인으로 성공하고 싶었지만, 한편으로는 열심히 공부하여 박사가
되고 싶었고, 또 대학에서 학생들을 가르치고도 싶었습니다.

나는 정식으로 박사 학위를 받았고, 요새는 여러 대학으로부터
강의 요청도 받고 있습니다. 어떤 대학에서는 석좌 교수직을 제안
했고, 또 어떤 대학에서는 총장직을 제의해오기도 했습니다. 그러
나 그 제안을 받아들이는 것은 평생 동안 학자의 외길을 걸어온 많
은 교육자들에 대한 결례라고 생각했기 때문에 사양하지 않을 수
없었습니다.

때때로 나는 나에게 교육자의 자질이 숨어 있다고 생각합니다.
내가 가지고 있는 생각이나 지식을 잘 정리해서 알아듣기 쉽게 전
달하는 능력이 있다는 말을 아주 어렸을 때부터 들어왔고, 나와 대
화를 나눈 사람은 사안의 본말과 경중을 명쾌하게 이해하게 된다
고 말하곤 합니다. 사실 천성이 매우 논리적인 성격이라는 것을 느

낄 때가 많습니다.

나는 나 자신이 명확하게 이해하지 못한 것이 있으면 그대로 넘어가지를 못하고 명쾌해질 때까지 매달립니다. 또한 상대가 내 말의 뜻을 분명하게 파악하지 못할 때에는 어떻게든 상대에게 내가 가진 뜻과 내가 말하려는 바를 분명하게 이해시키기 위해 가장 적절한 방법을 찾으려고 애씁니다.

이런 성격으로 보더라도 내가 정치를 하지 않았다면 아마 교육자가 되었을 것입니다. 그리고 틀림없이 좋은 교수가 되었을 것입니다. 사실 어떤 의미에서는 정치 또한 가르치는 일과 무관하지 않다는 생각이 들긴 합니다.

어느 정도 타고난 재질도 있어 보이고 또 하고 싶은 마음도 없지 않았던 교육자의 길을 마다하고 그 파란 많은 정치의 장으로 뛰어들게 된 것은 어쩌면 운명인지도 모르겠습니다.

일제시대의 일이었습니다. 코흘리개 시절부터 나는 정치에 관심이 많았습니다. 아버님이 마을의 이장이라 신문이 무료로 배달되어 왔습니다. 여덟, 아홉 살 때 나는 이미 그 신문의 애독자였습니다. 신문을 보아도 꼭 1면을 주의깊게 읽었습니다. 신문을 읽으며 정치가 돌아가는 상황을 알게 되는 것이 무척 신나고 즐거웠습니다.

학교에 들어가서는 정치적 사건에 대한 날카로운 질문을 던지기도 했으며, 나름대로 해석도 곁들여 이야기하기를 좋아하여 "김대중이는 이다음에 뛰어난 정치가가 될 거야"라는 말을 듣기도 했습니다.

내가 정치를 하게 된 것은 아마도 부모님의 영향이 컸을 것입니다. 그중에서도 특히 어머님으로부터 물려받은 것이 많았으리라 생각합니다. 아버님은 예술적 기질이 풍부한 데 비해 어머님은 매우 강인한 성품에, 배포가 큰 여장부였습니다.

옳고 그른 것에 대한 구별이 선명했고, 옳지 않은 일에 대해서는 무척 단호하셨습니다. 다섯 살 때쯤이라고 생각합니다. 동네에 엿장수가 엿과 여러 가지 잡화를 가지고 왔는데, 술이 잔뜩 취해서 길가에 곯아떨어져버렸습니다. 그때 큰 아이들이 물건을 마구 훔치면서 나에게도 담뱃대 하나를 주었습니다. 나는 그 담뱃대를 아버지에게 드리려고 집으로 가져갔습니다.

그 사실을 안 어머니로부터 죽도록 두들겨 맞고, 어머니 손에 끌려 엿장수에게 돌려준 기억이 납니다. 어머니는 또한 집안 살림도 규모 있게 잘 꾸려나가셨고, 무엇보다 자식들의 교육에 열성이셨습니다. 나를 교육시키기 위해 그 좋던 살림을 처분해서 고향 마을을 등지고 연고도 없는 목포로 집을 옮기기까지 할 정도였습니다.

나는 아버지로부터는 예술적인 감각을 물려받았고, 어머니로부터는 사물을 논리적으로 파악하고 실질적으로 검증하는, 말하자면 정치적인 안목을 전수받았다고 생각하고 있습니다.

정치에 일생을 걸어볼 것인가를 심각하게 생각하기 시작한 것은 목포 상업학교에 들어간 후부터였습니다. 나는 일본 학생들을 제치고 1등으로 입학해서 3학년 때까지 줄곧 반장을 했습니다. 공부만 잘하는 우등생이 아니라, 학급을 통솔하는 능력도 있었나 봅니다.

그런데 3학년 때 청소 감독을 하다가 공연히 시비를 걸어온 일본인 학생과 밀고 밀리는 싸움박질을 벌인 적이 있었습니다. 그 싸움은 나중에 조선인 학생과 일본인 학생 사이의 패싸움으로까지 발전했는데, 그 후 나는 다시는 반장도 하지 못했고, 우등생도 되지 못했습니다. 아무리 열심히 공부를 해도 점수가 나오지 않았던 것입니다.

최근 일본의 NHK 방송이 나의 자서전 다큐멘터리를 찍기 위해 목포 상업학교의 기록을 뒤졌는데, 나의 기록에 '비판적인 성격이 강하다. 경계를 요한다'라고 적혀 있었다고 합니다. 일제하에서 이런 평가는 바로 그들의 입장에서 볼 때 '불순분자'를 말했습니다.

또 당시에는 한 달에 한 차례씩 시국강연이란 것이 열렸는데, 일본인 현역 교관이 주재하는 그 강연회에서 고작 2학년생인 내가 질문을 하면 교관이 답변을 못해 쩔쩔매곤 하던 기억이 있습니다.

그런 나를 주의 깊게 관찰한 한 일본인 선생은 '웅변이 대단하다', '마치 명연설을 듣는 것 같은 기분이 든다'는 등의 과장 섞인 칭찬을 해주었습니다. 정치를 웅변으로만 하는 것은 아니지만, 다만 그런 연유로 정치에 대한 나의 관심은 더욱 깊어졌고, 진지하게 정치인으로서의 삶을 구상해보기도 한 것입니다. 그리고 바로 그 구상은 변하지 않고 나를 따라다녔습니다.

목포 상업학교 5학년 졸업반이 되었을 때, 나는 만주 건국대학에 진학할 생각을 했습니다. 당시 건국대학은 등록금이 전액 면제라, 우리나라 학생은 물론 일본에서도 유학을 하러 가는 학생이 많았습니다. 우리 집 형편이 어려워 나도 건국대학을 가면 집안에 부담을 주지 않고도 하고 싶은 공부를 할 수 있겠다고 생각한 것입니다.

결과부터 말한다면 그 꿈은 좌절되었습니다. 그러나 지금 생각하면 그 '좌절'이 얼마나 다행스러운 일인지 모릅니다. 만일 그때 내가 만주 건국대학에 갔더라면, 바로 몇 년 뒤 해방에 뒤이어 찾아온 38선 분단으로 다시는 이 땅을 밟지 못할 뻔하지 않았겠습니까? 참, 세상일은 새옹지마와 같음을 새삼 느끼게 하는 일입니다.

젊었을 때 나는, 사업을 한 적도 있습니다. 일제 말기에 대학도 들어가지 못하게 되고, 또 까딱 잘못하다간 전쟁에 끌려갈 판이라 일본인 기선회사에 들어간 것이 사업가가 된 계기였습니다.

해방이 되어 일본인 사장이 자기네 나라로 돌아가자, 100명이 넘는 종업원이 일하던 그 회사는 주인이 없는 처지에 놓였습니다. 당시 22세이던 나는 그 회사의 관리위원장이 되었고, 그 후 자립을 해서 선박회사를 직접 운영하게 되었습니다. 20대의 젊은이로서 나는 사업에도 수완을 발휘하여 얼마 되지 않아 조선소와 신문사까지 거느리게 되었습니다. 그때 인수한 '목포일보'는 일제하에서 우리나라 최초의 지방신문이었습니다.

계속 그 길로 나갔다면 나도 누구 못지않은 사업가가 되었을지도 모릅니다. 그러나 나는 돈벌이에 그다지 큰 매력을 느끼지 못했습니다. 돈을 많이 벌어도 전혀 즐겁지가 않았던 것입니다. 나는 나의 길을 알고 있었습니다. 선생님이 되든지 정치가가 되어야 했습니다. 그러나 그 당시 나는 선생님의 길보다 정치가의 길에 더 큰 매력을 느끼고 있었습니다. 그렇게 하여 나는 예정된 탄탄대로에서 미련 없이 돌아서서 정치의 길로 들어섰습니다.

그러나 나의 정치 인생은 처음부터 순탄하지가 않았습니다. 국회의원 배지를 다는 데만 10년이란 세월을 기다려야 했습니다. 10년에 걸쳐서 네 번 실패한 끝에 다섯 번째에야 제대로 국회의원이 되었습니다. 그러나 국회의사당에 들어가 보기도 전에 5·16으로 좌절의 위기에 처하기도 했습니다. 그것이 나의 기나긴 정치 여정의 시작이었습니다.

시작만 어려운 것이 아니었습니다. 정치인으로 나선 이후 나의 삶은 하루도 평탄한 날이 없을 정도였습니다. 의원 생활을 시작해서 마감할 때까지 31년 중에 15년 동안 나는 의원직을 박탈당한 채 살아왔습니다. 다른 나라의 예를 보더라도 나처럼 긴 세월 동안, 여러 번의 죽을 고비를 넘기고, 감옥에 가고, 연금당하고, 망명까지 하는 수난을 겪은 사람은 아마 드물 것입니다.

그러나 고난만 있었던 것은 아닙니다. 숱한 고난들이 내가 택한 정치로부터 받은 선물이라면, 그 고난의 대가로 얻은 영광들도 정치가 내게 준 선물입니다.

나는 부르노크라이스키 인권상과 조지미니 인권상을 받았고, 미국의 저명한 상 중의 하나인 유니온 신학대학의 유니온 메달도 받게 되었습니다. 또한 노벨 평화상 후보에도 일곱 번이나 추천되었습니다. 세계적인 권위의 몇몇 대학에서는 나에게 정식으로 정치학 박사와 명예 박사 학위를 주었고, 모스크바 대학은 평생 명예교수의 직위를 허락했고 케임브리지 대학에서는 평생 객원교수로 임명했습니다. 또한 러시아 문화아카데미의 회원으로 추대되는 영광도 안았습니다.

나는 비록 낙선을 했지만, 지금 누구보다 행복합니다. 나는 나에게 기회를 주려고 표를 던져 준 800만 명의 적극적인 지지자들로 인해서 행복합니다. 선거 후에 내게 보여준 많은 분들의 아쉬움과 슬픔의 표출을 보고 내가 넘치게 행복한 사람이라는 사실을 깨달았습니다.

그뿐만 아니라 대선 때 어떤 이유로든 나를 지지하지 않았던 분들도 은퇴한 나의 모습을 보고 새롭게 평가하게 되었다며 위로와 격려를 보내왔습니다. 그런 일들로 인해서 나는 지금 한없이 행복한 사람입니다. 선거에는 졌지만 정치에는 승리했다고도 생각합니다.

이제 나는 40년 정치 여정에 대한 평가를 국민과 역사의 것으로 돌렸습니다. 뜻한 바를 모두 이루고 성취하지는 못했지만, 항상 하늘과 땅에 대하여, 그리고 무엇보다 나 자신에 대하여 부끄러움 없는 삶을 살려고 노력해왔기 때문에 한치의 후회도 없습니다.

다만 40년간 갈고닦아온 정책들을 국민과 민족을 위해 한번 써보지 못하는 것이 한스럽고 가슴 아팠습니다. 그리고 선거 후 상당 기간 이 일을 생각하면 가슴이 메어져옴을 느꼈습니다. 그러나 그 때문에 불행하지는 않습니다. 고난과 박해와 좌절로 점철된 세월의 여로였지만, 다시 태어나도 나는 기쁜 마음으로 이 길을 걸을 것입니다.

김대중 명연설

———

부록

삼선개헌 반대 시국대강연회 연설

제15대 대통령 취임사

6·15 남북공동선언 9주년 기념식 특별연설

삼선개헌˙ 반대 시국대강연회 연설

(1969년 7월 19일, 효창구장)

지난 6월 28일 자 조간신문을 보니까 경기도 안성安成에서 황소 한 마리가 미쳐가지고, 주인 내외를 마구 뿔로 받아서 중상을 입혔습니다. 마을 사람들은 이 황소를 때려잡으려고 몽둥이를 들고 나섰지만 잡지 못해서 마침내 지서 순경이 와가지고 '칼빈' 총을 다섯 방이나 쏘아서 기어이 때려잡았습니다. 나는 이 신문을 보고 "과연 천도天道가 무심치 않구나" 이렇게 생각했습니다. 왜? 대한민국에서 황소를 상징으로 한 공화당이 지금 미쳐가지고 국민 주권을 때려잡을 삼선개헌 음모를 하니까, 미물 짐승인 황소까지 같이 미쳐서 주인한테 달려든 것이다, 이것이에요.

내가 오늘 여기 와서 "반공을 하고 국방을 하려면 무엇을 해야겠느냐?" 하는 것을 내가 여기서 배웠습니다. 그것은 야당이 강연

● 三選改憲. 1969년 박정희 정권이 정권 연장을 위해 추진한 대한민국의 제6차 헌법개정. 한 사람이 대통령에 세 번까지 선출될 수 있다는 내용이 골자다.

대회를 해야 돼! 왜? 서울시에서는 40만에 달하는 예비군을 오는 22일부터 소집하기로 했다가 신민당이 연설을 한다니까 어제저녁부터 부랴부랴 서둘렀단 말이야. 여러분! 서울시가 아무리 그렇게 예비군을 소집하고 경찰관이 나와서 삐라를 뿌리고 해도 하느님은 우리 편이오. 보시오. 지금까지 오던 비가 오늘 오후 두 시 정각부터 딱 그쳤어!

삼선개헌을 반대하는 '데모'가 지난 방학 전에 전국에서 퍼졌습니다. '데모'를 제일 치열하게 한 데가 어디냐? 서울이 아닙니다. 경상도, 정권의 본고장인 경상도에서 제일 '데모'를 치열하게 했어! 그것도 박정희 씨가 나온 경상북도라 그 말이여! 대구에서는 대학교뿐만 아니라 모든 고등학교가 총동원됐어! 그런데 한 가지 재미있는 것은 박정희 씨가 대통령을 그만두고 나면 그 대학교의 총장을 할 것이라는 소문에 영남대학교 학생들의 '데모' 구호가 재미있다 그 말이여! 무엇이라 했느냐? "미친 황소의 갈 길은 도살장뿐이다" 이랬다 그 말이여!

내 오늘 여기서 450만 서울 시민과 더불어 박정희 대통령에게 한마디 얘기 좀 해야겠어. 박정희 씨여! 당신은 지금 입으로 점잖게 무어라고 하지만, 내심으로는 헌법 고쳐가지고 71년 이후에도 영원히 해먹겠다는 시커먼 배짱 가지고 있는 것 사실 아니오?

삼선개헌은 무엇이냐? 이 나라 민주국가를 완전히 1인 독재국가로 이 나라의 국체를 변혁하는 것이여! 삼선독재가 통과되는 날, 삼선개헌이 통과되는 날에는 대한민국 헌법 제1조 1항 "대한민국은 민주공화국이다" 하는 조문은 장사 지내는 날이다, 이 말이여!

민주주의의 적은 공산좌익독재뿐만 아니라 우익독재도 똑같은 적이여! 히틀러도, 도조 히데키도, 박정희 정권의 삼선개헌 음모에 의한 이 1인 독재도 민주주의의 적인 데는 다름이 없다는 것을 여러분은 알아야 한다 이 말이여!

아… 이 나라가 누구 나란데! 이 나라가 박정희 씨 나라요? 이 나라는, 대통령은 바뀌어도 헌법은 영원한 것이여! 헌법은 박정희 씨보다 위여! 박정희 씨를 위하여 헌법을 바꿀 수 없다는 것을 여러분은 알아야 한다 이 말이여!

아까 유진오 당수께서도 말씀했지만 놀라운 이야기여! 머… 이번에 헌법을 고치면 지금 같은 준전시하에서는 대통령 선거를 안 하겠다? 이번에 개헌만 되면 71년에는 선거를 안 하겠다는 게여! 다시 말하면 털도 안 뽑고 그대로 먹겠다는 게여!

공화당에 윤치영이라는 사람이 이런 말을 했어. "박정희 대통령은 단군 이래의 위인이다" 이랬다 말이여! 단군 이래의 위인이니까 신라의 김유신, 고려의 태조 왕건, 이조의 세종대왕, 이순신 장군보다 더 위대하다 그 말이여! 그런데 이 사람 대통령 바뀔 때마다 똑같은 소리를 한단 말이여! 과거 이 박사가 사사오입 개헌할 때도 "이 박사는 개국 이래의 위인이다" 이랬어! 우리가 과거에 결혼식에 가면 축사를 많이 했는데 축사를 하는 사람마다 똑같은 소리를 해. 신랑은 대학을 나온 모범청년이고 신부는 가정에서 부덕을 닦은 요조숙녀라고. 아마 이 양반 대통령에 대한 아첨을 무슨 결혼식의 축사로 착각을 한 모양이여! 이번에 아폴로 11호가 달 세계로 가는데, 안되었지만 이런 양반들을 실어다가 거기다 두었으면 대한민국이 편할 텐데.

박정희 씨가 단군 이래의 위인인지 아닌지는 모르겠어! 그러나 한 가지 분명한 것은 만일 박정희 씨가 삼선개헌을 그대로 추진했다가는 박정희 씨가 단군 이래의 위인이 아니라 단군 이래의 폭군이 된다는 것만은 여러분에게 분명히 말하고 싶소. 남은 정치생활 해가지고 평생을 국회의원 한 번 못 된 사람이 수두룩한데 밤중에 한강 건너와가지고 남의 정권 뺏어서 10년 해먹었으면 됐지, 뭘 다시 자기가 만든 헌법을 고쳐서 또 해먹겠다는 것이여!

지난번 국회에서 김영삼 의원이 "박정희 씨는 독재자다" 이랬단 말이여! 공화당 사람들이 노발대발했어! 그야 아무리 못생긴 사람도 대놓고 "너 이 자식 못생긴 놈"이라고 하면 화 안 내는 사람 없겠지요. 박정희 씨가 독재자냐, 아니냐? 단적인 증거가 있어! 명색이 민주국가에서, 명색이 언론의 자유가 있다는 나라에서 국회의원이, 국민의 대표가 국민의 머슴인 대통령에 대해서 독재자라 했다 해서 그 말이 신문에 한 자도 못 나간 그 사실이 "이 나라가 독재자가 지배하는 나라"라는 것을 반증한 것이 아니고 무엇이겠냐 말이여, 여러분!

여보시오! 세계에서 민주주의 한다 해가지고 삼선개헌해서 영구집권하는 민주주의가 어디 있소. 무슨 속담에 공자·맹자 10년 배워도 쫄쫄이란 문장 처음 듣고, 무당생활 평생 해도 목탁이란 귀신 처음 들어본다고 그러지만, 내 들어봐도 이런 민주주의가 있다는 소리 처음 들어봤어.

오늘날 이 나라 현실이 어떻습니까? 언론의 자유는 완전히 말살

되었어. 신문은 신문기자나 편집인이 만드는 것이 아니라 중앙정보부가 밀어라, 빼어라, 높이 올려라, 아래로 내려라, 다 결정한다 그 말이여. 오늘날 신문기자같이 불쌍한 사람들이 없어.

국회는 어떻소? 지난 6·8선거가 온통 부정선거여! 나도 목포에서 박정희 씨한테 좀 단단히 당해보았어. 이 양반이 직접 와서 목포에서 연설을 하고 전 국무위원들을 데리고 와서 회의까지 하고, 한때 대한민국 정부가 서울서 목포에 이사를 왔어. 선거가 끝나고 올라와 보니까 왠지 국회는 온통 가짜투성이여! 진짜는 3분의 1도 못 되고 3분의 2는 국민이 뽑은 게 아니라 중앙정보부나 경찰이나 면장·반장들이 뽑은 사람이다, 그 말이여! 이래가지고 이 사람들이 국회에서 우리가 아무리 무슨 옳은 소리를 해도 듣지 않아! 하도 분통이 터져서 "이 자식들아" 하고 한번 달려들어봤지만, 웬걸 공화당 사람들은 군대 갔다 온 사람들이 많아서 유도가 3단, 당수(가라테)가 5단이었다, 그 말이여! 해볼 수가 없어. 이다음에 국회의원을 국민이 뽑을 때 제발 당수 잘하고 유도 잘하는 사람 빼어주었으면 좋겠어.

사법부는 어떻소? 사법부 독립은 지금 완전히 유린됐어! 동백림 사건 그 판결의 일부가 비위에 안 맞는다 해서 대법원을 빨갱이의 소굴로 몰았어! 대법원 판사들은 김일성이의 앞잡이로 몰았어! 노판사가 그만두고 나갔대!

학원은 지금 짓밟힐 대로 짓밟혀서, 학원은 이제 더 이상 진리의 탐구 장소도 아니요, 대학의 자치도 없는 것이요, 학생들이 나라의 일에 대해서 관심을 가졌다가는 최루탄과 곤봉에 의해서 대가리가 터지고, 갈비가 부러지고 대학은 자유의 낙원이 아니라 창살 없는 감옥이요, 대학의 교수와 학생들은 번호표 없는 죄수라는 것은 여러분은 알아야 한다 그 말이여!

이 나라의 국시인 민주주의는 지금 빈사 상태에 들어갔어. 국체는 이미 변혁 중에 있는 것이여, 여러분! 이 더러운 민주주의에 대한 원수들, 이 용서 못할 조국에 대한 반역자들, 나는 분노와 하염없이 통분된 심정을 금할 수 없소. "하느님이여! 이런 자들에게 벌을 주소서, 국민이여! 궐기해서 이런 자에게 철추를 내리라"는 말을 나는 호소하고 싶습니다.

여러분! 나는 저기 계신 김구 선생과 삼열사의 무덤* 앞에서 여러분 앞에 맹세합니다. 나는 피로써 여러분께 맹세해! 나는 이 조국과 국민을 멸망과 불행의 진구렁 속으로 끌고 간 박정희 씨의 삼선개헌에 대해서는, 내 이 사람의 정치적 생명뿐 아니라 육체적 생명까지 바쳐서라도 의정 단상에서 내 목숨을 걸고 싸울 것을 여러분 앞에 맹세합니다.

우리는, 우리 신민당 국회의원들은 우리의 집 주소를 서대문 현저동 101번지로 옮긴 지 오래여! 감옥에 갈 각오를 하고 있다 이 말이여! 천명대로 우리의 목숨을 바치지 못하더라도 우리가 그것을 두려워할 사람들은 아니여! 내가 여러분들한테 이야기하고자 한 것은 우리 신민당은 유진오 당수 중심으로 결속해서, 눈동자가 새까만 국민 여러분이 자유와 조국에 대한 신념을 포기하지 않는

---

* 효창공원에 안치된 항일 독립운동가 이봉창, 윤봉길, 백정기의 묘소.

한, 우리는 결단코 박정희 씨의 망국적인 삼선개헌을 저지하고야말 사람이라는 것을 여러분 앞에 분명히 말씀한다, 그 말이여!

마지막으로 이 사람은 온갖 정성과 온갖 결심으로써 박정희 씨에게 마지막 충고하고 호소합니다. 박정희 씨여! 당신에게 이 나라민주주의에 대한 일말의 양심이 있으면, 당신에게 국민과 역사를두려워할 지각이 있으면, 당신에게 4·19와 6·25 때 죽은 우리 영령들 죽음의 값에 대한 책임이 있으면, 어떠한 일이 있더라도 삼선개헌만은 하지 마라. 만일 당신이 삼선개헌을 했다가는 이 조국과국민들에 대해서 말할 수 없는 죄악을 가져올 뿐 아니라 박정희 씨당신도 내가 몇 월 며칠에 그렇게 된다고 날짜와 시간은 말 못하지만 당신이 제2의 이승만 씨가 되고 제2의 아유브칸**이 되고, 공화당이 제2의 자유당이 된다는 것만은, 해가 내일 아침 동쪽에서 뜨는것보다도 더 명백하다는 것을 나는 경고해 마지않는 바입니다.

국민 여러분! 국체의 변혁을 꿈꾸는 삼선개헌을 분쇄합시다. 국민 여러분이여! 민주주의를 이 땅에 꽃피워, 우리나라의 후손들에게 영광된 조국을 넘겨줍시다. 여러분! 다 같이 궐기해서 삼선개헌반대투쟁에 한 사람 한 사람이 결사의 용사가 될 것을 호소하면서저의 말씀을 그치겠습니다. 감사합니다.

** 파키스탄의 정치가(1907~1974). 1958년에 무혈 혁명으로 수상이 되고, 다시 대통령이 되어 군부를 배경으로 권력을 휘둘렀으나 1969년에 반정부 민주화 운동에 밀려실각했다.

국난극복과 재도약의 새 시대를 엽시다

제15대 대통령 취임사(1998년 2월 25일)

존경하고 사랑하는 국민 여러분!

오늘 저는 대한민국 제15대 대통령에 취임하게 되었습니다. 정부수립 50년 만에 처음 이루어진 여야 간 정권교체를 여러분과 함께 기뻐하면서, 온갖 시련과 장벽을 넘어 진정한 '국민의 정부'를 탄생시킨 국민 여러분께 찬양과 감사의 말씀을 드리는 바입니다.

그리고 저의 취임을 축하하기 위해 이 자리에 함께해주신 김영삼 전임 대통령, 폰 바이츠제커 독일 전 대통령, 코라손 아키노 필리핀 전 대통령, 후안 안토니오 사마란치 IOC 위원장 등 내외 귀빈을 비롯한 참석자 여러분께도 깊이 감사드립니다.

오늘 이 취임식의 역사적인 의미는 참으로 크다고 할 것입니다. 오늘은 이 땅에서 처음으로 민주적 정권교체가 실현되는 자랑스러운 날입니다. 또한 민주주의와 경제를 동시에 발전시키려는 정부가 마침내 탄생하는 역사적인 날이기도 합니다. 이 정부는 국민의 힘에 의해 이루어진 참된 '국민의 정부'입니다. 모든 영광과 축복을 국민 여러분께 드리면서, 제 몸과 마음을 다 바쳐 봉사할 것을 굳게 다짐하는 바입니다.

친애하는 국민 여러분!

우리는 3년 후면 새로운 세기를 맞게 됩니다. 21세기의 개막은 단순히 한 세기가 바뀌는 것만이 아니라, 새로운 혁명의 시작을 말합니다. 지구상에 인간이 탄생한 인간혁명으로부터 농업혁명, 도시혁명, 사상혁명, 산업혁명의 5대 혁명을 거쳐 인류는 이제 새로운 혁명의 시대로 들어서고 있는 것입니다.

세계는 지금 유형의 자원이 경제발전의 요소였던 산업사회로부터 무형의 지식과 정보가 경제발전의 원동력이 되는 지식정보사회로 나아가고 있습니다.

정보화 혁명은 세계를 하나의 지구촌으로 만들어, 국민경제로부터 세계경제시대로의 전환을 이끌고 있습니다. 정보화시대는 누구나, 언제나, 어디서나, 손쉽고 값싸게 정보를 얻고 이용할 수 있는 시대를 말합니다. 이는 민주사회에서만 가능합니다.

우리는 이와 같은 문명사적 대전환기를 맞아 새로운 도전에 전력을 다하여 능동적으로 대응해야 합니다. 그러나 불행하게도 이 중차대한 시기에 우리에게는 6·25 이후 최대의 국난이라고 할 수 있는 외환위기가 닥쳐왔습니다.

잘못하다가는 나라가 파산할지도 모를 위기에 우리는 당면해 있습니다. 막대한 부채를 안고, 매일같이 밀려오는 만기외채를 막는 데 급급해하고 있습니다.

참으로 어이없는 일이 아닐 수 없습니다. 우리가 이나마 파국을 면하고 있는 것은 애국심으로 뭉친 국민 여러분의 협력과 국제통화금, 세계은행, 아시아개발은행, 그리고 미국, 일본, 캐나다, 호주, EU 국가 등 우방들의 도움 덕택입니다.

올 한해 동안 물가는 오르고, 실업자는 늘어날 것입니다. 소득은 떨어지고, 기업의 도산은 속출할 것입니다. 우리 모두는 지금 땀과 눈물을 요구받고 있습니다.

도대체 우리가 어찌해서 이렇게 되었는지 냉정하게 돌이켜봐야 합니다. 정치, 경제, 금융을 이끌어온 지도자들이 정경유착과 관치금융에 물들지 않았던들, 그리고 대기업들이 경쟁력 없는 기업들을 문어발처럼 거느리지 않았던들, 이러한 불행한 일은 일어나지 않았을 것입니다.

잘못은 지도층들이 저질러놓고 고통은 죄 없는 국민이 당하는 것을 생각할 때 한없는 아픔과 울분을 금할 수 없습니다. 이러한 파탄의 책임은 국민 앞에 마땅히 밝혀져야 할 것입니다.

존경하는 국민 여러분!

오늘의 어려움 속에서도 국민 여러분께서는 놀라운 애국심과 저력을 발휘하셨습니다. 우리는 IMF 시대의 충격 속에서도 여야 간 평화적 정권교체의 위업을 이룩하였습니다.

국민 여러분은 나라의 위기를 극복하기 위해 '금 모으기'에 나섰고 이미 20억 달러가 넘는 금을 모아주셨습니다. 저는 황금보다 더 귀중한 국민 여러분의 애국심을 한없이 자랑스럽게 생각합니다. 여러분 감사합니다.

한편 우리 근로자들은 자기 생활의 어려움도 무릅쓰고 자발적으로 임금을 동결하는 등 고통 분담에 동참하고 있습니다. 기업은 수출에 전력을 다함으로써 지난 3개월간 연속해서 큰 규모의 경상수지 흑자를 내고 있습니다. 이러한 한국인의 애국심과 저력에 대해 세계가 경탄하고 있습니다.

근로자와 사용자 그리고 정부는 대화를 통한 대타협으로 국난극복의 주춧돌을 놓았습니다. 이 얼마나 자랑스러운 일입니까. 저는 이 일을 이루어낸 노사정 대표 여러분께 국민과 함께 큰 박수를 보내고 싶습니다.

국회의 다수당인 야당 여러분에게 간절히 부탁드립니다. 오늘의 난국은 여러분의 협력 없이는 결코 극복할 수 없습니다. 저도 모든 것을 여러분과 같이 상의하겠습니다. 나라가 벼랑 끝에 서 있는 금년 1년만이라도 저를 도와주셔야 하겠습니다. 저는 온 국민이 이를 바라고 있다고 믿습니다.

친애하는 국민 여러분!

지금 이 나라는 정치, 경제, 사회, 외교, 안보 그리고 남북문제 등 모든 분야에서 좌절과 위기에 처해 있습니다. 이를 극복하기 위해서는 총체적인 개혁이 이루어져야 합니다.

무엇보다 정치개혁이 선행되어야 합니다. 국민이 주인 대접을 받고 주인 역할을 하는 참여민주주의가 실현되어야 하겠습니다. 그래야만 국정이 투명하게 되고 부정부패도 사라집니다.

저는 '국민에 의한 정치', '국민이 주인 되는 정치'를 국민과 함께 반드시 이루어내겠습니다.

'국민의 정부'는 어떠한 정치보복도 하지 않겠습니다. 어떠한 차별과 특혜도 용납하지 않겠습니다. 다시는 무슨 지역 정권이니 무슨 도 차별이니 하는 말이 없도록 하겠다는 것을 굳게 다짐합니다.

정부가 고통 분담에 앞장서서 효율적인 정부를 만들겠습니다. 중앙정부에 집중된 권한과 기능을 민간과 지방자치단체에 대폭 이양하겠습니다.

그러나 국민의 생명과 재산을 지키는 데에는 더욱 힘쓰겠습니다. 환경을 보존하고 복지를 증진시키는 데 적극 노력하겠습니다.

'작지만 강력한 정부', 이것이 '국민의 정부'가 지향하는 목표입니다.

'국민의 정부'가 당면한 최대의 과제는 우리의 경제적 국난을 극복하고 우리 경제를 재도약시키는 일입니다. '국민의 정부'는 민주주의와 경제발전을 병행시키겠습니다.

민주주의와 시장경제는 동전의 양면이고 수레의 양 바퀴와 같습니다. 결코 분리해서는 성공할 수 없습니다. 민주주의와 시장경제를 다 같이 받아들인 나라들은 한결같이 성공했습니다. 그러나 민주주의를 거부하고 시장경제만 받아들인 나라들은 나치즘 독일과 군국주의 일본에서 보여준 바와 같이 참담한 좌절을 당하고 말았습니다. 이들 나라도 2차 대전 후 민주주의와 시장경제를 같이 받아들여 오늘과 같은 자유와 번영을 누리게 되었습니다.

민주주의와 시장경제가 조화를 이루면서 함께 발전하게 되면 정경유착이나 관치금융, 그리고 부정부패는 일어날 수 없습니다. 저는 우리가 겪고 있는 오늘의 위기는, 민주주의와 시장경제를 병행해서 실천함으로써 극복할 수 있다고 확신합니다.

경제를 살리기 위해서는 먼저 물가를 잡아야 합니다. 물가안정 없이는 어떠한 경제정책도 성공할 수 없습니다. 대기업과 중소기업을 똑같이 중시하되, 대기업은 자율성을 보장하고 중소기업은 집중적으로 지원함으로써 양자가 다 같이 발전해나가도록 하겠습니다.

또한 철저한 경쟁의 원리를 지켜나갈 것입니다. 세계에서 가장 품질 좋고 가장 값싼 상품을 만들어 외채를 많이 벌어들이는 대기업이 존경받는 나라를 만들겠습니다.

기술입국의 소신을 가지고, 21세기 첨단산업시대에 기술 강국으로 등장할 수 있는 정책을 과감히 추진해나가겠습니다. 벤처기업은 새로운 세기의 꽃입니다. 이를 적극 육성하여 고부가가치의 제품을 만들어 경제를 비약적으로 발전시켜야 합니다. 벤처기업은 많은 일자리를 창출해서 실업 문제를 해소하는 데도 크게 이바지할 것입니다.

'국민의 정부'가 대기업과 이미 합의한 5대 개혁, 즉 기업의 투명성, 상호지급보증 금지, 건전한 재무구조, 핵심산업의 설정과 중소기업에 대한 협력, 그리고 지배주주와 경영자의 책임성 확립은 반드시 관철될 것입니다.

이것만이 기업이 살고 우리 경제가 다시 도약할 수 있는 길입니다. 정부는 기업의 자율성을 철저히 보장하겠습니다. 그러나 기업의 자기개혁 노력도 엄격히 요구할 것입니다.

'국민의 정부'는 수출 못지않게 외국자본의 투자유치에 힘쓰겠습니다. 외자유치야말로 외자를 갚고, 국내기업들의 경쟁력을 강화하며, 우리 경제의 투명성을 높이는 가장 효과적인 길입니다.

농업을 중시하고 특히 쌀의 자급자족은 반드시 실현시켜야 합니다. 농어가 부채경감, 재해보상, 농축수산물 가격의 보장, 그리고 농촌 교육 여건의 우선적 개선 등 농어민의 소득과 복지를 향상시키기 위한 정책을 강력히 추진하겠습니다.

애국심과 의욕에 충만한 자랑스러운 국민 여러분과 같이 올바른 경제개혁을 추진해나간다면, 우리 경제는 오늘의 난국을 반드시 극복하고 내년 후반부터는 새로운 활로를 개척해나갈 수 있다고 저는 확실히 믿어 의심치 않습니다.

친애하는 국민 여러분!

저를 믿고 적극 도와주십시오. 국민 여러분의 기대에 반드시 부응해내겠습니다.

국민 여러분! 건강한 사회를 위한 정신의 혁명이 필요합니다. 인간이 존중되고 정의가 최고의 가치로 강조되는 정신혁명 말입니다. 바르게 산 사람이 성공하고 그렇지 못한 사람은 실패하는 그런 사회가 반드시 이루어져야 합니다. 고통도 보람도 같이 나누고, 기쁨도 함께해야 합니다. 땀도 같이 흘리고 열매도 함께 거둬야 합니다.

저는 이러한 정신혁명과 바른 사회의 구현에 모든 것을 바쳐 앞장서겠습니다. 노인이나 장애인들도 일할 능력이 있는 사람에게는 일을 주고 그렇지 못한 사람은 따뜻하게 감싸주어야 합니다. 저는 소외된 사람들의 눈물을 닦아주고 한숨짓는 사람에게 용기를 북돋아주는 그런 '국민의 대통령'이 되겠습니다.

우리 민족은 높은 교육수준과 찬란한 문화적 전통을 가진 민족입니다. 우리 민족은 21세기 정보화 사회에 큰 저력을 발휘할 수 있는 우수한 민족입니다. 새 정부는 우리의 자라나는 세대가 지식 정보사회의 주역이 되도록 힘쓰겠습니다. 초등학교부터 컴퓨터를 가르치고 대학입시에서도 컴퓨터 과목을 선택할 수 있도록 하겠습니다. 세계에서 컴퓨터를 가장 잘 쓰는 나라를 만들어 정보대국의 토대를 튼튼히 닦아나가겠습니다.

교육혁명은 오늘날 우리 사회가 안고 있는 산적한 문제를 해결하는 핵심적인 과제입니다. 대학입시제도를 획기적으로 개혁하고 능력 위주의 사회를 만들겠습니다. 청소년들은 과외로부터 해방되고, 학부모들은 과중한 사교육비로부터 벗어나게 하겠습니다. 지식과 인격과 체력을 똑같이 중요시하는 지덕체의 전인교육을 실현시키겠습니다. 이러한 교육개혁은 만난을 무릅쓰고라도 반드시 성취하겠다는 것을 저는 이 자리를 빌려 굳게 다짐합니다.

우리는 민족문화의 세계화에 힘을 쏟아야 합니다. 우리의 전통문화 속에 담겨 있는 높은 문화적 가치를 계승 발전시키겠습니다. 문화산업은 21세기의 기간산업입니다. 관광산업, 회의체 산업, 영상 산업, 문화적 특산품 등 무한한 시장이 기다리고 있는 부의 보고입니다.

중산층은 나라의 기본입니다. 봉급생활자, 중소기업 그리고 자영업자 등 중산층이 안정되고 행복한 삶을 누릴 수 있도록 최선의 노력을 기울이겠습니다.

'국민의 정부'는 여성의 권익보장과 능력개발을 위해서 적극 힘쓰겠습니다. 가정에서나 사회에서나 직장에서나 남녀차별의 벽은 제거되어야 합니다.

청년은 나라의 희망이자 힘입니다. 그들을 위한 교육과 문화, 그리고 복지의 향상을 위해서 정부는 아낌없는 지원대책을 세워나가겠습니다.

친애하는 국민 여러분!

21세기는 경쟁과 협력의 세기입니다. 세계화 시대의 외교는 냉전시대와는 다른, 발상의 전환을 요구하고 있습니다. 21세기 외교의 중심은 경제와 문화로 옮겨갈 것입니다. 협력 속에 이루어지는 무한경쟁시대를 헤쳐나가기 위해 무역, 투자, 관광, 문화교류를 확대해나가겠습니다.

우리의 안보는 자주적 집단안보가 되어야 합니다. 국민적 단결과 사기 넘치는 강군을 토대로 자주적 안보태세를 강화하겠습니다. 동시에 한미 안보 체제를 더욱 굳건히 다지는 등의 집단안보를 결코 소홀히 하지 않겠습니다. 한반도에서의 평화구축을 위해 4자회담을 반드시 성공시키는 데 적극 노력하겠습니다.

남북관계는 화해와 협력 그리고 평화 정착에 토대를 두고 발전시켜나가야 합니다.

분단 반세기가 넘도록 대화와 교류는커녕 이산가족이 서로 부모형제의 생사조차 알지 못하는 냉전적 남북관계는 하루빨리 청산되어야 합니다. 1300여 년간 통일을 유지해온 우리 조상들에 대해서도 한없는 죄책감을 금할 길이 없습니다.

남북문제 해결의 길은 이미 열려 있습니다. 1991년 12월 13일에 채택된 남북기본합의서의 실천이 바로 그것입니다. 남북 간의 화해와 교류협력과 불가침, 이 세 가지 사항에 대한 완전한 합의가 이미 남북한 당국 간에 이루어져 있습니다. 이것을 그대로 실천만 하면 남북문제를 성공적으로 해결하고 통일에의 대로를 열어나갈 수 있습니다.

저는 이 자리에서 북한에 대해 당면한 3원칙을 밝히고자 합니다.

첫째, 어떠한 무력도발도 결코 용납하지 않겠습니다.

둘째, 우리는 북한을 해치거나 흡수할 생각이 없습니다.

셋째, 남북 간의 화해와 협력을 가능한 분야부터 적극적으로 추진해나갈 것입니다.

남북 간에 교류협력이 이루어질 경우, 우리는 북한이 미국, 일본 등 우리의 우방국가나 국제기구와 교류협력을 추진해도 이를 지원할 용의가 있습니다. 새 정부는 현재와 같은 경제적 어려움에도 불구하고 북한의 경수로 건설과 관련한 약속을 이행할 것입니다. 식량도 정부와 민간이 합리적인 방법을 통해서 지원하는 데 인색하지 않겠습니다.

저는 북한 당국에게 간곡히 호소합니다. 수많은 이산가족들이 나이 들어 차츰 세상을 떠나고 있습니다. 하루빨리 남북의 가족들이 만나고 서로 소식을 전하도록 해야 합니다. 이 점에 관해서 최근 북한이 긍정적인 조짐을 보이고 있는 점을 예의 주목하고 있습니다. 그리고 문화와 학술의 교류, 정경분리에 입각한 경제교류도 확대되기를 희망합니다.

저는 남북기본합의서에 의한 남북 간의 여러 분야에서의 교류가 실현되기를 바랍니다. 우선 남북기본합의서의 이행을 위한 특사의 교환을 제의합니다. 북한이 원한다면 정상회담에도 응할 용의가 있습니다.

새 정부는 해외동포들과의 긴밀한 유대를 강화하고 그들의 권익을 보호하기 위해서 적극적인 노력을 기울일 것입니다. 우리는 해외동포들이 거주국 시민으로서의 권리와 의무를 다하면서 한국계로서 안정과 긍지를 가질 수 있도록 적극 돕겠습니다.

존경하고 사랑하는 국민 여러분!

지금 우리는 전진과 후퇴의 기로에 서 있습니다. 우리를 가로막고 있는 고난을 딛고 힘차게 전진합시다. 국난극복과 재도약의 새로운 시대를 열어갑시다.

반만년 역사가 우리를 지켜보고 있습니다. 조상들의 얼이 우리를 격려하고 있습니다.

민족수난의 굽이마다 불굴의 의지로 나라를 구한 자랑스러운 선조들처럼, 우리 또한 오늘의 고난을 극복하고 내일의 도약을 실천하는 위대한 역사의 창조자가 됩시다. 오늘의 위기를 전화위복의 계기로 삼읍시다.

우리 국민은 해낼 수 있습니다. 6·25의 폐허에서 일어선 역사가 그것을 증명합니다. 제가 여러분의 선두에 서겠습니다. 우리 다 같이 손잡고 힘차게 나아갑시다. 국난을 극복합시다. 재도약을 이룩합시다.

그리하여, 대한민국의 영광을 다시 한번 드높입시다.

감사합니다.

6·15 남북공동선언 9주년 기념식 특별연설

(2009년 6월 11일)

존경하는 선배 동지 여러분, 오늘 이 자리에 이렇게 많이 나와주셔서 참으로 감사합니다.

저는 6·15와 10·4선언을 생각할 때 돌아가신 노무현 대통령을 생각하지 않을 수 없습니다. 노 대통령과 저만이 북한에 가서 남북정상회담을 한 그 사건은 아주 중요한 일이었다고 생각합니다.

그런데 노무현 대통령과 저하고 이상하게 닮은 점이 많습니다. 둘 다 농민의 아들로 태어났고, 노 대통령은 부산상고, 저는 목포상고를 나왔습니다. 그리고 노무현 대통령은 돈이 없어 대학에 못 갔고 저도 돈이 없어 대학에 못 갔습니다. 노 대통령은 대학 못 간 뒤 열심히 공부해서 변호사가 됐고, 저는 열심히 사업해서 돈 좀 벌었습니다. 그 후로 저는 이승만 정권, 노 대통령은 박정희 정권 등 독재정권에 분개해 본업을 버리고 정치에 들어간 것입니다.

정치에 들어가서 또다시 반독재투쟁을 같이하는 등 노 대통령과 저는 참으로 연분이 많습니다. 당도 같이했고, 국회의원도 같이 했고, 그리고 북한도 교대로 다녀왔습니다. 이런 걸 가만히 보니까 전생에 노 대통령과 저하고 무슨 형제간이 아니었나 하는 생각이 듭니다. 물론 형님은 제가 되고요. 제가 노 대통령 서거 소식을 듣고 '내 몸의 반쪽이 무너지는 것 같다'고 했는데 그것은 지나간 과거만 봐도 여간한 인연이 아닙니다. 제가 대통령 할 때 노 대통령을 해양수산부 장관을 시켰습니다.

저는 오늘 6·15 남북공동선언 9주년을 맞이해서 먼저 이명박 대통령과 북한에 대해서 몇 말씀 하고 싶습니다.

이명박 대통령은 지금 우리 국민이 얼마나 불안하게 살고 있는지 알아야 합니다. 개성공단에서 철수하겠다는 얘기가 나왔습니다. 북한에서는 매일같이 남한이 하는 일을 선전포고로 간주하겠다, 무력 대항하겠다고 말하고 있습니다. 세계에서 이렇게 60년 동안이나 이러고 있는 나라가 어디에 있습니까. 그래서 저는 이명박 대통령에게 강력히 충고하고 싶습니다. 전직 대통령 두 사람이 합의해놓은 6·15와 10·4를 이 대통령은 반드시 지키십시오. 그래야 문제가 풀립니다.

그리고 우리가 일방적으로 철수한 금강산 관광을 다시 복구시켜야 합니다. 개성공단에 노동자를 위한 숙소를 지어주기로 우리가 약속했습니다. 따라서 저는 이명박 대통령이 6·15와 10·4의 약속을 지키고, 금강산에서 일방적으로 철수한 것을 철회하고, 개성공단 숙소 건설을 약속한 것 등 우리의 의무사항을 우리가 이행하겠다는 것을 선언할 필요가 있다고 생각하는데, 여러분 어떻습니까.

다음에는 북한의 김정일 위원장에게 말씀하고 싶습니다. 저는 북한이 많은 억울한 일을 당하고 있는 것을 알고 있습니다. 1994년 제네바협정을 해가지고 북한은 핵을 포기했습니다. 미국은 북한에 대해서 경수로를 지어주고 경제 원조를 하기로 약속했습니다. 그런데 클린턴 대통령이 합의해놓은 것을 부시 대통령이 들어와서 완전히 뒤집어버렸습니다. 여기에서 불신이 생겨났습니다.

또 오바마 대통령이 대통령 선거운동 중에 자기가 당선되면 북한과 이란의 수반들을 직접 만나겠다고 했습니다. 그리고 대통령에 당선되고 난 후 자기의 대북정책은 부시 정책이 아니라 클린턴 행정부가 하던 정책을 계속할 것이라고 말했습니다. 여기에 대해서 북한의 기대가 아주 큰 것은 사실입니다.

그런데 오바마 대통령은 파키스탄, 아프가니스탄, 이란, 중동, 러시아, 심지어 쿠바까지 대화하겠다고 손 내밀면서 북한에 대해서 한마디도 안 한다는 것은 북한으로서는 참으로 참기 어려운 모욕입니다. 북한이 또다시 속는 것이 아니냐는 생각을 갖는 것은 무리가 아닙니다.

그러나 그렇다고 해서 북한이 극단적인 핵개발까지 끌고 나간 것은 절대로 지지할 수 없습니다. 김정일 위원장은 6자회담에 하루빨리 참가해서, 또 미국과 교섭해서 북핵 문제를 해결하고 한반도 비핵화를 해야 합니다. 한반도 비핵화는 절대적인 조건입니다. 제가 이번에 중국에 가서 시진핑 부주석을 만나 한 시간 정도 얘기했는데, 중국 지도자 누구를 만나봐도 북한 핵을 반대하는 것은 틀림없었습니다. 저는 중국이 북한 핵을 상당히 반대한다고 생각했는데 이번에 북한이 핵실험을 하니까 중국이 상당히 엄격한 비난을 하고, 유엔 안전보장이사회에서도 대북결의안이 합의된 것으로 알고 있습니다.

그런 억울한 점이 있지만, 그렇다고 해서 핵을 만들어서는 안 됩니다. 핵을 만들면 누구에게 쓰겠습니까. 거기에는 우리 남한 사람도 포함돼 있을 것입니다. 1300년 통일국가, 5000년 역사를 가진 우리가 우리끼리 상대방을 전멸시키는 전쟁을 해서야 되겠습니까. 인내심을 가지고 대화를 계속하면서, 아직 오바마 대통령이 대북 정책을 발표 안 했기 때문에 기다릴 필요가 있습니다. 물론 초조한 심정은 알겠지만, 오바마 대통령이 클린턴 정책을 따라가겠다고 한 말이 있으므로 기다려야 합니다.

이번에 클린턴 전 대통령이 한국에 와서 저와 만찬을 했는데, 클린턴 대통령은 저와 같이한 햇볕정책을 실천 못한 것을 아쉽게 생각하고 있었습니다. 우리는 북핵문제 해결을 위해 많은 얘기를 했습니다. 클린턴 대통령도 북한 핵에 대해서는 절대 반대고, 그러나 상대방에 대해 상응하는 대가를 주면서 상대방 기분도 챙겨가면서 해야 한다고 했습니다. 제가 여러 가지 건의를 했는데, 자기가 오바마 대통령과 힐러리 클린턴 여사에게 전달하겠다는 말도 한 일이 있습니다.

저는 북한이 요구한 안전보장과 경제재건, 미국과 일본과의 국교 재개 등을 미국이 존중하고 지켜주어야 한다고 생각합니다. 이미 북한의 핵문제는 1994년 제네바 회담에서 합의되었고, 2005년 6자회담 9·19 합의에 의해서 북한은 핵을 포기하고 미국은 북한과 외교관계를 열고, 한반도는 평화협정을 맺고, 미국은 북한에 대해 경제적 지원을 한다는 것을 합의했기 때문에 어디까지나 교섭과 인내심을 가지고 연구하면서 해야지, 핵문제를 갖고 나온다는 것은 안 된다고 김정일 위원장에게 강력히 말씀드리고자 합니다.

결국 제가 말한 것은 외교는 윈-윈으로 해야 한다는 것입니다. 당신도 좋고 나도 좋아야 외교가 성공합니다. 북한은 핵을 포기하고 장거리 미사일까지도 포기하는 단계까지 갔습니다. 그러므로 북한에 줄 것은 줘야 합니다. 그래서 외교도 해주고 경제원조도 하고 한반도 평화협정도 맺어야 합니다. 다 합의되어 있는 얘기를 미국이 실천을 안 하고 있습니다.

저는 오바마 대통령이 당선되었을 때 제가 당선된 것처럼 기뻤습니다. 또 힐러리 여사가 국무장관이 되었을 때 클린턴 대통령의 아내이기 때문에 기뻤습니다. 북핵문제는 제네바 합의에 의해서 한반도 비핵화가, 북한의 핵 포기가 결정됐고, 그리고 6자 회담 합의에 의해서 북한 핵문제가 다 합의되었습니다. 저는 이번에 클린턴 대통령에게도 '무엇이 안 되냐, 북한도 합의했고, 미국도 합의했다. 오바마 정부는 부시하고 다른데, 왜 북한을 안심하게 하고 북한도 기다릴 수 있는 기회를 안 주고 이런 데까지 왔느냐' 이런 얘기도 했습니다.

이명박 대통령께 다시 말씀드리고 싶습니다. 지금 우리나라 도처에서 이명박 정권에 대해서 민주주의를 역행시키고 있다고 말하고 있습니다. 노무현 대통령의 장례식에 전국에서 500만 명이 문상을 한 것을 보더라도 지금 우리 국민들의 심정이 어떤지 우리가 알 수 있습니다. 저는 지금 국민이 걱정하는, 과거 50년간 피 흘려서 쟁취한 10년간의 민주주의가 위태롭지 않느냐는 점을 생각하면 매우 불안합니다.

민주주의는 나라의 기본입니다. 얼마나 많은 국민들이 민주주의를 이룩하기 위해 죽었습니까. 광주에서, 인혁당 사건 등으로 많이 죽었습니다. 우리는 과거에 이승만, 박정희, 전두환 세 독재정권을 국민의 힘으로 극복했습니다. 그래서 여야 정권교체를 통해서 '국민의 정부'가 출범했습니다. 노무현 대통령이 당선되면서 그 모든 민주주의적 정치가 계속됐습니다. 우리 국민은 독재자가 나왔을 때 반드시 이를 극복하고 민주주의를 회복했다는 것을 우리는 명심해야 합니다.

저는 오랜 정치 경험과 감각으로, 만일 이명박 대통령과 정부가 지금과 같은 길로 계속 나간다면 국민도 불행하고, 이명박 정부도 불행하다는 것을 확신을 가지고 말씀드리면서, 이명박 대통령이 큰 결단을 내리기를 바라마지 않습니다.

더불어 여러분께도 간곡히 피맺힌 마음으로 말씀드립니다. '행동하는 양심'이 됩시다. 행동하지 않는 양심은 악의 편입니다. 독재정권이 과거에 얼마나 많은 사람들을 죽였습니까. 그분들의 죽음에 보답하기 위해, 우리 국민이 피땀으로 이룬 민주주의를 지키기 위해서, 우리가 할 일을 다 해야 합니다. 사람들의 마음속에는 누구든지 양심이 있습니다. 그것이 옳은 일인 줄을 알면서도 행동하면 무서우니까, 시끄러우니까, 손해 보니까 회피하는 일도 많습니다. 그런 국민의 태도 때문에 의롭게 싸운 사람들이 죄 없이 세상을 뜨고 여러 가지 수난을 받아야 합니다. 그러면서 의롭게 싸운 사람들이 이룩한 민주주의를 우리는 누리고 있습니다. 이것이 과연 우리 양심에 합당한 일입니까.

이번에 노무현 대통령이 돌아가셨는데, 만일 노 전 대통령이 그렇게 고초를 겪을 때 500만 명 문상객 중 10분지 1인 50만 명이라도, '그럴 수는 없다. 전직 대통령에 대해 이럴 순 없다. 매일같이 혐의를 흘리면서 정신적 타격을 주고, 스트레스 주고, 그럴 수는 없다'라고 50만 명만 그렇게 나섰어도 노 전 대통령은 죽지 않았을 것입니다. 얼마나 부끄럽고, 억울하고, 희생자들에 대해 가슴 아픈 일입니까.

저는 여러분께 말씀드립니다. 자유로운 나라가 되려면 양심을 지키십시오. 진정 평화롭고 정의롭게 사는 나라가 되려면 행동하는 양심이 되어야 합니다. 방관하는 것도 악의 편입니다. 독재자에게 고개 숙이고, 아부하고, 벼슬하고 이런 것은 말할 필요도 없습니다. 우리나라가 자유로운 민주주의, 정의로운 경제, 남북 간 화해 협력을 이룩하는 모든 조건은 우리의 마음에 있는 양심의 소리에 순종해서 표현하고 행동해야 합니다. 선거 때는 나쁜 정당 말고 좋은 정당에 투표해야 하고, 여론조사도 그렇게 해야 합니다. 그래서 4700만 국민이 모두 양심을 갖고 서로 충고하고 비판하고 격려한다면 어떻게 이 땅에 독재가 다시 일어나고, 소수 사람들만 영화를 누리고, 다수 사람들이 힘든 이런 사회가 되겠습니까.

우리 국민들은 북한의 핵실험과 미사일을 반대합니다. 그렇지만 반대는 어디까지나 6자회담에서, 미국과의 회담에서 반대해야지, 절대로 전쟁의 길로 나아가서는 안 된다고 생각합니다. 우리가 통일을 할 때 100년, 1000년이 걸리더라도 전쟁으로 통일을 해서는 안 됩니다.

우리 모두 행동하는 양심으로 자유와 서민경제를 지키고, 평화로운 남북관계를 지키는 일에 모두 들고 일어나서 안심하고 살 수 있는 나라, 희망이 있는 나라를 만듭시다.

감사합니다.

연보

그가 걸어온 길

출생부터 정치 입문까지

1924년, 전라남도 하의도에서 아버지 김운식金雲植과 어머니 장수금張守錦의 사이에서 네 형제 중 차남으로 출생하였다. 마을 이름은 후광리이다. 그래서 아호도 후광後廣이 되었다.

일곱 살 나던 해 초봄, 초암서당의 학동이 되었다. 그때 배운 《천자문》, 《동몽선습》, 《소학》 등은 일찍부터 세상의 이치를 생각하게 하는 입문서가 되었다.

1933년에 입학한 하의도 보통학교는 4년제였기 때문에 상급학교에 진학할 수가 없었다. 그래서 부모님은 하의도의 집과 농토를 다 처분하고 목포로 이주하였다. 전학한 목포 북교 초등학교를 수석으로 졸업하고, 1939년 5년제 목포 상업학교에 입학하였다. 학교를 졸업한 뒤, 목포의 한 해운회사에 입사했다.

1945년 4월, 차용애와 결혼을 하여 홍일, 홍업 두 아들을 갖게 되었다.

1950년 6월 25일, 그때 사업상의 출장 때문에 서울에 있었다. 한강 다리가 끊겨 어찌해볼 수도 없는 상황이었지만 어떻게든 서울을 탈출해야 했다. 우여곡절 끝에 20일 만에 목포에 도착했으나 곧 인민군 정치 보위부에 연행되어 갔다. 그리고 형무소에서 그해 여름을 보냈다. 1950년 9월, 퇴각하는 인민군들이 처형을 시작하였다. 대략 200명가량의 사람들을 강당에 모이게 하고는 일차적으로 50명을 끌고 나갔다. 곧 그의 차례가 다가오고 있었다. 한데 그때 사람들을 실어나르던 트럭 운전사가 일부러 차 고장을 낸 덕에 처형을 일단 면할 수 있었다. 그날 밤 여러 사람들과 힘을 합해 탈출을 결행하였다. 그 과정에서 뜻밖에도 동생을 만났다. 그들은 함께 형무소 담을 넘었다. 그 사선을 넘고 나서 바로 해상 방위대에 참가하였다. 공산당의 게릴라 부대를 소탕하는 것이 임무였다.

1952년 5월 이승만 대통령이 부산에서 비상 계엄령을 내리고 주요 야당 인사들을 국제 공산당원으로 날조하여 강제 연행했던 '부산 정치 파동'을 공교롭게도 바로 그곳에서 겪으며 정치에 뜻을 두게 되었다. '과오를 개혁하려는 자들에게 순교의 횃불을 들어준다는 점에서 정치는 종교와 같다.' 그는 토머스 제퍼슨의 이 경구를 순수한 마음으로 신봉하였다.

그 무렵 그는 상당히 튼실한 기업체 두 개를 운영하는 사업가가 되어 있었다. 목포일보사를 인수하여 수완을 마음껏 발휘하였고, 화물선 15척 정도를 거느린 해운회사를 운영하였다. 번창하는 사업 속에서 경제·경영이란 살아있는 생명체임을 실제 경험으로 깨쳤다. 그리고 '더 큰 경영'이라 할 수 있는 정치를 위해 정든 회사와 사원들을 떠났다.

1954년 목포에서 민의원 선거에 처음 출마하였다. 아직 서른도 되기 전이었지만, 그리고 무소속 출마였지만 자신이 있었다. 노동조합의 동향이 목포 선거의 향방을 결정짓던 그 시절, 평소 그에게 호의를 갖고 있던 노조위원장과 간부들이 전면적인 지지를 표하고 나섰기 때문이었다. 그러나 그들은 곧 경찰에 연행되어 자유당 후보를 지지하겠다는 각서를 쓰고서야 풀려나올 수 있었다. 그러곤 각서대로 하지 않을 수 없었다.

민주당 입당부터 대통령 당선까지

1956년 10월, 민주당에 입당하였다. 당시 부통령에 선출된 장면 박사가 입당 권유를 해와서 그에 따랐던 것이다. 장면 박사는 그 이듬해 여름 명동 대성당에서 세례를 받을 때도 대부가 되어주었다. 그의 세례명은 토마스 모어이다. 민주당에 입당하자 당장 선거구가 문제였다. 고향 목포에는 같은 당 소속 의원이 있었기 때문에 궁리 끝에 강원도 인제에서 출마하게 되었다. 당시 군은 압도적으로 야당을 지지하고 있었고 이른바 '지역 감정'이란 것은 전국 어느 지역에도 없었다.

1958년 5월, 제4대 민의원 선거가 열렸다. 그러나 결국 그 선거에 출마조차 못하였다. 자유당 정권이 후보 등록조차 못하게 치밀하고도 집요하게 방해했기 때문이다. 너무나 속이 상한 그는 군사지역인 그곳의 사단장을 찾아갔다. 사단장은 마침 부재중이어서 만날 수 없었지만 이참에 이름이라도 알아두자 싶어 당번병에게 물어보았다. 사단장은 박정희 장군이었다. 만약 거기서 그를 만났더라면 그때 그들은 함께 부정 선거에 대해 의논할 수도 있었을 것이다. 그리고 그 뒤 서로가 최대 정적이 돼야 했던 숙명도 조금은 그 양상이 바뀌었을지도 모른다.

1959년 6월 인제에서는 다시 선거가 치러졌다. 선거 부정에 대한 재판에서 민주당이 승소했기 때문이다. 그가 용공혐의를 뒤집어쓰게 된 것은 이때가 효시다. 자유당에서는 멀리 전라남도에서 그와 얼굴 한번 마주한 적도 없는 이를 데려다 그와 함께 공산당 활동을 했다고 거짓 증언을 하도록 했다. 그는 선거에 지고, 아내 차용애와는 선거 직후 사별했다.

선거에 지고 민의원이 되지 못했는데도 4·19 혁명으로 출범한 내각제에서 장면 박사는 그를 여당인 민주당 대변인으로 지명했다. 그리고 선거에서 그를 골탕먹이고 당선됐던 상대 후보는 예전 3·15 선거부정에 연루되어 의원직을 박탈당했다. 1961년 5월 14일, 다시 실시된 인제 보궐선거에서 마침내 당선되었다. 민의원 당선증을 받은 14일과 15일, 지친 몸을 끌고 곳곳으로 당선 인사를 하러 다녔다. 그리고 곤히 잠들어 있던 16일 이른 아침, 한 당원이 다급하게 그를 깨웠다. 박정희 소장이 주도하여 5·16 군사 쿠데타를 일으켰다는 것이었다.

일단 당선 등록만은 해두려 서울로 급히 올라왔지만 이미 군사혁명위원회의 포고로 인해 국회가 없어진 다음이었다. 곧 군인들은 정당 부패를 뿌리뽑는다는 명목으로 민주당 대변인인 그를 체포하여 형무소에 수감하였다. 그들은 그에게 당비 횡령과 용공 혐의를 걸고 무려 3개월간이나 조사를 벌였다. 그러나 끝내 아무런 혐의점도 나오지 않자 형무소에서 내보냈다. 암담한 시절이었지만 그래도 한 가지 좋은 일은 있었다. 1962년 5월, 정치적 동지이며 친구이기도 한 이희호와 결혼한 것이다.

신혼생활 불과 열흘 만에 그는 다시 '반혁명' 죄목으로 체포되어 한 달 동안 구치소 생활을 하고 나왔다. 이희호가 그와 결혼하여 맨 처음 한 일이 옥바라지였던 것이다.

1963년 2월, 묶인 지 거의 2년 만에 해금이 되었다. 그해 10월에 대통령 선거가 있었다. 박정희 후보와 윤보선 후보. 민주당에서는 따로 후보를 내지 않고 야당인 윤 후보에 힘을 실어주었다. 그는 야당 대변인으로서 박 후보를 공략할 자료들을 찾고 있었는데, 그가 쿠데타 후에 그의 손으로 제정한 국가재건특별조치법을 위반한 사실을 알게 되었다. 그의 군 퇴역과 공화당 입당 순서가 그 조치법에 걸리는 것이었다. 그는 즉각 그 사실을 국민 앞에 공개했고 당황한 공화당은 부랴부랴 특별조치법을 개정하는 소란을 피웠다. 일설에 의하면 이 사건은 박 대통령이 그를 평생 그토록 미워하게 된 첫 계기라고도 한다.

1963년 11월, 목포에서 6대 국회의원에 당선되었다. 그 뒤 오로지 의정 활동에만 전념하였다. 그 효과는 이내 나타났다. 박 대통령에게 군인다운 순수가 조금은 남아 있던 시절, 비록 우회적인 방법으로나마 그가 입안하고 제시했던 대안들을 알게 모르게 채택하기도 했다.

1964년 한일회담이 한참 계속되고 있을 때, 그는 평생 처음 '사쿠라'라는 불명예스러운 비난을 받고 있었다. 다른 이들과 달리 한일 국교 정상화는 하되, 굴욕적 부분과 불이익이 되는 부분을 철저히 배제해야 한다고 주장했기 때문이다. 그러나 여론은 그렇지가 않았다. 이때 회담 결사반대 입장의 야당이 선동에 치우치면서 마침내 6·3 사태가 일어났고, 그 와중에 박 대통령과 여당은 아무런 실제적 간섭도 받지 않은 채 회담을 마무리하였다. 한·일 간에 지금까지도 갈등하는 많은 문제점들은 이때의 결과물이라 하겠다.

1967년에 치러진 제7대 국회의원 선거는 차라리 전쟁이었다. 박 대통령은 김대중 후보만은 반드시 낙선시켜야 한다며 선거운동 기간 목포에 두 번이나 내려와 지역개발 청사진을 제시했고, 얼마 뒤에는 아예 목포에서 국무회의를 소집하는 전대미문의 사건을 벌였다. 당연히 목포 선거구는 국내외 언론의 초점이 되어 기자들로 들끓었다. 여당은 개표 참관인들을 매수하였고, 개표가 진행되는 동안 세 번의 정전 소동이 일어났다. 그러나 결국 그 선거에서 이겼다.

1970년 봄, 신민당의 김영삼 원내총무는 야당 전체를 발칵 뒤집는 폭탄 선언을 하였다. 이른바 '40대 기수론'이 그것이다. 당시 유진오 총재는 중풍으로 쓰러지고, 부총재인 유진산 씨로는 도저히 다음 대통령 선거에 대비할 수 없는 상황이었으므로, 40대 기수론은 당내의 기류를 타고 서서히 확산되기 시작했다. 그 역시 적극 찬동하였다.

1970년 9월의 전당대회에서, 정치를 시작한 이래 같은 야당에서 한솥밥을 먹어온 김영삼 씨와 첫 번째 큰 대결을 벌였다. 대통령 후보 지명 1차 투표에서는 김영삼 씨가 앞섰지만 2차 결선 투표에서는 불과 33표라는 아주 근소한 표차로 역전하였다. 전체 880명의 대의원을 양분했다고 볼 수 있다.

그해 10월 대통령 후보로서 처음 가진 기자회견에서 맨 먼저 통일 정책을 언급하였다. 당시는 〈우리의 소원은 통일〉이라는 노래조차 금지곡인 시절이었다. 7·4 남북공동성명이 발표된 건 그로부터 불과 1년 뒤였다. 박 대통령은 결국 그가 제시했던 정책을 따라준 것이었다.

1971년 2월, 대선을 앞두고 아내와 함께 미국과 일본을 방문하며 그 나라 지도자들을 만나 의견을 나누었다. 이 기간 중 아내는 닉슨 대통령의 부인과 기념 사진을 찍었는데 귀국하여 그 필름을 사진점에 맡기자 정보부에서는 사진점에 탈세 혐의를 걸고 샅샅이 수색하여 그걸 훔쳐가버렸다. 또, 아내와 그가 아직 워싱턴에 체류하고 있을 때 동교동 집 대문에 폭탄이 투척되는 사건이 일어났다. 그리고 정치 선배이면서도 그의 선거 사무장을 흔쾌히 맡아주었던 정일형 박사의 자택이 전소되는 사건도 그 무렵 발생하였다. 경찰에서는 폭탄은 한 중학생의 철없는 장난이었고 화재는 고양이가 저지른 것이라고 발표하였다.

1971년의 대통령 선거에서 결국 94만 7천여 표 차이로 공화당의 박정희 후보에게 지고 말았다. 선거 이튿날인 4월 28일 자 일본 〈아사히 신문〉은 '무효, 부정표 속출'이란 제목의 기사를 내보냈다. 대통령 후보 당사자인 그와 아내가 찍은 표조차 무효로 처리되었으니 더 말할 것이 무어 있겠는가.

제8대 국회의원 선거는 대통령 선거가 끝나고 한 달 만에 실시되었다. 그전에 대통령 부정선거에 항의하여 총선을 거부하자는 움직임이 일었다. 유진산 신민당 당수는 그 움직임과 관련하여 이해할 수 없는 모호한 태도를 취한 데다, 당선이 확실시되던 자신의 선거구를 돌연 포기하고 당선 가능성이 전혀 없는 무명의 청년을 내세웠다. 그 선거구에는 육영수 여사 언니의 사위가 입후보하기로 돼 있었다. 이 일들로 유진산 씨는 정부 여당과 뒷거래를 한다는 의심을 받으며 언론과 당원들의 맹렬한 비난에 몰린 끝에 결국 당수직을 내놓을 수밖에 없었다. 이른바 '진산 파동'이다.

20일간의 선거 기간 중 박 정권의 총통제 음모를 막기 위해서는 헌법 개정을 저지할 수 있어야 한다고 주장하며 대통령 선거 때보다도 더 많은 선거구를 돌아다녔다. 교통사고를 가장한 박 정권의 살해 기도는 이때 나왔다. 5월 25일, 선거를 이틀 앞두고 목포 비행장에서 광주로 향하고 있던 중에 맞은편의 대형 트럭이 돌진해온 것이다. 운전사의 기지로 차는 정면 충돌을 면했지만, 뒤따라오던 택시는 그대로 화를 당하여 세 명이 현장에서 목숨을 잃었다. 당시 그는 양팔의 정맥이 끊어지는 부상을 당했다. 다리의 고관절 장애는 이 사건의 후유증으로 나타난 것이다.

1972년 10월 유신이라는 제2의 쿠데타는 고관절 치료를 위해 그가 일본에 가 있었던 기간 중에 행해졌다. 그 소식을 듣고 서둘러 돌아오려던 그는 생각을 바꾸어 도쿄에서 정치적 망명생활을 하기로 결심했다. 국내에서는 정치활동이 전면 중지되어 있었기 때문이다.

유신은 착착 진행돼갔고, 그때마다 그에 반대한다는 내용의 성명을 발표하였다. 무대를 미국으로도 넓혔다. 그곳 교포들을 상대로 강연하고 정가의 유력자들을 만나 외교전을 전개하였다. 유난히 추웠다는 그해 겨울, 고국에 '인질'처럼 남은 그의 가족은 그 혹독한 겨울이 끝나기만을 빌었다고 한다.

1973년 8월 8일, 도쿄의 도심 한복판에서 그를 납치하여 살해하려 한 사건이 있었다. 바다에서 죽을 위기를 가까스로 넘긴 다음, 납치 엿새째 되는 날 오후 젊은 남자가 찾아왔다. 그리고 왜 외국에서 반국가 활동을 하느냐며 추궁하고 나서 회유하기 시작했다. 박 정권의 회유는 공화당 창당 초기부터 있어 왔다. 나중에는 부통령 자리까지 제안한 적도 있었다. 그는 그 모든 걸 거부했다. 그들이 그를 풀어놓은 곳은 동교동 집 근처 주유소였다. 달빛이 밝은 밤이었다.

가택연금은 그로부터 무려 14년간이나 계속되었다. 1987년 6월 국민대항쟁으로 비로소 그 울타리 없는 감옥에서 나올 수 있었다. 연금 기간에 불효 중 가장 극심한 불효를 저지르고 말았다. 아버지가 위중하다는 연락을 받고도 문병을 가지 못했고, 돌아가셨을 때는 임종과 장례식에도 참석하지 못했다.

1976년 3월 1일 오후, 서울 명동성당에서는 '민주구국선언'이 있었다. 이 선언은 유신 체제하에서 박 정권을 처음으로 정면에서 비판한 의거였다. 선언문에 서명한 사람들은 '긴급조치 9호' 위반으로 구속되었는데 함석헌, 문익환, 윤보선, 이우정, 안병무, 김지하, 이태영, 정일형, 서남동, 함세웅, 문동환, 이문영, 그리고 김대중이 바로 그들이다. 1심에서 그는 징역 7년의 판결을 받았다.

그 무렵 미국에서는 이른바 '코리아 게이트 사건'에 대한 의회 청문회가 있었다. 이 청문회에서 망명 중이던 전 중앙정보부장 김형욱 씨는 흥미로운 증언을 하였다. 즉 '박정희 씨가 가장 두려워하는 두 세력은 1971년 대통령 선거 때의 상대 후보 김대중과 미국의회'라고 한 것이다. 아울러 김대중 납치 사건의 지휘자는 이후락 당시 정보부장이지만, 대통령의 허가 없이 그러한 사건이 일어날 수는 없는 것이라고 못 박았다.

1978년 12월 27일, 박 대통령은 그에게 생애 마지막 특사를 베풀었다. 그해 7월 6일 통일주체국민회의 석상에서 제9대 대통령으로 선출되고 난 후 이루어진 특사였다.

1979년 10월 26일, 박 대통령은 자신의 충직한 동지 손에 쓰러졌다. "이것 참 기가 찰 노릇이오. 누군가 정말 큰일 날 짓을 한 모양입니다." 이 소식을 듣고 나서 아내에게 했던 그의 첫마디다. 민주주의는 국민의 힘으로 쟁취되어야 하는 것이지 암살이나 쿠데타에 의해 이루어질 수는 없는 법이기 때문이었다. 박 대통령이 사망하기 서너 달 전에 그는 대통령에게 대화를 나눌 것을 간절히 청하였다. 그러나 얼굴을 마주할 기회는 끝내 얻지 못했다.

1980년, 짧았던 서울의 봄이 지나고 5월 17일 밤 9시, 집으로 들이닥친 계엄군 병사들은 총검을 겨누며 그를 연행해갔다. 죄목은 '내란음모죄'. 정동년이라는 전남대 복학생에게 돈을 주고 '광주폭동'을 일으키게 했다는 것이다. 그러나 정동년 학생은 혹독한 고문을 못 이겨 그들이 날조한 대로 인정한 것이다. 그 뒤 정동년 학생은 형무소에서 양심의 가책에 시달리다가 플라스틱 숟가락을 뾰족하게 갈아서 그걸로 동맥을 잘라 두 번씩이나 자살을 기도했다. 그리고 '반국가단체 수괴죄'. 미국과 일본에서 망명 생활을 할 당시 조직했던 '한민통'을 걸고 넘어진 것이다. 그러나 한민통은 당시 늘 '대한민국 절대 지지'를 표방하고 그 입장을 견지했다.

1981년 1월 23일 대법원 상고가 기각되고 사형이 확정되었다. 이 소식을 아내에게서 들었다. 그날 아내는 아들, 며느리들과 함께 감옥의 차가운 시멘트 바닥에 그대로 무릎을 꿇은 채 눈물을 닦아낼 생각도 없이 기도를 올렸다.

모든 걸 하느님의 뜻에 맡기겠다는 내용이었다. 그가 아내를 그때처럼 존경하는 눈으로 바라본 적은 없었다.

그가 사형에서 무기 징역으로 특별 감형이 된 것은 국제 여론과 전 세계 많은 민주국가들이 보낸 압력 덕분이었다. 특히 당시 새로 등장한 레이건 정권의 참모들과 전두환 정권과의 사이에서 그의 감형에 대한 교섭이 성립되었다. 감형하는 대신 레이건 대통령이 전 대통령을 빠른 시기에 국가원수로서 초청하여 정상회담을 한다는 조건이었다. 실제로 전 대통령은 감형 조치가 취해진 다음 날 워싱턴으로 향했다. 카터의 회고록에 의하면 그가 대통령직을 물러날 때 레이건 대통령에게 업무 인수인계를 하면서 그의 문제를 특별히 부탁했다는 얘기가 적혀 있다.

감옥에서 운동 시간 틈틈이 화단의 꽃을 가꾸며 책 읽는 즐거움에 흠뻑 빠졌다. 그러나 오랜 독방 생활로 인한 스트레스 때문에 왼쪽 귀에 이명 현상이 나타났다. 고관절염도 내내 그를 괴롭혔다.

1982년 12월 23일, 그와 가족들은 미국행 비행기에 탑승했다. 전 대통령이 그가 미국으로 떠나주면 그 때문에 갇혀 있던 사람들을 풀어주겠다는 제의를 해왔던 것이다. 미국에서 '한국인권문제연구소'를 설립하였다. 미국 정가에 한국의 현실을 효과적으로 알리고 교포들 사이에 조직적인 민주화 운동을 펼치기 위해서였다. 이 연구소는 지금도 존속하고 있다.

1983년 5월 17일, 한국에서는 김영삼 총재가 무기한 단식 투쟁에 돌입했다는 소식이 전해졌다. 전 정권 아래서 침묵을 강요당해온 야당 지도자가 처음으로 시작한 결사적이고도 감동적인 투쟁이었다. 그 투쟁을 지원하기 위해 1983년 6월 9일 자 〈뉴욕타임스〉에 글을 기고하는 한편 재미 한국인들과 가두시위를 벌였다. 서울의 김영삼 총재 집 전화와 1000명 가까운 사람들이 모인 회당의 마이크를 연결해서 격려를 하기도 했다. 이 투쟁이 하나의 계기가 되어 '민주화 추진 협의회'가 만들어졌다.

필리핀의 야당 지도자 베니그노 아키노 상원의원과 만난 건 하버드 대학교 국제문제연구소에서 객원 연구원 생활을 할 때였다. 그들은 서로 동지적 격려를 아끼지 않았으며, 나중에 아시아의 민주주의를 위한 공동의 조직체를 만들어 함께 일을 하자고 약속했다. 그로부터 두 달 뒤 망명 생활을 끝내고 귀국하던 아키노는 마닐라 공항에서 사살당하고 말았다. 그와의 약속은 훗날 그가 서울에 세운 '아시아·태평양 평화재단'으로 지켜졌다. 재단 창설 후 코라손 아키노 여사가 그와 함께 아시아·태평양 민주지도자회의 공동의장을 맡았다.

1985년 2월 8일, 망명 생활 2년 만에 귀국을 강행했다. 이때 미국 각계의 지도자 20여 명은 그의 신변을 지켜주기 위해 일부러 동행해주었다. 비행기에서 내리자마자 연행되어 가택연금 상태가 되었다.

그해 2월 12일 총선을 통해 그가 미국에 있을 때부터 김영삼 씨와 상의해 창당한 '신한민주당'은 제1야당으로 부상했다. 그다음 해 가을, 전 정권은 10월 28일 건국대학교에서 있었던 학생들의 농성을 계기로 대대적인 공안 탄압을 가했다. 그는 전 대통령을 향해 이렇게 협상 제안을 하였다. "학생들을 석방하고 대통령 직접선거제를 받아들인다면 나는 다음 대통령 선거에는 나서지 않겠다." 그러나 이 제안은 받아들여지지 않았다. 그때 서독에서 이 소식을 접한 김영삼 총재는 전 정권에 대한 비난에 덧붙여 이런 말을 했다. "김대중 씨의 복권이 이루어지면, 나는 차기 대통령 후보를 그에게 양보하겠다." 이러한 신뢰를 바탕으로 그들은 전두환, 노태우 씨로부터 '6·29 선언'을 이끌어낼 수 있었다.

1987년 말 대통령 선거를 앞두고 야권의 후보 단일화는 초미의 관심사였다. 지금도 그는 그때의 일을 후회한다. 김영삼 씨와 시시비비를 가리기에 앞서 국민들의 염원을 최우선에 두고 그가 양보해야 했다고 생각한다. 결국 노태우 씨가 대통령에 당선되었다.

1988년 4월 총선의 결과, 한국 의회사상 처음으로 '여소야대與小野大'의 정국이 탄생하였다. 그랬기에 5공 청문회도 가능했다. 그러나 1990년 1월 22일 밤 노 대통령과 김영삼, 김종필 총재 세 사람은 3당을 합하여 '민주자유당'을 결성한다고 발표하였다.

1992년 대통령 선거에서 지역 감정과 용공조작 때문에 또 패배하였다. '이선실 간첩단 사건'은 이때 만들어졌다.

그해 12월 19일 정계를 은퇴하고 영국 케임브리지로 떠났다. 그곳 대학원에 적을 두고 연구실에서 책을 읽으며 인생의 새로운 길을 모색했다. 그리고 통일이라는 민족 과제에 남은 생을 바치기로 결심했다. 1993년 7월에 귀국, 1994년 1월에 통일문제 연구를 위한 '아시아·태평양 평화재단'을 설립하였다.

1995년 7월, 정계에 파문을 일으키며 정치복귀 선언을 했다. '김영삼 대통령은 실정을 거듭하고 야당은 비판과 견제라는 본래의 역할을 다하지 못해 이대로 보고만 있을 수 없었다'라는 것이 복귀 이유이다. 그리고 이어 '새정치국민회의'를 창당했다.

1997년 12월 18일, '준비된 대통령'이라는 구호 아래 대통령 선거에 도전, 마침내 당선되었다.

대통령 취임부터 서거까지

1998년 2월 25일, 대한민국 제15대 대통령으로 취임했다.

3월 1일, 3·1절 기념사에서 남북 특사 교환을 제의했다.

10월 8일, 한일 정상회담을 통해 '21세기를 향한 새로운 파트너십을 위한 공동 선언'에 합의했다.

12월 15일, 베트남 국가 주석과 정상회담. 양국의 불행했던 과거를 청산하고 미래지향적인 우호 협력 관계 발전을 위해 노력하기로 합의했다.

12월 16일, 아세안(ASEAN)과 한·중·일 3개국의 정상회의(9+3)에 참석하여 동아시아 지역경제에 활력을 불어넣기 위해 민간 건의기구인 동아시아지역 경제협력 비전그룹을 구성하는 방안을 검토할 것을 제의했다.

12월 29일, 전국교직원노동조합(전교조)을 합법화했다.

1999년 1월 1일, 1999년 신년사를 발표했다. 신년사에서 "인류역사상 최대의 혁명기이고 세계가 하나로 되는 시대이며 무한경쟁의 시대인 21세기에 살아남고 승리하려면 국민적 단결과 협력이 필요하다"라고 강조하고, 특히 지역이기주의를 타파하겠다는 의지를 피력하면서 "국민의 정부는 어떤 경우에도 행정을 정치적으로 이용하거나 공무원들의 인사를 편파적으로 자행하지 않을 것"이라고 약속했다.

7월 4일, 미국 독립기념일을 맞아 필라델피아시 독립기념관 옥외광장에서 '자유의 메달'을 수상했다.

9월 7일, 국민기초생활보장법을 제정했다.

2000년 1월, 서울 올림픽공원 체조경기장에서 열린 새천년민주당 창당대회에서 총재로 취임했다.

1월 15일, 의문사진상규명에 관한 특별법, 민주화운동 관련자 명예회복 및 보상법, 제주 4·3 사건 진상규명법 등 3대 민주 개혁법을 제정했다.

6월 13~15일, 분단 55년 만에 평양에서 남북 정상회담이 열렸고, 6·15 남북공동선언이 공식 발표되었다.

9월 2일, 비전향 장기수 63명을 북송했다.

12월 10일, 노르웨이 오슬로 시청에서 열린 노벨평화상 시상식에 참석하여 노벨평화상 메달과 상장을 수여받고 수상 연설을 했다.

2001년 1월 29일, 여성부를 출범했다.

5월, 국가인권위원회법을 제정했다.

8월 22일, 국제통화기금(IMF) 지원자금 상환을 기념하는 만찬을 함께했다. 이 자리에서 지난 3년 반 동안 고통을 참아준 국민들과 IMF 등 국제금융기관 관계자들에게 감사를 표시하고, "이제 IMF 자금 차입국에서 공여국으로 전환됨에 따라 국제사회에서 위상과 신인도가 크게 개선될 것"이라고 말했다.

2002년 2월 20일, 방한 중인 조지 부시 미국 대통령과 함께 경의선 복원 현장 도라산역을 방문했다.

11월 6일, '초고속인터넷 가입자 1천만 돌파 기념행사'에 참석해 연설했다. 이 자리에서 "초고속인터넷 가입자 천만 명 돌파는 우리 국민의 진취적인 역동성과 뜨거운 열정이 만들어낸 놀라운 성과"라고 말하고, "21세기 지식 정보화시대에 선진 정보통신국으로 우뚝 서는 귀중한 발판이 될 것으로 확신한다"고 말했다.

2003년 2월 15일, 한·칠레 자유무역협정 서명식에 참석했다.

2월 24일, 노무현 16대 대통령 취임식에 참석하기 위해 한국을 방문한 첸치천 중국 부총리와의 면담을 끝으로 모든 공식 업무를 마쳤다.

5월 27일, 제8회 '늦봄통일상' 수상자로 선정되었다.

8월 8일, 만해대상을 수상했다.

11월 3일, 연세대학교 김대중도서관이 개관했다.

12월 15일, 서울 그랜드호텔에서 열린 '춘사 나운규 영화예술제'에 참석해 영화인들로부터 공로상을 받았다.

2004년 1월 29일, 1980년 '김대중 내란음모 사건' 재심 선고 재판에 참석해 사형선고를 받은 지 23년 만에 무죄를 선고받았다. 공판이 끝난 뒤 "최종적으로 법에 의해 신군부를 단죄하고 무죄임이 밝혀졌으며 국민과 역사는 반드시 승리한다는 것을 다시 한번 깨달았다"라고 소감을 밝혔다.

6월 15일, 연세대 김대중도서관과 북측의 통일문제연구소 주최로 열린 '6·15 남북공동선언 4돌 기념 국제토론회'에 참석했다. 특별연설을 통해 "김정일 위원장의 답방을 촉구했다.

2005년 6월 12일, 신라호텔 영빈관에서 독일 정부로부터 대십자훈장을 수여받았다.

2006년 12월 7일, 코리아소사이어티가 수여하는 '2007 밴플리트상'을 수상했다.

2007년 5월 16일, 베를린 자유대학 강당에서 진행된 제1회 자유상 수상식에 참석하여 '자유상'을 수상했다. 수상식 후 〈베를린 선언과 한반도 평화〉를 주제로 연설했다.

10월 30일, 리츠메이칸대학에서 명예 법학박사 학위를 받은 후 〈한반도 평화와 한일 관계〉를 주제로 강연했다.

2008년 4월 23일, 하버드 케네디스쿨에서 〈햇볕정책이 성공의 길이다〉를 주제로 강연했다.

9월 11일, 노벨평화상 수상자 정상회의에 참석하여 〈대화의 힘 - 공동의 이익을 목표로 하는 상호주의 대화〉를 주제로 기조연설을 하고 패널들과 토론했다.

10월 27일, 중국 랴오닝성 선양의 '동북아지역 발전과 협력포럼' 개막식에서 〈한반도 평화와 동북아〉를 주제로 기조연설을 했다.

2009년 5월 5일, 베이징 인민대회당에서 시진핑 중국 국가부주석을 면담했다.

5월 29일, 경복궁 앞에서 열린 고 노무현 대통령 영결식에 참석했다. 헌화,

분향한 후 권양숙 여사를 만나 위로하고, 슬픔에 오열했다.

6월 11일, 여의도 63빌딩 국제회의장에서 〈6·15로 돌아가자〉라는 주제로 열린 '6·15 공동선언 9주년 기념행사'에 참석해 〈행동하는 양심이 되자〉를 주제로 연설했다.

7월 13일, 폐렴 여부에 대한 정밀검진이 필요하다는 의료진의 권유로 오후에 신촌 연세대 세브란스병원에 입원했다.

8월 18일, 향년 85세의 일기로 가족들이 지켜보는 가운데 서거했다.

8월 23일, 가족, 친지, 정부 관계자, 전현직 비서, 종교인 등 200여 명이 참석한 가운데 안장식을 거행했다.

다시, 새로운 시작을 위하여